L'AUBERGE DE LA JAMAIQUE

ŒUVRES DE DAPHNÉ DU MAURIER

Dans Le Livre de Poche :

LE GÉNÉRAL DU ROI.
REBECCA.
LES OISEAUX.
MA COUSINE RACHEL.
LE BOUC ÉMISSAIRE.
LA CHAÎNE D'AMOUR.
MARY-ANNE.
JEUNESSE PERDUE.
LE MONT-BRÛLÉ.
LES SOUFFLEURS DE VERRE.
LE VOL DU FAUCON.
LA MAISON SUR LE RIVAGE.
MAD.
L'AVENTURE VIENT DE LA MER.

DAPHNÉ DU MAURIER

L'auberge de la Jamaïque

TRADUIT DE L'ANGLAIS
PAR LÉO LACK

ALBIN MICHEL

NOTICE

*

L'*Auberge de la Jamaïque* s'élève aujourd'hui, hospitalière, entre Bodmin et Launceston, à la vingtième borne milliaire de la route.

Dans le récit des aventures qui vont suivre, je l'ai décrite telle qu'elle eût pu être il y a plus de cent vingt ans et, bien que certains lieux figurant dans ces pages existent vraiment, les évènements et les personnages sont entièrement imaginaires.

DAPHNÉ DU MAURIER

BODINNICK-BY-FOWE, OCTOBRE 1935.

CHAPITRE PREMIER

C'ÉTAIT par une froide et grise journée de fin novembre. Le temps avait changé pendant la nuit : vent violent, ciel de granit, puis une pluie fine. Bien qu'il ne fût guère plus de deux heures de l'après-midi, la tristesse d'une soirée d'hiver semblait s'être abattue sur les collines, les couvrant d'un manteau de brume. Il ferait nuit à quatre heures.

Malgré les vitres étroitement closes, l'air froid et humide pénétrait à l'intérieur du coche. Les sièges de cuir poissaient au toucher et il devait y avoir au toit une petite fissure, car, de temps à autre, des gouttes de pluie tombaient doucement, tachant le cuir, laissant des traces bleu noir, comme de l'encre. Le vent venait en tourbillons, secouant parfois le coche lorsque le véhicule prenait un tournant, et dans les endroits à découvert, sur la hauteur, il soufflait avec une force telle que toute la caisse du coche tremblait et oscillait, balancée entre les hautes roues, comme un homme ivre.

Le cocher, caché jusqu'aux oreilles dans sa redingote, était presque plié en deux sur son siège dans son effort pour se faire un abri de ses propres épaules, tandis que les chevaux, découragés, trottaient péniblement, obéissant aux ordres d'un air morne, trop brisés par le vent et la pluie pour sentir le fouet qui, de temps à autre, sifflait au-dessus de leur tête, agité par les doigts transis du conducteur.

Les roues du coche grinçaient et gémissaient quand le véhicule glissait dans les ornières et, parfois, elles projetaient contre les vitres la boue molle qui se mêlait à la pluie incessante, obscurcissant entièrement le paysage.

Les quelques voyageurs, blottis l'un contre l'autre pour se tenir chaud, s'exclamaient à l'unisson quand la diligence s'enfonçait dans une ornière plus profonde qu'à l'ordinaire. Un homme âgé, qui n'avait cessé de se plaindre depuis qu'il avait pris le coche à Truro, se leva tout à coup, furieux. Après avoir secoué le châssis de la fenêtre, il fit descendre la vitre avec fracas, laissant entrer une véritable averse, non seulement sur lui, mais sur ses compagnons. Passant la tête au-dehors, il se mit à invectiver le cocher d'une voix aiguë, le traitant de bandit et d'assassin, déclarant qu'ils seraient tous morts avant d'atteindre

Bodmin s'il s'entêtait à conduire à bride abattue, qu'ils en avaient perdu le souffle et que, pour sa part, il ne reprendrait plus le coche.

Il est peu probable que le cocher l'entendit. Ce flot de reproches fut sans doute emporté par le vent, car le vieillard, après avoir attendu un moment, remonta la vitre, non sans avoir entièrement refroidi l'intérieur de la voiture. Se réinstallant dans son coin et enveloppant ses jambes d'une couverture, il se prit à marmotter dans sa barbe.

Sa proche voisine, une femme joviale et rougeaude vêtue d'un manteau bleu, soupira profondément pour marquer sa sympathie et, avec un clin d'œil à l'adresse de ceux qui pourraient la regarder et une secousse de la tête vers le vieillard, elle observa pour la vingtième fois au moins que c'était la nuit la plus ignoble dont elle se souvînt jamais (bien qu'elle en eût connu un certain nombre du même genre) et qu'on ne pouvait en aucun cas prendre cet horrible temps pour l'été. Et, fourrageant dans les profondeurs d'un grand panier, elle en tira une épaisse tranche de cake et y plongea de solides dents blanches.

Mary Yellan était assise dans le coin opposé, là où la pluie filtrait à travers la fissure du toit. Parfois, elle recevait sur l'épaule des gouttes glacées, qu'elle essuyait d'un doigt impatient.

Le menton dans les mains, les yeux rivés à la vitre éclaboussée d'eau et de boue, Mary espérait contre tout espoir qu'un rayon de lumière viendrait percer la lourde croûte du ciel et que — ne fût-ce que pour une minute — un petit coin du ciel bleu d'Helford, qu'elle avait quitté la veille, brillerait un instant en signe de bon augure.

Quarante milles la séparaient à peine de ce qui, pendant vingt-trois ans, avait été son foyer, mais l'espoir qu'elle avait au cœur était déjà lassé et le vaillant courage qui la caractérisait si bien et l'avait soutenue pendant la longue maladie de sa mère se trouvait maintenant ébranlé par cette première averse et ce vent harcelant.

Cette région, qui lui était étrangère, la déroutait. Essayant de regarder à travers la vitre brouillée de la diligence, elle apercevait un monde tout différent de celui qu'elle avait connu jusque-là et qui n'était guère qu'à une journée de voyage. Qu'ils étaient éloignés déjà, et peut-être à jamais perdus, les verts coteaux et les vallons d'Helford, les eaux étincelantes, le groupe de blanches chaumières au bord de l'eau. Elle était douce, la pluie qui tombait à Helford; avec un bruit léger, elle rafraîchissait les arbres et se perdait dans l'herbe grasse, puis formait des ruisselets qui couraient à la large rivière, désaltérant un sol reconnaissant qui donnait des fleurs en récompense.

Elle était inexorable, cette pluie qui cinglait les vitres du coche et s'infiltrait dans un sol rude et stérile. Il n'y avait pas d'arbres, sauf un ou deux peut-être qui tendaient aux quatre vents leurs branches dénudées, ployés et tordus par des siècles d'intempéries.

Et les orages et le temps les avaient si bien noircis que si, par aventure, le printemps s'égarait en un tel endroit, aucun bourgeon n'osait se transformer en feuille, de crainte de mourir de froid. La terre était pauvre, sans prés ni haies; on ne voyait que des pierres, de la bruyère noire et des genêts rabougris.

Il n'y avait jamais de saison tiède dans cette région, songeait Mary. Ce devait être le sombre hiver, comme ce jour-là, ou l'été sec et brûlant, sans la moindre vallée où l'on pût trouver un peu d'ombre; il ne croissait qu'une herbe qui devenait bientôt d'un jaune brun. La campagne était aussi grise que le temps. Sur la route et dans les villages, les gens eux-mêmes s'harmonisaient au décor. A Helston, où elle avait pris le premier coche, elle avait encore foulé un sol familier. Tant de souvenirs d'enfance s'attachaient à Helston! Le voyage hebdomadaire au marché, où son père la conduisait jadis en voiture et, quand son père lui fut enlevé, le courage avec lequel sa mère prit sa place, conduisant la voiture en été comme en hiver; la volaille, les œufs et le beurre étaient entassés au fond du véhicule, tandis que Mary, assise à son côté, étreignait un panier aussi grand qu'elle, son petit menton appuyé contre l'anse.

Les gens étaient bienveillants, à Helston. Le nom de Yellan était connu et respecté dans la ville, car, à la mort de son mari, la veuve avait dû lutter durement, et peu de femmes eussent vécu ainsi, seules avec un enfant et une ferme à surveiller, sans jamais songer à prendre un autre compagnon. S'il l'eût osé, un fermier de Manaccan l'eût demandée en mariage, puis un autre à Gweek, en amont de la rivière, mais tous deux avaient pu lire dans ses yeux qu'elle n'accepterait ni l'un ni l'autre et qu'elle appartenait corps et âme au disparu. C'étaient de rudes travaux que ceux de la ferme, et ils avaient fini par avoir raison d'elle, car elle ne s'était guère épargnée et, bien qu'elle eût prouvé son énergie depuis les dix-sept ans de son veuvage, elle ne put résister à l'assaut de la dernière épreuve et le cœur lui faillit.

Peu à peu, le bétail diminua et, les temps étant très durs (c'est ce qu'on prétendait à Helston) et les prix très bas, on ne pouvait trouver d'argent nulle part. La situation était la même dans les régions d'alentour. On mourrait bientôt de faim dans les fermes. Une maladie attaqua alors le sol et tua le bétail dans les villages avoisinant Helford. On ne connaissait point le nom de cette maladie, à laquelle on ne pouvait trouver de remède. Le mal s'abattait sur tout ce qu'il rencontrait et le détruisait, tout comme un froid tardif vient, hors de saison, avec la nouvelle lune, puis disparaît, ne laissant, pour marquer son passage, qu'une traînée de choses mortes.

Ce fut une période pleine d'inquiétude pour Mary Yellan et sa mère. Elles avaient vu les poules et les canards élevés par elle tomber malades et mourir l'un après l'autre, et le veau s'affaisser dans le pré. Le plus pénible fut la mort de la vieille jument qui les avait servis pendant vingt ans. C'était sur son dos large et vigoureux que Mary, toute petite, avait pour la première fois monté à califourchon. La jument s'était écroulée dans l'étable, un matin, sa tête fidèle sur les genoux de Mary. Une tombe fut creusée pour elle sous le pommier du verger et, lorsqu'elle fut enterrée et que les deux femmes connurent qu'elle ne les mènerait plus jamais au marché d'Helston, la mère de Mary se tourna vers sa fille et dit :

— Quelque chose de moi s'en est allé dans la tombe avec la pauvre Nell, Mary. Je ne sais si c'est mon courage, mais je me sens le cœur las et je n'en peux plus.

Elle rentra dans la maison et s'assit dans la cuisine, le visage blême et paraissant soudain plus âgée de dix ans. Elle haussa les épaules avec indifférence quand Mary parla d'aller chercher le médecin.

— Trop tard, mon enfant, dit-elle, dix-sept ans trop tard.

Et elle se mit à pleurer doucement, elle qui jamais n'avait pleuré encore.

Mary alla chercher le vieux médecin qui habitait Mawgan et l'avait mise au monde et, la ramenant dans sa voiture, il la regarda en hochant la tête.

— Je vais vous dire ce qu'il y a, Mary. Votre mère ne s'est jamais ménagée depuis la mort de votre père. Elle est maintenant usée. Cela ne me dit rien qui vaille et tombe à un mauvais moment.

Ils longèrent le sentier tortueux qui menait à la ferme, au haut du village. Une voisine les attendait à la porte. Son impatience à annoncer de mauvaises nouvelles se lisait sur son visage.

— Votre mère va plus mal, s'écria-t-elle. Elle vient de sortir de la maison, les yeux fixes, tremblant de tout son corps, puis elle est tombée dans le chemin. Mrs. Hoblyn et Will Searle l'ont transportée chez elle, la pauvre. Ils disent qu'elle a les yeux fermés.

Le docteur, avec fermeté, écarta de la porte le petit groupe de badauds. Avec l'aide de Searle, il souleva la forme inerte étendue sur le sol et les deux hommes la montèrent jusqu'à sa chambre.

— C'est une congestion, dit le docteur, mais elle respire. Son pouls est régulier. C'est bien ce que je craignais... cette brusque attaque. Pourquoi ne vient-elle qu'à présent, après toutes ces années, Dieu seul le sait, elle aussi peut-être. Il faut vous montrer la digne fille de vos parents, Mary, et l'aider à traverser cette crise. Vous seule le pouvez.

Pendant six longs mois, Mary soigna sa mère au cours de sa première et dernière maladie, mais, malgré tous les soins de la jeune fille et ceux du médecin, la malade refusait de guérir. Elle n'avait aucun désir de lutter pour vivre. On eût dit qu'elle aspirait à la délivrance et priait silencieusement pour qu'elle vînt au plut tôt. Elle dit à Mary :

— Je ne veux pas que tu mènes la lutte que j'ai menée. Cela brise le corps et l'âme. Rien ne te retiendra à Helford quand je serai partie. Il vaudra mieux que tu ailles auprès de ta tante Patience à Bodmin.

Ce fut en vain que Mary assura à sa mère qu'elle ne mourrait point. Elle en avait décidé ainsi et il était inutile d'aller contre cette décision.

— Je n'ai aucun désir de quitter la ferme, dit Mary. J'y suis née, mon père aussi, et n'es-tu pas d'Helford? C'est là que les Yellan doivent rester. La pauvreté ne me fait pas peur, pas plus que le déclin de la ferme. Tu l'as exploitée seule pendant dix-sept ans. Pourquoi n'en ferais-je pas autant? Je suis forte. Je puis faire le travail d'un homme, tu le sais bien.

— Ce n'est pas une vie pour une jeune fille, répondit la mère. Si je l'ai subie pendant tant d'années, c'est à cause de ton père et de toi. Quand une femme travaille pour quelqu'un, elle est satisfaite et en repos, mais c'est autre chose quand on travaille pour soi. Le cœur n'y est pas.

— Que pourrais-je faire à la ville? demanda Mary. Je n'ai connu d'autre vie que celle-ci, au bord de la rivière, et n'ai aucune envie d'en connaître une autre. Aller à Helston est pour moi aller à la ville, cela me suffit. Je suis heureuse ici, avec les quelques poules qui nous restent, et l'herbe du jardin, et le vieux porc, et la barque sur la rivière. Que ferais-je à Bodmin avec tante Patience?

— Une jeune fille ne peut vivre seule, Mary, sans devenir bizarre ou mal tourner. C'est l'un ou l'autre. As-tu oublié la pauvre Sue qui parcourait le cimetière à minuit, au moment de la pleine lune, et appelait l'amant qu'elle n'avait jamais eu? Et, avant que tu ne sois née, une autre jeune fille d'ici, restée orpheline à seize ans, s'enfuit à Falmouth pour vivre avec les marins. Je ne serais pas en repos dans ma tombe, ni ton père d'ailleurs, si je ne te savais en sécurité. Tu aimeras ta tante Patience. Elle a toujours adoré rire et s'amuser et elle a un cœur d'or. Te souviens-tu, quand elle est venue ici, il y a douze ans? Elle portait un bonnet à rubans et un jupon de soie. Un garçon, qui travaillait à Trelowarren, l'eût bien épousée, mais elle se croyait trop bien pour lui.

Oui, Mary se rappelait tante Patience, avec sa frange bouclée et ses grands yeux bleus, et son rire et son bavardage, et sa façon de trousser ses jupes et de marcher sur la pointe des pieds dans la boue de la cour. Elle était jolie comme une fée.

— Je ne sais quelle sorte d'homme est ton oncle Joshua, poursuivit la mère, car je ne l'ai jamais vu. Mais lorsque ta tante l'a épousé, il y a eu dix ans à la Noël, elle a écrit tout un paquet d'absurdités, admissibles de la part d'une jeune fille écervelée, mais non de celle d'une femme qui a dépassé la trentaine.

— Ils me trouveraient trop fruste, dit lentement Mary. Je n'ai pas les jolies manières qu'on attendrait de moi et nous n'aurions pas grand-chose à nous dire.

— Ils t'aimeront pour toi-même et non pour des grâces et de jolis airs. Il faut, mon enfant, me promettre que, lorsque je serai partie, tu écriras à ta tante Patience pour lui dire que mon dernier et plus cher désir fut que tu ailles auprès d'elle.

— C'est promis, dit Mary, mais son cœur était lourd et désolé à la pensée d'un avenir si incertain et si différent, où elle serait privée de tout ce qu'elle avait connu et aimé, sans même le réconfort d'un décor familier pour l'aider à traverser les mauvais jours.

La malade déclinait peu à peu. De jour en jour, la vie s'écoulait de son corps. Elle languit jusqu'à la moisson, puis jusqu'à la récolte des fruits, puis jusqu'à la première chute des feuilles. Mais quand vinrent les brumes du matin, quand le froid durcit le sol, quand la rivière qui grossissait sans cesse courut comme un torrent vers la mer tumultueuse, quand les vagues mugissantes vinrent se briser sur les petites anses d'Helford, la malade commença de s'agiter dans son lit et de gratter le drap. Donnant à sa fille le nom de son mari défunt, elle parlait de choses disparues et de gens que Mary n'avait jamais connus. Pendant trois jours, elle vécut dans un petit monde à elle et, le quatrième, elle mourut.

Mary vit les choses qu'elle avait aimées et comprises passer une à une en d'autres mains. Le bétail fut vendu au marché d'Helston. Les voisins achetèrent les meubles. Un habitant de Coverack trouva la maison à son goût et l'acheta. La pipe à la bouche, il parcourait la cour à grandes enjambées, indiquant du doigt les changements qu'il comptait faire, les arbres qu'il avait l'intention de couper pour avoir une meilleure vue, tandis que, de sa fenêtre, Mary l'observait, pleine d'une haine muette, tout en entassant ses maigres possessions dans la malle de son père.

Cet étranger de Coverack lui donnait le sentiment d'être une intruse dans sa propre maison. Elle pouvait lire dans son regard qu'il souhaitait la voir disparaître et elle ne pensait plus qu'à en finir et à quitter Helford à jamais.

Mary, une fois de plus, relut la lettre de sa tante, écrite d'une main crispée sur un papier grossier. La tante Patience disait qu'elle était désolée du coup qui avait frappé sa nièce; elle ignorait que sa sœur fût malade, puisque tant d'années s'étaient écoulées depuis son dernier voyage à Helford. Elle poursuivait : " Il y a eu, pour nous aussi, certains changements. Nous n'habitons plus Bodmin, mais à douze milles environ hors de la ville, sur la route de Launceston. L'endroit est sauvage et désert, et si tu décidais de venir chez nous, je serais ravie d'avoir ta compagnie en hiver. J'ai consulté ton oncle, qui ne voit pas d'objection à ta venue, si tu es tranquille et peu bavarde, et il est prêt à t'aider en cas de besoin. Mais, tu le comprendras, il ne peut te donner d'argent ni te nourrir pour rien. Il compte que tu l'aideras à tenir le bar en retour de la pension et du logement. Ton oncle, vois-tu, est propriétaire de l'*Auberge de la Jamaïque.* "

Mary plia la lettre et la mit dans sa malle. C'était un étrange message de bienvenue de la part de la rieuse tante Patience dont elle avait conservé le souvenir : une lettre froide, creuse, sans un mot de réconfort et n'exprimant rien, sinon que sa nièce ne devait point lui demander d'argent.

La tante Patience, avec son jupon de soie et ses manières délicates, devenue la femme d'un aubergiste ! Mary comprit que sa mère avait ignoré ce détail. La lettre était bien différente de celle écrite dix ans auparavant par une heureuse épousée.

Mais Mary avait promis et ne pouvait revenir sur sa parole. Sa maison était vendue, il n'y avait plus de place pour elle à Helford. Quelque accueil que pût lui réserver sa tante, celle-ci, il ne fallait pas l'oublier, était la sœur de sa mère.

L'ancienne vie fuyait derrière elle : la ferme chère et familière, les eaux étincelantes d'Helford. Devant elle s'étendait l'avenir : l'*Auberge de la Jamaïque*.

*

C'EST ainsi que Mary Yellan avait pris place, à Helston, dans le coche grinçant et balancé qui l'emmenait vers le nord, puis traversé Truro, à la source du Fal, Truro avec ses toits nombreux et ses clochers, ses larges rues caillouteuses; le ciel était bleu, alors, et rappelait encore le sud, les gens souriaient sur le seuil de leur porte et agitaient la main au bruyant passage du coche. Mais quand Truro disparut derrière la vallée, le ciel s'assombrit et la campagne, des deux côtés de la grand-route, devint rude. On ne voyait que terres en friche. Les villages étaient de plus en plus dispersés et il n'y avait, au seuil des cottages, que peu de visages souriants. Les arbres étaient rares. Point de haies. Le vent se mit alors à souffler, et la pluie vint s'ajouter au vent.

C'est ainsi que le coche entra avec fracas dans Bodmin, aussi sale et gris que les collines où il avait été cahoté, et, un à un, tous les voyageurs rassemblèrent leurs bagages et se préparèrent à descendre, tous, sauf Mary, qui restait assise dans son coin. Le cocher, la face ruisselante de pluie, regarda à l'intérieur.

— Allez-vous à Launceston ? demanda-t-il. La route sera terrible, cette nuit, à travers la lande. Vous pourriez coucher à Bodmin et repartir par le coche du matin. Vous serez toute seule dans la voiture.

— Je suis attendue, dit Mary. La route ne me fait pas peur. D'ailleurs, je ne vais pas jusqu'à Launceston. Voulez-vous me déposer à l'*Auberge de la Jamaïque?*

L'homme la considéra curieusement.

— L'*Auberge de la Jamaïque?* dit-il. Qu'avez-vous donc à faire à l'*Auberge de la Jamaïque?* Ce n'est pas la place d'une jeune fille. Vous devez vous tromper.

Puis il la fixa d'un air de doute.

— Oh! j'ai entendu dire que l'endroit était désert, répondit Mary, mais je n'ai jamais habité la ville. Helford, d'où je viens, est aussi calme en été qu'en hiver et je ne m'y suis jamais sentie seule.

— Il ne s'agit pas de solitude, répondit l'homme. Il se peut que vous ne compreniez pas, étant étrangère au pays. Ce n'est pas de quelque vingt milles de lande et de marécages dont je veux parler, bien que cela puisse effrayer beaucoup de femmes. Attendez un instant.

Par-dessus l'épaule, il appela une femme debout sur le seuil du Royal Hotel, en train d'allumer la lampe au-dessus du porche, car il faisait presque nuit.

— Venez donc parler à cette jeune fille. On m'avait dit qu'elle allait à Launceston, mais elle me demande de la déposer à l'*Auberge de la Jamaïque.*

La femme descendit les marches et regarda à l'intérieur du coche.

— C'est un lieu désertique, dit-elle, et si vous cherchez du travail, vous n'en trouverez pas dans les fermes, là-haut. On n'aime pas les étrangers, dans les landes. Vous auriez plus de ressources à Bodmin.

Mary lui sourit.

— Ne vous tracassez pas pour moi, dit-elle, je vais dans ma famille. Mon oncle est le propriétaire de l'*Auberge de la Jamaïque.*

Il y eut un long silence. Dans la lumière grise de la diligence, Mary pouvait voir que l'homme et la femme la regardaient fixement. Elle se sentit soudain glacée, inquiète; elle eût souhaité que la femme la rassurât d'un mot, mais ce mot ne vint pas. La femme se retira alors de la fenêtre.

— Excusez-moi, dit-elle lentement, mais, bien sûr, ce n'est pas mon affaire. Bonsoir.

Le cocher, qui avait rougi, se mit à siffloter, comme

quelqu'un qui désire se libérer d'une situation gênante. Mary se pencha impulsivement et lui toucha le bras.

— Oh! dites-moi ce qu'il y a, pria-t-elle. Je ne vous en voudrai pas. Mon oncle n'est-il pas aimé? De quoi peut-il s'agir?

L'homme avait l'air fort embarrassé. Il dit d'un ton bourru en évitant le regard de la jeune fille :

— *La Jamaïque* a une mauvaise réputation. On raconte de curieuses histoires, vous connaissez les gens. Mais je ne veux me mêler de rien. Il se peut que ce ne soit pas vrai.

— Quelles sortes d'histoires? demanda Mary. Voulez-vous dire qu'on y encourage l'ivrognerie? Mon oncle reçoit-il des gens peu recommandables?

L'homme ne voulait pas se compromettre.

— Je ne veux me mêler de rien, répéta-t-il. D'ailleurs, je ne sais rien. Ce sont les gens qui bavardent. Les gens qui se respectent ne vont plus à l'*Auberge de la Jamaïque*. C'est tout ce que je sais. Autrefois, c'est là que nous avions l'habitude de désaltérer les chevaux et de leur donner à manger, puis nous mangions nous-mêmes un morceau et buvions un verre. Mais nous ne nous y arrêtons plus jamais. Nous fouettons nos chevaux et passons sans demander notre reste. Nous ne nous arrêtons qu'aux Cinq Chemins, et encore n'y restons-nous pas longtemps.

— Pourquoi les gens n'y vont-ils pas? Pour quelle raison? insista Mary.

L'homme hésita, comme s'il cherchait ses mots.

— Ils ont peur, dit-il enfin.

Puis le cocher hocha la tête. Il ne dirait rien de plus. Peut-être avait-il conscience de lui avoir parlé avec rudesse et le regrettait-il, car, au bout d'un instant, il regarda de nouveau à l'intérieur.

— Ne prendriez-vous pas une tasse de thé avant de partir? demanda-t-il. Nous avons un long voyage devant nous et il fait froid, sur la lande.

Mary secoua la tête. Elle n'avait plus envie de manger et, bien que le thé l'eût réchauffée, elle ne voulait pas descendre du coche pour entrer au Royal, où elle eût dû subir les regards de la femme et les murmures des gens. De plus, il y avait en elle une petite voix lâche qui la harcelait et murmurait : " Reste à Bodmin! Reste à Bodmin! " et elle savait qu'une fois à l'abri dans le Royal, elle était capable d'obéir à cette voix. Elle avait promis à sa mère d'aller auprès de tante Patience. Il ne fallait pas revenir sur la parole donnée.

— Dans ce cas, nous ferions mieux de partir, dit le cocher. Vous serez l'unique voyageuse sur la route, ce soir. Voici une autre couverture pour vos jambes. Je fouetterai les chevaux quand nous aurons grimpé la colline, hors de Bodmin, car ce n'est pas une nuit à voyager. Je n'aurai de repos qu'une fois dans mon lit, à Launceston. Il y a bien peu de gens qui aimeraient traverser la lande en hiver, quand le temps est aussi mauvais.

Il fit claquer la porte et grimpa sur son siège. Le coche descendit la rue, roulant avec bruit, longeant les maisons solides et pleines de sécurité, les lumières clignotantes, les gens dispersés qui se hâtaient de rentrer pour le souper, la tête ployée sous le vent et la pluie. A travers les interstices des persiennes, Mary pouvait voir des bandes de lumière amicale. Un feu devait brûler dans la grille, une nappe devait recouvrir la table, une femme et des enfants devaient être à table, tandis que l'homme se chauffait les mains à la flamme joyeuse. Elle songea à la paysanne souriante qui avait été sa compagne de voyage et se demanda si elle était maintenant assise à sa table, ses enfants autour elle. Comme elle avait paru réconfortante avec ses joues comme des pommes, ses mains rudes, usées par le travail! Quel monde de sécurité dans sa voix profonde! Et Mary inventa pour elle-même une petite histoire. Elle imagina comment les choses eussent pu tourner si elle avait suivi cette femme, imploré sa compagnie, si elle lui avait demandé de lui donner refuge. La femme eût accepté, c'était certain. Mary eût trouvé auprès d'elle un sourire, une main amicale, un lit. Elle eût servi cette femme, se fût mise à l'aimer; elle eût un peu partagé sa vie et connu sa famille.

Les chevaux gravissaient maintenant la colline escarpée, hors la ville, et, regardant à la vitre, au fond du véhicule, Mary pouvait voir les lumières de Bodmin disparaître une à une avec rapidité. La dernière lueur tremblota, vacilla et s'éteignit. Elle resta seule avec le vent et la pluie. Douze longs milles de lande stérile s'étendaient entre elle et son lieu de destination. Elle se demanda si un bateau laissant derrière lui la sécurité du port ressentait ce qu'elle était en train d'éprouver. Mais aucun bateau ne pouvait être plus désolé qu'elle ne l'était, même si le vent mugissait dans les agrès et si la mer inondait ses ponts.

L'intérieur du coche était devenu très obscur, car le lumignon ne donnait qu'une faible lumière jaunâtre; le courant d'air qui venait de la fissure du toit projetait la flamme de côté et d'autre, mettant le cuir en danger, si bien que Mary décida qu'il valait mieux éteindre le lumignon. Blottie dans son coin, oscillant d'un côté à l'autre selon les secousses du coche, la jeune fille semblait découvrir pour la première fois qu'il pouvait y avoir du maléfice dans la solitude. Le coche lui-même, qui tout le jour l'avait bercée, mêlait une menace à ses gémissements. Le vent cinglait le toit et les torrents de pluie, dont la violence allait croissant maintenant que les collines n'offraient plus leur abri, fouettaient les vitres avec une malignité nouvelle. De chaque côté de la route, la campagne s'étendait, sans limites. Pas d'arbres, pas de chemins, aucun groupe de chaumières, aucun hameau, mais, mille après mille, la lande aride, noire et inexplorée, se déroulant comme un désert vers quelque invisible horizon. Nul être humain, songeait Mary, ne pouvait vivre dans cette région dévastée et rester semblable aux autres. Les enfants mêmes devaient naître aussi tordus que les touffes de genêts, ployés par la force d'un vent qui ne cessait jamais de souffler, de l'est et de l'ouest, du nord et du sud. Leur esprit, lui aussi, devait être contourné, leurs pensées mauvaises, à force de vivre au milieu des marécages et du granit, de l'âpre lande et des pierres effritées.

Ils devaient former un troupeau étrange, ceux qui dormaient avec cette terre pour oreiller, sous ce ciel noir. Quelque chose de diabolique devait susbister en eux. La route tortueuse se déroulait dans le silence et l'obscurité, sans qu'une seule lumière vînt un instant apporter à la voyageuse un message d'espoir. Peut-être n'existait-il aucune habitation sur l'interminable distance qui séparait Bodmin de Launceston; peut-être n'y avait-il pas même une pauvre hutte de berger sur la route désolée. Sans doute une seule et sombre tache : l'*Auberge de la Jamaïque.*

Mary perdit la notion du temps et de l'espace. La distance eût pu être de cent milles; il eût pu être minuit. Elle se raccrocha alors à la sécurité du coche, qui, au moins, représentait quelque chose d'un peu familier : elle le connaissait depuis le matin, ce qui remontait à un certain temps déjà. Si grand que fût le cauchemar de cette course sans fin, elle se sentait au moins protégée par les quatre cloisons, le toit délabré qui laissait filtrer l'eau, et, à portée de voix, la présence réconfortante du cocher. Il lui sembla enfin qu'il menait ses chevaux à une plus grande vitesse encore; elle l'entendit leur crier des ordres, et sa voix, portée par le vent, lui parvenait près de la fenêtre.

Elle abaissa la vitre et regarda dehors. Un tourbillon de vent et de pluie l'aveugla un moment, puis, secouant ses cheveux et les écartant de ses yeux, elle vit que le coche atteignait à un furieux galop le sommet d'une colline, tandis que, de chaque côté de la route, s'étendait l'âpre lande, formant une masse noire dans la brume et la pluie.

Devant elle, sur le sommet et à gauche, s'élevait un bâtiment en retrait de la route. Elle apercevait les hautes cheminées estompées dans l'obscurité. Nulle autre habitation, nulle autre chaumière. Si c'était là l'*Auberge de la Jamaïque*, elle se dressait seule dans toute sa gloire, offerte aux quatre vents. Mary ramena son manteau autour d'elle et le ferma. Les chevaux, arrêtés court, fumaient sous la pluie, projetant des nuages de vapeur.

Le cocher descendit de son siège et tira à lui la malle de la jeune fille. Il semblait pressé et ne cessait de jeter, par-dessus l'épaule, des coups d'œil vers la maison.

— Vous voici arrivée, dit-il. Vous n'avez qu'à traverser la cour, là-bas. Si vous agitez le marteau, on vous ouvrira. Il faut que je me dépêche si je veux arriver à Launceston cette nuit.

En un instant, il avait regagné son siège et saisi les rênes. Il cria pour faire démarrer les chevaux, les fouettant avec une évidente inquiétude. Le coche, tout secoué, se remit à rouler avec bruit et, en un clin d'œil, descendit la route et disparut comme s'il n'avait jamais existé, englouti par l'obscurité.

Mary se trouvait seule, sa malle à ses pieds. Elle entendit un bruit de verrous qu'on tirait derrière elle, dans la maison noire, et la porte s'ouvrit brusquement. Une forme très haute traversa la cour à grandes enjambées, balançant une lanterne.

— Qui est là? cria-t-on. Que désirez-vous?

Mary s'avança, levant les yeux vers l'homme, mais, aveuglée par la lumière, elle ne pouvait rien voir. Il continuait d'agiter la lanterne devant elle et, tout à coup, il se mit à rire, lui prit le bras et la tira rudement sous le porche.

— Oh! c'est vous, dit-il. Ainsi, vous êtes venue après tout? Je suis votre oncle, Joss Merlyn, et je vous souhaite la bienvenue à l'*Auberge de la Jamaïque.*

Il l'entraîna dans la maison et, riant de nouveau, ferma la porte et posa la lanterne sur une table, dans le couloir. Puis ils se regardèrent face à face.

CHAPITRE II

C'ÉTAIT un grand diable d'homme, mesurant près de sept pieds de haut ; il avait le front tout plissé et la peau aussi brune que celle d'un bohémien. Ses épais cheveux noirs retombaient en frange sur ses yeux et pendaient sur ses oreilles. Il paraissait avoir la force d'un cheval, avec ses larges et puissantes épaules, ses longs bras qui atteignaient presque ses genoux et ses poings aussi gros que des jambons. Sa charpente était si énorme que sa tête paraissait rapetissée et enfoncée dans les épaules, rappelant, avec ses noirs sourcils et ses cheveux emmêlés, l'attitude un peu penchée d'un gorille géant. Mais malgré ses membres allongés et sa vigoureuse stature, ses traits n'avaient rien de simiesque, car son nez était busqué, s'incurvant presque jusqu'à une bouche qui avait dû, un jour, être parfaite, mais dont les coins maintenant s'affaissaient, et ses grands yeux noirs n'étaient pas sans beauté, en dépit des rides et des poches et bien qu'ils fussent injectés le sang.

Ses dents étaient ce qui lui restait de mieux. Elles

étaient saines et très blanches et, quand il souriait, elles se détachaient nettement sur la peau basanée de son visage, lui donnant l'air d'un loup avide. Et bien qu'il y ait un monde de différence entre le sourire d'un homme et l'expression d'un loup qui découvre ses crocs, c'était exactement la même chose quand il s'agissait de Joss Merlyn.

— Ainsi, vous êtes Mary Yellan, dit-il enfin, se penchant au-dessus d'elle, ployant la tête pour observer plus étroitement la jeune fille, et vous avez fait tout ce chemin pour venir vous occuper de l'oncle Joss. Je trouve ça charmant de votre part.

Il rit de nouveau, se moquant d'elle. Son rire, qui ressemblait à un mugissement, retentissait dans la maison, agissant comme un fouet sur les nerfs tendus de Mary.

— Où est ma tante Patience ? demanda-t-elle, jetant un regard circulaire dans le couloir à peine éclairé, si morne avec ses froides dalles de pierre et son étroit escalier branlant. Elle ne m'attend donc pas?

— Où est ma tante Patience? se moqua l'homme. Où est ma chère petite tante pour qu'elle m'embrasse et me cajole, et s'occupe de moi. Ne pouvez-vous attendre une minute sans courir vers elle? N'y a-t-il pas un baiser pour l'oncle Joss?

Mary eut un geste de recul. L'idée de l'embrasser la révoltait. Il devait être fou, ou ivre, les deux probablement. Elle ne voulait pas l'irriter, ayant bien trop peur pour cela.

Il vit la question lui traverser l'esprit et il se mit à rire.

— Oh! non, dit-il, rassurez-vous, je ne vous toucherai pas. Vous êtes en sécurité avec moi. Je n'ai jamais aimé les brunes et j'ai à m'occuper d'autre chose que de faire l'idiot avec ma propre nièce.

Il l'observa d'un air railleur et méprisant, la traitant comme une sotte, fatigué de sa plaisanterie. Puis il leva la tête vers le palier :

— Patience, rugit-il, que diable fais-tu donc? La petite est arrivée. Elle pleurniche et te réclame. Elle m'a déjà assez vu.

Quelqu'un s'agita au haut de l'escalier. Un bruit de pas se fit entendre. Puis la flamme d'une bougie vacilla et une exclamation retentit. Une femme descendit l'étroit escalier, abritant ses yeux de la flamme. Une cornette malpropre couvrait ses rares cheveux gris qui pendaient en mèches emmêlées sur ses épaules. Elle avait roulé le bout de ses cheveux, essayant vainement d'obtenir des boucles, mais celles-ci s'étaient défaites. Son visage s'était amaigri et ses pommettes saillaient. Elle avait de grands yeux écarquillés, comme s'ils interrogeaient constamment, et un tic de la bouche, tantôt pinçant les lèvres, tantôt les desserrant. Elle portait un jupon fané dont les rayures avaient dû être un jour couleur cerise et étaient maintenant d'un rose délavé. Un châle tout rapiécé couvrait ses épaules. Elle venait, de toute évidence, de coudre un ruban neuf à sa cornette pour essayer de raviver son costume, mais n'avait réussi qu'à donner une note discordante, incongrue. Le ruban, d'un rouge écarlate, faisait un horrible contraste avec la pâleur de son visage. Mary la regarda, muette de chagrin. Cette pauvre créature déguenillée était-elle l'ensorcelante tante Patience de ses rêves, vêtue maintenant comme un souillon et paraissant avoir vingt ans de plus que son âge?

Tante Patience descendit l'escalier et s'avança dans le vestibule. Elle prit les mains de Mary dans les siennes et contempla la jeune fille.

— Tu es donc venue? murmura-t-elle. Tu es ma nièce, Mary Yellan, n'est-ce pas? La fille de ma sœur morte?

Mary hocha la tête, remerciant Dieu que sa mère ne pût voir dans quel état était sa sœur.

— Ma chère tante Patience, dit doucement Mary, je suis contente de vous revoir. Tant d'années ont passé depuis votre voyage à Helford.

La femme continuait de la caresser, de toucher ses vêtements et, tout à coup, elle s'accrocha à elle, appuya sa tête contre l'épaule de la jeune fille et se mit à pleurer craintivement, à sanglots entrecoupés.

— Oh! ça suffit, grogna son mari. Quelle façon d'accueillir les gens! Qu'as-tu donc à brailler comme ça, sacrée folle? Ne peux-tu voir que la petite a besoin de dîner? Va à la cuisine et donne-lui du bacon et à boire.

Il se baissa et enleva la malle de Mary sur son épaule comme s'il ne s'agissait que d'un menu paquet.

— Je vais porter ça dans sa chambre, dit-il, et s'il n'y a pas quelque chose à dîner sur la table quand je redescendrai, je te donnerai de quoi te faire pleurer. A vous aussi, si vous voulez, ajouta-t-il, avançant la face vers Mary et posant un grand doigt sur la bouche de la jeune fille. Êtes-vous apprivoisée, ou mordez-vous? dit-il.

Puis il rit encore, rugissement qui retentit jusqu'au toit, et gravit l'étroit escalier, balançant la malle sur ses épaules.

Tante Patience se reprit. Elle fit un violent effort et sourit, tapotant ses pauvres mèches pour les remettre en ordre en un geste d'autrefois dont Mary se souvenait un peu, puis, clignotant nerveusement et se mordant les lèvres, elle conduisit la jeune fille dans un autre couloir sombre, puis dans la cuisine. La pièce était éclairée par trois bougies et un petit feu de tourbe couvait dans la cheminée.

Prenant soudain l'attitude soumise d'un misérable chien qui, par une cruauté constante, a été dressé à une implicite obéissance et se battrait comme un tigre pour son maître en dépit des coups et des imprécations, tante Patience dit :

— Ne fais pas attention à ton oncle. Il faut le laisser faire, il a ses façons à lui et les étrangers ne le comprennent pas tout de suite. Il s'est toujours montré très bon mari depuis le jour de notre mariage.

Elle continua de marmotter machinalement, s'affairant dans la cuisine dallée et mettant le couvert pour le souper, tirant le pain, le fromage et quelques restes d'un grand placard dans le mur, tandis que Mary, accroupie devant le feu, tentait vainement de réchauffer ses doigts glacés.

La cuisine était lourde de la fumée de tourbe qui montait jusqu'au plafond et se logeait dans les angles, flottant dans l'air comme un mince nuage bleu. La fumée piquait les yeux de Mary, entrait dans ses narines et se posait sur sa langue.

— Tu en viendras bientôt à aimer ton oncle Joss et à le comprendre, poursuivit sa tante. C'est un homme remarquable et un très brave homme. Il est bien connu aux alentours et son nom respecté. Personne n'oserait dire un mot contre Joss Merlyn. Parfois, nous avons ici beaucoup de monde. Ce n'est pas toujours aussi tranquille. La grand-route est très fréquentée, vois-tu, les diligences y passent tous les jours. Les notabilités du pays sont très aimables avec nous, très aimables. Hier encore, un voisin se trouvait ici, et je lui ai fait un gâteau qu'il a emporté chez lui. " Mrs. Merlyn, m'a-t-il dit, vous êtes l'unique femme en Cornouailles qui sachiez faire cuire un gâteau. " Ce sont ses propres paroles. Et le squire lui-même, le squire Bassat, tu sais, de North Hill — il possède toutes les terres des environs — me croisant l'autre jour sur la route... c'était jeudi... a tiré son chapeau et m'a dit : " Bonjour, madame ! " en s'inclinant sur son cheval. On dit qu'il a eu beaucoup de succès auprès des femmes, dans sa jeunesse. Alors Joss est sorti de l'écurie, où il était en train d'arranger la roue de la voiture, et lui a demandé : " Que pensez-vous de la vie, Mr. Bassat? " Et le squire lui a répondu : " Je la trouve aussi florissante que vous, Joss ", et tous deux se sont mis à rire.

Mary murmura quelques réponses à ce petit discours, mais il lui était pénible de constater que tante Patience, en lui parlant, évitait son regard, et la volubilité même de ses paroles paraissait suspecte. Elle bavardait comme un enfant qui se raconte une histoire et a le don d'imagination. Mary était peinée de la voir jouer un tel rôle et souhaitait qu'elle se tût, car ce flot de paroles était plus effrayant que l'avaient été ses larmes. Il y eut un bruit de pas derrière la porte et, le cœur serré, Mary comprit que Joss Merlyn était descendu et avait probablement écouté la conversation de sa femme.

Tante Patience l'entendit aussi, car elle pâlit et commença de se mordre les lèvres. Il entra dans la pièce et son regard alla de l'une à l'autre.

— Ainsi, les poules sont déjà en train de caqueter? dit-il.

Il ne riait plus et plissait les yeux.

— Tu cesseras bientôt de pleurer, si tu peux parler. Je t'ai entendue, pauvre idiote, je t'ai entendue glouglouter comme une dinde. Penses-tu que ta précieuse nièce puisse croire un seul mot de ce que tu racontes? Un enfant ne s'y laisserait pas prendre, encore moins une fille comme elle.

Il tira une chaise placée près du mur et la planta avec fracas contre la table. Il s'assit si lourdement que la chaise gémit sous son poids, puis, saisissant le pain, il s'en coupa une tranche épaisse qu'il tartina de saindoux. Il l'engloutit de telle façon que la graisse coula sur son menton. Puis il fit signe à Mary de venir à table.

— Vous avez besoin de manger, je le vois bien, dit-il.

Il lui coupa alors avec soin une mince tranche de pain et la divisa en quartiers qu'il se mit à beurrer pour elle, procédant avec une délicatesse qui formait un frappant contraste avec sa façon de se servir lui-même, à tel point que Mary avait l'impression de quelque chose de terrifiant à voir cette brutalité grossière se muer en soins délicats, comme s'il existait quelque pouvoir latent dans ces doigts qui pouvaient être tour à tour des gourdins ou d'adroits serviteurs. S'il lui avait coupé et jeté un gros morceau de pain, elle n'y eût pas pris garde, car le geste eût répondu à l'idée qu'elle s'était faite de lui. Mais cette grâce soudaine, les mouvements élégants et vifs de ses mains lui paraissaient une sinistre révélation, sinistre parce qu'elle était inattendue et peu conforme au personnage. Elle le remercia tranquillement et se mit à manger.

Sa tante, qui n'avait pas prononcé un seul mot depuis l'entrée de son mari dans la cuisine, faisait frire du bacon. Personne ne parlait. Mary avait conscience d'être observée par Joss Merlyn, assis de l'autre côté de la table; derrière elle, elle entendait sa tante manier la poêle de ses doigts malhabiles. Au bout d'une minute, la poêle s'échappa des mains de tante Patience, qui poussa un petit cri de détresse. Mary se leva pour l'aider, mais Joss lui enjoignit rudement de rester assise.

— Une imbécile suffit, hurla-t-il. Restez tranquille et laissez votre tante nettoyer son gâchis. Ce ne sera pas la première fois.

Il se renversa sur sa chaise et commença de se curer les dents avec ses ongles.

— Que voulez-vous boire? demanda-t-il. Du cognac, du vin ou de l'ale? Peut-être mourrez-vous ici de faim, mais jamais de soif. Nous n'avons jamais le gosier sec, à *la Jamaïque*.

Il rit, cligna de l'œil et fit claquer sa langue.

— Pourrais-je avoir une tasse de thé? dit Mary. Je n'ai pas l'habitude de boire de l'alcool ou du vin.

— Vraiment? Vous avez tort, je vous assure. Vous pouvez boire votre thé ce soir, mais, par Dieu, c'est du cognac qu'il vous faudra dans un mois ou deux.

Il étendit le bras par-dessus la table et lui prit la main.

— Voici une assez jolie petite patte pour quelqu'un qui a travaillé dans une ferme, dit-il. Je craignais de vous voir les mains rudes et rouges. S'il y a quelque chose qui dégoûte un homme, c'est d'avoir son ale versée par une vilaine main. Non que mes clients soient très difficiles, mais nous n'avons jamais eu de fille de comptoir à l'*Auberge de la Jamaïque.*

Il lui fit un salut moqueur et lui lâcha la main.

— Patience, ma chère, dit-il, voici la clé. Va me chercher une bouteille de cognac, pour l'amour du Ciel. J'ai une soif que toutes les eaux de Dozmary n'étancheraient point.

A ces mots, sa femme sortit vivement et disparut dans le couloir. Il se remit à se curer les dents, sifflotant de temps à autre, tandis que Mary mangeait son pain beurré et buvait le thé qu'il avait placé devant elle. Déjà une affreuse migraine lui serrait le front; elle était près de tomber. La fumée de tourbe faisait pleurer ses yeux. Mais, malgré sa fatigue, elle observait son oncle, car la nervosité de sa tante Patience la gagnait déjà; elle avait la sensation qu'elles étaient prises toutes deux comme des souris dans un piège d'où elles ne pouvaient s'échapper et qu'il jouait avec elles comme un chat monstrueux.

Tante Patience revint au bout de quelques minutes avec le cognac, le plaça devant son mari, et, tandis qu'elle finissait de faire cuire le bacon et se servait ainsi que la jeune fille, il se mit à boire, regardant fixement devant lui d'un air sombre, tapant du pied contre la table. Soudain, il écrasa son poing sur la table. Les assiettes et les tasses s'entrechoquèrent, tandis qu'une écuelle tombait à terre et se brisait.

— Écoutez-moi bien, Mary Yellan! hurla-t-il. Je suis le maître dans cette maison, et je veux que vous le sachiez. Vous ferez ce qu'on vous dira de faire. Vous aiderez au ménage et servirez les clients, et je ne toucherai pas à un cheveu de votre tête. Mais, par Dieu, si vous ouvrez la bouche, si vous jacassez, je vous briserai comme votre tante Patience.

Mary affronta son regard par-dessus la table, gardant ses mains sur ses genoux pour qu'il ne les vît pas trembler.

— Je vous comprends, dit-elle. Je ne suis pas d'une nature curieuse et n'ai jamais colporté de potins. Ce que vous faites dans cette auberge, ou les gens que vous y recevez, cela m'importe peu. Je ferai mon travail et vous n'aurez aucune raison de vous plaindre. Mais si vous maltraitez ma tante Patience, je vous préviens : je quitterai immédiatement l'*Auberge de la Jamaïque*, j'irai chercher le magistrat et vous livrerai à la police. Vous essaierez alors de me briser si vous voulez.

Mary était devenue très pâle. Elle savait que s'il fulminait contre elle à présent, elle serait désemparée, se mettrait à pleurer et qu'il la dominerait à jamais. Ce torrent de mots lui avait échappé en dépit d'elle-même et, pleine de pitié pour la pauvre chose brisée qu'était sa tante, elle n'avait pu se maîtriser. Mais elle ne savait pas que ces paroles, au contraire, l'avaient sauvée, car sa petite démonstration de courage avait fait impression sur l'homme, qui se renversa sur sa chaise et s'apaisa.

— Très joli, dit-il. Voilà qui est joliment dit. Nous

savons maintenant à quelle sorte de locataire nous avons affaire. Il n'y a qu'à la toucher pour qu'elle montre ses griffes. Très bien, ma petite. Vous et moi sommes plus semblables que je ne croyais. Si jeu il y a, nous jouerons ensemble. Un jour, il y aura peut-être du travail pour vous à l'*Auberge de la Jamaïque*, du travail que vous n'avez jamais fait encore : un travail d'homme, Mary Yellan, où l'on joue à la vie à la mort.

Mary entendit tante Patience soupirer convulsivement à côté d'elle.

— Oh! Joss, murmura-t-elle, oh! Joss, je t'en prie!

Il y avait tant de supplication dans sa voix que Mary fixa sur elle des yeux surpris. Elle vit sa tante se pencher en avant et faire signe à son mari de se taire, et le tremblement de son menton et l'angoisse de son regard effrayèrent Mary plus que tout ce qu'elle avait appris ce soir-là. Elle eut soudain la sensation d'être désorientée, glacée, d'avoir la nausée. Quelle raison avait provoqué chez tante Patience une telle panique? Que pouvait être ce que Joss Merlyn avait été sur le point de dire? Elle avait conscience d'une curiosité fébrile et terrible. Son oncle agita la main avec impatience.

— Va te coucher, Patience, dit-il. Je suis fatigué de voir ta lugubre face à ma table. Nous nous comprenons très bien, cette petite et moi.

La femme se leva aussitôt et se dirigea vers la porte, jetant par-dessus l'épaule un dernier regard désespéré et inefficace. Joss Merlyn et Mary entendirent ses pas dans l'escalier. Ils étaient seuls. L'homme repoussa le verre vide et croisa les bras sur la table.

— Je n'ai eu qu'une faiblesse dans ma vie, dit-il, et je vais vous la confier : c'est l'alcool. C'est une malédiction, et je le sais. Je ne peux pas m'en empêcher. Un jour, cela me perdra et ce sera une bonne chose. Certains jours, je n'en prends qu'une goutte, comme ce soir. A d'autres moments, je sens la soif s'emparer de moi et je bois comme une éponge, je bois pendant des heures. C'est la puissance, la gloire, les femmes, le Royaume de Dieu, tout cela à la fois. Je suis alors un roi, Mary. J'ai l'impression d'avoir entre les doigts les ficelles qui font marcher le monde. C'est le ciel et l'enfer. C'est alors que je parle, que je parle jusqu'à ce que la moindre des damnées choses que j'ai faites soit dispersée aux quatre vents. Je reste dans ma chambre et hurle mes secrets dans mon oreiller. Votre tante m'enferme à clé et, quand je suis plus sobre, je tambourine sur la porte et elle me laisse sortir. Personne d'autre qu'elle et moi ne le sait. Et voici que je vous l'ai dit. Je vous l'ai dit parce que je suis déjà un peu ivre et que je ne peux tenir ma langue. Mais je ne suis pas assez ivre pour perdre la tête. Je ne suis pas assez ivre pour vous dire pourquoi je vis dans ce coin abandonné de Dieu et pourquoi je suis propriétaire de l'*Auberge de la Jamaïque.*

Sa voix était rauque; il parlait presque en un murmure. Le feu de tourbe s'était affaissé dans la grille et des ombres noires agitaient de longs doigts sur le mur. Les bougies, elles aussi, étaient presque consumées et projetaient au plafond l'ombre monstrueuse de Joss Merlyn. Avec un geste insensé d'homme ivre, mettant un doigt contre son nez, il sourit à la jeune fille.

— Ça, je ne vous l'ai pas dit, Mary Yellan. Oh! non, il me reste encore assez de bon sens. Si vous voulez en savoir davantage, demandez à votre tante. Elle vous inventera une histoire. Je l'ai entendue fanfaronner ce soir et vous raconter que nous recevons ici de la haute société et que le squire lui tire son chapeau. Ce sont des mensonges, des mensonges. Je vous le dis parce que vous finirez bien par le savoir. La terreur du squire Bassat est trop mortelle pour qu'il montre son nez ici. S'il me voyait sur la route, il se signerait et éperonnerait son cheval. Et toute la bonne bourgeoisie en ferait autant. Les diligences ne s'arrêtent plus ici, ni les malles-poste. Ça m'est égal. J'ai assez de clients. Plus la bourgeoisie reste à distance, plus je suis heureux. Oh! l'on n'est pas sans boire ici, et en quantité respectable. Des gens viennent à *la Jamaïque* le samedi soir, et certaines personnes verrouillent soigneusement leur porte et dorment en se bouchant les oreilles. Il y a des nuits où chaque cottage de la lande reste sombre et silencieux, où les seules lumières dans un rayon de plusieurs milles sont les fenêtres illuminées de l'*Auberge de la Jamaïque*. On dit que les cris et les chants peuvent être entendus jusqu'aux fermes audessous le Roughtor. Vous serez dans le bar, ces nuits-là, si cela vous intéresse, et vous verrez quelle sorte de gens je reçois.

Mary restait immobile, s'agrippant au bord de sa chaise. Elle n'osait bouger, de crainte d'un de ces brusques changements d'humeur qu'elle avait déjà observés chez lui et qui transformerait ce ton intime de confidence en une âpre et grossière brutalité.

— Ils ont tous peur de moi, poursuivit-il, tous ces sacrés imbéciles ont peur de moi, qui n'ai peur d'aucun homme. Croyez bien que si j'avais de l'éducation, si j'étais instruit, je parcourrais l'Angleterre au côté du Roi George lui-même. C'est l'alcool qui fait mon malheur, l'alcool et mon sang impétueux. C'est la malédiction de notre famille, Mary. Jamais aucun Merlyn n'est mort en paix dans son lit...

Il poursuivit :

— Mon père a été pendu à Exeter... il avait tué un individu au cours d'une querelle. Mon grand-père a eu les oreilles coupées pour vol; on l'envoya dans un lieu de déportation, sous les tropiques où il mourut d'horrible façon à cause d'une morsure de serpent. Je suis l'aîné de trois frères, tous nés sous l'ombre de Kilmar, là-bas, au-delà de la Lande des Douze Hommes. Vous traversez la Lande Est, vous marchez jusqu'à Rushyford et vous voyez un grand rocher de granit, dont la pointe fait penser à la main d'un démon qui s'accrocherait au ciel. C'est Kilmar. Si vous étiez née sous cette ombre, vous vous adonneriez à la boisson, tout comme moi. Mon frère Matthew fut noyé dans le marécage de Trewartha. Nous pensions qu'il s'était engagé dans la marine et qu'il négligeait de nous écrire, et, un été, il advint une période de sécheresse, il ne tomba pas une goutte de pluie pendant sept mois, et nous découvrîmes Matthew gisant dans le marais, les mains au-dessus de la tête, les courlis voletant autour de lui. Mon frère Jem — le diable l'emporte! — était le bébé de la famille. Il était encore pendu aux jupes de notre mère quand Matthew et moi étions des hommes. Nous n'avons jamais pu nous entendre, Jem et moi. Il est trop intelligent, il a la langue trop acérée. Oh! il sera pris un jour et pendu, comme mon père.

Il garda un instant le silence, les yeux fixés sur son verre vide. Il souleva le verre, puis le reposa.

— Non, dit-il. J'en ai dit assez. Je ne boirai plus ce soir. Allez vous coucher, Mary, avant que je ne vous torde le cou. Voici votre bougie. Vous trouverez votre chambre au-dessus du porche.

Sans un mot, Mary prit le chandelier. Elle était sur le point de le dépasser quand il la saisit par l'épaule et lui fit faire demi-tour.

— Parfois, il y aura des nuits où vous entendrez des roues sur la route, dit-il, et ces roues n'iront pas plus loin, mais s'arrêteront devant l'*Auberge de la Jamaïque*. Et vous entendrez des pas dans la cour, et des voix sous votre fenêtre. Quand cela arrivera, vous resterez dans votre lit, Mary Yellan, et vous cacherez la tête sous les couvertures. Comprenez-vous?

— Oui, mon oncle.

— Très bien. Maintenant, sortez, et si vous me posez une nouvelle question, je vous briserai les os.

Mary sortit dans l'obscur corridor, se cognant contre la banquette du vestibule. Elle gagna l'escalier, cherchant son chemin à tâtons; elle jugea qu'elle devait faire demi-tour et se trouver de nouveau en face de l'escalier. Son oncle lui avait dit que sa chambre était au-dessus du porche, et elle avança doucement sur le sombre palier, dépassa deux chambres de chaque côté (des chambres destinées à des clients, pensa-t-elle, des chambres attendant ces voyageurs qui ne venaient plus désormais chercher un abri sous le toit de l'*Auberge de la Jamaïque*), puis elle trébucha contre une autre porte; elle en tourna la poignée et, à la flamme vacillante de sa bougie, vit que c'était sa chambre, car sa malle y avait été déposée.

Les murs étaient rugueux et non tapissés et le plancher nu. Une caisse retournée, sur laquelle on avait placé un miroir brisé, servait de table de toilette. Il n'y avait ni pot ni cuvette; elle supposa qu'elle devrait se laver dans la cuisine. Lorsqu'elle s'étendit, le lit craqua et les deux minces couvertures étaient humides au toucher. Elle décida de ne pas se déshabiller, mais de rester étendue dans ses vêtements de voyage, si poussiéreux qu'ils fussent, et de s'envelopper dans son manteau. Elle alla vers la fenêtre et regarda dehors. Le vent était tombé, mais il pleuvait encore : une pluie fine qui dégouttait le long de la maison et se mêlait à la poussière des vitres.

Un bruit vint du coin le plus éloigné de la cour, un gémissement étrange, comme celui d'un animal qui souffre. Il faisait trop noir pour bien voir, mais Mary put distinguer une forme sombre qui se balançait doucement. Pendant une minute de cauchemar, son imagination enflammée par ce que lui avait raconté Joss Merlyn, elle crut que c'était un gibet, où un homme était pendu. Puis elle se rendit compte que c'était l'enseigne de l'auberge, qui, à cause de la négligence du propriétaire, était mal fixée et s'agitait à la moindre brise. Ce n'était qu'une pauvre vieille pancarte qui avait connu des jours meilleurs, mais dont les lettres, autrefois blanches, étaient maintenant grises et presque effacées et dont le message était à la merci des quatre vents... *Auberge de la Jamaïque... Auberge de la Jamaïque.* Mary tira la jalousie et se glissa jusqu'à son lit. Ses dents s'entrechoquaient, ses pieds et ses mains étaient transis. Elle resta longtemps affalée sur le lit, en proie au désespoir. Elle se demandait s'il serait possible de s'échapper de la maison et de retrouver le chemin de Bodmin, à douze milles de là; elle se demandait si elle en aurait la force et si la fatigue n'aurait pas raison d'elle et ne l'obligerait pas à dormir sur la route, où elle s'éveillerait au matin pour voir la grande forme de Joss Merlyn penchée au-dessus d'elle.

Mary ferma les yeux et, tout aussitôt, la face de son oncle lui apparut. Il la regardait d'abord en souriant; puis le sourire se muait en un froncement de sourcils;

puis le froncement de sourcils se changeait en une tête grimaçante, tandis qu'il tremblait de rage. Elle voyait ses cheveux noirs emmêlés, son nez aquilin et ses longs doigts puissants qui avaient une grâce si redoutable.

Elle se sentait prise comme un oiseau au filet; elle aurait beau se débattre, elle ne s'échapperait jamais. Si elle voulait être libre, il fallait fuir immédiatement, sauter par la fenêtre et courir comme une folle le long de la route blanche qui se déroulait comme un serpent à travers la lande. Demain, il serait trop tard.

Elle attendit jusqu'à ce qu'elle perçût un bruit de pas dans l'escalier. Elle entendit son oncle se parler à lui-même et, à son grand soulagement, il s'éloigna et prit l'autre couloir, à gauche de l'escalier. Une porte se ferma au loin et le silence se fit. Elle décida de ne plus attendre. Si elle passait une nuit sous ce toit, son courage l'abandonnerait et elle serait perdue. Perdue et folle, et brisée, comme tante Patience. Elle ouvrit la porte et se glissa dans le couloir. Elle marcha sur la pointe des pieds jusqu'à l'escalier. Elle s'arrêta et écouta. Elle posait la main sur la rampe et le pied sur une marche lorsqu'elle entendit un bruit venant de l'autre couloir. Quelqu'un pleurait, quelqu'un dont le souffle était haletant, entrecoupé, et qui essayait d'assourdir ses sanglots dans l'oreiller. C'était tante Patience.

Mary attendit un moment, puis, se détournant, rentra dans sa chambre, se jeta sur son lit et ferma les yeux. Quoi qu'elle eût à affronter dans l'avenir, si effrayée qu'elle pût être, elle ne quitterait plus l'*Auberge de la Jamaïque*. Elle resterait avec tante Patience, qui avait grand besoin d'elle. Tante Patience trouverait peut-être en elle un réconfort, elles arriveraient à s'entendre et, selon un plan qu'elle était trop lasse à présent pour élaborer, Mary jouerait auprès de tante Patience un rôle protecteur et se dresserait entre elle et Joss Merlyn. Pendant dix-sept ans, sa mère avait vécu et travaillé seule; elle avait connu plus de luttes que Mary n'en connaîtrait jamais. Ce n'est pas elle qui eût fui à cause d'un demi-fou. Elle n'eût pas redouté une maison hantée par l'esprit du mal, si isolée fût-elle, dressée sur la colline battue par les vents, petit point solitaire défiant les hommes et la tempête. La mère de Mary eût eu le courage de combattre ses ennemis et de les vaincre. Ce n'est pas elle qui se fût dérobée.

C'est ainsi que Mary restait étendue sur son lit, l'esprit agité, tandis qu'elle aspirait au sommeil. Le moindre bruit était un choc pour ses nerfs, du grattement d'une souris dans le mur, derrière elle, au grincement de l'enseigne dans la cour. Elle compta les minutes et les heures d'une nuit éternelle et, quand le premier coq chanta, dans un champ derrière la maison, elle cessa de compter, soupira et s'endormit lourdement.

CHAPITRE III

QUAND Mary s'éveilla, un grand vent soufflait de l'ouest et le soleil brillait faiblement. C'était le bruit de la fenêtre secouée par le vent qui l'avait tirée de son sommeil. Il faisait grand jour. La couleur du ciel lui apprit qu'elle avait dormi tard et qu'il devait être plus de huit heures. En regardant dans la cour, elle vit la porte de l'écurie ouverte et, dans la boue, des traces de sabots toutes fraîches. Avec une grande sensation de soulagement, elle comprit que l'aubergiste était sorti et qu'elle serait seule avec tante Patience, ne fût-ce que pour très peu de temps.

En hâte, elle ouvrit sa malle et en sortit sa jupe d'épais tissu, son tablier de couleur et les lourds souliers qu'elle portait à la ferme; au bout de dix minutes, elle était descendue et se lavait dans l'arrière-cuisine.

Tante Patience sortit de l'enclos réservé aux poules, derrière la maison, portant, dans son tablier, quelques œufs fraîchement pondus. Elle les montra avec un petit sourire de mystère.

— J'ai pensé que tu en aimerais un pour ton petit

déjeuner, dit-elle. J'ai vu que tu étais trop fatiguée pour souper, hier soir. Et je t'ai gardé un pot de crème pour manger avec ton pain.

Ce matin-là, son attitude était assez normale, et en dépit des cercles rouges autour de ses yeux, qui décelaient une nuit d'anxiété, elle faisait un effort évident pour être gaie. Mary songea que ce n'était qu'en présence de son mari qu'elle était subjuguée comme une enfant qui a peur, et que, lorsqu'il était absent, elle avait la même faculté enfantine d'oubli et pouvait prendre plaisir à de petites choses, telles que lui préparer à déjeuner ou lui faire cuire un œuf.

Toutes deux évitèrent de faire allusion à la nuit passée et le nom de Joss ne fut pas prononcé. Où était-il allé et pour quelles affaires, Mary ne le demanda point. Elle s'en souciait peu et n'était que trop soulagée d'être débarrassée de lui.

La jeune fille voyait très bien que sa tante était désireuse de parler de choses indépendantes de sa vie actuelle. Elle semblait redouter d'être interrogée, de sorte que Mary l'épargna et se plongea dans le récit de ses dernières années à Helford, des périodes malheureuses, de la maladie et de la mort de sa mère.

Mary n'eût pu dire si tante Patience l'écoutait attentivement ou non; sans doute hochait-elle la tête de temps à autre; elle se mordait les lèvres et émettait de petites exclamations; mais il semblait à Mary que toutes ces années d'inquiétude lui avaient enlevé tout pouvoir de concentration et que quelque terreur secrète l'empêchait de donner tout son intérêt à la conversation.

Durant la matinée, les deux femmes accomplirent le travail habituel de la maison et Mary fut ainsi à même d'explorer plus complètement l'auberge.

C'était une sombre maison pleine de coins et de recoins, avec de longs couloirs et des chambres inattendues. Il y avait une entrée spéciale pour le bar, sur le côté de la maison et, bien que la salle fût vide alors, il y avait dans l'atmosphère une sorte de lourdeur, réminiscence de la dernière fois où elle avait été pleine : une odeur attardée de tabac, un aigre relent de boisson, une impression d'humanité chaude et malpropre entassée sur les banquettes noires et sales.

Malgré tout ce qu'elle évoquait de déplaisant, c'était la seule pièce de l'auberge qui eût de la vitalité et ne fût pas triste et morne. Les autres pièces semblaient négligées ou inhabitées; le petit salon même, près du porche d'entrée, avait un air abandonné comme si depuis de nombreux mois nul honnête voyageur n'avait mis le pied sur le seuil et réchauffé son dos devant un bon feu. Les chambres au-dessus étaient dans un état de délabrement pis encore. L'une d'elles servait de débarras. Des caisses étaient empilées contre le mur, avec de vieilles couvertures de cheval rongées et déchirées par des familles de souris ou de rats. Dans la pièce opposée, des pommes de terre et des navets étaient entassés sur un lit hors d'usage.

Mary devina que sa petite chambre avait dû se trouver dans le même état et qu'elle devait à sa tante les quelques meubles qu'elle contenait. Elle ne s'aventura point dans la chambre de son oncle et de sa tante, dans l'autre couloir. Au-dessous de cette chambre, dans un long couloir parallèle à celui au-dessus, dans la direction opposée à la cuisine, il y avait une autre pièce dont la porte était fermée à clé. Mary sortit dans la cour pour regarder à l'intérieur par la fenêtre, mais une planche était fixée contre le châssis et elle ne put rien voir.

La maison et les dépendances occupaient trois des côtés de la cour, au centre de laquelle il y avait un massif de gazon et une auge. Au-delà, la route déroulait son blanc ruban de chaque côté de l'horizon, environné de tous côtés par la lande brune et amollie par les lourdes pluies. Mary alla jusqu'à la route et regarda autour d'elle. Aussi loin qu'elle pût voir, il n'y avait que les noires collines et les marécages. L'auberge gris ardoise, avec ses hautes cheminées, si inhabitée, si peu engageante qu'elle parût, était la seule habitation dans le paysage. A l'ouest de la Jamaïque, se dressaient de hauts rochers; certains d'entre eux étaient lisses et l'herbe jaune y brillait sous l'instable soleil d'hiver; mais les autres étaient austères et sinistres, leurs sommets étaient couronnés de granit et de grands blocs de pierre. De temps à autre, le ciel était obscurci par un nuage et des ombres s'allongeaient sur la lande. Les couleurs venaient par taches; parfois, les collines étaient violettes, comme tachées d'encre et mouchetées; puis un faible rayon de soleil sortait d'un petit nuage, et l'une des collines devenait d'un brun doré, tandis que sa voisine languissait encore dans l'ombre. Le paysage changeait sans cesse; à l'est, c'était la gloire d'un soleil de midi, et la lande était aussi immobile qu'un désert de sable, tandis qu'au loin, à l'ouest, l'hiver arctique tombait sur les collines, apporté par un nuage déchiqueté qui avait la forme du manteau d'un voleur de grand chemin et déversait la grêle et la neige, et la bruine sur les roches de granit. L'air était fort et parfumé, froid comme l'air de la montagne, et étrangement pur. C'était une révélation pour Mary, accoutumée au climat doux et chaud d'Helford, avec ses haies hautes et ses grands arbres protecteurs, où le vent d'est lui-même n'était pas violent, car le bras du promontoire défendait ceux qui étaient sur la langue de terre; seule la rivière coulait, turbulente et verte, avec de petites crêtes écumantes.

Si sombre et détestable que fût ce nouveau pays stérile et sauvage, avec la seule *Auberge de la Jamaïque* s'élevant sur la colline, comme un tampon offert aux quatre vents, il y avait dans l'air un défi qui aiguillonnait Mary Yellan vers l'aventure, qui la stimulait, amenant des couleurs à ses joues et une étincelle dans ses yeux, jouant avec ses cheveux, lui soufflant au visage; respirant profondément, elle l'aspira par les narines et le fit pénétrer dans ses poumons, plus rafraîchissant et plus doux qu'une gorgée de cidre. Elle alla jusqu'à l'auge et mit ses mains sous l'eau de source. L'eau était claire et glacée. Elle en but un peu. Cette eau ne ressemblait à aucune de celles qu'elle avait bues déjà. Elle était âpre, étrange, avec un léger goût de tourbe, comme la fumée du feu de la cuisine. Elle éprouva un plaisir pénétrant et sa soif s'apaisa.

Mary se sentait réconfortée de corps et d'esprit. Elle rentra dans la maison à la recherche de tante Patience, l'appétit aiguisé à l'idée du déjeuner qui, elle l'espérait, l'attendait. Elle se jeta sur le mouton bouilli et les navets et, sa faim apaisée pour la première fois depuis vingt-quatre heures, elle se sentit le courage de redevenir elle-même. Elle était prête à questionner sa tante et à en risquer les conséquences.

— Tante Patience, commença-t-elle, pourquoi mon oncle est-il propriétaire de l'*Auberge de la Jamaïque*?

Cette attaque soudaine et directe prit la femme par surprise et, pendant quelques instants, elle fixa Mary sans répondre. Puis elle devint écarlate et se mit à mordre ses lèvres.

— Pourquoi? balbutia-t-elle. L'endroit, tu peux le voir, est admirablement situé. C'est la principale route du sud. Les coches y passent deux fois par semaine. Ils viennent de Truro et de Bodmin jusqu'à Launceston. C'est la route que tu as prise hier. Il y a toujours de la compagnie sur la route. Les voyageurs, les particuliers, parfois les marins de Falmouth.

— Oui, tante Patience. Mais pourquoi ne s'arrêtent-ils pas à *la Jamaïque*?

— Ils s'y arrêtent. Ils viennent souvent boire au bar. Nous avons une bonne clientèle.

— Comment pouvez-vous dire une chose pareille quand le salon n'est jamais utilisé, quand les chambres servent de débarras et n'abritent que les rats et les souris? Je les ai vus moi-même. Je suis allée déjà dans des auberges bien plus petites que celle-ci. Il y en avait une dans notre village. L'aubergiste était de nos amis. Mère et moi avons plus d'une fois pris le thé au salon et, bien qu'il n'y eût que deux chambres au premier étage, elles étaient meublées et aménagées pour recevoir des voyageurs.

Tante Patience garda un instant le silence, se mordant les lèvres et agitant les doigts sur ses genoux.

— Ton oncle Joss n'encourage guère les gens à rester, dit-elle enfin. Il dit qu'on ne sait jamais qui l'on héberge et, dans un endroit aussi isolé que celui-ci, nous pourrions être assassinés dans notre lit. Il y a toutes sortes de gens sur la route. Nous ne serions pas en sécurité.

— Tante Patience, vous dites des sottises. A quoi servirait une auberge qui ne pourrait donner à un honnête voyageur un lit pour la nuit? Pour quelle autre raison celle-ci a-t-elle été construite? Et comment vivez-vous si vous n'avez pas de clients?

— Nous avons des clients, répliqua la femme d'un ton boudeur, je te l'ai déjà dit. Des hommes viennent des fermes des environs et d'endroits éloignés. Il y a des fermes et des cottages dispersés sur la lande dans un rayon de plusieurs milles et les gens viennent de là. Certains soirs, le bar en est plein.

— Le conducteur du coche m'a dit hier que les gens respectables ne venaient plus à *la Jamaïque*. Il prétendait qu'ils avaient peur.

Tante Patience changea de couleur. Elle était maintenant toute pâle et l'affolement se lisait dans ses yeux. Elle ravala sa salive et passa sa langue sur ses lèvres.

— Ton oncle Joss est très violent, dit-elle, tu l'as vu toi-même. Il s'emporte facilement et ne veut pas qu'on se mêle de ses affaires.

— Tante Patience, pourquoi se mêlerait-on des affaires d'un aubergiste qui fait un commerce honnête? Si emporté qu'un homme puisse être, son caractère ne fait pas fuir les gens de peur. Ce n'est pas une excuse.

Sa tante garda le silence. Elle était à bout de ressources et se taisait avec l'entêtement d'un mulet. Elle se refusait à répondre. Mary essaya une autre question.

— D'abord, pourquoi êtes-vous venus ici? Ma mère l'ignorait; elle vous croyait à Bodmin. C'est de là que vous lui avez écrit à l'époque de votre mariage.

— J'ai rencontré ton oncle à Bodmin, mais nous n'y avons jamais demeuré, répondit lentement tante Patience. Nous avons habité Padstow pendant un certain temps, puis nous sommes venus ici. Ton oncle a acheté l'auberge à Mr. Bassat. Elle était restée vide pendant plusieurs années et ton oncle avait décidé qu'elle lui conviendrait. Il voulait s'installer définitivement. Il a beaucoup voyagé autrefois dans des pays dont je ne pourrais me rappeler tous les noms. Je crois qu'il est allé une fois en Amérique.

— Il paraît assez bizarre de venir s'installer ici, dit Mary. Il n'aurait pu choisir beaucoup plus mal, n'est-ce pas?

— C'est tout près de son ancien foyer. Ton oncle est né à quelques milles de là, là-bas sur la Lande des Douze Hommes. Son frère Jem y vit maintenant dans un petit cottage quand il ne vagabonde pas par le pays. Il vient ici quelquefois, mais ton oncle Joss ne l'aime guère.

— Mr. Bassat vient-il parfois à l'auberge?

— Non.

— Pourquoi, s'il l'a vendue à mon oncle?

Tante Patience agita ses doigts et se mordit les lèvres.

— Il y a eu un malentendu, répondit-elle. Ton oncle a acheté l'auberge par l'entremise d'un ami. Mr. Bassat ne sut que l'acquéreur était ton oncle qu'après notre venue ici, et il n'en fut pas très content.

— Qu'est-ce que cela pouvait lui faire?

— Il n'avait pas revu ton oncle depuis que, jeune homme, il habitait Trewartha. Ton oncle avait alors la réputation d'un garnement. Ce n'était pas sa faute, Mary, c'était son malheur. Les Merlyn ont toujours été des sauvages. Son jeune frère, Jem, est pis encore que Joss l'a jamais été, j'en suis sûre. Mais Mr. Bassat, qui avait écouté toutes sortes de mensonges sur l'oncle

Joss, fut très irrité quand il découvrit qu'il lui avait vendu *la Jamaïque*. Voilà tout ce qu'il y a.

Elle s'appuya au dossier de sa chaise, épuisée par l'interrogatoire. Ses yeux imploraient qu'on ne lui posât point d'autres questions, son visage était pâle et fatigué. Mary comprit qu'elle avait assez souffert, mais, avec la cruelle audace de la jeunesse, elle hasarda une question encore.

— Tante Patience, dit-elle, il faut que vous me regardiez et répondiez à cette question, et je ne vous tourmenterai plus. Cette pièce condamnée, au bout du couloir, quel rapport a-t-elle avec les roues qui s'arrêtent, la nuit, devant l'*Auberge de la Jamaïque?*

Dès que Mary eut parlé, elle le regretta et, comme tant d'autres avant elle qui avaient parlé trop vite et trop tôt, elle souhaita n'avoir jamais prononcé ces paroles. Trop tard. Le mal était fait.

Une étrange expression passa sur le visage de la femme et ses grands yeux caves étaient pleins de terreur. Sa bouche tremblait. Elle porta la main à sa gorge. Elle paraissait terrifiée, traquée.

Mary repoussa sa chaise et s'agenouilla près de sa tante. Elle lui mit les bras autour du cou, la tint étroitement serrée et lui baisa les cheveux.

— Je suis désolée, dit-elle. Ne soyez pas fâchée contre moi. J'ai été maladroite et indiscrète. Ce n'est pas mon affaire et je n'ai pas le droit de vous questionner. J'ai honte de moi. Je vous en prie, oubliez tout ce que j'ai dit.

Tante Patience enfouit dans ses mains son visage. Elle restait immobile, n'accordant aucune attention à sa nièce. Pendant quelques minutes, elles gardèrent le silence, tandis que Mary caressait l'épaule de sa tante et lui embrassait les mains.

Tante Patience découvrit alors son visage et abaissa son regard sur la jeune fille. La crainte avait disparu de ses yeux. Elle était calme. Elle prit les mains de Mary dans les siennes et la regarda en plein visage.

— Mary, dit-elle, à voix basse, d'une voix presque imperceptible, Mary, je ne puis répondre à tes questions, car il y a en beaucoup dont je ne connais pas moi-même la réponse. Mais, parce que tu es ma nièce, la fille de ma sœur, il faut que je te dise un mot d'avertissement.

Elle jeta un coup d'œil par-dessus l'épaule, comme si elle craignait d'apercevoir Joss debout dans l'ombre, derrière la porte.

— Il y a des choses qui se passent à *la Jamaïque*, Mary, que je n'ai jamais osé dire. Des choses affreuses. Des choses sinistres. Je ne pourrai jamais te les raconter. Je ne peux même pas les admettre à mes propres yeux. Tu en viendras à en apprendre quelques-unes. Ce sera inévitable, puisque tu demeures ici. Ton oncle Joss a des relations avec des hommes étranges qui se livrent à un étrange commerce. Ils viennent parfois la nuit et, de ta fenêtre, au-dessus du porche, tu entendras des bruits de voix et de pas, tu entendras frapper à la porte. Ton oncle fait entrer ces gens, puis les emmène le long de ce couloir jusqu'à la chambre condamnée. Ils y entrent, et de ma chambre, au-dessus, je puis entendre le murmure de leurs voix pendant de longues heures. Ils partent avant l'aube et il ne reste aucune trace de leur passage. Quand ils viendront, Mary, tu ne me diras rien, ni à ton oncle Joss. Tu resteras dans ton lit et te boucheras les oreilles. Il ne faudra jamais me questionner, ni lui, ni personne, car si tu arrivais à deviner la moitié de la vérité, tes cheveux deviendraient gris comme les miens. Mary, tu ne parlerais qu'en tremblant et pleurerais la nuit et toute ta belle et insouciante jeunesse s'éteindrait, Mary, comme la mienne.

Tante Patience se leva et repoussa sa chaise. Mary l'entendit monter l'escalier d'un pas lourd et hésitant, puis traverser l'escalier qui conduisait à sa chambre, où elle s'enferma.

Mary resta assise à terre, près de la chaise vide. Elle vit, à travers la fenêtre de la cuisine, que le soleil avait déjà disparu derrière la colline la plus éloignée et que, de nouveau, le gris maléfice d'un crépuscule de novembre envelopperait bientôt l'*Auberge de la Jamaïque*.

CHAPITRE IV

L'ABSENCE de Joss Merlyn dura près d'une semaine et, pendant ce temps, Mary apprit à mieux connaître la région.

Sa présence au bar était inutile, car personne n'y venait quand l'aubergiste n'était pas là, et, après avoir aidé sa tante aux travaux du ménage et de la cuisine, elle était libre de se promener où il lui plaisait. Patience Merlyn n'aimait pas la marche; elle ne désirait pas aller au-delà de l'enclos aux poules, derrière l'auberge, et n'avait aucun sens des directions. Elle avait une vague notion des noms des rochers, car elle les avait entendu prononcer par son mari, mais où ils étaient et comment on y parvenait, elle n'en savait rien. De sorte que, vers le milieu du jour, Mary partait seule, n'ayant pour la guider que le soleil et un fonds de sens commun, son héritage naturel de paysanne.

La lande était plus sauvage encore qu'elle ne l'eût supposé. Comme un immense désert, elle s'étendait de l'est à l'ouest avec quelques routes çà et là et de hautes collines qui se découpaient à l'horizon.

Quelle était la limite réelle de la lande, Mary n'eût pu le dire, sauf un jour cependant, où, se dirigeant vers l'ouest, elle avait aperçu, après avoir escaladé la plus haute falaise derrière *la Jamaïque*, le scintillement argenté de la mer. Mais c'était une région silencieuse, désolée, très vaste et inviolée par la main de l'homme; sur les hautes falaises, les blocs de pierre, appuyés l'un contre l'autre, prenaient des formes étranges et avaient l'air de massives sentinelles qui montaient la faction depuis que la main de Dieu les avait façonnés.

Certains blocs faisaient penser à un ameublement géant aux sièges monstrueux, aux tables torses; parfois, les pierres plus petites et plus friables reposaient sur le sommet d'un coteau, semblable lui-même à un géant dont la forme étendue assombrissait la bruyère et les touffes d'herbe pauvre. Il y avait de longues pierres dressées sur une extrémité, oscillant de façon miraculeuse, comme si elles s'appuyaient contre le vent; il y avait des pierres plates comme des autels, dont la face lisse et polie regardait le ciel, attendant un sacrifice qui ne venait jamais. Des moutons sauvages vivaient sur les hautes falaises; il y avait aussi des corbeaux et des buses. Les collines étaient un foyer pour toutes les créatures solitaires. Du gros bétail paissait sur la lande, au-dessous, foulant d'un pied prudent la terre ferme, évitant d'instinct les touffes d'herbe tentatrices, qui n'étaient pas un pâturage, mais un humide marécage plein de soupirs et de murmures. Quand le vent soufflait sur les collines, il sifflait lugubrement dans les crevasses de granit et, parfois, gémissait comme un être qui souffre.

Des vents étranges soufflaient, qui semblaient ne venir de nulle part. Ils se glissaient à la surface de l'herbe, et l'herbe frissonnait; ils soufflaient sur les petites flaques de pluie, dans le creux des roches, et les flaques ondulaient. Parfois, le vent hurlait et ses clameurs résonnaient dans les crevasses; puis ses gémissements se perdaient de nouveau. Il y avait, sur les rocs, un silence qui appartenait à un autre âge, à un âge révolu, évanoui comme s'il n'avait jamais été, un âge où l'homme n'existait point, où seuls des pieds païens foulaient les collines. Il y avait dans l'air un calme, une paix plus ancienne et plus étrange qui n'était pas la paix de Dieu.

Comme Mary Yellan parcourait la lande, grimpait sur les rochers, se reposait dans les creux, près des sources et des ruisseaux, elle songeait à Joss Merlyn, à ce qu'avait dû être son enfance, comment il avait poussé de travers, comme le genêt rabougri, à la fleur de sa jeunesse emportée par le vent du nord.

Un jour, elle traversa la Lande Est, dans la direction que son oncle lui avait indiquée le soir de son arrivée; quand elle eut marché un certain temps, elle se trouva seule sur le sommet d'une colline environnée de tous côtés par la lande stérile. Elle vit que la lande descendait jusqu'à un profond et dangereux marécage, au milieu duquel un ruisselet chantait et faisait des glouglous. Et dans la distance, au-delà du marais, un roc se dressait, pointant de longs doigts vers le ciel. On eût dit une main qui sortait de la lande. La surface paraissait moulée dans le granit, comme si on l'eût sculptée, et le versant d'un gris sinistre.

C'était donc Kilmar Tor, et quelque part parmi cette solide masse de pierre, où les sommets cachaient le soleil, Joss Merlyn était né et son frère vivait aujourd'hui. Au-dessous d'elle, dans le marécage, Matthew Merlyn s'était noyé. En imagination, elle le voyait parcourir la lande à grands pas, sifflant une chanson, le murmure du ruisseau dans les oreilles; puis, la nuit le surprenait avant qu'il ne s'en aperçût et ses pas hésitaient tandis qu'il rebroussait chemin. Elle le voyait s'arrêter, réfléchir un moment, lancer quelques jurons à voix basse, puis, avec un haussement d'épaules, se plonger dans le brouillard, sa confiance retrouvée; mais, à peine avait-il fait quelques pas que le sol cédait sous ses pieds; il trébuchait, tombait et s'enfonçait jusqu'aux genoux dans l'herbage et la vase. Il tentait de saisir une touffe d'herbe et, sous son poids, s'enlisait davantage. Il essayait de dégager ses pieds, mais ils demeuraient immobiles. Il faisait de nouveaux efforts et réussissait à dégager un pied; mais comme il se jetait en avant, à l'étourdie et pris de panique, il se trouvait dans une eau plus profonde et pataugeait alors, impuissant, se débattant parmi les herbes. Elle l'entendait hurler de terreur. Un courlis s'élevait du marais devant lui, battant des ailes et jetant un cri lugubre. Une fois le courlis hors de vue, le marécage retrouvait son immobilité; seuls quelques brins d'herbe frissonnaient au vent. C'était de nouveau le silence.

Mary, tournant le dos à Kilmar, se mit à courir à travers la lande, trébuchant parmi la bruyère et les pierres; elle ne s'arrêta que lorsque le marécage eut disparu derrière le niveau de la colline et que le grand roc fut caché. Elle était allée plus loin qu'elle n'avait pensé et le chemin du retour était long. Il lui parut mettre une éternité à dépasser la dernière colline et à revoir les hautes cheminées de *la Jamaïque* se dresser devant elle au-dessus de la route. Comme elle traversait la cour, son cœur se serra en voyant la porte de l'écurie ouverte et le poney à l'intérieur. Joss Merlyn était de retour.

Elle ouvrit la porte aussi silencieusement que possible, mais, frottant contre le dallage, la porte grinça en guise de protestation. Le bruit résonna dans le couloir tranquille et, en un instant, l'aubergiste apparut au fond du passage, courbant la tête sous la poutre. Les manches de sa chemise étaient retroussées au-dessus du coude; il avait à la main un verre et un torchon. Il était, semblait-il, d'excellente humeur, car il accueillit bruyamment Mary en agitant son verre :

— Eh bien, rugit-il, ne vous sauvez pas dès que vous me voyez. N'êtes-vous pas contente de me voir? Vous ai-je beaucoup manqué?

Mary fit un effort pour sourire et lui demanda s'il avait fait bon voyage.

— Au diable le bon voyage! répondit-il. Il y avait de l'argent à gagner, et c'est tout ce qui m'intéresse. Je n'ai pas séjourné au palais avec le roi, si vous voulez le savoir.

A cette plaisanterie, il éclata de rire et sa femme apparut derrière son épaule, souriant, elle aussi.

Dès que le rire de Joss Merlyn s'éteignit, le sourire disparut du visage de tante Patience; elle reprit l'expression tendue, inquiète, presque idiote qu'elle avait habituellement en présence de son mari.

Mary vit aussitôt que la petite accalmie dont sa tante avait joui durant la semaine écoulée avait pris fin et qu'elle était devenue de nouveau la créature nerveuse et apeurée d'autrefois.

Mary se dirigeait vers l'escalier pour aller dans sa chambre, mais Joss l'appela :

— Dites donc, il n'est pas question de vous cacher là-haut ce soir. Il y aura du travail pour vous dans le bar, à côté de votre oncle. Ne savez-vous pas quel jour de la semaine nous sommes?

Mary s'arrêta pour réfléchir. Elle avait perdu la notion du temps. Avait-elle pris le coche lundi? C'était donc samedi. Samedi soir. Elle comprit aussitôt ce que Joss Merlyn voulait dire. Ce soir, il y aurait de la compagnie à l'*Auberge de la Jamaïque*.

*

Ils arrivaient un à un. Ces gens de la lande traversaient la cour rapidement, en silence, comme s'ils désiraient n'être pas vus. Dans l'obscurité, ils avaient l'air inconsistant et faisaient penser à des ombres tandis qu'ils rasaient le mur et gagnaient l'abri du porche pour frapper à la porte du bar et en demander l'entrée. Certains d'entre eux portaient des lanternes, dont la flamme vacillante semblait les gêner, car ils tentaient de la masquer en la couvrant de leur manteau. Quelques-uns entrèrent dans la cour montés sur des poneys, dont les sabots, dans la nuit calme, résonnaient d'étrange façon sur les dalles, puis on entendait la porte de l'écurie grincer sur ses gonds et les hommes murmurer en mettant les poneys dans les stalles. Quelques autres, plus furtifs encore, ne portaient point de lanterne, mais se glissaient vivement dans la cour, leur chapeau rabattu sur la figure, leur pardessus remonté jusqu'au menton, trahissant, par la discrétion même de leurs mouvements, leur désir de passer inaperçus. La raison de ces manières secrètes n'était guère apparente, car nul passant, sur la route, ne pouvait voir qu'on recevait ce soir-là à l'*Auberge de la Jamaïque*. La lumière ruisselait des fenêtres qui, d'ordinaire, étaient si bien closes, et, comme la nuit devenait plus noire et que les heures s'écoulaient, le bruit des voix montait dans l'air. De temps à autre, on entendait des chants, des cris, des rires, montrant que les visiteurs, s'ils venaient à l'auberge honteux et furtifs, perdaient toute crainte dès qu'ils étaient à l'abri dans la maison et qu'une fois entassés près de leurs compagnons, dans le bar, pipe allumée et verre plein, ils rejetaient toute précaution.

Il y avait là, groupée autour de Joss Merlyn, une singulière assemblée. Séparée de la foule par le comptoir et à demi cachée par un rempart de bouteilles et de verres, Mary pouvait regarder sans qu'on l'observât. Des hommes étaient à califourchon sur des chaises, ou vautrés sur des bancs; d'autres s'appuyaient au mur ou marchaient lourdement entre les tables: quelques-uns d'entre eux, dont l'estomac était plus fragile, étaient déjà étendus de tout leur long sur le sol. Pour la plupart, ils étaient très sales, en lambeaux, les cheveux emmêlés, les ongles cassés. C'étaient des vagabonds, des rôdeurs, des braconniers, des cambrioleurs, des voleurs de bétail, des bohémiens. Il y avait un fermier qui avait perdu sa ferme à cause de sa mauvaise gestion et de sa malhonnêteté, un berger qui avait incendié les meules de son maître, un marchand de chevaux qui avait été chassé du Devon. L'un d'eux était un savetier de Launceston, qui, sous le couvert de son commerce, passait de la marchandise volée. Celui qui était couché à terre, ivre mort, avait autrefois été second sur une goélette et avait fait échouer son bateau. Le petit homme assis dans un coin éloigné, en train de ronger ses ongles, était un pêcheur de Port-Isaac; d'après les rumeurs, il avait un bas plein d'or caché dans la cheminée de son cottage; d'où venait l'or, personne ne le savait. Certains de ces hommes habitaient aux environs, sous l'ombre même des falaises; ils n'avaient jamais connu d'autre pays que la lande, les marais et le granit; l'un d'eux était venu à pied, sans lanterne, de *Crowdy Marsh*, au-delà de Roûghtor, en compagnie de Brown Willy; un autre, venu de Cheesewring, était assis, la face dans un pot de bière, les pieds sur la table, à côté d'un pauvre idiot qui avait gravi en trébuchant le chemin de Dozmary. Ce dernier, sur toute la longueur de la face, avait, de naissance, une tache d'un rouge violacé qu'il ne cessait de tirailler, au point que Mary, qui se trouvait en droite ligne avec lui, malgré toutes les bouteilles qui les séparaient, en avait la nausée et croyait presque défaillir. Cette sensation, mêlée à l'odeur des boissons, aux relents de tabac, à l'immonde atmosphère des corps entassés et malpropres, faisait monter en elle un dégoût physique et elle savait qu'elle n'y résisterait pas si elle restait là longtemps encore. Elle n'avait heureusement pas à se mouvoir parmi eux; elle avait pour tâche de rester derrière le comptoir, aussi cachée que possible, pour laver les verres et les emplir de nouveau, tandis que Joss Merlyn lui-même les tendait à ses clients ou, soulevant le battant du comptoir, se promenait par la salle, riant avec l'un, jetant un mot grossier à un autre, donnant une tape sur l'épaule de l'un, faisant signe de la tête à l'autre.

Après le premier accès d'hilarité, les premiers regards curieux, les haussements d'épaule et les rires étouffés, les gens assemblés là ignorèrent Mary. Ils l'acceptaient comme la nièce du patron, une sorte de servante venue pour aider la femme de Merlyn, ainsi qu'on la leur avait présentée; et, bien que certains des plus jeunes eussent aimé lui parler, ils se défiaient de l'œil de l'aubergiste, craignant qu'une familiarité de leur part ne le mît en colère, car il l'avait sans doute amenée à *la Jamaïque* pour son propre compte. Mary ne fut donc pas importunée, à son grand soulagement. Si elle avait connu la raison de leur réticence, elle se fût enfuie ce soir-là du bar, pleine de honte et de dégoût.

Tante Patience ne se montra pas, mais Mary surprenait parfois son ombre derrière la porte et entendait son pas dans le couloir; elle entrevit une fois ses yeux effrayés regarder à travers une fente de la porte. La soirée semblait interminable et Mary aspirait à sa libération. L'air était si lourd de fumée et de l'haleine de tous ces gens qu'on y pouvait voir à peine et, à ses yeux fatigués qui se fermaient à demi, les faces des hommes apparaissaient informes, grimaçantes, tout en cheveux et en dents, la bouche bien trop large pour leur corps, tandis que ceux qui avaient bu leur content et n'en pouvaient absorber davantage gisaient sur les bancs ou sur le sol comme des morts, la face dans les mains.

Ceux qui pouvaient encore rester debout s'étaient réunis autour d'un rustre de Redruth. Petit et sale, il s'était instauré le bel esprit de l'assemblée. La mine dans laquelle il avait travaillé était maintenant en ruine et il parcourait les routes comme étameur, colporteur, commis voyageur. et avait, en conséquence, emmagasiné un chapelet d'ignobles chansons, glanées sans doute dans les entrailles de la terre noire où il avait été un jour enseveli, avec lesquelles il amusait la clientèle de *la Jamaïque*.

Les rires qui accueillaient ses saillies faisaient presque trembler le toit, rires dominés, bien entendu, par les rugissements de l'aubergiste lui-même. Mary trouvait quelque chose d'effrayant dans cet horrible rire qui, chose étrange, ne contenait aucune note de gaieté mais retentissait comme une chose torturée dans les sombres couloirs de pierre et les chambres vides au-dessus. Le colporteur prenait pour cible le misérable idiot de Dozmary, qui, en état d'ébriété, avait perdu tout contrôle de lui-même; il était accroupi comme un animal et ne pouvait se relever. Ils le placèrent sur une table et le colporteur lui fit répéter les paroles de ses chansons, complétées de gestes, au milieu des rires frénétiques de la foule. Et la malheureuse créature, excitée par les applaudissements, se trémoussait sur la table, glapissant de plaisir et tiraillant sa tache violette de ses doigts aux ongles cassés. Mary n'en put supporter davantage. Elle toucha son oncle à l'épaule. Il se tourna vers elle, la face ruisselante de transpiration.

— Je ne peux pas supporter ça, dit-elle. Occupez-vous de vos amis. Je monte dans ma chambre.

Avec la manche de sa chemise, il essuya la sueur qui coulait de son front et abaissa son regard sur elle. Elle fut surprise de constater que, bien qu'il eût bu durant toute la soirée, il n'était pas ivre et que, tout en étant le meneur de cette assemblée tumultueuse et insensée, il savait ce qu'il faisait.

— Vous en avez assez, n'est-ce pas? dit-il. Vous vous croyez trop bien pour nous? Écoutez, Mary. Vous en avez été quitte à bon compte derrière le comptoir, vous devriez m'en remercier à genoux. C'est parce que vous êtes ma nièce qu'on vous a laissée en paix, ma chère, mais si vous n'aviez cet honneur... par Dieu, il ne resterait pas grand-chose de vous maintenant!

Il éclata de rire, lui pinça la joue entre le pouce et l'index et lui fit mal.

— Allez-vous-en, dit-il, il est en tout cas près de minuit et je n'ai pas besoin de vous. Cette nuit, fermez donc votre porte à clé, Mary, et tirez votre jalousie. Votre tante est couchée depuis une heure, la tête cachée sous les couvertures.

Il baissa la voix, se pencha vers l'oreille de la jeune fille, lui saisit le poignet et lui retourna le bras derrière le dos jusqu'à ce qu'elle criât de douleur.

— Très bien, dit-il. C'est un avant-goût de châtiment, pour que vous sachiez à quoi vous attendre. Gardez la bouche close et je vous traiterai comme un agneau. Il ne convient pas d'être curieux à l'*Auberge de la Jamaïque*, souvenez-vous-en.

Joss Merlyn ne riait plus, mais fixait la jeune fille en fronçant le sourcil, comme s'il eût voulu lire dans sa pensée.

— Vous n'êtes pas une sotte comme votre tante, dit

il lentement, voilà où est le mal. Vous avez une petite figure de singe intelligent, et l'esprit d'un singe fureteur, et l'on ne vous effraie pas facilement. Mais je vous le dis, Mary Yellan, cet esprit, je le briserai si vous le laissez s'égarer, et je briserai aussi votre corps. Maintenant, allez vous coucher et qu'on n'entende plus parler de vous ce soir.

Il se détourna d'elle et, fronçant toujours le sourcil, prit un verre sur le comptoir devant lui, le tourna et le retourna dans ses mains, le frottant lentement avec un torchon. Le mépris qu'il venait de lire dans les yeux de Mary devait l'avoir irrité, car sa bonne humeur, en un clin d'œil, s'était évanouie. Dans un accès de colère, il jeta le verre qui se réduisit en pièces.

— Dépouillez ce sacré idiot de ses vêtements, tonna-t-il, et renvoyez-le tout nu à sa mère. Peut-être l'air de novembre rafraîchira-t-il sa face violacée et le guérira-t-il de ses tours de chien savant. Nous en avons assez de lui, à *la Jamaïque*.

Le colporteur et ses amis, hurlant de plaisir, jetèrent le misérable sur le dos et se mirent à lui arracher sa veste et son pantalon, tandis que le malheureux, tout égaré, tentait vainement de se défendre et bêlait comme un mouton.

Mary s'enfuit de la pièce, claquant la porte derrière elle, et, comme elle montait les marches branlantes, les mains sur les oreilles, elle ne pouvait échapper au bruit des rires et des chants barbares qui retentissait dans le couloir plein de courants d'air et la suivit jusque dans sa chambre, pénétrant à travers les fissures du parquet.

La jeune fille, prise de nausée, se jeta sur le lit, la tête dans les mains. Il y eut un bruit confus dans la cour au-dessous, puis des hurlements de rire, tandis qu'un jet de lumière venu d'une lanterne qu'on agitait projeta un rayon sur sa fenêtre. Elle se leva et tira la jalousie, mais non sans avoir eu le temps de distinguer la silhouette d'une forme nue et frissonnante bondir à travers la cour à grandes enjambées désordonnées, criant comme un lièvre et poursuivie par une poignée d'hommes poussant des huées et des moqueries, la forme géante de Joss Merlyn menant la course, faisant claquer un fouet au-dessus de sa tête.

Mary fit alors ce que son oncle lui avait conseillé. Elle se déshabilla en hâte, se glissa dans son lit et rabattit la couverture sur sa tête. Elle se bouchait les oreilles, avec la seule pensée de ne pas entendre l'affreuse orgie qui se déroulait au-dessous. Mais malgré ses yeux fermés et sa figure pressée étroitement contre l'oreiller, elle voyait la face violacée du pauvre idiot levée vers ses tourmenteurs et entendait le faible écho de son cri tandis qu'il trébuchait et tombait dans le fossé.

Elle restait étendue dans cet état de demi-conscience voisin du sommeil, où les événements de la journée affluent à l'esprit et font un mélange confus. Des images dansaient devant elle, et des figures inconnues, et bien qu'à certains moments elle crût errer sur la lande, où le grand rocher de Kilmar rapetissait les collines avoisinantes, elle avait conscience du petit sillon lumineux que faisait la lune sur le parquet et du petit bruit régulier de la jalousie. Des voix s'étaient élevées; elles se taisaient à présent. Dans le lointain, sur la grand-route, on avait entendu le galop d'un cheval, puis un bruit de roues; mais tout était maintenant tranquille. Mary s'endormit. Et soudain, sans le moindre bruit avertisseur, elle perçut quelque chose qui rompit la paix qui l'enveloppait. Brusquement éveillée, elle s'assit sur son lit, le clair de lune ruisselant sur son visage.

Elle écouta, n'entendant rien, au début, que les battements de son propre cœur, mais, au bout de quelques instants, vint un autre bruit. Cela se passait sous sa chambre, cette fois. On traînait de lourds objets sur les dalles du couloir, au-dessous, des objets que l'on cognait contre les murs.

Elle sortit du lit, alla vers la fenêtre et tira légèrement la jalousie. Cinq chariots se trouvaient dans la cour. Trois d'entre eux étaient couverts et tirés par une paire de chevaux et les deux autres, des chariots de ferme, étaient à découvert. L'une des voitures couvertes était juste au-dessous du porche et les chevaux étaient fumants.

Certains des hommes qui avaient bu dans le bar quelque temps auparavant étaient assemblés autour des chariots. Le savetier de Launceston, debout sous la fenêtre de Mary, s'entretenait avec le marchand de chevaux. Le marin de Padstow avait repris conscience et caressait la tête d'un cheval. Le colporteur, qui avait torturé le pauvre idiot, grimpait dans l'une des voitures ouvertes et y soulevait quelque chose. Il y avait également dans la cour des étrangers que Mary n'avait jamais vus encore. Elle pouvait distinguer nettement leurs traits sous les rayons lunaires, dont la clarté semblait ennuyer les hommes, car l'un d'eux pointa un doigt vers le ciel et secoua la tête, tandis que son compagnon haussait les épaules et qu'un autre homme, avec un air plein d'autorité, agitait le bras avec impatience comme pour leur dire de se hâter; les trois hommes, faisant aussitôt demi-tour, passèrent du porche dans l'auberge. Pendant ce temps, le bruit de lourds objets qu'on tirait continuait et Mary, d'où elle était, pouvait sans difficulté en déterminer la direction. On transportait quelque chose le long du couloir jusqu'à la chambre du fond, la chambre dont les fenêtres et la porte étaient condamnées.

Mary commençait à comprendre. Des paquets, apportés dans les chariots, étaient déchargés à l'*Auberge de la Jamaïque* et emmagasinés dans la chambre fermée à clé. Puisque les chevaux étaient fumants, ils avaient couvert une grande distance — peut-être venaient-ils de la côte — et, dès que les voitures seraient vides, elles disparaîtraient, s'évanouissant dans la nuit aussi rapidement et silencieusement qu'elles étaient venues.

Les hommes, dans la cour, travaillaient très vite, car

il fallait se hâter. Le contenu de l'une des voitures couvertes, au lieu d'être emporté dans l'auberge, fut transféré dans l'un des chariots de ferme arrêté près du puits, de l'autre côté de la cour. Les colis semblaient très variés de taille et de forme; il y en avait de grands et de petits, ainsi que de longs rouleaux enveloppés de paille et de papier. Quand le chariot fut plein, le conducteur (Mary ne le connaissait pas) grimpa sur le siège et s'éloigna.

Les voitures qui restaient furent déchargées une à une et les paquets étaient tantôt placés dans les chariots ouverts que l'on sortait de la cour, tantôt transportés dans la maison. Tout se faisait en silence. Ces hommes, qui avaient hurlé et chanté peu de temps auparavant, étaient maintenant sobres et calmes, attentifs à leur travail. Les chevaux eux-mêmes semblaient comprendre le besoin de silence et restaient immobiles.

Joss Merlyn sortit du porche, le colporteur à son côté. Ils ne portaient ni manteau ni chapeau, en dépit du froid, et leurs manches de chemise étaient roulées au-dessus du coude.

— Tout est là? demanda doucement l'aubergiste.

Le conducteur du dernier chariot hocha la tête et leva la main. Les hommes se mirent à grimper dans les voitures. Ceux qui étaient venus à pied partirent avec eux, gagnant ainsi un mille ou deux sur le long chemin du retour. Ils ne partaient point sans récompense et emportaient des colis de toutes sortes : des caisses attachées par une courroie et portées sur l'épaule et des paquets sous le bras, tandis que le savetier de Launceston avait non seulement chargé son poney de valises bourrées à éclater, mais avait ajouté à sa propre personne un tel volume qu'il paraissait avoir la taille plusieurs fois plus large qu'à l'arrivée.

C'est ainsi que les véhicules sortirent de *la Jamaïque* l'un derrière l'autre, grinçant dans la cour, comme un étrange convoi funéraire; quand ils eurent atteint la grand-route, certains se dirigèrent vers le nord, les autres vers le sud; ils disparurent enfin et il ne resta dans la cour qu'un homme que Mary n'avait pas vu encore, le colporteur et l'aubergiste.

Les trois hommes eux-mêmes rentrèrent dans la maison et la cour resta vide. Elle les entendit longer le couloir dans la direction du bar; puis leurs pas s'éteignirent et une porte claqua.

Il n'y avait d'autre bruit que le tic-tac rauque et essoufflé de l'horloge dans le hall. Le bourdonnement soudain qui précède la sonnerie des heures se fit entendre : trois heures... Ces trois coups résonnèrent et l'horloge suffoqua, haletant comme un homme qui va mourir et ne peut reprendre son souffle.

Mary s'éloigna de la fenêtre et s'assit sur son lit. L'air froid tomba sur ses épaules; elle frissonna et s'enveloppa de son châle.

Il ne pouvait être question de dormir. Elle était trop bien éveillée, ses nerfs vibraient beaucoup trop pour cela et. bien que son oncle lui inspirât une crainte et un dégoût plus forts que jamais, l'intérêt et la curiosité l'emportaient. Elle comprenait maintenant quelque chose à ses affaires. Ce qu'elle avait observé ce soir, c'était de la contrebande sur une grande échelle. *La Jamaïque*, sans aucun doute, était remarquablement située à cet effet et l'aubergiste devait l'avoir achetée pour cette seule raison. Toute cette histoire de retour au pays de son enfance était naturellement ridicule. L'auberge se dressait, isolée, sur la grand-route qui allait du nord au sud, et Mary se rendait compte qu'il devait être facile à quelqu'un doué d'organisation de diriger un attelage de voitures de la côte à la rive du Tamar, l'auberge servant de halte et de dépôt général.

Il fallait des espions aux environs pour assurer le succès de l'entreprise, d'où le marin de Padstow, le savetier de Launceston, les bohémiens, les vagabonds, et l'ignoble petit colporteur.

Et cependant, malgré sa personnalité, son énergie, la crainte même que devait provoquer parmi ses compagnons sa force physique extraordinaire, Joss Merlyn avait-il la subtilité et l'esprit nécessaire pour diriger une telle entreprise? Élaborait-il chaque mouvement, chaque expédition? Avait-il préparé le travail de cette nuit-là durant son absence, la semaine passée?

Il en devait être ainsi. Mary ne voyait pas d'autre alternative et, bien que son dégoût pour l'aubergiste s'accrût, elle ne pouvait s'empêcher, à contrecœur, d'éprouver quelque respect pour sa façon de diriger tout cela.

Toute l'affaire devait être contrôlée et les agents choisis avec soin, en dépit de leurs manières rudes et de leur aspect farouche, sinon ils n'auraient pu échapper depuis si longtemps à la justice. Un magistrat qui eût suspecté de la contrebande eût avant tout suspecté l'auberge, à moins qu'il ne fût un agent lui-même. Le menton dans la main, Mary fronçait le sourcil. Si ce n'était pour tante Patience, elle eût immédiatement quitté l'auberge pour rejoindre la ville la plus proche, où elle eût dénoncé Joss Merlyn. Il serait bientôt en prison, avec le reste de la bande, et ce serait la fin de ce trafic. Mais elle devait compter avec tante Patience, et le fait que celle-ci était dévouée à son mari comme un chien rendait le problème difficile, et même insoluble pour le moment.

Mary ne cessait de tourner et de retourner la question dans son esprit. Le fait d'avoir compris de quoi il s'agissait ne la satisfaisait pas. L'*Auberge de la Jamaïque* était un nid de voleurs et de braconniers qui, sous l'apparente direction de son oncle, faisaient un profitable commerce de contrebande entre la côte et le Devon. La chose était claire. Mais peut-être n'avait-elle vu qu'une partie de leurs agissements? Peut-être en avait-elle davantage à apprendre? Elle se rappela la terreur qu'elle avait lue dans les yeux de tante Patience, et les paroles qu'elle avait prononcées le jour qui avait suivi son arrivée, quand l'ombre du crépuscule se glissait dans la cuisine : " Il y a des choses qui se passent à *la Jamaïque*, Mary, que je n'ai jamais osé dire. Des choses affreuses. Des choses sinistres. Je ne peux même pas les admettre à mes propres yeux. " Puis elle était partie dans sa chambre, pâle et tourmentée, traînant les pieds comme un être vieux et las.

La contrebande était une chose dangereuse. C'était une malhonnêteté strictement défendue par la loi. Mais était-ce sinistre? Mary n'en pouvait décider. Elle avait besoin de conseils et n'en pouvait demander à personne. Elle était seule dans un sombre et détestable univers, avec de maigres perspectives de changement. Si elle était un homme, elle fût descendue et eût défié Joss Merlyn en face, et ses amis avec lui. Oui, elle les eût combattus, eux aussi, et, la chance aidant, le sang eût coulé. Et, s'emparant d'un cheval dans l'écurie, elle eût, avec tante Patience en croupe, repris le chemin du sud, vers l'amical rivage d'Helford. Elle se fût installée comme fermière près de Mawgan ou de Gweek, et sa tante eût tenu la maison.

Mais rêver ne pouvait servir à grand-chose. Il fallait affronter la situation du moment, et avec courage s'il devait en résulter quelque bien.

Et cette jeune fille de vingt-trois ans était assise sur son lit, vêtue d'un jupon et d'un châle, sans autres armes que son cerveau pour affronter un homme qui avait deux fois son âge et plusieurs fois sa force et qui, s'il soupçonnait qu'elle avait ce soir-là observé ses faits et gestes, lui encerclerait le cou d'une seule main et, le pressant légèrement entre le pouce et l'index, mettrait fin à ses questions.

Mary fit alors un serment, ce qui ne lui était arrivé qu'une seule fois dans sa vie, lorsqu'elle avait été pourchassée par un taureau, à Manaccan, et ce serment avait le même objet qu'à présent : se donner du courage et une certaine apparence de hardiesse.

— Je ne manifesterai la moindre crainte ni devant Joss Merlyn, ni devant aucun homme, se dit-elle, et, pour le prouver, je vais descendre tout de suite, dans le couloir obscur et jeter un coup d'œil dans le bar. Et s'il me tue, ce sera ma propre faute.

Elle s'habilla en hâte, mit ses bas, mais laissa ses chaussures; puis, ouvrant la porte, elle écouta un moment, n'entendant que le lent tic-tac étouffé de l'horloge dans le vestibule.

Elle se glissa dans le couloir et arriva jusqu'à l'escalier. Elle savait à présent que la troisième marche en descendant craquait, ainsi que la dernière. Elle descendit lentement, une main appuyée sur la rampe et l'autre contre le mur pour alléger son poids; elle arriva près de la porte d'entrée, dans le vestibule plongé dans l'ombre et vide, sauf une chaise instable et la silhouette estompée de l'horloge rustique, dont le souffle rauque résonnait très fort à ses oreilles et rompait le silence comme une chose vivante. Le vestibule était aussi noir qu'un puits et, bien qu'elle sût qu'elle s'y trouvait seule, cette solitude même était angoissante et la porte fermée du salon inutilisé pleine de menaces.

L'air était lourd et sentait le moisi, contraste étrange avec le sol de pierre qui lui glaçait les pieds. Comme elle hésitait, rassemblant son courage pour continuer, un brusque rayon de lumière brilla dans le couloir qui menait au bout du hall, et des voix s'élevèrent. On avait dû ouvrir brutalement la porte du bar et quelqu'un était sorti, car elle entendit des pas traverser la cuisine pour revenir au bout de quelques minutes; pendant ce temps, la porte du bar était restée entrouverte, le murmure de voix continuait et le rayon de lumière brillait toujours.

Mary fut tentée de grimper l'escalier, de regagner sa chambre et de chercher la sécurité dans le sommeil, mais, en même temps, le démon de la curiosité s'agitait en elle, au point de lui faire longer le couloir et se blottir contre le mur, à quelques pas seulement de la porte du bar. La transpiration mouillait maintenant son front et ses mains et elle ne put d'abord entendre que les battements tumultueux de son cœur. La porte était suffisamment ouverte pour qu'elle vît l'ensemble du comptoir avec la collection de bouteilles et de verres, et, droit devant elle, une étroite bande de parquet. Les fragments du verre que son oncle avait brisé gisaient encore à terre et, tout à côté, s'étalait une tache brune : de la bière renversée par une main mal assurée. Les hommes devaient être assis sur des bancs contre le mur le plus éloigné, car elle ne pouvait les voir; le silence se fit et, soudain, une voix d'homme s'éleva, aiguë et chevrotante, une voix inconnue :

— Non et non, dit-il, je vous le déclare pour la dernière fois, je n'y prendrai aucune part. Je vais rompre avec vous maintenant et pour toujours et mettre un terme à nos rapports. C'est un crime que vous me demandez de commettre, Mr. Merlyn. Il n'y a pas d'autre mot pour ça... un crime vulgaire.

La voix, haut perchée, tremblait sur la note finale, comme si celui qui parlait ainsi était emporté par la force de ses sentiments et avait perdu la maîtrise de sa parole. Quelqu'un, l'aubergiste lui-même, sans doute, répondit à voix basse et Mary ne put saisir ses mots, mais ceux-ci étaient entrecoupés par un gloussement de rire que Mary reconnut appartenir au colporteur. On ne pouvait se méprendre sur ce rire : il était insultant et grossier.

Une question avait dû être posée à l'inconnu, car il parla de nouveau très vite, sur la défensive.

— La pendaison, n'est-ce pas? dit-il. Je l'ai déjà risquée et la vie m'importe peu. Non, c'est à ma conscience que je pense et à Dieu tout-puissant. Je suis capable de me battre contre n'importe qui en combat loyal ou de recevoir un châtiment mérité, mais tuer des innocents, et peut-être des femmes et des enfants, c'est aller tout droit en enfer, Joss Merlyn, et vous le savez aussi bien que moi.

Mary entendit le bruit d'une chaise tirée et l'homme se mit sur pied, mais, dans le même instant, quelqu'un abattit son poing sur la table avec un juron et son oncle éleva la voix pour la première fois.

— Pas si vite, mon ami, dit-il, pas si vite. Vous êtes plongé dans cette affaire jusqu'au cou. Au diable votre damnée conscience! Il n'y a pas moyen de revenir en arrière, à présent. Trop tard! Trop tard pour vous et pour nous tous. Je vous ai suspecté dès le début, avec vos airs de gentleman et vos manchettes immaculées, et, par Dieu, je ne me trompais pas, Harry, fermez la porte, là-bas, et mettez la barre.

Il y eut soudain un bruit de lutte, puis un cri. Quelqu'un tomba, la table fut renversée et la porte de la cour fut fermée avec fracas. Le colporteur fit de nouveau entendre son rire odieux et se mit à siffler une de ses chansons.

— Allons-nous le chatouiller comme cet idiot de Sam? dit-il, s'arrêtant au milieu d'un éclat de rire. Ce sera un pauvre corps sans ses beaux vêtements. Je m'accommoderais bien de sa montre et de sa chaîne. Les pauvres hommes de la route comme moi n'ont pas d'argent pour acheter des montres. Chatouillez-le avec le fouet, Joss, et voyons un peu la couleur de sa peau.

— Fermez ça, Harry, et faites ce qu'on vous dit, répondit l'aubergiste. Restez où vous êtes, près de la porte, et piquez-le de votre couteau s'il essaie de passer. Et maintenant écoutez, monsieur le clerc de notaire, ou quoi que vous soyez dans la ville de Truro, vous vous êtes conduit ce soir comme un fou, mais vous ne ferez pas un fou de moi. Vous aimeriez sortir par cette porte, n'est-ce pas, sauter sur votre cheval et gagner Bodmin? Oui, et à neuf heures du matin, vous dépêcheriez tous les magistrats du comté à l'*Auberge de la Jamaïque*, et un régiment de soldats par-dessus le marché. C'est là votre magnifique idée, n'est-ce pas?

Mary pouvait entendre l'inconnu respirer bruyamment. Il devait avoir été blessé dans la lutte, car sa voix était entrecoupée et contractée, comme s'il souffrait.

— Accomplissez votre abominable travail si vous voulez, murmura-t-il, je ne peux pas vous en empêcher, et je vous donne ma parole que je ne vous dénoncerai pas. Mais je ne peux pas me joindre à vous, et c'est mon dernier mot à tous les deux.

Il y eut un silence et Joss Merlyn parla de nouveau.

— Attention, dit-il doucement. J'ai entendu un autre homme dire un jour la même chose et, cinq minutes plus tard, il se balançait dans l'air, au bout d'une corde, mon ami, et son orteil n'était qu'à un demi-pouce du plancher. Je lui demandai s'il lui convenait d'être si près du sol, mais il ne me répondit pas. La corde lui avait fait sortir la langue de la bouche et il la mordait au beau milieu. On m'a rapporté ensuite qu'il lui avait fallu sept minutes trois quarts pour mourir.

Mary, dans le couloir, sentit son cou et son front moites de sueur; ses bras et ses jambes étaient devenus de plomb. De petits points noirs passaient devant ses yeux et, avec une croissante sensation d'horreur, elle comprit qu'elle allait sans doute s'évanouir.

Elle n'eut plus qu'une pensée : gagner le hall désert et atteindre l'ombre de l'horloge; quoi qu'il advînt, il ne fallait pas qu'elle se trouvât mal à cet endroit où elle serait découverte. Elle s'éloigna du rayon de lumière, tâtant les murs. Ses genoux tremblaient et elle savait qu'à tout moment ils pourraient la trahir. Déjà la nausée l'envahissait, la tête lui tournait.

La voix de son oncle lui arriva de très loin, comme s'il parlait une main contre sa bouche.

— Laissez-moi seul avec lui, Harry, dit-il, il n'y a plus de travail pour vous cette nuit à *la Jamaïque*. Prenez son cheval, filez, et lâchez l'animal de l'autre côté de Camelford. Je réglerai cette affaire moi-même.

Sans trop savoir ce qu'elle faisait, Mary arriva dans le hall et ouvrit la porte du salon, où elle entra en chancelant. Puis elle s'affaissa sur le parquet, la tête entre les genoux.

Elle avait dû rester évanouie pendant un court instant, car les points noirs qui passaient devant ses yeux s'étaient assemblés en une énorme tache et tout était noir autour d'elle; mais la position dans laquelle elle était tombée la fit revenir à elle plus rapidement que n'importe quel remède et, au bout de quelques minutes, elle était sur son séant, appuyée sur un coude, écoutant le bruit que faisaient dans la cour les sabots d'un poney. Elle entendit une voix injurier l'animal et lui enjoindre de se tenir tranquille. C'était Harry, le colporteur. Puis l'homme avait dû monter l'animal, lui enfonçant ses talons dans les flancs, car elle perçut un bruit de sabots qui s'éloignaient, sortaient de la cour et disparaissaient dans le lointain, sur la grand-route, se perdant derrière le versant de la colline.

Maintenant, son oncle était seul dans le bar avec sa victime, et Mary se demanda s'il lui serait possible de trouver son chemin jusqu'à la plus proche habitation sur la route de Dozmary, et de demander de l'aide. Cela signifiait une course de deux ou trois milles à travers la lande, avant d'atteindre la première chaumière de berger. Sur la même route, le pauvre idiot s'était enfui plus tôt dans la nuit, et peut-être s'y trouvait-il encore, gémissant et grimaçant près du fossé.

La jeune fille ne savait rien des habitants de la chaumière. Peut-être étaient-ils des complices de son oncle et, dans ce cas, elle courrait droit au piège. Tante Patience, là-haut, dans son lit, ne lui serait d'aucune utilité, mais plutôt un encombrement. La situation était sans issue. Il semblait qu'il n'y eût pour l'inconnu aucun moyen de sauvetage, à moins de composer avec Joss Merlyn. S'il était habile, peut-être viendrait-il à bout de son oncle; maintenant que le colporteur était parti, les chances étaient égales quant au nombre, bien que la force physique de son oncle fût pour lui un immense avantage. Mary commençait de se désespérer. Si elle avait pu trouver quelque part un fusil ou un couteau, elle eût été capable de blesser son oncle, ou tout au moins de le désarmer, tandis que le misérable s'échapperait du bar.

Mary se souciait peu maintenant de sa propre sécurité. De toute façon, ce n'était qu'une question de temps pour qu'on la découvrît elle-même, et il y avait peu de bon sens à rester ainsi blottie dans le salon vide. L'évanouissement n'avait été que de courte durée et elle se méprisait pour sa faiblesse. Elle se leva et, mettant les deux mains sur le loquet pour ne faire aucun bruit, elle entrouvrit légèrement la porte. On n'entendait rien dans le hall, sauf le tic-tac de l'horloge. Le rayon lumineux dans le couloir du fond ne brillait plus. La porte du bar devait être fermée. Peut-être en cet instant l'inconnu luttait-il pour sa vie, se débattant pour reprendre haleine entre les énormes mains de Joss Merlyn, qui le rejetait sur le dallage du bar. Pourtant, elle n'entendait rien; ce qui s'accomplissait derrière cette porte fermée se faisait en silence.

Mary était sur le point de regagner le hall et de se glisser jusqu'à l'escalier, dans l'autre couloir, quand un bruit au-dessus d'elle la fit s'arrêter et lever la tête. Une lame de parquet avait craqué. Il y eut un silence d'une minute et le bruit recommença : on marchait doucement au-dessus de sa tête. Tante Patience dormait dans l'autre couloir, à l'autre bout de la maison, et Mary avait elle-même entendu Harry le colporteur s'éloigner sur son poney il y avait près de dix minutes. Elle savait que son oncle était dans le bar avec l'inconnu et personne n'avait monté l'escalier depuis qu'elle l'avait descendu. Le parquet craqua de nouveau et le bruit de pas reprit. Quelqu'un se trouvait dans la chambre au-dessus.

Le cœur de Mary se mit à battre violemment; elle respira plus vite. Quel que fût celui qui se cachait là-haut, il devait s'y trouver depuis bien des heures. Sans doute attendait-il dans cette chambre depuis le début de la soirée. Il était derrière la porte quand elle était allée se coucher. Fût-il venu plus tard, elle eût entendu ses pas dans l'escalier. Peut-être, comme elle, avait-il surveillé, de la fenêtre, l'arrivée des chariots; peut-être avait-il vu l'idiot s'enfuir en hurlant sur la route de Dozmary. Elle ne s'était trouvée séparée de lui que par une mince cloison. Il avait dû entendre chacun de ses mouvements, lorsqu'elle s'était jetée sur son lit, lorsque, plus tard, elle s'était habillée et avait ouvert la porte.

Il voulait donc rester caché; sinon, il fût sorti sur le palier quand elle était sortie elle-même. S'il avait été l'un des hommes assemblés dans le bar, il lui eût parlé, l'eût interrogée sur les raisons de sa sortie. Qui l'avait fait entrer? Quand avait-il pénétré dans la pièce? Sans doute s'y était-il caché pour n'être pas vu des contrebandiers. Par conséquent, ce ne pouvait être l'un d'eux. C'était un ennemi de son oncle. Le bruit de pas avait maintenant cessé et, bien qu'elle retînt son souffle et écoutât intensément, elle n'entendait rien. Mais elle ne s'était pas trompée, elle en avait la certitude. Quelqu'un, un allié peut-être, se cachait dans la chambre contiguë à la sienne et pouvait l'aider à sauver l'inconnu prisonnier dans le bar.

La jeune fille posait le pied sur la première marche

quand le rayon lumineux brilla une fois de plus dans le couloir et la porte du bar s'ouvrit brusquement. Son oncle venait dans le hall. Cette fois, Mary n'avait pas le temps de grimper l'escalier avant qu'il eût tourné le coin, de sorte qu'elle dut rentrer vivement dans le salon, où elle resta debout, la main contre la porte. Dans l'obscurité du hall, il ne verrait jamais que la porte n'était pas fermée.

Tremblant d'émotion et de crainte, elle attendit dans le salon. Elle entendit l'aubergiste traverser le hall et monter l'escalier jusqu'au palier. Les pas de son oncle s'arrêtèrent juste au-dessus d'elle, devant la chambre où quelqu'un se dissimulait. Joss Merlyn fit une pause de quelques secondes comme s'il attendait quelque bruit complice. Puis, très doucement, il frappa deux coups à la porte.

Une fois de plus, le parquet craqua, quelqu'un traversa la chambre au-dessus et la porte s'ouvrit. Le cœur de Mary se serra et elle se sentit de nouveau désespérée. L'homme ne pouvait être un ennemi de son oncle. Joss Merlyn l'avait sans doute introduit de bonne heure dans la soirée, quand sa tante et elle préparaient le bar, et il avait attendu dans cette chambre le départ des hommes. C'était quelque ami personnel de l'aubergiste, qui ne désirait pas se mêler aux affaires de la soirée et ne voulait même pas se montrer à la femme du patron.

Son oncle savait donc que l'homme était là. C'est pourquoi il avait renvoyé le colporteur. Il ne voulait pas que celui-ci vît son ami. Elle remercia Dieu de n'être pas montée pour frapper à la porte de cette chambre.

Mais s'il leur venait à l'idée d'aller voir dans sa chambre à elle si elle dormait? Une fois son absence découverte, il lui resterait peu d'espoir. Elle jeta un coup d'œil vers la fenêtre. Elle était fermée et barrée. Aucun moyen de fuir. Les deux hommes descendaient maintenant l'escalier. Ils s'arrêtèrent devant la porte du salon. Mary pensa un instant qu'ils allaient entrer. Ils étaient si près d'elle qu'elle eût pu toucher son oncle à l'épaule à travers l'interstice de la porte. Son oncle alors parla, et sa voix résonna contre l'oreille de la jeune fille.

— C'est à vous de décider, souffla-t-il, et non à moi. Je le ferai, ou nous le ferons ensemble. Vous n'avez qu'à parler.

Abritée comme elle l'était par la porte, Mary ne pouvait voir ni entendre le nouveau compagnon de son oncle et les signes ou les mouvements qu'il pouvait faire lui échappaient. Les deux hommes ne s'attardèrent pas devant la porte, mais longèrent le vestibule, prirent l'autre couloir et se dirigèrent vers le bar.

Puis la porte se referma et Mary ne les entendit plus. Son premier mouvement fut d'ôter la barre de la porte, de courir sur la route et de s'éloigner à jamais de l'auberge. Mais, à la réflexion, elle comprit qu'elle ne gagnerait rien à agir ainsi. Elle pensa que d'autres hommes et, parmi eux, le colporteur peut-être, pouvaient se trouver postés le long de la route, en prévision de troubles possibles.

Il semblait que l'homme qui s'était dissimulé toute la soirée dans la pièce au-dessus ne l'eût pas entendue, après tout, lorsqu'elle avait quitté sa chambre; sinon, il eût déjà prévenu son oncle et l'on se fût mis à sa recherche. Ou peut-être l'écartait-on comme un être sans importance. L'homme gardé dans le bar constituait leur première préoccupation. On songerait à elle plus tard.

Elle dut rester une dizaine de minutes à attendre quelque bruit ou quelque signal, mais tout était calme. Seule l'horloge du hall poursuivait son tic-tac poussif, insensible aux événements, symbole de l'âge et de l'indifférence. Elle crut une fois entendre un cri, mais cela se perdit en un instant; et le son, si faible et si lointain, n'était peut-être qu'un étrange effet de son imagination, aiguisée par tout ce qu'elle avait vu depuis minuit.

Mary sortit alors dans le hall, puis longea le sombre couloir. Aucun filet de lumière ne passait sous la porte du bar. On avait dû éteindre les bougies. Étaient-ils assis tous trois dans la salle, dans l'obscurité? Elle se représentait l'horrible tableau que ferait leur groupe silencieux et sinistre, gouverné par un but qu'elle ne comprenait point; mais l'absence même de lumière rendait le calme plus redoutable encore.

Elle s'aventura jusqu'à la porte du bar et mit l'oreille contre la porte. Il n'y avait même pas un murmure de voix, pas un souffle, rien qui pût révéler quelque chose de vivant. La vieille odeur de moisi et de boisson qui avait flotté toute la soirée dans le couloir avait disparu et, à travers la serrure, venait un courant d'air constant.

Mary obéit à une impulsion irrésistible et, soulevant le loquet, elle ouvrit la porte et entra dans la salle. Personne ne s'y trouvait. La porte menant à la cour était ouverte et l'air frais de novembre emplissait la pièce. Voilà d'où venait le courant d'air dans le couloir. Les bancs étaient vides et la table qui avait été renversée lors de la première lutte gisait encore à terre, ses trois pieds pointant vers le plafond.

Les hommes étaient donc sortis. Ils avaient dû tourner à gauche, devant la cuisine, et se diriger tout droit vers la lande, car elle les eût entendus s'ils avaient traversé la route. L'air frais et doux lui baignait le visage et, maintenant que son oncle et les étrangers l'avaient quittée, la pièce paraissait de nouveau inoffensive et impersonnelle. L'horreur était passée.

Un dernier petit rayon de lune faisait un cercle blanc sur le plancher, et dans le cercle, comme un doigt, se mouvait une tache noire. C'était le reflet d'une ombre, Mary leva les yeux vers le plafond et vit qu'une corde avait été attachée à une poutre. C'était le bout de la corde qui faisait cette tache dans le cercle blanc, et cela continuait de se balancer en avant et en arrière, agité par le courant d'air qui venait de la porte ouverte.

CHAPITRE V

Les jours s'écoulaient et Mary s'installait à l'*Auberge de la Jamaïque* avec un sentiment de ferme résolution. Il était évident qu'elle ne pouvait laisser sa tante affronter seule l'hiver. Mais, avec la venue du printemps, peut-être arrivèrait-elle à faire entendre raison à Patience Merlyn et quitteraient-elles la lande toutes deux pour la paisible vallée d'Helford.

C'était là, en tout cas, l'espoir de Mary. En attendant, elle s'accommoderait le mieux possible des six tristes mois qu'elle avait devant elle et s'emploierait à venir à bout de son oncle et à le livrer, ses complices et lui, à la justice. S'il ne s'était agi que de contrebande, elle eût haussé les épaules, bien que la malhonnêteté flagrante de la chose l'emplît de dégoût, mais tout ce qu'elle avait vu prouvait que Joss Merlyn et ses amis ne se contentaient pas de faire de la contrebande. C'étaient des hommes décidés à tout, qui n'avaient peur de rien et ne reculaient pas devant le meurtre. Les événements de la nuit de ce premier samedi ne lui sortaient guère de l'esprit et le bout de corde qui pendait de la poutre était assez éloquent. Mary avait la certitude que l'inconnu avait été tué par son oncle et un autre homme et enterré quelque part dans la lande.

Cependant, il n'y avait aucune évidence et, considérée à la lumière du jour, toute l'histoire semblait fantastique. Cette nuit-là, après la découverte de la corde, elle avait regagné sa chambre, car la porte ouverte du bar suggérait que son oncle pouvait revenir à tout moment; épuisée par tout ce qu'elle avait vu, elle avait dû s'endormir, car le soleil était déjà haut quand elle s'était réveillée et elle entendait sa tante marcher dans le hall au-dessous.

Il ne restait aucune trace de l'orgie de la veille. Le bar avait été nettoyé et rangé, les meubles remis en place, le verre brisé ramassé, et la corde ne pendait plus à la poutre. L'aubergiste lui-même passa la matinée à l'écurie et à l'étable, sortant le fumier à l'aide d'une fourche, faisant le travail d'un vacher. Quand il vint dans la cuisine à midi pour engloutir un énorme repas, il questionna Mary sur les troupeaux, à Helford, et lui demanda son avis sur un veau qui était tombé malade; mais il ne fit aucune allusion aux événements de la nuit passée. Il paraissait d'excellente humeur; il en oubliait d'injurier sa femme qui, ainsi qu'à l'ordinaire, s'empressait autour de lui, quêtant l'expression de ses yeux, comme un chien désireux de plaire à son maître. Joss Merlyn se conduisit comme un homme parfaitement sobre et normal; il était impossible de croire qu'il avait tué l'un de ses semblables quelques heures auparavant.

Peut-être, après tout, n'était-il pas coupable de ce crime et la faute en revenait-elle à son compagnon inconnu; mais Mary, du moins, l'avait vu de ses propres yeux pourchasser l'idiot tout nu à travers la cour; elle avait entendu les cris du malheureux sous les coups de fouet de l'aubergiste Elle avait vu son oncle prendre le commandement de ces hommes avilis, dans le bar, elle l'avait entendu menacer l'inconnu qui s'opposait à sa volonté. Et voici qu'il était maintenant assis devant elle, la bouche pleine de ragoût, hochant la tête à cause d'un veau malade.

Mary répondait " oui " et " non " aux questions de son oncle, tout en buvant son thé et en l'observant par-dessus sa tasse, ses yeux allant de sa grande assiette de ragoût fumant à ses doigts puissants et longs, hideux dans leur force et leur grâce.

Deux semaines passèrent sans que la soirée du samedi se répétât. Peut-être le dernier coup de filet avait-il satisfait l'aubergiste et ses compagnons et s'en contentaient-ils pour le moment, car Mary n'entendit pas les chariots; bien qu'elle dormît maintenant d'un sommeil profond, le bruit des roues, elle en était sûre, l'eût éveillée. Son oncle ne paraissait voir aucun inconvénient à ses promenades sur la lande, et, peu à peu, elle apprit à mieux connaître la campagne environnante; elle tombait par hasard sur des chemins qui conduisaient vers les hauteurs et aboutissaient aux grandes falaises, tandis qu'elle apprenait à éviter l'herbe touffue, basse et humide, qui, par son aspect inoffensif même, n'invitait à l'approche que pour révéler le bord d'un perfide et dangereux marécage.

Bien que seule, elle n'était pas vraiment malheureuse, et ses randonnées dans la grise lumière de l'après-midi la maintenaient au moins en bonne santé et contribuaient à atténuer la tristesse et la dépression des longues soirées à *la Jamaïque*, lorsque tante Patience restait assise, les mains sur les genoux, fixant le feu de tourbe, et que Joss Merlyn s'enfermait seul dans le bar ou s'en allait sur son poney vers quelque destination inconnue.

Pas la moindre compagnie. Personne ne venait demander une chambre ni un repas. Le cocher avait dit vrai en racontant à Mary que les diligences ne s'arrêtaient plus jamais à *la Jamaïque*, car Mary sortait dans la cour pour voir passer les coches deux fois par semaine, et ils disparaissaient en un instant, descendant à grand fracas la colline et grimpant la suivante vers les Cinq Chemins sans s'arrêter un seul instant pour souffler. Un jour, Mary agita la main en reconnaissant son conducteur, mais il ne prit pas garde à elle, n'en fouetta ses chevaux que plus fort et elle pensa avec un sentiment assez puéril que les étrangers devaient la considérer sous le même jour que son oncle et que si elle essayait même d'aller à Bodmin ou à Launceston, personne ne la recevrait et qu'on lui fermerait la porte au visage.

L'avenir s'annonçait parfois très sombre pour elle, surtout lorsque tante Patience faisait peu d'efforts pour être sociable; bien que de temps à autre elle prît la main de Mary pour la caresser pendant quelques instants, lui disant combien elle était heureuse de l'avoir auprès d'elle, la pauvre femme, la plupart du temps, vivait en rêve, s'occupant machinalement des travaux du ménage et n'ouvrant que rarement la bouche. Elle ne parlait que pour émettre un flot d'absurdités sur le grand homme qu'eût été son mari si la malchance ne l'avait toujours poursuivi. Toute conversation normale était impossible, et Mary prit l'habitude de la laisser dire et de lui parler aussi doucement qu'à un enfant, mais tout cela éprouvait ses nerfs et sa patience.

C'est dans ces dispositions peu agréables, le lendemain d'une journée de vent et de pluie qui avait rendu toute sortie impossible, que Mary, un matin, entreprit de nettoyer le long couloir dallé qui s'étendait sur toute la largeur de l'arrière de la maison. Ce dur travail, s'il fortifiait ses muscles, n'améliorait pas son humeur. Quand elle eut fini, l'*Auberge de la Jamaïque* et ses habitants lui inspiraient un tel dégoût que, pour peu, elle fût sortie dans le coin de jardin derrière la cuisine, où travaillait son oncle, sans souci de la pluie mouillant ses cheveux emmêlés, et lui eût jeté en pleine figure son seau d'eau sale et savonneuse. Mais à la vue de sa tante qui, le dos courbé, remuait le triste feu de tourbe avec l'extrémité d'un bâton, elle se ravisa. La jeune fille était sur le point de monter le perron du hall d'entrée lorsqu'elle entendit dans la cour un bruit de sabots et, tout aussitôt, quelqu'un se mit à frapper violemment à la porte du bar, alors fermée.

Personne n'avait jamais encore approché l'*Auberge de la Jamaïque* et cet appel était en soi un événement. Mary retourna à la cuisine pour avertir sa tante, mais celle-ci avait quitté la pièce et, en regardant à la fenêtre, Mary la vit traverser le jardin vers son mari, qui emplissait une brouette d'herbe coupée. Tous deux étaient hors de portée de voix et aucun d'eux n'avait entendu le nouveau venu.

Mary essuya ses mains sur son tablier et revint dans le bar. Peut-être la porte n'était-elle pas fermée à clé, après tout, car, à sa surprise, un homme était assis à califourchon sur une chaise, ayant à la main un verre plein de bière qu'il s'était tranquillement versée lui-même. Pendant quelques instants, ils se considérèrent en silence.

Quelque chose de familier émanait de cet homme et Mary se demanda où elle avait pu le rencontrer. Les paupières assez tombantes, la ligne incurvée de la bouche, le contour de la mâchoire, et même le regard hardi et insolent dont il la fixait, elle les connaissait et les détestait.

La vue de cet homme l'examinant de haut en bas en buvant sa bière l'irritait au-delà de toute mesure.

— Comment appelez-vous ce que vous êtes en train

de faire? dit-elle d'un ton aigre. Quel droit avez-vous d'entrer ici et de vous servir? En outre, le patron n'encourage pas la venue des étrangers.

A tout autre moment, Mary eût ri de s'entendre prendre ainsi la défense de son oncle, mais le fait d'avoir frotté le dallage lui avait enlevé son sens de l'humour ce matin-là, et il lui fallait passer sa mauvaise humeur sur la première victime qui s'offrait.

L'homme finit sa bière et tendit son verre pour qu'on l'emplît de nouveau.

— Depuis quand emploie-t-on une serveuse à l'*Auberge de la Jamaïque?* demanda-t-il, cherchant une pipe dans sa poche, l'allumant et lui soufflant au visage un grand nuage de fumée.

Mary, rendue furieuse par ces manières, se pencha en avant, lui arracha la pipe des mains, et la jeta derrière elle sur le sol où elle s'écrasa.

L'homme haussa les épaules et se mit à siffler d'une façon discordante qui ajouta à l'irritation de Mary.

— Est-ce ainsi qu'on vous apprend à servir les clients? demanda-t-il, s'arrêtant soudain. Je ne trouve pas leur choix excellent. Il y a des servantes plus stylées à Launceston, où j'étais hier, et jolies comme des images, par-dessus le marché. Que vous est-il donc arrivé? Vos cheveux vous tombent dans le cou et votre figure n'est pas d'une propreté excessive.

Mary lui tourna le dos et se dirigea vers la porte, mais il la rappela.

— Emplissez donc mon verre. Vous êtes là pour ça,

n'est-ce pas? J'ai fait douze milles à cheval depuis le petit déjeuner, et j'ai soif.

— Eussiez-vous fait cinquante milles, que voulez-vous que ça me fasse ? dit Mary. Puisque vous semblez connaître les lieux, vous pouvez vous servir vous-même. Je vais prévenir Mr. Merlyn que vous êtes ici; il vous servira s'il le juge bon.

— Oh! ne dérangez pas Joss. Il doit être comme un ours qui a mal à la tête à cette heure du jour. En outre, il n'est jamais très pressé de me voir. Qu'est-il arrivé à sa femme? L'a-t-il renvoyée pour vous prendre à sa place? C'est un peu dur pour la pauvre femme. Mais vous ne resterez pas dix ans avec lui.

— Si vous voulez voir Mrs. Merlyn, elle est dans le jardin, dit Mary. Sortez par la porte du bar, tournez à gauche et vous arriverez à un coin de jardin, près de l'enclos aux poules. Ils étaient là-bas tous deux il y a cinq minutes. Vous ne pouvez passer ici; je viens tout juste de laver le couloir et je n'ai pas envie de recommencer.

— Oh! ne vous agitez pas, nous avons le temps.

Mary sentait qu'il la regardait encore de haut en bas, se demandant à quel titre elle se trouvait là, et cette sorte d'insolence nonchalante qui lui était familière et qu'elle lisait dans ses yeux la mit en rage.

— Désirez-vous oui ou non parler au patron? demanda-t-elle enfin. Je ne puis rester ici toute la journée à attendre votre bon plaisir. Si vous ne voulez pas le voir et si vous avez fini de boire, vous n'avez qu'à poser l'argent sur le comptoir et à vous en aller

L'homme se mit à rire, et ce rire et l'éclat de ses dents fit vibrer une corde dans la mémoire de la jeune fille, mais elle ne pouvait encore préciser la ressemblance.

— Est-ce que vous commandez Joss de la même façon? dans ce cas, c'est un autre homme. Après tout, c'est un être bien contradictoire. Je ne l'aurais jamais cru capable de diriger une jeune femme en même temps que ses autres activités. Que faites-vous de la pauvre Patience, le soir? La renvoyez-vous de la chambre ou dormez-vous tous les trois ensemble?

La jeune fille devint écarlate.

— Joss Merlyn est mon oncle par alliance, dit-elle. Tante Patience est l'unique sœur de ma mère. Mon nom est Mary Yellan, si cela vous rappelle quelque chose. Au revoir. La porte est juste derrière vous.

Mary quitta le bar et entra dans la cuisine pour se jeter tout droit dans les bras de l'aubergiste.

— A qui diable parliez-vous dans le bar? tonna-t-il. Je crois vous avoir avertie de tenir votre langue?

Sa voix résonna dans le couloir.

— Allons, cria l'homme du bar, ne la bats pas. Elle a brisé ma pipe et refusé de me servir. C'est bien là ton éducation, n'est-ce pas? Entre que je te voie. J'espère que tu as tiré quelque profit de la compagnie de cette petite?

Joss Merlyn fronça le sourcil et, repoussant Mary, entra dans le bar.

— Oh! c'est toi, Jem, dit-il. Que veux-tu aujourd'hui

à *la Jamaïque?* Je ne peux pas t'acheter un cheval, si c'est pour ça que tu es venu. Les affaires vont mal et je n'ai pas le sou.

Joss Merlyn ferma la porte, laissant la jeune fille dans le couloir.

Mary retourna vers son seau d'eau, devant le hall d'entrée, essuyant avec son tablier les taches noires de sa figure. C'était donc Jem Marlyn, le jeune frère de son oncle. Naturellement, la ressemblance lui était apparue et, comme une sotte, elle n'avait rien deviné. Il lui avait parlé de son oncle au cours de la conversation et elle n'avait pas compris. Il avait les yeux de Joss Merlyn, sans les filets sanguins ni les poches; il avait la bouche de Joss Merlyn, mais ferme, alors que celle de l'aubergiste était faible et que sa lèvre inférieure s'affaissait. Il était ce qu'eût pu être Joss Merlyn dix-huit ou vingt ans plus tôt, mais moins grand et plus net.

Mary jeta l'eau sur les dalles et se mit à frotter avec fureur, les lèvres étroitement serrées.

Quelle engeance, ces Merlyn, avec leur insolence étudiée, leur grossièreté, leurs manières brutales. Ce Jem avait, dans le dessin de la bouche, le même pli de cruauté que son frère. Tante Patience avait dit qu'il était le pire de la famille. Bien qu'il fût plus petit que Joss d'une tête et deux fois moins large, il émanait de lui une certaine force que son frère ne possédait point. Il avait l'air dur et subtil. L'aubergiste avait les chairs affaissées autour du menton et ses épaules pesaient sur lui comme un fardeau. On avait en quelque sorte l'impression d'une puissance gaspillée et montée en graine. C'est la boisson, Mary le savait, qui avait ainsi changé cet homme et, pour la première fois, elle était à même d'entrevoir l'épave que Joss Merlyn était devenu en comparaison de son ancienne personnalité. C'était la vue de son frère qui le lui montrait. L'aubergiste s'était trahi lui-même. Si son frère possédait quelque bon sens, il se reprendrait avant de s'engager dans la même voie. Mais s'en souciait-il?

Une fatalité semblait s'attacher à la famille Merlyn, qui déjouait leurs bonnes résolutions et leurs efforts pour mener une vie décente. Ses annales étaient trop sombres. " Il ne sert de rien de lutter contre les mauvais instincts ", disait la mère de Mary, " ils arrivent toujours à prendre le dessus. On a beau se défendre, on n'est jamais vainqueur. Si deux générations vivent convenablement, cela peut parfois épurer le courant, mais, bon gré, mal gré, cela recommencera à la troisième génération. "

Quelle pitié! Et la pauvre tante Patience était emportée dans le courant avec les Merlyn. Toute sa jeunesse, toute sa gaieté l'avaient quittée et, si l'on voulait voir les choses en face, elle était à peine supérieure à l'idiot de Dozmary. Tante Patience eût pu être la femme d'un fermier à Gweek, avoir des enfants, une maison et des terres et toutes les petites trivialités d'une vie heureuse et normale : bavarder avec les voisins, aller à l'église le dimanche et au marché une fois par semaine, faire la récolte des fruits et la moisson. Elle eût aimé ces choses de la vie sociale. Elle eût connu la placidité et des années tranquilles lui eussent, avec le temps, donné des cheveux gris, des années de bon travail et de joie calme. Elle avait rejeté toutes ces promesses pour vivre comme une souillon avec une brute et un ivrogne. Pourquoi les femmes étaient-elles si folles, pourquoi avaient-elles la vue si courte? se demandait Mary; et elle se mit à frotter la dernière dalle avec fureur, comme si, par ce geste, elle eût purifié le monde et effacé les imprudences de son espèce.

Ayant ainsi stimulé son énergie, elle quitta le hall et se mit en devoir de balayer le triste et sombre salon qui n'avait pas connu un balai depuis des années. Un nuage de poussière envahit son visage; puis elle battit frénétiquement le paillasson usé. Elle était si absorbée dans sa déplaisante occupation qu'elle n'entendit pas une pierre jetée contre la vitre du salon. Ce n'est que lorsqu'une volée de cailloux vint briser le verre qu'elle leva les yeux vers la fenêtre. Elle aperçut Jem Merlyn debout dans la cour près de son poney.

Mary fronça le sourcil et se détourna, mais il répondit par une autre volée de cailloux, cette fois endommageant sérieusement la vitre, au point qu'un morceau de verre s'écrasa sur le sol en même temps qu'une pierre.

Mary tira le verrou de la lourde porte d'entrée et sortit sous le porche.

— Que voulez-vous encore? lui demanda-t-elle, soudain consciente de ses cheveux défaits et de son tablier sale et chiffonné.

Il la regardait encore avec curiosité, mais sans insolence; il avait le bon goût de paraître un peu honteux de lui-même.

— Si j'ai été grossier à votre égard, pardonnez-moi, dit-il. Je ne m'attendais pas à voir une femme à l'*Auberge de la Jamaïque*... pas une jeune fille comme vous, en tout cas. Je croyais que Joss vous avait trouvée dans une ville quelconque et vous avait amenée ici comme la dame de ses pensées.

Mary rougit de nouveau et, gênée, se mordit la lèvre.

— Je n'ai rien d'une dame, dit-elle avec dédain. J'aurais bon air à la ville, n'est-ce pas, dans mon vieux tablier et mes gros souliers? Je crois que tous ceux qui ont des yeux peuvent voir que je suis une paysanne.

— Oh! je ne sais pas, dit-il négligemment. Si l'on vous mettait une belle robe et des souliers à hauts talons, si l'on plantait un peigne dans vos cheveux, j'ose dire que vous passeriez pour une dame, même dans une grande ville comme Exeter.

— Je dois me considérer comme flattée par ces compliments, je suppose, dit Mary. Mais merci beaucoup, je préfère garder mes vieux vêtements et ne ressembler qu'à moi-même.

— Vous pourriez faire bien pis, naturellement, admit-il.

Levant les yeux, elle vit qu'il se moquait d'elle. Elle se détourna pour rentrer.

— Allons, ne partez pas, dit-il. Je sais que je mérite de noirs regards pour vous avoir parlé comme je l'ai fait, mais si vous connaissiez mon frère aussi bien que moi, vous comprendriez mon erreur. Il semble étrange de voir une jeune fille à l'*Auberge de la Jamaïque*. Mais pourquoi êtes-vous venue ici?

De l'ombre du porche, Mary le considéra. Il avait l'air sérieux, à présent, et sa ressemblance avec Joss avait pour le moment disparu. Elle souhaita qu'il ne fût pas un Merlyn.

— Je suis venue ici auprès de ma tante Patience. Ma mère est morte il y a quelques semaines et c'est ma seule parente. Je puis vous dire une chose, Mr. Merlyn... je suis heureuse que ma mère ne soit plus là pour voir sa sœur aujourd'hui.

— Je ne crois pas que le mariage avec Joss soit un lit de roses, dit-il. Il a toujours eu un caractère infernal et boit comme un trou. Pourquoi l'a-t-elle épousé? Depuis que je le connais, il a toujours été le même. Quand j'étais petit, il me battait, et, s'il l'osait, il le ferait encore maintenant.

— Je crois qu'elle a été égarée par ses yeux brillants, dit Mary avec mépris. Tante Patience a toujours été un papillon à Helford, disait maman. Elle a refusé le fermier qui voulait l'épouser et a quitté Helford pour rencontrer votre frère. C'est en tout cas le plus mauvais jour de sa vie.

— Vous n'avez donc pas bonne opinion du patron? dit-il en se moquant.

— Non, dit-elle. C'est un tyran et une brute, et d'autres choses encore. Il a fait de ma tante, qui était un être heureux et rieur, une misérable esclave, et je ne le lui pardonnerai pas aussi longtemps que je vivrai.

Jem se mit à siffloter en caressant le cou de son cheval.

— Nous autres, Merlyn, n'avons jamais été très bons pour nos femmes, dit-il. Je me souviens que mon père battait ma mère jusqu'à ce qu'elle tombât; pourtant, elle ne l'a jamais quitté et l'a soutenu durant toute sa vie. Quand il a été pendu à Exeter, elle n'a parlé à personne pendant trois mois. Le choc avait fait blanchir ses cheveux. Je ne puis me rappeler ma grand-mère, mais on raconte qu'elle s'est un jour battue aux côtés de mon grand-père, près de Callington, quand les soldats sont venus le prendre, et qu'elle a mordu jusqu'à l'os le doigt de l'un d'eux. Ce qu'elle pouvait aimer en mon grand-père, je ne saurais le dire, car, lorsqu'il fut pris, il ne la réclama jamais et laissa toutes ses économies à une autre femme, sur l'autre rive du Tamar.

Mary gardait le silence. L'indifférence de la voix du jeune homme l'épouvantait. Il parlait sans honte ni regret et elle supposait que, tout comme le reste de sa famille, il manquait de tendresse.

— Combien de temps avez-vous l'intention de rester

à *la Jamaïque*? demanda-t-il brusquement. C'est dommage, pour une jeune fille comme vous. Vous n'avez guère de compagnie ici.

— Je n'y puis rien, dit Mary. Je ne partirai qu'avec ma tante. Après ce que j'ai vu, je ne la laisserai jamais ici toute seule.

Jem se baissa pour ôter quelque chose de sale au sabot de son poney.

— Qu'avez-vous donc appris en si peu de temps? demanda-t-il. En toute conscience, l'endroit est assez calme.

Mary ne se laissait pas égarer facilement. Son oncle avait sans doute envoyé son frère lui parler, espérant obtenir des informations. Elle n'était pas si sotte. Haussant les épaules, elle changea de sujet.

— J'ai aidé mon oncle dans le bar un samedi soir, dit-elle, et je n'ai pas bonne opinion des gens qu'il reçoit.

— Je veux bien le croire, dit Jem. Les individus qui viennent à *la Jamaïque* n'ont jamais appris les belles manières. Ils passent trop de temps dans les geôles du comté. Je me demande ce qu'ils ont pensé de vous? Ils ont fait la même erreur que moi, je suppose, et sont en train de faire votre réputation dans toute la région. Vous verrez que Joss vous jouera aux dés la prochaine fois et que vous monterez en selle derrière un sale braconnier pour aller de l'autre côté du Roughtor.

— Ce n'est guère probable, dit Mary. Il leur faudra

me frapper jusqu'à ce que je sois sans connaissance avant que je ne monte en selle derrière n'importe qui.

— Inanimées ou conscientes, les femmes sont à peu près les mêmes, dit Jem. En tout cas, les braconniers de Bodmin n'y verront guère de différence.

Il rit de nouveau et ressembla exactement à son frère.

— Que faites-vous pour vivre? demanda Mary, prise d'une soudaine curiosité, car, durant leur conversation, elle s'était aperçue qu'il parlait mieux que son frère.

— Je suis voleur de chevaux, dit-il plaisamment, mais cela ne rapporte guère. Mes poches sont toujours vides. Vous devriez venir jusque chez moi. J'ai un petit poney qui vous conviendrait à merveille. Il est en ce moment à Trewartha. Pourquoi ne viendriez-vous pas le voir?

— Ne craignez-vous pas d'être pris? demanda Mary.

— Le vol est chose difficile à prouver. Supposons qu'un poney s'échappe du pré et que son maître le recherche. Bon. Vous avez vu par vous-même que ces landes pullulent de bétail et de chevaux sauvages. Il ne sera guère aisé au propriétaire du poney de retrouver sa bête. Mettons que le poney ait une longue crinière, un pied blanc et une marque en forme de losange à l'oreille... cela rétrécit un peu le champ des recherches, n'est-ce pas? Et notre propriétaire part pour Launceston, les yeux larges ouverts. Mais il ne retrouve pas son poney. Notez que le poney est bien là et que quelque marchand l'achète et le revend dans la région, mais sa crinière est coupée, ses quatre pieds ont la même couleur et la marque, à son oreille, est une fente et non un losange. Son maître ne le regarde même pas deux fois. C'est assez simple, ne trouvez-vous pas?

— Si simple que je ne comprends pas pourquoi vous ne passez pas en coupé devant *la Jamaïque* avec un valet poudré sur le marchepied, dit vivement Mary.

— Ah! nous y voilà, répondit-il en secouant la tête. Les chiffres n'ont jamais été mon fort. Vous seriez surprise de voir comment l'argent coule entre mes doigts. Sachez que j'avais dix livres dans ma poche, la semaine dernière. Aujourd'hui, il ne me reste qu'un shilling. C'est pourquoi je veux vous vendre ce petit poney.

Mary ne put s'empêcher de rire. Il était si franc dans sa malhonnêteté qu'elle n'avait pas le cœur de se mettre en colère.

— Je ne peux pas dépenser mes petites économies pour acheter des chevaux, dit-elle. Je mets de l'argent de côté pour mes vieux jours et, quand je quitterai *la Jamaïque*, j'aurai besoin du moindre penny.

Jem Merlyn la regarda gravement, et, en une soudaine impulsion, il se pencha vers elle, jetant d'abord un coup d'œil par-dessus sa tête, plus loin, sous le porche.

— Écoutez, dit-il. Maintenant, je suis sérieux. Oubliez toutes les sottises que je vous ai dites. L'*Auberge de la Jamaïque* n'est pas un lieu de séjour pour une jeune fille... pour aucune femme. Mon frère et moi n'avons jamais été des amis et je peux dire sur lui ce que je veux. Nous suivons chacun notre route et sommes damnés l'un pour l'autre. Mais il n'y a aucune raison pour que vous soyez entraînée dans ses agissements odieux. Pourquoi ne fuyez-vous pas? Je vous mettrais sur la route de Bodmin.

Sa voix était pleine de persuasion et Mary eût presque pu avoir confiance en lui. Mais elle ne pouvait oublier qu'il était le frère de Joss Merlyn et qu'à ce titre il pourrait la trahir. Elle n'osait en faire son confident... pas encore. Le temps lui montrerait de quel côté il était.

— Je n'ai pas besoin d'aide, dit-elle, je puis m'occuper de moi.

Jem sauta sur son poney et assura ses pieds dans les étriers.

— Très bien, dit-il, je ne veux pas vous contrarier. Si vous avez besoin de moi, mon cottage est de l'autre côté de Withy Brook, après avoir traversé le marécage de Trewartha, au pied de la Lande des Douze Hommes. J'y serai en tout cas jusqu'au printemps. Au revoir!

Puis il disparut avant qu'elle n'eût le temps de prononcer un mot.

Mary rentra lentement dans la maison. Il lui eût inspiré confiance si son nom était tout autre que Merlyn. Elle avait un urgent besoin d'amitié, mais elle ne pouvait faire son ami du frère de l'aubergiste. Ce n'était d'ailleurs qu'un vulgaire voleur de chevaux, un misérable. A peine valait-il mieux qu'Harry, le colporteur, et ses amis. Parce qu'il avait un sourire désarmant et que sa voix n'était pas déplaisante, elle avait été près de croire en lui, et peut-être que, pendant tout ce temps, il se moquait d'elle. Il y avait en lui de mauvais instincts, il enfreignait la loi tous les jours et, en tout cas, subsistait cette chose irréparable : c'était le frère de Joss Merlyn. Il prétendait qu'aucun lien n'existait entre eux, mais peut-être était-ce un mensonge pour provoquer sa sympathie; sans doute leur conversation avait-elle été arrangée par l'aubergiste lorsque les deux frères se trouvaient dans le bar.

Non, quoi qu'il advînt, elle devait rester seule en la circonstance et n'avoir confiance en personne. Les murs de l'*Auberge de la Jamaïque* eux-mêmes sentaient le crime et la fourberie, et parler à portée de voix de la maison était aller au-devant d'une catastrophe.

La maison était sombre et de nouveau tranquille. L'aubergiste était retourné à son tas de tourbe, au fond du jardin, et tante Patience était dans la cuisine. La surprise de la visite avait causé un peu d'agitation et rompu la monotonie de la journée. Jem Merlyn avait apporté avec lui quelque chose du monde extérieur, un monde qui n'était pas entièrement limité par la lande et assombri par les roches de granit; et, maintenant qu'il était parti, la lumière de la journée s'en était allée avec lui. Le ciel se couvrit de nuages et l'inévitable pluie vint de l'est, couvrant de brouillard les collines. La bruyère noire ployait sous le vent. La mauvaise humeur qui s'était emparée de Mary au début de la matinée avait disparu et, à sa place, s'était glissée une morne indifférence, née de la fatigue et du désespoir. Interminablement, les jours et les semaines s'étendaient devant elle, sans autre perspective que la longue et blanche route pour la tenter, les murs de pierre et les éternelles collines.

Elle songeait à Jem Merlyn, s'éloignant, une chanson aux lèvres, enfonçant ses talons dans les flancs de son poney; il devait chevaucher tête nue, insouciant du vent et de la pluie, au gré de sa fantaisie.

Elle songeait au chemin sinueux qui conduisait au village d'Helford et s'arrêtait brusquement au bord de l'eau, où les canards pataugeaient dans la vase avant l'arrivée de la marée; un homme appelait ses vaches d'un champ, au-dessus. Toutes ces choses étaient progressives, formaient une tranche de vie et poursuivaient leur cours sans une pensée pour elle, mais elle était liée ici par une promesse qu'elle ne pouvait briser, et le bruit même des pas de tante Patience parcourant la cuisine était un rappel et un avertissement.

Mary observait la petite pluie cinglante brouiller les vitres du salon, où elle était seule assise, le menton dans la main, et les larmes, pour tenir compagnie à la pluie, coulaient le long de ses joues. Elle les laissait couler, trop indifférente pour les essuyer, tandis que le courant d'air venant de la porte qu'elle avait oublié de refermer agitait une longue bande de papier déchiré sur le mur. Le papier, autrefois, représentait des roses, mais il était maintenant gris et fané. Les murs eux-mêmes étaient couverts de grosses taches brunes causées par l'humidité. Mary s'éloigna de la fenêtre et l'atmosphère froide et désolée de l'*Auberge de la Jamaïque* se referma sur elle.

CHAPITRE VI

CETTE nuit-là, les chariots revinrent. Mary s'éveilla au bruit de l'horloge qui sonna deux heures et, presque aussitôt, perçut des pas sous le porche et entendit une voix parler doucement. Elle se glissa hors du lit et alla à la fenêtre. Oui, les chariots étaient là, mais il n'y en avait que deux, cette fois, avec un seul cheval harnaché et une demi-douzaine d'hommes à peine debout dans la cour.

Les chariots avaient l'air fantasmagoriques dans les ténèbres; on eût dit des corbillards; les hommes eux-mêmes ressemblaient à des apparitions qui eussent été hors de mise en plein jour; ils se mouvaient silencieusement dans la cour, comme d'effrayantes images dans une fantaisie de cauchemar. Il émanait d'eux quelque chose d'horrible, et quelque chose de plus sinistre encore des chariots couverts qui s'étaient glissés là à la faveur de l'obscurité. Cette nuit-là, l'impression qu'ils laissèrent à Mary fut plus durable encore et plus profonde, car elle comprenait à présent ce que tout cela signifiait.

Ils étaient décidés à tout, ces hommes qui conduisaient de tels convois à l'*Auberge de la Jamaïque*, et, la dernière fois, un des leurs avait été assassiné. Peut-être un autre crime serait-il commis ce soir; peut-être la corde tressée se balancerait-elle une fois de plus à la poutre du bar.

Cette scène dans la cour semblait exercer une fascination fatale et Mary ne pouvait quitter la fenêtre. Cette fois, les chariots étaient venus à vide et furent chargés avec le reste des objets déposés à l'auberge à la dernière occasion. Mary devina que c'était là leur méthode de travail. Chaque fois, l'auberge servait d'entrepôt pour quelques semaines, puis, lorsque l'opportunité s'en présentait, les chariots venaient reprendre le chargement pour le transporter sur la rive du Tamar, d'où il était distribué.

L'organisation, pour comprendre une telle étendue de territoire, devait être vaste; des agents devaient se trouver dispersés pour maintenir la surveillance nécessaire. Peut-être des centaines de personnes étaient-elles impliquées dans ce trafic, de Penzance et Saint-Ives, dans le sud, jusqu'à Launceston, aux confins du Devon. On parlait rarement de contrebande, à Helford, et c'était alors avec un clin d'œil et un sourire d'indulgence, comme si une bouteille de cognac venant de temps à autre d'un bateau en rade de Falmouth était un luxe inoffensif et non un crime pesant sur la conscience de qui que ce fût.

Mais ceci était différent. C'était un sombre trafic,

une pratique sérieuse et sanglante, où il ne s'agissait ni de clin d'œil ni de sourire, d'après tout ce que Mary avait vu. Si un homme était tourmenté par sa conscience, on lui passait une corde autour du cou en guise de récompense. Il ne fallait point de chaînon plus faible dans la chaîne qui s'étendait sur une telle distance : c'était là l'explication de la corde attachée à la poutre. L'inconnu avait hésité, l'inconnu était mort.

C'est avec un brusque sentiment de déception que Mary se demanda si la visite de Jem Merlyn à l'*Auberge de la Jamaïque* ce matin-là avait une signification. Cette visite et l'arrivée des chariots étaient une étrange coïncidence. Il venait de Launceston, avait-il dit, et Launceston se trouvait sur la rive du Tamar. Mary était irritée contre lui et contre elle-même. Malgré tout, sa dernière pensée avant de s'endormir avait été la possibilité d'une amitié entre eux. Elle serait folle de conserver maintenant le moindre espoir. On ne pouvait se tromper sur le but de cette visite.

Jem pouvait être en désaccord avec son frère, mais tous deux faisaient le même trafic. Il était venu à *la Jamaïque* avertir l'aubergiste de l'arrivée du convoi. C'était facile à comprendre. Puis, n'étant pas entièrement dépourvu de cœur, il avait conseillé à Mary de partir pour Bodmin. *La Jamaïque* ne convenait pas à une jeune fille, disait-il. Personne ne le savait mieux que lui, puisqu'il faisait partie de la bande. De toute façon, c'était une misérable entreprise, sans un rayon d'espoir, et voici qu'elle se trouvait au milieu de tout cela, avec tante Patience, comme un enfant, sur les bras.

Les deux chariots étaient maintenant chargés. Les conducteurs grimpèrent sur le siège avec leurs compagnons. Le spectacle, cette fois, n'avait pas duré longtemps.

Mary pouvait voir la haute tête et les épaules de son oncle venant au niveau du porche; Joss Merlyn tenait d'une main une lanterne, la lumière étant obscurcie par un volet. Les chariots sortirent de la cour avec bruit et tournèrent à gauche, ainsi que Mary s'y attendait, dans la direction de Launceston.

La jeune fille quitta la fenêtre et se remit au lit. Peu de temps après, elle entendit les pas de son oncle dans l'escalier; il prit l'autre couloir et regagna sa chambre. Ce soir-là, personne ne se cachait dans la chambre près de la sienne.

*

Les quelques jours qui suivirent se passèrent sans incident et le seul véhicule qui franchit la route fut le coche de Launceston, qui roulait avec fracas comme un scarabée terrifié. Puis vint un froid matin. Le sol était couvert de gel, et pour une fois, le soleil brillait dans un ciel sans nuages. Les falaises se dressaient fièrement vers le ciel d'un bleu profond et l'herbe des marais, généralement humide et brune, brillait, raide et blanche. L'auge, dans la cour, était recouverte d'une mince couche de glace. La boue avait durci là où les vaches avaient piétiné, et les traces de leur passage ne disparaîtraient qu'à la prochaine pluie. Un vent léger chantait, venant du nord-est. Il faisait froid.

Mary, qui reprenait toujours courage à la vue du soleil, avait décidé de laver le linge et, les manches roulées au-dessus du coude, plongeait les bras dans le baquet; et l'eau chaude et savonneuse, où la mousse faisait des bouillons, lui caressait la peau, faisant un contraste exquis avec l'air d'un froid piquant.

Elle éprouvait un bien-être physique et chantait en travaillant. Son oncle était parti à cheval à travers la lande, et comme chaque fois qu'il s'en allait, elle avait une sensation de liberté. Le dos quelque peu abrité du vent par l'écran que formait la large bâtisse, elle tordait le linge et l'étendait sur un buisson de genêts rabougris, car le soleil était assez fort pour le sécher avant midi.

Des coups pressants frappés à la vitre lui firent lever les yeux. Tante Patience, pâle et terrifiée, lui faisait signe.

Mary s'essuya les mains sur son tablier et courut à la porte de derrière. A peine avait-elle pénétré dans la cuisine que sa tante se jeta vers elle, les mains tremblantes, balbutiant des mots incohérents.

— Doucement, doucement, dit Mary, je ne puis comprendre ce que vous dites. Tenez, prenez cette chaise, buvez ce verre d'eau. Et maintenant que se passe-t-il?

La pauvre femme se balançait sur sa chaise, se mordant nerveusement les lèvres, hochant la tête vers la porte.

— C'est Mr. Bassat, de North Hill, murmura-t-elle. Je l'ai vu de la fenêtre du salon. Il vient à cheval avec une autre personne. Oh! mon Dieu! Qu'allons-nous faire?

Elle parlait encore lorsqu'on frappa lourdement à la porte d'entrée. Il y eut une pause, suivie d'autres coups violents.

Tante Patience gémissait tout haut, se mordant le bout des doigts.

— Pourquoi vient-il ici? s'écriait-elle. Il n'est jamais venu encore. Il a entendu quelque chose. Oui, j'en suis sûre. Oh! Mary, qu'allons-nous faire? Qu'allons-nous faire?

Mary réfléchit très vite. Elle se trouvait dans une position très difficile. Si c'était Mr. Bassat, représentant de la loi, c'était là son unique chance de trahir son oncle. Elle pouvait raconter le passage des chariots et tout ce qu'elle avait vu depuis son arrivée. Elle jeta un regard sur la femme qui tremblait à son côté.

— Mary, Mary, pour l'amour de Dieu, dis-moi ce que je dois répondre! implorait tante Patience, et, prenant la main de sa nièce, elle la pressait sur son cœur.

Le martèlement sur la porte ne cessait plus.

— Écoutez-moi, dit Mary. Il faut que nous le laissions entrer, sinon il brisera la porte. Allons, reprenez-vous. Il n'y a pas besoin de raconter la moindre chose. Vous direz que l'oncle Joss est absent et que vous ne savez rien. Je vais rester avec vous.

La femme la regarda avec des yeux hagards, désespérés.

— Mary, dit-elle, si Mr. Bassat te demande ce que tu sais, tu ne diras rien, n'est-ce pas? Je peux avoir confiance en toi? Tu ne lui parleras pas des chariots? S'il arrivait quelque chose à Joss, je me tuerais, Mary.

C'était sans argument. Mary mentirait plutôt que de faire souffrir sa tante. Il fallait faire face à la situation, si ironique qu'elle fût pour elle.

— Venez avec moi jusqu'à la porte, dit-elle. Mr. Bassat ne restera pas longtemps. N'ayez pas peur de moi, je ne dirai rien.

Elles allèrent ensemble dans le hall et Mary tira les verrous de la lourde porte d'entrée. Deux hommes se trouvaient sous le porche. L'un d'eux, descendu de cheval, était celui qui avait tambouriné sur la porte. L'autre était un grand gaillard, vêtu d'un gros pardessus à collet, monté sur un beau cheval bai. Il avait tiré son chapeau sur ses yeux, mais Mary pouvait distinguer ses traits lourds, son teint hâlé, et elle estima qu'il devait avoir une cinquantaine d'années.

— On prend son temps ici, n'est-ce pas? cria-t-il. Les voyageurs ne semblent pas être accueillis avec enthousiasme. Le patron est-il là?

Patience Merlyn poussa sa nièce de la main et Mary répondit :

— Mr. Merlyn est absent. Désirez-vous vous rafraîchir? Si vous voulez entrer dans le bar, je vous servirai.

— Au diable les rafraîchissements! Pour cela, il y a mieux que l'*Auberge de la Jamaïque*. Je veux parler à votre maître. Dites donc, vous, êtes-vous la femme du patron? Quand rentrera-t-il?

Tante Patience lui fit une petite révérence et dit d'une voix forcée, trop haute et trop claire, comme un enfant qui récite une leçon :

— Mon mari est parti aussitôt après le petit déjeuner, Mr. Bassat, et je ne sais vraiment pas s'il rentrera avant la tombée de la nuit.

— Hum! grommela le squire, c'est joliment embêtant. Je voulais dire un mot ou deux à Mr. Joss Merlyn. Eh bien, écoutez, ma brave femme, bien que votre charmant mari ait acheté *la Jamaïque* derrière mon dos à sa façon ignoble, nous ne reviendrons pas là-dessus; mais ce que je ne tolérerai pas, c'est que toute mes terres des environs soient proverbiales pour toutes les choses malhonnêtes et damnables qui se passent dans la région.

— Je ne comprends pas ce que vous voulez dire, Mr. Bassat, dit tante Patience, se mordant les lèvres et se tordant les mains. Nous vivons ici le plus tranquillement du monde. Ma nièce vous dira la même chose.

— Allons donc, je ne suis pas idiot à ce point-là,

répondit le squire. J'ai l'œil sur l'auberge depuis longtemps. Une maison n'acquiert pas une mauvaise réputation sans raison, Mrs. Merlyn, et l'*Auberge de la Jamaïque* empeste d'ici jusqu'à la côte. Ne jouez pas la comédie. Allons, Richards, tenez mon sacré cheval, voulez-vous?

L'autre homme, qui, par son costume, semblait être un domestique, tint la bride et Mr. Bassat sauta lourdement à terre.

— Pendant que je suis là, je ferais mieux d'inspecter les lieux, dit-il, et je vous dis tout de suite qu'il est inutile de protester. Je suis un magistrat et j'ai un mandat.

Il dépassa les deux femmes et pénétra dans le petit hall d'entrée. Tante Patience eut un petit geste pour l'arrêter, mais Mary hocha la tête et fronça le sourcil.

— Laissez-le faire, murmura-t-elle. Si nous essayons de l'arrêter, il s'irritera davantage.

Mr. Bassat regardait autour de lui avec dégoût.

— Bonté divine! s'exclama-t-il, ça sent le tombeau, ici. Que diable avez-vous fait à cette auberge? *La Jamaïque* a toujours été crépie et rustique, et la chère simple, mais ceci est une véritable honte. Quoi! La maison est entièrement vide. Vous n'avez pas le moindre meuble!

Il avait ouvert brusquement la porte du salon et montrait les murs humides.

— Vous aurez bientôt le toit sur la tête si vous n'y mettez bon ordre, dit-il. Je n'ai jamais vu ça de ma vie. Allons, Mrs. Merlyn, conduisez-nous là-haut.

Pâle et inquiète, Patience Merlyn se tourna vers l'escalier, ses yeux cherchant ceux de sa nièce pour se rassurer.

Toutes les pièces furent soigneusement explorées. Le squire regarda dans tous les coins poussiéreux, souleva les vieux sacs, inspecta les pommes de terre, tout en poussant des exclamations de colère et de dégoût.

— Vous appelez ça une auberge, n'est-ce pas? Vous n'avez même pas un lit convenable! Toute la maison est vermoulue, pourrie du haut en bas. Qu'est-ce que cela signifie? Avez-vous perdu votre langue, Mrs. Merlyn?

La pauvre femme était incapable de répondre. Elle ne cessait de hocher la tête et de se mordre les lèvres, et les deux femmes se demandaient ce qui allait arriver lorsque ce serait le tour de la chambre condamnée, dans le couloir au-dessous.

— La patronne semble être pour le moment sourde et muette, dit le squire d'un ton sec. Et vous, jeune fille, avez-vous quelque chose à dire?

— Je ne suis là que depuis peu de temps, répondit Mary. Ma mère est morte et je suis ici pour m'occuper de ma tante. Elle n'est pas très forte, vous pouvez le voir vous-même. Elle est nerveuse et tout de suite bouleversée.

— A vivre ici, ce n'est pas étonnant, dit Mr. Bassat. Bon, il n'y a plus rien à voir ici. Veuillez donc m'accompagner en bas et me montrer la pièce dont les fenêtres sont barrées. Je l'ai remarquée de la cour et j'aimerais en voir l'intérieur.

Tante Patience passa sa langue sur ses lèvres et regarda Mary. Elle ne pouvait articuler un mot.

— Je regrette beaucoup, répondit Mary, mais si vous voulez parler de la pièce qui sert de débarras, au bout du couloir, je crains bien que la porte ne soit fermée. Mon oncle en garde toujours la clé et je ne sais où il la met.

Le regard soupçonneux du squire alla de l'une à l'autre.

— Et vous, Mrs. Merlyn? Ne savez-vous où votre mari range ses clés?

Tante Patience secoua la tête. Le squire grommela et tourna les talons.

— Bien, dit-il. Il nous sera facile d'enfoncer la porte.

Il sortit dans la cour pour appeler son domestique. Mary caressa la main de sa tante et l'attira contre elle.

— Essayez de ne pas trembler ainsi, murmura-t-elle farouchement. Tout le monde peut se rendre compte que vous avez quelque chose à cacher. Votre seule chance est de lui donner l'impression qu'il vous est indifférent de le laisser tout visiter.

Au bout de quelques minutes, Mr. Bassat revint avec Richards, qui, ricanant de joie à l'idée de quelque chose à détruire, portait une vieille barre de fer qu'il avait trouvée dans l'écurie et qu'il se proposait évidemment d'employer en guise de bélier.

Sans sa tante, Mary eût observé la scène avec un certain plaisir. Pour la première fois, il lui serait permis de jeter un coup d'œil dans la chambre condamnée. Le fait que sa tante et elle pouvaient être impliquées dans les découvertes qu'on allait peut-être faire lui causait pourtant des sentiments assez mêlés, et elle commençait de comprendre qu'il serait difficile de prouver leur innocence. Personne ne croirait à leurs protestations, avec tante Patience luttant aveuglément du côté de l'aubergiste.

C'est donc avec une certaine émotion que Mary regarda Mr. Bassat saisir la barre pour enfoncer le loquet de la porte. Pendant quelques minutes, le loquet résista et le bruit des coups retentit dans la maison. Puis le bois éclata, il y eut un craquement et la porte céda. Tante Patience poussa un petit cri de détresse et le squire la bouscula pour entrer dans la pièce. Richards, appuyé sur la barre, essuyait la sueur de son front. Naturellement, la chambre était obscure, les fenêtres condamnées, contre lesquelles se dressait une pile de sacs, empêchant la lumière d'y pénétrer.

— Que l'un de vous m'apporte une bougie! hurla le squire. Il fait aussi noir que dans un puits!

Le domestique sortit un morceau de bougie de sa poche, l'alluma et la passa au squire qui, l'élevant au-dessus de sa tête, alla jusqu'au milieu de la chambre.

Il y eut un instant de silence tandis que le squire tournait autour de la pièce, promenant la lumière dans les coins. Puis, avec un claquement de langue qui trahissait son ennui et sa désillusion, il fit face au petit groupe derrière lui.

— Rien, dit-il, absolument rien. Le patron s'est encore moqué de moi.

Sauf une pile de sacs dans un coin, la pièce était complètement vide. Elle était pleine de poussière et, sur les murs, il y avait des toiles d'araignée plus larges que la main d'un homme. Il n'y avait pas le moindre meuble; la cheminée avait été bouchée avec des pierres et le sol était dallé, comme le couloir.

Au-dessus des sacs, était posé un morceau de corde tressée.

Le squire haussa alors les épaules et revint dans le couloir.

— Très bien, Mr. Joss Merlyn a gagné cette fois-ci, dit-il; il n'y a pas dans cette pièce d'évidence suffisante pour fouetter un chat. Je suis battu, je l'avoue.

Les deux femmes le suivirent jusque dans le vestibule, puis sous le porche, tandis que le domestique allait à l'écurie prendre les chevaux.

Mr. Bassat donnait de petits coups de fouet sur sa botte et regardait devant lui d'un air maussade.

— Vous avez de la chance, Mrs. Merlyn, dit-il. Si j'avais trouvé ce que j'espérais dans cette maudite pièce, demain, à cette heure-ci, votre mari serait dans la geôle du comté. D'ailleurs...

Une fois de plus, il fit claquer sa langue d'un air contrarié et s'arrêta au milieu de sa phrase.

— Allons, réveillez-vous, Richards! hurla-t-il. Je ne peux pas me donner le luxe de perdre tout le reste de la matinée. Que diable faites-vous donc?

L'homme apparut à la porte de l'écurie, conduisant les deux chevaux.

— Maintenant, écoutez-moi, dit Mr. Bassat, s'adressant à Mary. Il se peut que votre tante ait perdu sa langue, et l'esprit aussi, mais vous comprenez l'anglais, j'espère. Avez-vous l'intention de me faire croire que vous ne savez rien des affaires de votre oncle? Personne ne vient-il jamais ici, le jour ou la nuit?

Mary le regarda dans les yeux.

— Je n'ai jamais vu personne, dit-elle.

— N'avez-vous jamais jusqu'ici regardé dans cette chambre condamnée?

— Non, jamais.

— Savez-vous pourquoi cette pièce reste fermée?

— Je n'en ai pas la moindre idée.

— Avez-vous jamais entendu des bruits de roues dans la cour, la nuit?

— J'ai le sommeil très lourd. Rien ne pourrait me réveiller.

— Où va votre oncle lorsqu'il s'absente de la maison?

— Je n'en sais rien.

— Ne trouvez-vous pas qu'il soit singulier de tenir une auberge sur la grand-route et de fermer la porte à tous les passants?

— Mon oncle est un homme très singulier.

— En effet. Il est d'ailleurs si singulier que la plupart des gens de la région ne dormiront tranquilles que lorsqu'il sera pendu, comme son père. Vous pouvez le lui dire de ma part.

— Je n'y manquerai pas, Mr. Bassat.

— N'avez-vous pas peur de vivre ici sans voir personne, dans la seule compagnie de cette demi-folle?

— Le temps passe.

— Vous avez la repartie prompte, jeune fille. Eh bien, je ne vous envie pas vos parents. J'aimerais mieux voir ma fille dans la tombe que de la voir vivre à l'*Auberge de la Jamaïque* avec un homme comme Joss Merlyn.

Se détournant, il grimpa sur son cheval et prit les rênes en main.

— Ah! autre chose, cria-t-il, n'avez-vous pas vu le plus jeune frère de votre oncle, Jem Merlyn, de Trewartha?

— Non, dit Mary avec fermeté, il ne vient jamais ici.

— Vraiment? Bien, c'est tout ce que je désire de vous ce matin. Au revoir.

Les deux hommes sortirent de la cour et regagnèrent la route pour se perdre derrière la dernière colline.

Tante Patience avait déjà précédé Mary dans la cuisine et, assise sur une chaise, était sur le point de s'évanouir.

— Allons, remettez-vous, dit Mary avec lassitude,

Mr. Bassat est parti; il n'en sait pas plus qu'avant sa visite, ce qui l'a rendu furieux. S'il avait trouvé la pièce pleine de cognac, il y aurait de quoi se lamenter. En tout cas, oncle Joss et vous l'avez échappé belle.

Mary se versa une timbale d'eau et la but d'un trait. La jeune fille était bien près de perdre patience. Elle avait menti pour sauver son oncle, lorsque chaque fibre de son être voulait clamer sa culpabilité. Elle avait pu voir la chambre condamnée et le fait qu'elle se trouvait vide ne la surprenait guère, car elle se souvenait de l'arrivée des chariots quelques nuits auparavant; mais la vue de cette odieuse corde, qui, sans aucun doute, était celle qu'elle avait vue pendre de la poutre, était plus qu'elle n'en pouvait supporter. Et, à cause de sa tante, il lui fallait rester tranquille et ne rien dire. C'était abominable, il n'y avait d'autre mot pour cela. Elle était maintenant complice et il n'y avait aucun moyen de revenir en arrière. Pour le mieux et pour le pire, elle faisait désormais partie de la bande de l'*Auberge de la Jamaïque*. Tout en buvant son second verre d'eau, elle pensait avec cynisme qu'elle finirait sans doute au bout d'une corde, près de son oncle. Non seulement avait-elle menti pour le sauver, songeait-elle avec une colère croissante, mais elle avait menti pour sauver son frère Jem. Jem Merlyn, lui aussi, était son obligé. Elle ne savait pourquoi elle avait menti à son sujet. Il ne le saurait jamais, en tout cas, et, même s'il l'apprenait, trouverait la chose toute naturelle.

Tante Patience gémissait et pleurnichait encore devant le feu, et Mary n'était pas d'humeur à la consoler. Elle avait le sentiment d'en avoir fait assez ce jour-là pour la famille et ses nerfs étaient à vif. Si elle restait un moment de plus dans la cuisine, elle se mettrait à crier d'irritation. Elle retourna au baquet, dans le coin du jardin près de l'enclos aux poules, et plongea farouchement les mains dans l'eau savonneuse et grise qui maintenant était glacée.

Joss Merlyn revint juste avant midi. Mary l'entendit entrer par la porte de devant et pénétrer dans la cuisine. Sa femme l'accueillit aussitôt par un flot de paroles. Mary resta près de son baquet. Elle était décidée à laisser sa tante expliquer les choses à sa façon; s'il l'appelait pour qu'elle les confirmât, il serait toujours temps de rentrer.

Elle ne pouvait entendre ce qui se passait entre eux, mais, de temps à autre, Joss Merlyn posait aigrement une question. Au bout d'un moment, son oncle lui fit signe de la fenêtre et Mary entra dans la cuisine. Il était debout contre la cheminée, les jambes écartées, la figure assombrie par la colère.

— Allons! hurla-t-il. Parlez. Quelle est votre version de l'histoire? Je ne peux obtenir de votre tante que des phrases décousues. Une pie a plus de bon sens. Que diable s'est-il passé ici? Voilà ce que je veux savoir.

Mary lui raconta tranquillement, en quelques mots choisis, ce qui avait eu lieu durant la matinée. Elle n'oublia rien — sauf la question du squire à propos de son frère — et termina sur les propres paroles de Mr. Bassat :

— La plupart des gens de la région, a-t-il dit, ne dormiront tranquilles que lorsque vous serez pendu, comme votre père.

L'aubergiste écouta en silence et, quand elle eut fini, il écrasa son poing sur la table de la cuisine et se mit à jurer, envoyant d'un coup de pied l'une des chaises à l'autre bout de la pièce.

— Ce sacré poltron de bâtard! rugit-il. Il n'a pas plus le droit qu'un autre homme d'entrer dans ma maison. Le prétexte du mandat n'était que du bluff, pauvres imbéciles. Ce n'est pas vrai. Par Dieu, si j'avais été là, il serait rentré à North Hill méconnaissable, même aux yeux de sa propre femme, et si elle l'avait reconnu, il n'eût pu lui être désormais d'aucune utilité. Que le diable l'emporte! J'apprendrai à Mr. Bassat à qui il appartient de gouverner ce pays. Je lui apprendrai à venir renifler dans mes jambes. Il vous a effrayées, hein? Je brûlerai sa maison s'il recommence à jouer de ces tours-là.

Joss Merlyn criait de toutes ses forces et le bruit était assourdissant. Lorsqu'il était ainsi, Mary ne le craignait point : ce n'était que fanfaronnade et comédie. Ce n'est que lorsqu'il baissait la voix jusqu'au murmure qu'elle le savait redoutable. Malgré tout son tapage, il avait peur, elle pouvait le voir, et son assurance était fort ébranlée.

— Donnez-moi quelque chose à manger, dit-il. Il faut que je sorte de nouveau et il n'y a pas de temps à perdre. Cesse tes jérémiades, Patience, ou je t'écrase la face. Vous avez été parfaite aujourd'hui, Mary, et je ne l'oublierai jamais.

Sa nièce le regarda dans les yeux.

— Vous ne croyez pas que j'aie fait cela pour vous? dit-elle.

— Peu importe pour qui vous l'avez fait, le résultat est le même. En tout cas, ce n'est pas un idiot comme Bassat qui trouvera quelque chose. Il est né avec la tête du mauvais côté. Coupez-moi un morceau de pain et assez bavardé. Asseyez-vous au bout de la table, vous méritez cette place.

Les deux femmes s'assirent en silence et le repas se termina sans autre trouble. Dès qu'il eut fini de déjeuner, l'aubergiste se leva et, sans un mot, se dirigea vers l'écurie. Mary s'attendait à le voir prendre son poney et repartir sur la route, mais, au bout d'un instant, il revint et, traversant la cuisine, il alla jusqu'au bout du jardin et enjamba la barrière qui donnait sur les champs. Mary le vit traverser la lande à grands pas et gravir le versant qui conduisait a la falaise de Tolborough et à Codda. Elle hésita un moment, se demandant s'il était raisonnable de suivre le plan qu'elle venait soudain de concevoir, puis les pas de sa tante, au-dessus d'elle, parurent la décider. Elle attendit que sa tante refermât la porte de sa chambre, puis, jetant son tablier et saisissant son châle épais accroché à une patère clouée au mur, elle courut dans le champ derrière son oncle. Quand elle en atteignit l'extrémité, elle se blottit derrière le mur de pierre jusqu'à ce que la silhouette de l'aubergiste traversât la ligne d'horizon et disparût, puis se remit à le suivre, se frayant un chemin parmi l'herbe rude et les pierres. C'était une folle équipée, sans doute, mais elle était d'humeur téméraire et il fallait qu'elle y donnât libre cours après son silence de la matinée.

Son but était de ne pas quitter des yeux Joss Merlyn, tout en restant, bien entendu, invisible elle-même; peut-être apprendrait-elle ainsi quelque chose de sa mission secrète. Elle était certaine que la visite du squire à *la Jamaïque* avait changé les plans de l'aubergiste et que ce brusque départ à pied au cœur de la Lande Ouest en était la conséquence. Il était une heure et demie à peine et l'après-midi était idéal pour la marche. Mary, avec ses solides chaussures et sa jupe courte, se souciait peu du sol inégal. La terre était assez sèche — le gel en avait durci la surface — et, accoutumée comme elle l'était aux galets humides d'Helford, cette pénible traversée de la lande lui semblait assez facile. Ses promenades précédentes lui avaient enseigné la prudence et elle restait sur la hauteur autant que possible, suivant de son mieux la route prise par son oncle.

C'était une tâche difficile et, au bout de quelques milles, elle commença de s'en rendre compte. Elle était forcée de conserver une bonne distance entre elle et son oncle afin de n'être pas vue, et l'aubergiste marchait si vite et faisait de si grandes enjambées que Mary comprit qu'avant longtemps elle resterait en arrière. La grande falaise de Codda était dépassée. Joss Merlyn se dirigeait maintenant vers l'est, par les terres basses, au pied du Brown Willy, paraissant, malgré sa haute taille, un petit point noir sur la brune étendue des landes.

La perspective de grimper quelque treize cents pieds causa à Mary un certain choc. Elle s'arrêta un moment et essuya sa figure ruisselante de sueur. Elle défit ses cheveux pour être plus à l'aise et les laissa flotter autour de son visage. Pourquoi le patron de *la Jamaïque* trouvait-il nécessaire d'escalader le point le plus élevé des landes de Bodmin par un après-midi de décembre, elle n'eût pu le dire, mais, étant allée si loin déjà, elle voulait retirer quelque profit de sa peine et se remit en route d'un pas plus vif.

Le sol était maintenant humide sous ses pieds, car, à cet endroit, les premiers gels avaient fondu et toute la plaine basse qui s'étendait devant elle était jaune et amollie par les pluies d'hiver. L'eau entrait dans ses souliers, visqueuse et froide, et le bas de sa jupe était taché par l'eau des tourbières et déchiré à certains endroits. Troussant sa jupe et la nouant autour de sa taille avec le ruban de ses cheveux, Mary se jeta sur la trace de son oncle, mais il avait déjà traversé la plus dangereuse partie des terres basses avec une étrange rapidité née d'une longue habitude, et elle put tout juste distinguer sa silhouette parmi la bruyère noire et les grands rochers au pied du Brown Willy. Puis il fut caché par un roc en saillie et elle le perdit de vue.

Impossible de découvrir le chemin qu'il avait pris à travers les fondrières; il avait disparu en un éclair. Mary essaya de suivre de son mieux la route qu'il avait empruntée, pataugeant à chaque pas. Elle était folle de continuer, elle le savait, mais une sorte de stupide obstination la poussait. Ignorant le sentier qui avait permis à son oncle de traverser à sec le marécage, Mary possédait assez de bon sens pour éviter le marais perfide et, en faisant deux milles dans la mauvaise direction, elle fut à même de traverser dans une sécurité relative. Elle était décidément seule, sans aucun espoir de retrouver son oncle.

Elle se mit cependant à gravir le Brown Willy, glissant et trébuchant parmi la mousse humide et les pierres, escaladant les grands pics de granit déchiquetés qui se jouaient d'elle à chaque tournant, tandis que, de temps à autre, un mouton des collines, effrayé par le bruit qu'elle faisait, sortait de derrière un rocher pour la regarder. Les nuages s'élevaient de l'ouest, jetant des ombres changeantes sur les plaines au-dessous, et le soleil se cachait derrière eux.

Un grand silence régnait sur les collines. A ses pieds, un corbeau s'envola en croassant; il battit de ses grandes ailes noires et fondit sur la plaine au-dessous avec d'âpres cris de protestation.

Quand Mary atteignit le sommet de la colline, les

nuages de l'après-midi étaient assemblés très haut au-dessus de sa tête. Le monde était une grisaille. L'horizon lointain s'effaçait dans le brouillard qui allait s'épaississant. De fines vapeurs blanches s'élevaient des marais au-dessous. En gagnant la falaise par le côté le plus escarpé et le plus difficile, elle avait perdu près d'une heure et l'obscurité l'envelopperait bientôt. Son escapade était absolument inutile, car aussi loin que pouvaient voir ses yeux, il n'y avait pas en vue la moindre chose vivante.

Joss Merlyn avait depuis longtemps disparu. Peut-être n'avait-il pas escaladé la falaise, après tout, mais longé sa base, parmi la bruyère et les pierres plus petites; puis il avait poursuivi son chemin, seul et inobservé, à l'est ou à l'ouest, pour être englouti dans les plis des collines suivantes.

Mary ne le retrouverait plus. Le mieux était de descendre la falaise par le chemin le plus court; si elle ne le faisait au plus vite, il ne lui resterait d'autre perspective que de passer la nuit dans la lande, avec la bruyère noire pour oreiller et les rocs menaçants pour abri. Elle avait été folle de s'aventurer si loin par un après-midi de décembre, car l'expérience lui avait prouvé que les crépuscules, sur la lande de Bodmin, n'étaient que de courte durée. La nuit tombait rapidement, sans transition, et le soleil disparaissait tout aussitôt. Les vapeurs, elles aussi, étaient dangereuses, couvrant d'un nuage le sol humide et se refermant sur les marécages comme une blanche barrière.

Découragée, Mary entreprit de descendre le versant escarpé de la falaise, sans perdre de vue le marécage au-dessous et l'obscurité qui menaçait de l'envelopper. Juste au-dessous d'elle, il y avait une sorte de puits qu'on disait être la source du Fowey, rivière qui courait se jeter dans la mer; il fallait éviter cet endroit à tout prix, car le terrain qui l'entourait était humide et dangereux, et le puits lui-même était d'une profondeur inconnue.

Elle eut soin de rester toujours à gauche pour éviter la source, mais quand elle eut atteint le niveau de la plaine, ayant descendu sans dommage le Brown Willy, et le laissant derrière elle dans sa splendeur solitaire, dressant sa tête puissante, le brouillard et l'obscurité avaient pris possession de la lande et elle ne pouvait plus se diriger.

Quoi qu'il advînt, il lui fallait conserver son sang-froid et ne pas s'abandonner à ce sentiment de panique qui grandissait en elle. Le brouillard excepté, la soirée était belle; il ne faisait pas trop froid et il n'y avait aucune raison pour qu'elle ne tombât sur quelque chemin qui la mènerait enfin chez elle.

Il n'y avait aucun danger du côté des marais si elle restait à bonne hauteur, de sorte que, troussant de nouveau sa jupe et serrant son châle autour de ses épaules, Mary se mit à marcher tranquillement, tâtant le sol avec soin dès qu'elle avait le moindre doute, en évitant ces touffes d'herbe molle qui cédaient sous ses pieds. Il fut évident dès les quelques premiers milles que la direction qu'elle prenait lui était inconnue, car le chemin fut soudain barré par un ruisseau qu'elle n'avait pas rencontré à l'aller. Suivre le ruisseau ne ferait que la conduire une fois de plus vers les terres basses et les marais, de sorte qu'elle se jeta avec témérité dans le courant, se mouillant jusqu'au-dessus des genoux. Ses souliers et ses bas mouillés ne la tourmentaient point. Elle estimait qu'elle avait de la chance que le ruisseau ne fût pas plus profond, ce qui l'eût obligée à nager et l'eût complètement glacée. Le sol semblait maintenant s'élever devant elle, ce qui était pour le mieux, car elle pouvait marcher plus fermement. Elle poursuivit hardiment son chemin à travers la lande plus élevée sur une distance qui lui parut interminable, pour arriver enfin à un chemin a peine tracé qui allait légèrement à droite. Ce chemin, en tout cas, avait servi à un chariot et, où un chariot pouvait rouler, Mary pouvait marcher.

Le pire était passé, et maintenant que sa véritable inquiétude avait disparu, Mary se sentait faible et affreusement fatiguée. Ses membres lourds lui paraissaient des fardeaux qu'il lui fallait traîner et qui ne lui appartenaient pas. Elle continua de marcher péniblement, la tête basse, les bras retombant à ses côtés, songeant que les hautes cheminées grises de *la Jamaïque* seraient, pour la première fois peut-être dans leur existence, une vue réconfortante. Le chemin, qui allait s'élargissant, se trouva soudain traversé par un autre chemin qui allait à droite et à gauche et Mary s'arrêta un instant, se demandant quelle route elle devait suivre.

Mary entendit alors à sa gauche le galop d'un cheval qui soufflait comme si on le menait rudement. Ses sabots faisaient sur l'herbe un bruit mat. Mary attendait au milieu du chemin, les nerfs tendus par la soudaineté de l'approche. Un moment plus tard, un cheval sortait du brouillard devant elle. L'animal et son cavalier avaient l'air de deux figures fantomatiques, car l'obscurité leur enlevait toute réalité. Le cavalier sursauta en apercevant la jeune fille et, pour l'éviter, fit faire un écart à son cheval.

— Hullo! s'écria-t-il. Qui est là? Quelqu'un dans l'embarras?

Il se pencha sur sa selle et s'exclama d'un ton surpris :

— Une femme! Que diable faites-vous là?

Mary saisit le cheval par la bride et maintint l'animal rétif.

— Pouvez-vous me mettre sur la route? demanda-t-elle. Je suis très loin de chez moi. Je me suis égarée.

— Doucement! dit-il au cheval. Veux-tu rester tranquille? D'où venez-vous donc? Si je puis vous aider, je le ferai, bien sûr.

Sa voix était lente et douce et Mary pouvait voir que c'était une personne de qualité.

— J'habite à l'*Auberge de la Jamaïque*, dit-elle.

Dès qu'elle eut prononcé ces mots, elle les regretta. Il ne l'aiderait plus, à présent. Le seul nom de l'auberge était suffisant pour lui faire fouetter son cheval et la laisser retrouver son chemin comme elle le pourrait. Elle était folle d'avoir parlé.

L'homme garda un instant le silence. Mary s'y attendait. Mais lorsqu'il parla de nouveau, sa voix n'avait pas changé. Elle était aussi calme et douce qu'auparavant.

— L'*Auberge de la Jamaïque*, dit-il. Vous vous êtes terriblement éloignée de votre route. Vous avez dû marcher dans la direction opposée. Vous êtes de l'autre côté des collines d'Hendra.

— Cela ne signifie rien pour moi, dit-elle. Je ne suis jamais encore venue jusqu'ici. J'ai été stupide de m'aventurer si loin par un après-midi d'hiver. Je vous serais obligée s'il vous était possible de m'indiquer le chemin. Une fois sur la grand-route, il ne me faudra pas longtemps pour rentrer.

Il la considéra un instant, puis se jeta à bas de son cheval.

— Vous êtes épuisée, dit-il, et incapable de faire un pas de plus. D'ailleurs, je ne vous laisserai pas seule. Nous ne sommes pas loin du village et nous irons à cheval jusque-là. Si vous voulez me donner votre pied, je vous aiderai à monter.

En une minute elle fut en selle. Il se tenait au-dessous d'elle, la bride en main.

— Ça va mieux n'est-ce pas? dit-il. Vous avez dû faire une longue et pénible course sur la lande. Vos souliers sont trempés, ainsi que le bas de votre robe.

Vous entrerez chez moi, sécherez vos vêtements et prendrez quelque nourriture avant que je ne vous reconduise à l'*Auberge de la Jamaïque.*

Il parlait avec tant de sollicitude, avec une si calme autorité pourtant, que Mary, avec un soupir de soulagement, rejeta pour le moment toute responsabilité, s'abandonnant aux soins de l'inconnu. Il arrangea les rênes à sa satisfaction, et, comme il levait son regard sur elle, elle vit ses yeux pour la première fois sous le bord de son chapeau. C'étaient des yeux étranges, transparents comme du verre, et si pâles qu'ils semblaient presque blancs. Mary n'avait jamais vu encore ce caprice de la nature. Ces yeux s'attachaient sur elle, la fouillaient comme si elle ne pouvait cacher ses pensées les plus intimes. Et Mary céda à la détente avec bonheur. Les cheveux de l'homme, eux aussi, étaient blancs sous son chapeau ecclésiastique, et Mary le considéra non sans perplexité, car son visage était sans ride, sa voix n'était pas celle d'un vieillard.

Alors, avec un petit mouvement d'embarras, Mary comprit la raison de cette anomalie et elle détourna les yeux. C'était un albinos.

Il ôta son chapeau et s'inclina devant elle.

— Peut-être ferais-je mieux de me présenter moi-même, dit-il avec un sourire. Si peu formelle que soit notre rencontre, c'est, je crois, l'usage. Je m'appelle Francis Davey et je suis le vicaire d'Altarnun.

CHAPITRE VII

QUELQUE chose d'étrangement paisible émanait de la maison, quelque chose de rare et d'indéfinissable. On eût dit la maison d'un vieux conte découverte par le héros un soir d'été; il y avait là, bien sûr, une haie d'épines où le héros devait se tailler un chemin avec son couteau, puis une orgie de fleurs croissant à profusion, de monstrueuses floraisons que n'avait pas touchées la main de l'homme. De géantes fougères formaient des massifs sous les fenêtres et des lis blancs se dressaient sur de hautes tiges. Dans le conte, le lierre couvrait les murs, masquant l'entrée, et la maison elle-même dormait depuis mille ans.

Mary sourit à toute cette imagination et, une fois de plus, tendit les mains vers le feu de bûches. Ce silence lui plaisait; il apaisait sa fatigue et lui ôtait toute crainte. C'était un monde tout différent de l'*Auberge de la Jamaïque*, où le silence, lourd de maléfice, était oppressant, où les chambres désaffectées sentaient la négligence. Ici, c'était autre chose. La pièce dans laquelle elle était assise avait la tranquille impersonnalité d'un salon où l'on entre la nuit. Les meubles, la table du centre, les tableaux sur les murs, manquaient de cet air de solide familiarité qui n'appartient qu'au jour. On eût dit des choses endormies sur lesquelles on trébuche au milieu de la nuit, par surprise. Des gens avaient un jour vécu dans cette maison, des gens heureux et paisibles; de vieux recteurs avec des livres moisis sous le bras; et là, une femme aux cheveux gris, en robe bleue, se penchait pour enfiler son aiguille. Il y avait de cela bien longtemps. Ils dormaient maintenant dans le cimetière, derrière la grille; leurs noms, sur la pierre recouverte de lichen, étaient indéchiffrables. Depuis qu'ils avaient disparu, la maison s'était repliée sur elle-même; elle était devenue silencieuse, et l'homme qui l'habitait à présent avait accepté que la personnalité de ceux qui étaient partis subsistât.

Mary l'observait tandis qu'il préparait la table pour le souper et songeait qu'il avait eu raison de se laisser envelopper par l'atmosphère de la maison. Un autre homme eût bavardé, peut-être, ou heurté la vaisselle, ressentant le silence comme une contrainte. Les yeux de la jeune fille erraient autour de la pièce et elle acceptait sans discussion les murs dépourvus des sujets bibliques usuels, le bureau ciré, vierge des papiers et des livres qui, dans son esprit, étaient associés à la salle à manger d'une cure.

Dans un coin, il y avait un chevalet, sur lequel une toile, à demi achevée, représentait l'étang de Dozmary. Le tableau avait été peint par un jour de grisaille, le ciel était couvert de nuages et l'eau, d'un gris d'ardoise, manquait de brillant. Point de vent. Le paysage retenait Mary, la fascinait. Elle ne connaissait rien à la peinture, mais celle-ci ne manquait pas de puissance. Mary pouvait presque sentir la pluie sur son visage. Le vicaire avait dû observer la direction de ses yeux, car, allant au chevalet, il le tourna de façon qu'elle ne vît plus la peinture.

— Ne regardez pas ce paysage, dit-il. Je l'ai peint très vite et n'ai pas eu le temps de le finir. Si vous aimez les tableaux, vous verrez quelque chose de mieux. Mais je vais d'abord vous donner à souper. Ne bougez pas de votre chaise. Je vais apporter la table près de vous.

Être servie était nouveau pour Mary, mais il faisait cela si tranquillement, avec tant de naturel, qu'on eût dit une habitude quotidienne, de sorte que la jeune fille ne ressentait aucun embarras.

— Hannah habite dans le village, dit-il. Elle s'en va tous les jours à quatre heures. Je préfère rester seul. J'aime à préparer moi-même mon dîner et à choisir mon temps. Heureusement, elle a fait aujourd'hui une tarte aux pommes. J'espère que vous pourrez en manger; sa pâtisserie est médiocre.

Il lui versa une tasse de thé fumant, où il ajouta une cuillerée de crème. Mary ne pouvait encore s'habituer à ses cheveux blancs et à ses yeux; ils formaient un tel contraste avec sa voix! Et son costume ecclésiastique faisait mieux ressortir cette anomalie.

Mary était encore fatiguée et dépaysée, et le vicaire respectait son désir de silence. Tout en prenant son dîner, elle jetait de temps à autre un regard sur lui, mais il semblait sentir ce regard, car il tournait aussitôt vers elle ses yeux au froid et blanc regard, semblable au regard impersonnel et pénétrant d'un aveugle; alors elle regardait de nouveau par-dessus l'épaule du vicaire, fixant les murs verts ou le chevalet dans le coin.

— Il est providentiel que je sois tombé sur vous ce soir dans la lande, dit-il enfin, lorsqu'elle eut repoussé son assiette et se fut renversée de nouveau sur sa chaise, le menton dans la main. La tiédeur de la pièce et le thé chaud l'avaient un peu assoupie et la douce voix du vicaire lui parvenait, lointaine.

— Mon travail m'appelle parfois vers des chaumières et des fermes éloignées, continua-t-il. Cet après-midi, j'ai aidé à mettre un enfant au monde. Il vivra, et la mère aussi. Ils sont rudes et ne se soucient de rien, ces gens des landes. Vous avez pu le remarquer vous-même. J'ai un grand respect pour eux.

Mary ne répondit rien. Les gens qui venaient à *la Jamaïque* ne lui avaient inspiré aucun respect. Elle se demandait d'où venait le parfum de roses qui emplissait l'air, puis elle aperçut pour la première fois une jatte pleine de pétales séchés, sur une petite table derrière sa chaise. Il parla de nouveau. Sa voix était aussi douce, mais avec une note plus pressante.

— Pourquoi erriez-vous sur la lande, ce soir? dit-il.

Mary, se réveillant tout à fait, plongea ses yeux dans ceux du vicaire. Il la regardait avec une compassion infinie et elle aspirait à s'abandonner à sa pitié.

Sans bien se rendre compte de la façon dont la chose arriva, elle entendit sa voix répondre à celle de l'homme :

— Je suis affreusement tourmentée. Parfois, il me semble que je vais devenir comme ma tante et perdre l'esprit. Peut-être avez-vous entendu des rumeurs, à Altarnun, et avez-vous haussé les épaules sans y croire. Je ne suis à *la Jamaïque* que depuis un mois, mais ce mois me paraît vingt années. C'est ma tante qui me tracasse. Si je pouvais seulement la tirer de là ! Mais elle ne voudra jamais quitter mon oncle, bien qu'il la maltraite. Je me couche chaque nuit en me demandant si je m'éveillerai au bruit des chariots. La première fois, il y en avait six ou sept ; ils ont apporté de gros paquets et des caisses que les hommes ont entassés dans la chambre condamnée, au bout du couloir. Cette nuit-là, un homme a été assassiné. J'ai vu la corde pendre de la poutre...

Elle s'arrêta, une chaude couleur envahit son visage.

— Je n'en ai jamais parlé à personne, dit-elle. Il fallait que je m'en libère. Je ne pouvais plus garder cela plus longtemps. Je n'aurais pas dû le dire. J'ai fait quelque chose de terrible.

Il resta quelques instants sans répondre, la laissant prendre son temps et, quand elle se fut reprise, il parla doucement, avec lenteur, comme un père qui rassure un enfant qui a peur.

— Ne craignez rien, votre secret eśt en sécurité. Personne d'autre que moi ne le saura. Vous êtes très fatiguée, voyez-vous. Tout ceci eśt ma faute. Je n'aurais pas dû vous amener dans cette pièce chauffée et vous faire manger, mais vous faire coucher. Vous avez dû marcher pendant des heures, et il y a de dangereux endroits entre Altarnun et *la Jamaïque*. C'eśt l'époque de l'année où les marécages sont le plus à craindre. Quand vous serez reposée, je vous prendrai dans ma voiture et, si vous le voulez, je vous excuserai moi-même auprès de l'aubergiśte.

— Oh! non, je vous en prie, dit vivement Mary. S'il soupçonnait la moitié de ce que j'ai fait ce soir, il me tuerait, et vous aussi. Vous ne pouvez comprendre. C'eśt un homme décidé à tout. Rien ne saurait l'arrêter. J'essaierai de grimper par le porche jusqu'à la fenêtre de ma chambre. Il ne faut pas qu'il sache que je suis venue ici, ni même que je vous ai rencontré.

— Votre imagination n'eśt-elle pas un peu trop prompte? dit le vicaire. Peut-être vais-je vous paraître froid et peu compatissant, mais nous sommes au dix-neuvième siècle et les hommes ne s'assassinent pas sans raison. Je crois avoir le droit de vous emmener sur la grand-route, tout aussi bien que votre oncle lui-même. Et, puisque nous en sommes là, ne pensez-vous pas que vous feriez mieux de me raconter le reśte de votre hiśtoire? Quel eśt votre nom et depuis combien de temps habitez-vous à l'*Auberge de la Jamaïque?*

Mary leva les yeux sur les yeux pâles dans la face

sans couleur, au halo de cheveux blancs très courts, et songea de nouveau que cet homme était un bien étrange caprice de la nature. On eût pu lui donner vingt ans aussi bien que soixante et, avec cette voix douce et persuasive, il était capable de l'obliger à lui confier tous les secrets de son cœur s'il lui prenait fantaisie de les lui demander. Elle pouvait avoir confiance en lui, elle en était certaine. Mais elle hésitait encore, cherchant ses mots.

— Allons, dit-il avec un sourire, j'ai entendu plus d'une confession dans ma vie, pas ici à Altarnun, mais en Irlande et en Espagne. Votre histoire ne me paraîtra pas aussi singulière que vous le croyez. Il y a d'autres mondes que l'*Auberge de la Jamaïque*.

Ces paroles lui donnaient un sentiment d'humilité et de confusion, comme s'il se moquait d'elle, malgré son tact et sa bonté, avec l'arrière-pensée qu'elle était jeune et nerveuse. Elle se jeta à corps perdu dans son récit avec des phrases entrecoupées et maladroites, commençant par cette première nuit du samedi, dans le bar, puis remontant à son arrivée à l'auberge. Son histoire lui semblait plate et peu convaincante, même à elle qui en connaissait la vérité. Sa grande fatigue lui rendait son récit pénible, elle était sans cesse à court d'expressions, s'arrêtait à tout moment pour réfléchir et se répétait souvent.

Le vicaire l'écouta jusqu'au bout avec patience, sans questions ni commentaires, mais elle sentait que ses yeux l'observaient constamment. Il avait l'habitude d'avaler sa salive de temps à autre, geste qu'elle était parvenue à percevoir et qu'elle attendait instinctivement. L'effroi qu'elle avait subi, l'angoisse et le doute semblaient, aux oreilles de Mary, l'invention élaborée d'un esprit fiévreux et la conversation dans le bar entre son oncle et l'inconnu lui donnait l'impression d'une histoire absurde. Elle sentait plutôt qu'elle ne voyait l'incrédulité du vicaire; dans une tentative désespérée pour adoucir son histoire ridicule et haute en couleur, son oncle, dont elle avait fait un scélérat, devint le paysan ivrogne et tyrannique qui bat sa femme une fois par semaine, et les chariots eux-mêmes n'étaient pas plus menaçants que des voitures de roulage voyageant la nuit pour le transport des marchandises.

La visite matinale du squire de North Hill, ce jour-là, conservait une certaine objectivité, mais la chambre vide était une autre note peu convaincante. La seule partie du récit qui représentât quelque réalité était le fait que Mary s'était perdue sur la lande.

Quand la jeune fille eut fini, le vicaire se leva et se mit à parcourir la pièce. Il se prit à siffler doucement, jouant avec un bouton de son habit qui ne tenait plus que par un fil. Puis il s'arrêta près de la cheminée, le dos au feu, et abaissa son regard sur elle, mais Mary, dans ce regard, ne pouvait rien déchiffrer.

— Je vous crois, bien entendu, dit-il au bout d'un certain temps. Vous n'avez pas le visage d'une menteuse et je doute que vous connaissiez la signification de l'hystérie. Mais votre histoire ne trouverait pas crédit devant un tribunal... du moins de la façon dont vous l'avez racontée ce soir. Elle ressemble trop à un conte de fées. Autre chose encore... tout le monde sait que la contrebande est un délit, mais elle règne dans toute la région et la moitié des magistrats s'en trouvent fort bien. Cela vous choque, n'est-ce pas? Mais c'est la vérité, je vous assure. Si la loi était plus stricte, la surveillance serait plus grande et le petit repaire de votre oncle, à *la Jamaïque*, aurait disparu depuis longtemps. J'ai rencontré Mr. Bassat une ou deux fois et je le crois honnête et sincère, mais, entre nous, il est un peu sot. Il parle et fait le fanfaron, mais c'est tout. Il gardera pour lui son expédition de ce matin, ou je me trompe fort. En réalité, il n'avait aucun droit d'entrer dans l'auberge et de fouiller les pièces; si la chose se répandait et si l'on apprenait qu'il n'a rien trouvé, il deviendrait la risée du pays. Mais je puis vous dire une bonne chose : sa visite aura effrayé votre oncle, qui se tiendra coi pour un certain temps. Il n'y aura plus de chariots à *la Jamaïque* de sitôt. Vous pouvez en être sûre.

Mary écoutait ce raisonnement avec quelque appréhension. Elle avait espéré qu'ayant admis la véracité de son récit, il serait épouvanté, mais il restait impassible en apparence, prenant la chose le plus naturellement du monde.

Il dut lire le désappointement sur le visage de Mary, car il parla de nouveau.

— Je puis voir Mr. Bassat si vous le voulez, dit-il, et lui raconter votre histoire. Mais, à moins de prendre votre oncle sur le fait avec les chariots dans la cour, il y a peu de chance de le convaincre. Voilà ce dont je veux vous persuader. Je crains bien de vous paraître peu efficace, mais la situation est très délicate à tous points de vue. D'ailleurs, vous ne désirez pas que votre tante soit impliquée dans cette affaire, et je ne vois guère comment la chose pourrait être évitée en cas d'arrestation.

— Que me suggérez-vous donc de faire? demanda Mary faiblement.

— A votre place, j'adopterais une politique d'attente, répondit-il. Surveillez étroitement votre oncle et, quand les chariots reviendront, venez me le dire tout de suite. Nous pourrons décider ensemble ce qu'il y aura lieu de faire, si vous voulez, bien entendu, m'honorer encore de votre confiance.

— Et la disparition de l'inconnu? dit Mary. Il a été assassiné, j'en suis sûre. Pensez-vous qu'on ne puisse rien faire?

— Je crains bien que non, à moins que son corps ne soit retrouvé, ce qui est bien improbable. Il est d'ailleurs fort possible qu'il n'ait pas été tué. Pardonnez-moi, mais je crois que votre imagination s'est un peu enflammée là-dessus. Souvenez-vous que vous n'avez vu qu'un morceau de corde. Si vous aviez vraiment vu cet homme mort, ou même blessé, ce serait différent.

— J'ai entendu mon oncle le menacer, insista Mary. N'est-ce pas suffisant?

— Ma chère enfant, les gens se menacent mutuellement chaque jour de l'année, mais ils ne se pendent pas pour si peu. Maintenant, écoutez-moi. Je suis votre ami et vous pouvez avoir confiance en moi. Si quelque chose vous tourmente, je veux que vous veniez me le dire. La marche ne vous fait pas peur, à en juger par votre exploit de cet après-midi, et Altarnun n'est qu'à quelques milles par la grand-route. Si vous veniez et que je sois absent, Hannah sera là et s'occupera de vous. C'est une entente entre nous, n'est-ce pas?

— Merci beaucoup.

— Maintenant, remettez vos bas et vos souliers pendant que je vais à l'écurie prendre la voiture. Je vais vous reconduire à l'*Auberge de la Jamaïque*.

La pensée du retour était odieuse à Mary, mais elle devait l'affronter. Il fallait à tout prix éviter de songer au contraste entre cette pièce paisible, avec ses bougies aux douces lueurs, son bon feu de bois, ses sièges profonds, et les couloirs obscurs et froids de l'*Auberge de la Jamaïque*, sa chambre minuscule sous le porche. Il fallait ne penser qu'à une chose : elle pourrait revenir ici lorsqu'elle le voudrait.

La nuit était belle. Les sombres nuages du début de la soirée avaient disparu et les étoiles luisaient. Mary était assise sur le haut siège de la voiture, près de Francis Davey, enveloppé dans une pelisse à collet de velours. Le cheval n'était pas le même que celui qu'il montait lorsqu'elle l'avait rencontré sur la lande; celui-ci était un roussin tout frais sorti de l'écurie et qui allait comme le vent. C'était une promenade étrange, exaltante. Le vent soufflait au visage de la jeune fille, lui piquant les yeux. En quittant Altarnun, la montée avait d'abord été lente, car la colline était escarpée, mais maintenant qu'ils se trouvaient sur la grand-route, dans la direction de Bodmin, le vicaire toucha du fouet le roussin, qui, les oreilles couchées, galopait comme un fou.

Les sabots de l'animal résonnaient sur la route blanche et dure, soulevant un nuage de poussière, et Mary était jetée contre son compagnon. Le vicaire ne faisait aucun effort pour contenir son cheval et, jetant un coup d'œil vers lui, Mary vit qu'il souriait.

— Allons, disait-il, allons! Tu peux courir plus vite que ça!

Sa voix était basse et excitée, comme s'il se parlait à lui-même. L'effet était singulier, un peu déconcertant. Mary ressentait quelque désillusion, comme s'il s'était évadé vers un autre monde et avait oublié son existence.

De la place où elle était assise, Mary, pour la première fois, pouvait l'observer de profil et voir combien ses traits étaient nettement découpés et son nez mince et proéminent. Peut-être était-ce cette particularité de la nature, qui lui avait tout de suite donné des cheveux blancs, qui le rendait différent de tous les hommes qu'elle avait vus jusqu'ici.

Il avait l'air d'un oiseau, ainsi ramassé sur son siège, avec son pardessus à collet flottant au vent et ses bras comme des ailes. On lui eût donné n'importe quel âge et Mary ne pouvait lui en attribuer aucun. Puis il la regarda en souriant. Il était de nouveau humain.

— J'aime ces landes, dit-il. Votre premier contact n'a pas été heureux, bien sûr, et vous ne pouvez me comprendre. Si vous les connaissiez aussi bien que moi, si vous les aviez vues sous tous leurs aspects, en hiver et en été, vous les aimeriez aussi. Elles ont un charme qu'on ne trouve à aucune autre partie du comté. Elles remontent à une époque reculée. Je crois parfois qu'elles sont la survivance d'un autre âge. Les landes ont été créées les premières, puis vinrent les forêts, et les vallées, et la mer. Escaladez Roughtor un matin, avant le lever du soleil, et écoutez le vent dans les pierres. Vous saurez alors ce que je veux dire.

Mary ne cessait de songer au pasteur de son village. C'était un petit homme jovial, avec un chapelet d'enfants qui lui ressemblaient exactement, et sa femme faisait de la tarte aux prunes. Il prononçait toujours le même sermon le jour de Noël et ses paroissiens eussent pu lui souffler en n'importe quel point du discours. Elle se demandait ce que disait Francis Davey à l'église d'Altarnun. Parlait-il de Roughtor et de la lumière qui se jouait sur l'étang de Dozmary? Ils parvenaient tout juste à un creux de la route, où un bouquet d'arbres formait une petite vallée pour la rivière Fowey et, devant eux, s'étendait la montée vers la hauteur à découvert. Déjà Mary pouvait voir les cheminées de l'*Auberge de la Jamaïque* se découper sur le ciel.

Ils étaient arrivés. Toute exaltation quitta Mary. La crainte et le dégoût que lui inspirait son oncle reparurent. Le vicaire arrêta tout net son cheval devant la cour, près du massif de gazon.

— Il n'y a là personne, dit-il d'un ton calme. On dirait une maison mortuaire. Voulez-vous que j'essaie d'ouvrir la porte?

Mary secoua la tête.

— De toute façon, la porte est verrouillée, murmura-t-elle, et il y a des barreaux aux fenêtres. Voici ma chambre, au-dessus du porche. Je pourrai grimper jusque-là si vous me laissez monter sur votre épaule. J'en ai vu bien d'autres à Helford. Ma fenêtre est entrouverte et, une fois sur le porche, ce sera assez facile.

— Vous glisseriez sur les ardoises, répondit-il. Je ne veux pas vous laisser faire. C'est absurde. N'y a-t-il pas d'autre moyen d'entrer? Et derrière la maison?

— La porte du bar doit être verrouillée et celle de la cuisine aussi. Nous pouvons faire le tour si vous voulez et nous en assurer.

Elle le conduisit de l'autre côté de la maison, puis se tourna soudain vers lui, un doigt sur les lèvres.

— Il y a une lumière dans la cuisine, murmura-t-elle. Cela veut dire que mon oncle s'y trouve. Tante Patience se couche toujours de bonne heure. Il n'y a pas de rideaux à la fenêtre. Si nous passons par là, il nous verra.

Elle s'appuya contre le mur. Son compagnon lui fit signe de ne pas bouger.

— Très bien, dit-il. Je prendrai soin de n'être pas vu. Je vais jeter un coup d'œil à la fenêtre.

Elle put l'observer tandis que, debout près de la fenêtre, il regarda pendant quelques minutes dans la cuisine. Puis, avec ce même sourire tendu qu'elle avait déjà remarqué, il lui fit signe de le suivre. Sa figure paraissait très pâle contre son chapeau ecclésiastique.

— Il n'y aura pas de discussion ce soir avec le patron de *la Jamaïque*, dit-il.

Mary suivit la direction de son regard et se hâta vers la fenêtre. La cuisine était éclairée par une seule bougie plantée de travers dans le goulot d'une bouteille. La bougie était déjà à demi consumée et couverte de grosses larmes de graisse. La flamme elle-même vacillait dans le courant d'air, car la porte du jardin était grande ouverte. Joss Merlyn était affalé sur la table, dans un état de stupeur, les jambes écartées, son chapeau rejeté en arrière. Il regardait droit devant lui, les yeux attachés sur la bougie qui dégouttait. Ses yeux avaient la fixité de ceux d'un mort. Une autre bouteille gisait sur la table, le goulot brisé, auprès d'un verre vide. Le feu de tourbe était presque éteint.

Francis Davey indiqua du doigt la porte ouverte.

— Vous pouvez entrer et monter à votre chambre, dit-il. Votre oncle ne vous verra même pas. Fermez bien la porte derrière vous et éteignez la bougie si vous voulez éviter un incendie. Bonne nuit, Mary Yellan. Si quelque ennui vous arrive, si vous avez besoin de moi, je vous attendrai à Altarnun.

Puis il tourna le coin de la maison et disparut.

Mary entra dans la cuisine sur la pointe des pieds, referma et verrouilla la porte. Elle eût pu claquer la porte sans éveiller son oncle. Il était parti pour son royaume céleste et le petit monde n'existait plus pour lui.

Mary éteignit la bougie près de lui et le laissa seul dans l'obscurité.

CHAPITRE VIII

Joss Merlyn demeura dans cet état d'ébriété pendant cinq jours. La plupart du temps, il était insensible et restait étendu dans la cuisine, sur un lit que Mary et sa tante avaient improvisé. Il dormait la bouche ouverte et l'on pouvait entendre le bruit de sa respiration des chambres au-dessus. Vers cinq heures du soir, il s'éveillait pour une demi-heure, criant pour avoir du cognac et sanglotant comme un enfant. Sa femme se précipitait aussitôt vers lui, le calmait et arrangeait son oreiller. Elle lui donnait du cognac mêlé d'eau et lui parlait doucement comme à un enfant malade, tenant son verre tandis qu'il buvait. Et l'aubergiste regardait autour de lui d'un air égaré, les yeux injectés de sang, murmurant pour lui-même et tremblant comme un chien.

Tante Patience était une autre femme et montrait un calme et une présence d'esprit que Mary n'eût jamais soupçonnés. Elle se consacrait entièrement à soigner son mari. Elle était obligée de s'occuper de lui constamment; Mary la regardait changer ses couvertures et ses draps avec un sentiment de dégoût et n'eût pu supporter d'aller près de lui. Tante Patience prenait la chose tout naturellement et les gémissements et les jurons avec lesquels son mari l'accueillait ne paraissaient pas l'effrayer. C'étaient les seuls moments où elle pouvait le dominer et il la laissait lui éponger le front avec une serviette et de l'eau chaude sans protester. Elle glissait alors sous lui un drap frais, lissait ses cheveux emmêlés et, au bout de quelques minutes, il dormait de nouveau, la face violacée, la bouche grande ouverte, tirant la langue, ronflant comme un taureau.

Il était impossible de vivre dans la cuisine. Mary et sa tante s'accommodèrent du petit salon désaffecté. Pour la première fois, tante Patience faisait un peu figure de compagne. Elle bavardait gaiement des jours d'autrefois, à Helford, lorsque la mère de Mary et elle-même étaient petites filles; elle se mouvait rapidement, avec légèreté, et Mary l'entendait parfois chantonner des bribes de vieux hymnes tandis qu'elle entrait et sortait de la cuisine. Tous les deux mois environ, semblait-il, Joss Merlyn avait de ces accès d'ivrognerie. Ces crises étaient autrefois plus éloignées, mais elles devenaient plus fréquentes et tante Patience ne savait jamais très bien quand elles pouvaient survenir. Celle-ci avait été causée par la visite du squire Bassat; l'aubergiste en avait été irrité et troublé, dit-elle à Mary, et lorsqu'il était revenu de sa course sur la lande, le soir à six heures, il s'était dirigé tout droit vers le bar. Elle avait alors compris ce qui allait arriver.

Tante Patience accepta sans discussion l'explication de sa nièce, qui lui raconta s'être perdue sur la lande. Elle lui conseilla de prendre garde aux marécages et s'en tint là. Mary en ressentit un grand soulagement. Elle ne voulait pas donner les détails de son aventure et était déterminée à ne rien dire de sa rencontre avec le vicaire d'Altarnun. Pendant ce temps, Joss Merlyn restait dans la cuisine, dans un état de stupeur, et les deux femmes passèrent cinq jours relativement paisibles.

Le temps gris et froid n'avait pas incité la jeune fille à quitter la maison, mais, le matin du cinquième jour, le vent tomba, le soleil se mit à briller et, en dépit de sa récente aventure, Mary décida de braver de nouveau la lande. L'aubergiste, éveillé à neuf heures, se mit à hurler à pleins poumons. Le vacarme qu'il faisait, l'odeur de la cuisine qui avait maintenant envahi toute la maison et la vue de tante Patience descendant précipitamment l'escalier avec des draps propres, provoquèrent chez Mary une violente sensation de dégoût.

Honteuse d'elle-même, Mary se glissa hors de la maison après avoir enveloppé une croûte de pain dans un mouchoir et traversa la grand-route pour gagner la lande, Cette fois, elle se dirigea vers la Lande Est, dans la direction de Kilmar; elle avait toute la journée devant elle et ne craignait pas de se perdre. Elle ne cessait de songer à Francis Davey, le singulier vicaire d'Altarnun, et elle se rendait compte qu'il avait fort peu parlé de lui, alors qu'elle lui avait raconté, en une soirée, l'histoire de sa vie. Elle imaginait l'étrange figure que devait faire le vicaire, peignant son paysage près des eaux de Dozmary, la tête nue peut-être, son halo de cheveux blancs autour de sa tête; des mouettes, venues de la mer, effleuraient la surface du lac. Il devait ressembler à Elie dans le désert.

Mary se demandait ce qui l'avait amené à la prêtrise et s'il était aimé des gens d'Altarnun. La Noël approchait et les habitants d'Helford devaient être en train de décorer les maisons de houx, de verdure et de gui. On devait engraisser des dindes et des oies. Il y aurait toute une débauche de pâtisserie. Le pasteur, avec un air de fête, jetterait sur le monde qui l'environnait des regards rayonnants et, le soir du réveillon, il irait à cheval boire du genièvre à Trelowarren. Francis Davey décorerait-il son église de houx et appellerait-il les bénédictions de Dieu sur ses paroissiens?

Une chose était certaine : il y aurait peu de joie à l'*Auberge de la Jamaïque*.

Mary avait marché pendant près d'une heure lorsqu'elle dut s'arrêter, le chemin étant coupé par un ruisseau qui courait à droite et à gauche. Le ruisseau coulait dans une vallée entre les collines et était encerclé par des marécages. Le paysage ne lui était pas inconnu et, regardant au-delà la falaise lisse et verte devant elle, elle aperçut la grande main écartée que formait Kilmar, pointant ses doigts vers le ciel. Elle contemplait une fois de plus le marécage de Trewartha, où elle s'était promenée le premier samedi, mais, cette fois, Mary regardait le sud-est, et les collines semblaient différentes dans le soleil magnifique. Le ruisseau faisait un bruit joyeux sur les pierres et l'on pouvait passer à gué l'eau peu profonde. Le marécage s'étendait à gauche de la jeune fille. Le vent léger agitait les touffes d'herbe qui frissonnaient et bruissaient et, parmi l'engageant herbage vert pâle, il y avait des touffes d'herbe jaune et drue, aux pointes brunes.

C'étaient là les îles marécageuses; leur largeur donnait une impression de solidité, mais elles ne résistaient pas plus que le duvet et l'homme qui y posait le pied s'enfonçait immédiatement et les petites taches d'eau couleur d'ardoise qui ondulaient çà et là s'agitaient et devenaient noires.

Mary tourna le dos aux marais et traversa le gué. Elle restait en terrain plus élevé; le ruisseau courait au-dessous d'elle, longeant la vallée sinueuse entre les collines. Ce jour-là, peu de nuages projetaient leur ombre et la lande se déroulait devant elle, prenant, sous le soleil, une couleur de sable. Un courlis solitaire se tenait, pensif, près du ruisseau, contemplant son reflet dans l'onde; puis, pointant son long bec dans les roseaux avec une incroyable rapidité, il frappa la terre molle et, tournant la tête, il se dressa sur ses pattes. S'élevant alors dans l'air, il jeta son cri plaintif et partit vers le sud.

Quelque chose avait dû troubler l'oiseau et, au bout

de quelques instants, Mary en découvrit la cause. Quelques poneys, descendant à grand fracas une colline, s'étaient jetés dans le ruisseau pour boire. Ils sautaient bruyamment parmi les pierres, se poussant mutuellement, agitant la queue dans le vent. Ils avaient dû traverser une barrière en avant, sur la gauche, car une barrière grande ouverte, maintenue par un morceau de roc, se trouvait à l'entrée d'un chemin de ferme à peine tracé et plein de boue.

Mary s'appuya contre la barrière pour regarder les poneys et, du coin de l'œil, elle vit qu'un homme descendait le chemin, un seau à chaque main. Elle allait continuer sa route en suivant le tournant de la colline lorsque l'homme agita un seau en l'air et l'appela.

C'était Jem Merlyn. N'ayant pas le temps de s'échapper, elle resta où elle était jusqu'à ce qu'il vînt à elle. Il portait une chemise sale qui n'avait jamais connu la lessive et un pantalon d'étoffe brune couvert de poil de cheval et de taches. Il n'avait ni chapeau ni veston et une barbe rude ornait ses joues. Il la regarda en riant, découvrant ses dents, ressemblant à ce qu'avait dû être son frère vingt ans plus tôt.

— Ainsi vous avez trouvé le chemin de mon cottage? dit-il. Je ne vous attendais pas si tôt; sinon, j'aurais fait du pain en votre honneur. Je n'ai pas lavé la vaisselle depuis trois jours et n'ai mangé que des pommes de terre. Tenez, prenez ce seau.

Il lui mit l'un des seaux dans la main avant qu'elle

n'ait eu le temps de protester et, en un instant, fut dans l'eau, pourchassant les poneys.

— Voulez-vous sortir de là! cria-t-il. Voulez-vous sortir! Je vous apprendrai à salir mon eau potable! Allons, toi, grand diable noir!

Il atteignit avec l'extrémité du seau les jambes de derrière du plus grand des poneys et les bêtes remontèrent la colline, précipitant leur course, jetant leurs sabots en l'air.

— C'est ma faute, j'ai oublié de fermer la barrière, cria Jem à Mary. Descendez-moi l'autre seau, l'eau est assez claire de l'autre côté du ruisseau.

La jeune fille alla jusqu'au ruisseau. Jem emplit les deux seaux et la regarda par-dessus l'épaule en riant.

— Qu'auriez-vous fait si vous ne m'aviez trouvé chez moi? dit-il, s'essuyant le visage de sa manche.

Mary ne put s'empêcher de sourire.

— Je ne savais même pas que vous habitiez ici, dit-elle, et je ne suis jamais venue de ce côté dans l'intention de vous voir. Si j'avais su, j'aurais tourné à gauche.

— Je ne vous crois pas. Vous êtes partie dans l'espoir de me voir, inutile de jouer la comédie. Eh bien, vous arrivez à point pour faire mon déjeuner. Il y a un morceau de mouton dans la cuisine.

Ils remontèrent le sentier boueux et arrivèrent à une petite chaumière grise bâtie à flanc de coteau. Il y avait de petites dépendances rudimentaires derrière la chaumière et une bande de terrain réservée aux pommes de terre. Un mince filet de fumée montait de la cheminée.

— Le feu est allumé. Il vous faudra peu de temps pour faire cuire ce morceau de mouton. Je suppose que vous savez faire la cuisine?

Mary le regarda de haut en bas.

— Vous servez-vous toujours ainsi des gens? dit-elle.

— Je n'en ai pas souvent l'occasion. Mais autant entrer un peu puisque vous êtes là. J'ai toujours fait ma cuisine depuis la mort de ma mère et, depuis, aucune femme n'est venue dans ce cottage. Entrez, voulez-vous?

Elle le suivit, courbant la tête, ainsi qu'il l'avait fait, sous la porte basse.

La pièce était petite et carrée, la moitié de la cuisine de l'*Auberge de la Jamaïque*, avec une grande cheminée ouverte dans un coin. Le plancher était sale et couvert de détritus; des épluchures de pommes de terre, des trognons de choux, des miettes de pain. Les objets les plus divers se trouvaient dispersés partout et des cendres provenant du feu de tourbe recouvraient le tout. Mary jeta autour d'elle un regard d'effroi.

— Ne nettoyez-vous donc jamais? lui demanda-t-elle. Cette cuisine ressemble à une porcherie. N'avez-vous pas de honte? Laissez-moi ce seau et donnez-moi un balai. Je ne pourrai pas déjeuner dans un endroit pareil!

Mary se mit aussitôt au travail, tous ses instincts d'ordre et de netteté réveillés par la saleté environnante. En une demi-heure, la cuisine était propre, les dalles étaient humides et luisantes et les détritus avaient disparu. Elle avait trouvé de la vaisselle dans le placard et un bout de nappe. Elle mit le couvert et, pendant ce temps, le mouton, entouré de pommes de terre et de navets, cuisait dans une casserole.

Le ragoût sentait bon et Jem parut à la porte, humant l'air comme un chien affamé.

— Il me faudrait une femme, dit-il. Voulez-vous quitter votre tante et venir vous occuper de moi?

— Vous auriez un trop grand prix à payer, répondit Mary. Vous n'auriez jamais assez d'argent pour ce que je demanderais.

— Toutes les femmes sont avares, dit-il en se mettant à table. Je me demande ce qu'elles font de leur argent, car elles ne le dépensent jamais. Ma mère était ainsi. Elle cachait son argent dans un bas et je n'en ai jamais vu la couleur. Dépêchez-vous de servir. J'ai une faim affreuse.

— Quelle impatience! Pas même un mot de remerciement pour la cuisinière. Otez vos mains, l'assiette est chaude.

Mary plaça devant lui le mouton fumant et il fit claquer ses lèvres.

— On vous a au moins appris quelque chose, à Helford. J'ai toujours dit qu'il y a deux choses que les femmes devraient savoir faire par instinct. La cuisine est l'une d'elles. Apportez-moi de l'eau, voulez-vous? Vous trouverez la cruche dehors.

Mais Mary avait déjà empli son verre et le lui tendit en silence.

— Nous sommes tous nés ici, dit Jem avec un mouvement de la tête vers le plafond, juste dans la pièce au-dessus. Mais Joss et Matt étaient déjà des adolescents quand je n'étais encore qu'un mioche accroché aux jupes de sa mère. Mon père n'était pas souvent à la maison, mais, quand il y était, nous le savions. Je me souviens qu'un jour il jeta un couteau à la figure de ma mère. Le couteau fit une entaille au-dessus de l'œil et le sang inonda son visage. Effrayé, je courus me cacher dans le coin là-bas, près du feu. Mère ne dit rien; elle se contenta de laver sa plaie et servit à dîner à mon père. C'était une brave femme, il faut le reconnaître, bien qu'elle parlât peu et ne nous donnât guère à manger. J'étais un peu son enfant gâté quand j'étais petit, parce que j'étais le plus jeune, je suppose, et mes frères me battaient quand elle avait le dos tourné. Non qu'ils fussent aussi lourdauds que vous pourriez le croire, mais nous n'avons jamais été bien affectueux, dans la famille, et j'ai vu Joss rosser Matt jusqu'à ce qu'il tombât. Matt était un garçon singulier; il était calme, plus semblable à ma mère. Il s'est noyé là-bas, dans le marécage. Vous pouvez crier là-dedans jusqu'à faire éclater vos poumons, personne ne vous entendra, sauf un oiseau ou un poney égaré. J'ai failli être pris moi-même.

— Depuis combien de temps votre mère est-elle morte? demanda Mary.

— Il y aura sept ans à la Noël, répondit-il en se servant de nouveau du mouton. Lorsque mon père fut pendu, Matt noyé, Joss parti pour l'Amérique et que je grandissais moi-même, aussi sauvage qu'un faucon, elle se tourna vers la religion et se mit à prier du matin au soir en implorant le Seigneur. Je ne pus le supporter et je m'en allai. Je m'embarquai pour un certain temps sur une goélette à Padstow, mais la mer ne convenait pas à mon estomac et je revins à la maison. Je trouvai ma mère réduite à l'état de squelette. " Tu devrais manger davantage ", lui dis-je, mais elle ne voulut pas m'écouter, de sorte que je partis de nouveau et restai quelque temps à Plymouth, gagnant quelques shillings comme je pouvais. Je revins ici pour le dîner de Noël; je trouvai la maison vide et la porte fermée. J'étais fou. Je n'avais pas mangé depuis vingt-quatre heures. Je retournai à North Hill, où j'appris que ma mère était morte. Elle était enterrée depuis trois semaines. Pour le dîner que j'ai eu à Noël, cette année-là, il eût mieux valu rester à Plymouth. Il y a un morceau de fromage dans le placard, derrière vous. En voulez-vous la moitié? Il y a des vers blancs dedans, mais ils ne vous feront pas de mal.

Mary secoua la tête et le laissa se lever et prendre le fromage.

— Qu'y a-t-il? demanda Jem. Vous avez l'air d'un chien malade. Est-ce le mouton qui ne passe pas?

Mary le regarda retourner à son siège et étaler le morceau de fromage sec sur une tranche de pain rassis.

— Ce sera une bonne chose, dit-elle, quand il n'y aura plus un seul Merlyn en Cornouailles. Mieux vaut une épidémie dans le pays qu'une famille comme la vôtre. Votre frère et vous êtes nés avec l'esprit du mal. Ne pensez-vous jamais à ce que votre mère a dû souffrir?

Jem la regarda d'un air surpris, le pain et le fromage suspendus en l'air.

— Ma mère se trouvait bien ainsi, dit-il. Elle ne s'est jamais plainte. Elle était habituée à nous. A seize ans, elle épousa mon père et n'eut jamais le temps de souffrir. Joss naquit un an après, puis Matt. Son temps se passa à les élever et, dès qu'ils sortirent de ses mains, elle dut tout recommencer avec moi. Moi, je suis un accident. Mon père s'était enivré à la foire de Launceston, après avoir vendu trois vaches qui ne lui appartenaient pas. Sans cela, je ne serais pas ici en train de vous parler. Passez-moi la cruche.

Mary avait fini. Elle se leva et se mit à desservir en silence.

— Comment va le patron de *la Jamaïque?* demanda Jem, se renversant sur sa chaise et la regardant plonger les assiettes dans l'eau.

— Il est ivre, comme le fut son père avant lui, répondit brièvement Mary.

— C'est ce qui perdra Joss, dit son frère d'un ton sérieux. Il boit jusqu'à l'abrutissement et reste comme une bûche pendant plusieurs jours. Un jour, cela le tuera. Quel idiot! Combien de temps cela a-t-il duré, cette fois?

— Cinq jours.

— Oh! ce n'est rien pour Joss. Cela pourrait durer une semaine si on le laissait faire. Et, quand il revient à lui, c'est pour chanceler sur ses jambes comme un veau nouveau-né, la bouche aussi noire que les marais de Trewartha. Quand il est débarrassé de son excès de liquide et que le reste de l'alcool s'est imprégné en lui, c'est là que vous devez le surveiller. Il est alors dangereux. Prenez garde à vous.

— Il ne me touchera pas. J'y veillerai, dit Mary. Il y a d'autres choses qui le tracassent. Il a de quoi s'occuper.

— Ne soyez pas mystérieuse et cessez de hocher la tête pour vous-même et de pincer les lèvres. Quelque chose est-il arrivé à *la Jamaïque?*

— Cela dépend de la façon dont vous prenez la chose, dit Mary, le regardant par-dessus l'assiette qu'elle était en train d'essuyer. La semaine dernière, nous avons eu la visite de Mr. Bassat, de North Hill.

Jem ramena sa chaise avec fracas.

— Vraiment! Et qu'avait-il à vous dire, le squire?

— L'oncle Joss était absent et Mr. Bassat insista pour entrer dans l'auberge et visiter les pièces. Avec son domestique, il enfonça la porte au bout du couloir, mais la pièce était vide. Il avait l'air déçu et très surpris, et il est reparti très en colère. A propos, il m'a interrogée à votre sujet et je lui ai répondu que je ne vous avais jamais vu.

Pendant le récit de la jeune fille, Jem sifflotait, le

visage sans expression, mais, à la dernière phrase, ses yeux se rétrécirent et il se mit à rire.

— Pourquoi lui avez-vous menti? demanda-t-il.

— A ce moment-là, il m'a semblé qu'il ne fallait pas compliquer les choses; si j'avais eu le temps de réfléchir, je lui aurais certainement dit la vérité. Vous n'avez rien à cacher, n'est-ce pas?

— Pas grand-chose, sauf ce poney noir que vous avez vu au bord du ruisseau et qui lui appartient, dit Jem avec insouciance. Il était gris pommelé la semaine dernière et valait pour le squire, qui l'avait élevé lui-même, une petite fortune. J'en tirerai bien quelques livres à Launceston si la chance me favorise. Venez le voir.

Ils sortirent dans le soleil, Mary s'essuyant les mains sur son tablier; Mary resta debout quelques instants près de la porte du cottage, tandis que Jem se dirigeait vers les chevaux. La maisonnette était bâtie sur le penchant de la colline, au-dessus du Withy Brook, dont le cours sinueux suivait la vallée et se perdait dans les collines éloignées. Derrière le cottage, se déroulait une plaine vaste et plate, s'élevant de chaque côté vers de hautes falaises; et cette prairie (on eût dit un pâturage), qui s'étendait à perte de vue pour n'être barrée que par le roc menaçant de Kilmar, devait être la bande de terre connue sous le nom de " Lande des Douze Hommes ".

Mary imagina Joss Merlyn enfant, courant hors du cottage, sa frange retombant sur ses yeux, et la figure maigre et solitaire de sa mère debout sur le seuil, les bras croisés, l'observant d'un air interrogateur. Tout un monde de chagrin et de silence, de colère et d'amertume aussi, avait dû se dérouler sous le toit de cette petite chaumière.

Il y eut un appel et un bruit de sabots. Jem tourna le coin de la maison, montant le poney noir.

— Voici le gaillard que je voulais vous faire acheter, dit-il, mais vous êtes si avare de votre argent! Il vous conviendrait admirablement. Le squire l'a élevé pour sa femme. Êtes-vous sûre de ne pas changer d'idée?

Mary secoua la tête en riant.

— Vous voudriez peut-être que je le garde dans l'écurie, à l'*Auberge de la Jamaïque?* Et quand Mr. Bassat viendra, il n'aura plus qu'à le reconnaître. Merci de votre peine, mais je préfère ne pas risquer la chose. J'ai assez menti pour votre famille, Jem Merlyn, assez pour une vie entière.

Le visage de Jem s'assombrit et il se laissa glisser à terre.

— Vous avez refusé la meilleure occasion qui vous sera jamais offerte, et je ne vous donnerai jamais plus pareille chance. L'animal ira à Launceston la veille de Noël et les marchands n'hésiteront pas, eux.

Il donna une tape sur l'arrière-train du poney.

— Eh bien, file, à présent!

L'animal, surpris, bondit vers une brèche dans la haie.

Jem arracha un brin d'herbe et se mit à le mâcher, observant sa compagne du coin de l'œil.

— Qu'espérait donc trouver à *la Jamaïque* le squire Bassat? demanda-t-il.

Mary le regarda dans les yeux.

— Vous devriez le savoir mieux que moi.

Jem continua de mâcher pensivement son herbe, dont il rejetait à terre de petits fragments.

— Que savez-vous exactement? lui dit-il soudain, rejetant la tige.

Mary haussa les épaules.

— Je ne suis pas venue ici pour qu'on me pose des questions. L'interrogatoire de Mr. Bassat est suffisant.

— C'est une chance pour Joss qu'il ait fait enlever tout ça, dit tranquillement son frère. La semaine dernière, je l'ai averti qu'il voguait trop près du vent. Ils finiront par le prendre. Ce n'est qu'une question de temps. Et tout ce que cet idiot trouve pour se défendre est de s'enivrer!

Mary ne dit mot. Si Jem essayait de la faire parler par cet étalage de franchise, il serait déçu.

— Vous devez avoir une excellente vue de cette petite chambre, au-dessus du porche. N'éveille-t-on pas la Belle au Bois Dormant?

— Comment savez-vous que c'est ma chambre? demanda vivement Mary.

Il parut déconcerté par cette question et Mary vit la surprise passer dans ses yeux. Puis il rit et arracha un autre brin d'herbe.

— Quand je suis arrivé dans la cour, l'autre matin, la fenêtre était grande ouverte et un bout de la jalousie s'agitait dans le vent. Je n'avais jamais vu encore une fenêtre ouverte à *la Jamaïque.*

L'argument était plausible, mais insuffisant pour Mary. Un horrible soupçon lui vint à l'esprit. Était-ce Jem qui s'était caché dans la chambre vide ce samedi soir? Son cœur se glaça.

— Pourquoi êtes-vous si secrète à propos de tout cela? poursuivit-il. Croyez-vous donc que je vais aller dire à mon frère : " Ta nièce a la langue bien pendue "? Que diable, Mary, vous n'êtes ni sourde ni aveugle; un enfant même sentirait un piège après avoir vécu un mois à *la Jamaïque!*

— Qu'essayez-vous de me faire dire? Et que vous importe ce que je sais? Tout ce que je veux est sortir ma tante de là aussitôt que possible. Je vous l'ai dit quand vous êtes venu à l'auberge. Il faudra sans doute quelque temps pour la persuader, et j'aurai à patienter. Quant à votre frère, il peut boire jusqu'à en mourir. Sa vie lui appartient, et ses affaires aussi. Cela n'a aucun rapport avec moi.

Jem sifflota et poussa une pierre du pied.

— Ainsi, la contrebande ne vous effraie pas. Vous laisseriez mon frère entasser dans toutes les pièces de *la Jamaïque* des barils de rhum et de cognac sans rien dire, n'est-ce pas? Mais supposons qu'il soit mêlé à d'autres choses... supposons qu'il soit question de vie, ou de mort, de crime peut-être... que feriez-vous?

Il la regarda en plein visage et, cette fois, elle pouvait voir qu'il ne plaisantait pas. Son attitude insouciante et rieuse avait disparu. Ses yeux étaient graves, mais elle ne pouvait lire ce qu'ils dissimulaient.

— Je ne sais ce que vous voulez dire.

Il la considéra longtemps sans parler. On eût dit qu'il débattait quelque problème dans son esprit et n'en pouvait trouver la solution que dans l'expression du visage de Mary. Toute ressemblance avec son frère s'était évanouie. Ses traits s'étaient soudain durcis, vieillis. Il était d'une race différente.

— Peut-être pas, dit-il enfin, mais vous le saurez un jour si vous restez assez longtemps. Pourquoi votre tante a-t-elle l'air d'un fantôme vivant... pouvez-vous me le dire? Demandez-le-lui la prochaine fois que le vent soufflera du nord-ouest.

Il se remit à siffler doucement, les mains dans les poches. Mary, à son tour, le considéra en silence. Il parlait par énigmes, mais elle n'eût pu dire si c'était pour l'effrayer. Elle pouvait comprendre Jem, excuser le voleur de chevaux aux manières insouciantes, mais elle n'était pas sûre d'aimer autant cette nouvelle façon d'être.

Il eut un rire bref et haussa les épaules.

— Un jour, il y aura quelque chose d'irréparable entre Joss et moi. C'est lui qui le regrettera.

Là-dessus, il tourna les talons et se dirigea vers la lande, à la recherche du poney. Mary le regardait pensivement, les mains cachées dans son châle. Son instinct n'était donc pas en défaut; quelque chose se cachait derrière la contrebande. L'inconnu avait ce samedi-là, dans le bar, parlé de crime, et Jem lui-même venait de faire écho à ses paroles. Elle n'était donc ni folle, ni hystérique, quoi qu'en pût penser le vicaire d'Altarnun.

Il était difficile de dire quel rôle Jem Merlyn jouait dans tout ceci, mais elle était certaine qu'il y était mêlé.

Et s'il était l'homme qui avait suivi son oncle en silence dans l'escalier, il devait bien savoir qu'elle avait quitté sa chambre cette nuit-là, qu'elle s'était cachée quelque part et les avait écoutés. Dans ce cas, il devait être le premier à se rappeler la corde attachée à la poutre; il devait penser qu'elle aussi avait vu la corde lorsque l'aubergiste et lui étaient partis vers la lande.

Si Jem était cet homme, ses questions semblaient assez justifiées. « Que savez-vous exactement? » lui avait-il demandé, mais elle ne lui avait rien dit.

La conversation avait jeté une ombre sur sa journée. Elle voulait maintenant partir, s'éloigner de lui et rester seule avec ses propres pensées. Elle se mit à descendre lentement la colline, vers le Withy Brook. Elle avait atteint la barrière, au bout du chemin, quand elle entendit Jem courir derrière elle et se jeter le premier à la barrière. Il avait l'air d'un Bohémien, avec sa barbe naissante et son pantalon plein de taches.

— Pourquoi partez-vous? dit-il. Il est encore de

bonne heure. Il ne fera pas nuit avant quatre heures. Je vais vous reconduire jusqu'à Rushyford Gate. Qu'avez-vous donc?

Il lui prit le menton dans les mains et examina son visage.

— Je crois que vous avez peur de moi, dit-il. Vous croyez que j'ai des barils de cognac et des rouleaux de tabac dans les petites chambres, là-haut, que je vais vous les montrer et vous trancher la gorge. C'est ça, n'est-ce pas? Nous sommes des gens décidés à tout, nous autres, Merlyn, et Jem est le pis de la bande. Est-ce bien ce que vous pensez?

Elle lui sourit malgré elle.

— C'est à peu près ce que je pense, avoua-t-elle. Mais je n'ai pas peur de vous. Inutile de le croire. Je vous aimerais même assez si vous ne me rappeliez pas si bien votre frère.

— Je ne puis changer mon visage, et je suis mieux que Joss, convenez-en.

— Oh! vous avez assez de vanité pour compenser les autres qualités qui vous font défaut; j'admets que vous avez une agréable figure. Vous devez briser autant de cœurs qu'il vous plaît. Maintenant laissez-moi partir. Il faut beaucoup de temps pour regagner *la Jamaïque* et je n'ai pas envie de me perdre encore sur la lande.

— Et quand vous êtes-vous déjà perdue? demanda-t-il.

Mary fronça légèrement le sourcil. Les mots lui avaient échappé.

— Je me promenais un après-midi vers la Lande Ouest, dit-elle. Le brouillard est tombé de bonne heure et j'ai erré quelque temps avant de retrouver mon chemin.

— Il est absurde d'aller ainsi à l'aventure, dit-il. Il y a entre *la Jamaïque* et Roughtor des endroits qui engloutiraient un troupeau entier, à plus forte raison un petit brin de femme comme vous. En tout cas, ce n'est pas un passe-temps pour une jeune fille. Pourquoi étiez-vous partie ainsi?

— Pour me délier les jambes. J'étais enfermée dans la maison depuis plusieurs jours.

— Eh bien, Mary Yellan, la prochaine fois que vous aurez envie de vous délier les jambes, vous pourrez venir dans cette direction. Si vous franchissez la barrière, vous ne pouvez vous tromper, mais ne laissez pas le marais à votre gauche, comme vous l'avez fait aujourd'hui. Venez-vous avec moi à Launceston la veille de Noël?

— Qu'allez-vous faire à Launceston, Jem Merlyn?

— Oh! je vais tout simplement vendre à Mr. Bassat son poney. Si je connais bien mon frère, il vaut mieux que vous soyez loin de *la Jamaïque*, ce jour-là. Il sera tout juste en train de se remettre de sa cure de cognac et cherchera des histoires. S'ils sont accoutumés à vos vagabondages sur la lande, ils admettront votre absence. Je vous ramènerai vers minuit. Dites que vous acceptez, Mary.

— Supposons que l'on vous prenne à Launceston

avec le poney de Mr. Bassat? Vous auriez l'air d'un sot, je crois, et moi aussi si l'on me jetait en prison avec vous.

— Personne ne me prendra, pas de sitôt en tout cas. Courez ce risque, Mary. N'aimez-vous pas un peu d'émotion et craignez-vous tant pour votre personne? On doit élever les jeunes filles dans du coton, à Helford.

Mary se laissa prendre à ces mots comme un poisson à l'appât.

— Entendu, Jem Merlyn, et ne croyez pas que j'aie peur. Aller en prison n'est pas plus terrible que vivre à l'*Auberge de la Jamaïque*. Comment va-t-on à Launceston?

— Je vous emmènerai dans la charrette, avec le poney noir de Mr. Bassat derrière nous. Connaissez-vous le chemin de North Hill à travers la lande?

— Non.

— Vous n'avez qu'à marcher tout droit devant vous. Longez la grand-route pendant un mille et vous arriverez à une brèche dans la haie, en haut de la colline, en appuyant à droite. Vous aurez le rocher de Carey devant vous et le rocher du Faucon plus loin, à votre droite, et si vous continuez toujours à droite, vous ne pourrez vous tromper. Je viendrai à mi-chemin à votre rencontre. Nous suivrons la lande autant que possible. Il y aura des voyageurs sur la route, la veille de Noël.

— A quelle heure partirai-je?

— Nous laisserons les autres nous devancer et arriver là-bas dans la matinée; vers deux heures, il y aura encore assez de monde pour nous dans les rues. Vous pourrez quitter *la Jamaïque* à onze heures si vous voulez.

— Je ne vous promets rien. Si vous ne me voyez pas, continuez votre chemin. N'oubliez pas que tante Patience peut avoir besoin de moi.

— C'est vrai. Vous trouverez une excuse.

— Voici la barrière au-dessus du ruisseau, dit Mary. Vous n'avez pas besoin de venir plus loin. Je trouverai bien mon chemin. Je vais tout droit de l'autre côté du sommet de cette colline, n'est-ce pas?

— Vous présenterez mes respects au patron si vous voulez. Dites-lui que je lui souhaite une meilleure humeur et un meilleur langage. Demandez-lui s'il désire que je vienne accrocher une branche de gui au porche de *la Jamaïque*. Attention à l'eau! Voulez-vous que je vous porte de l'autre côté du ruisseau? Vous allez vous mouiller les pieds.

— Même si j'enfonçais jusqu'à la taille, cela ne me ferait pas de mal. Au revoir, Jem Merlyn.

Et Mary sauta hardiment par-dessus le ruisseau, une main sur la barrière pour la guider.

Son jupon fut mouillé et elle dut le relever. Elle entendit Jem rire de l'autre côté du ruisseau; elle poursuivit son chemin vers la colline sans un signe de la main ni un regard en arrière.

Il ferait bien d'aller se mesurer avec les hommes du sud, songeait-elle, avec les jeunes gens d'Helford, de Gweek et de Manaccan. Il y avait, à Constantine, un forgeron qui aurait vite raison de lui. Jem Merlyn n'avait pas de quoi être fier. Ce n'était qu'un voleur de chevaux, un vulgaire contrebandier, un vagabond, un meurtrier peut-être, par-dessus le marché. On savait dresser les hommes, sur la lande.

Mary n'avait pas peur de lui et, pour le prouver, elle irait à Launceston la veille de Noël, assise près de lui dans la charrette.

*

LA nuit tombait lorsqu'elle traversa la grand-route et entra dans la cour. Comme à l'ordinaire, l'auberge paraissait sombre et inhabitée, avec sa porte verrouillée et ses fenêtres closes. Elle fit le tour de la maison et frappa à la porte de la cuisine. Sa tante, le visage anxieux et pâle, lui ouvrit aussitôt.

— Ton oncle t'a demandée toute la journée, dit-elle. Où es-tu allée? Il est près de cinq heures. Tu es partie depuis ce matin.

— Je me suis promenée sur la lande, répondit la jeune fille. Je ne pensais pas qu'on eût besoin de moi. Pourquoi l'oncle Joss m'a-t-il réclamée?

Sentant monter en elle un peu de nervosité, Mary jeta un coup d'œil vers le lit, dans un coin de la cuisine. Le lit était vide.

— Où est-il? demanda-t-elle. Va-t-il mieux?

— Il a voulu s'asseoir dans le salon. Il en avait assez de la cuisine. Il t'a attendue tout l'après-midi, près de la fenêtre. Il faut l'égayer un peu, Mary, lui parler gentiment, ne pas le contrarier. Quand il se remet, c'est le mauvais moment... il devient moins faible de jour en jour et est très volontaire, violent même. Tu feras attention à ce que tu lui diras, n'est-ce pas, Mary?

C'était de nouveau la tante Patience aux mains tremblantes qui se mordait nerveusement les lèvres et jetait en parlant des coups d'œil par-dessus l'épaule. Elle était vraiment pitoyable et son agitation gagnait un peu la jeune fille.

— Pourquoi veut-il me voir? demanda-t-elle. Il n'a jamais rien à me dire. Que peut-il vouloir?

Les yeux de tante Patience clignotèrent. Elle se mordit les lèvres.

— Ce n'est qu'un caprice. Il marmonne pour lui-même. Ne fais pas attention à tout ce qu'il peut dire quand il est dans cet état. Il n'est pas lui-même. Je vais aller lui dire que tu es rentrée.

Mary alla jusqu'au buffet et se versa un verre d'eau. Sa gorge était sèche. Le verre tremblait dans ses mains. Elle se traita de folle. Elle venait de montrer assez de hardiesse sur la lande et à peine se trouvait-elle à l'intérieur de l'auberge que son courage l'abandonnait; elle était aussi nerveuse qu'une enfant. Tante Patience revint.

— Il est tranquille pour le moment, murmura-t-elle. Il sommeille dans le fauteuil. Il se peut qu'il dorme maintenant toute la soirée. Nous dînerons de bonne heure. Il y a pour toi du pâté froid.

Mary n'avait plus faim. Elle dut se forcer à manger. Elle but deux tasses de thé brûlant et repoussa son assiette. Aucune des deux femmes ne parlait. Tante Patience ne cessait de regarder vers la porte. Après le dîner elles desservirent en silence. Mary jeta un peu de tourbe sur le feu et se blottit près de la cheminée. L'âcre fumée bleue monta dans l'air, lui piquant les yeux, mais aucune chaleur ne venait du feu presque éteint.

Dans le hall, l'horloge sonna six heures avec un brusque bourdonnement. Mary retint son souffle en comptant les coups qui rompaient si délibérément le silence. Une éternité sembla s'écouler avant que le sixième coup ne retentît et que son écho se fût éteint. Le lent tic-tac de l'horloge continua. Aucun bruit ne venait du salon et Mary respira de nouveau. Tante Patience, assise à table, enfilait une aiguille à la lueur de la bougie. Elle se mordait les lèvres et plissait le front dans son effort.

La longue soirée s'écoula sans qu'un appel vînt du salon. Mary hochait la tête, ses yeux se fermaient malgré elle. C'est dans cet état de torpeur entre le sommeil et le réveil qu'elle entendit sa tante se lever tranquillement de sa chaise et ranger son ouvrage dans le placard, près du buffet. En un rêve, elle entendit sa tante lui murmurer à l'oreille :

— Je vais me coucher. Ton oncle ne s'éveillera plus maintenant. Il a dû s'installer pour la nuit. Je ne vais pas le déranger.

Mary murmura quelque chose en réponse et, à demi consciente, elle entendit des pas légers dans le couloir et les escaliers craquèrent.

Sur le palier au-dessus, une porte se referma doucement. Mary sentit la léthargie du sommeil l'envahir. Sa tête s'inclina dans ses mains. Le lent tic-tac de l'horloge suggérait un rythme à son esprit, comme des pas se traînant sur la grand-route... une... deux... une... deux... elle était sur la lande, près du ruisseau, et le fardeau qu'elle portait était lourd... trop lourd pour elle... si elle pouvait le déposer un moment et se reposer au bord de la rive, et dormir...

Il faisait froid, pas trop froid cependant. L'eau dégouttait de ses pieds. Il fallait s'éloigner de l'eau... monter sur la rive...

Le feu était éteint... Mary ouvrit les yeux et s'aperçut qu'elle était assise à terre, près des cendres blanches. La cuisine était froide et sombre. La bougie était presque consumée. Elle bâilla, frissonna et étira ses bras raidis. Quand elle leva les yeux, elle vit la porte de la cuisine s'ouvrir très lentement, pouce à pouce.

Mary resta assise à terre, immobile. Elle attendit, mais rien ne se produisit. Puis la porte bougea de nouveau et fut jetée brusquement, s'écrasant contre le mur. Joss Merlyn était sur le seuil, les bras étendus, oscillant sur ses jambes.

Mary crut d'abord qu'il ne l'avait pas vue. Il fixait le mur devant lui sans s'aventurer plus loin dans la pièce. Mary se blottit, la tête sous le plateau de la table, n'entendant que les battements de son cœur. Il se tourna lentement dans la direction de la jeune fille et la regarda un moment sans parler. Puis d'une voix rauque, tendue, presque en un murmure :

— Qui est là? dit-il. Que faites-vous? Pourquoi ne parlez-vous pas?

Sa figure était un masque gris. Ses yeux injectés de sang s'attachaient sur la jeune fille sans la reconnaître. Mary ne bougea point.

— Posez ce couteau, murmura-t-il. Je vous dis de poser ce couteau.

Mary étendit la main sur le plancher et, du bout des doigts, toucha le pied d'une chaise. Elle ne pouvait atteindre la chaise sans bouger, car elle était hors de portée. Elle attendit, retenant son souffle. Son oncle s'avança dans la pièce, courbant la tête, les deux mains battant l'air, et se glissa lentement vers la jeune fille.

Mary observa les mains de Joss Merlyn jusqu'à ce qu'elles fussent à un mètre d'elle; elle pouvait même sentir sur sa joue l'haleine de son oncle.

— Oncle Joss, dit-elle doucement. Oncle Joss...

Il la regarda fixement et, se baissant vers elle, lui toucha les cheveux et les lèvres.

— Mary, dit-il, est-ce vous, Mary? Pourquoi ne me parlez-vous pas? Où sont-ils partis? Les avez-vous vus?

— Vous vous trompez, oncle Joss. Il n'y a ici personne d'autre que moi. Tante Patience est là-haut. Souffrez-vous? Puis-je vous aider?

Il regarda autour de lui dans la demi-lumière, fouillant les coins de la pièce.

— Ils ne me font pas peur, murmura-t-il. Les morts ne font pas de mal aux vivants. On les fait disparaître, comme on éteint la flamme d'une bougie. C'est bien ça, n'est-ce pas, Mary?

La jeune fille hocha la tête, observant les yeux de son oncle, qui tira une chaise et s'assit, les mains posées sur la table. Il soupira profondément et passa sa langue sur ses lèvres.

— Ce sont des rêves, dit-il, des rêves. Ces faces paraissent vivantes dans l'obscurité, et je m'éveille, et la sueur me coule dans le dos. J'ai soif, Mary. Voici la clé. Allez me chercher un peu de cognac dans le bar.

Joss Merlyn fouilla dans sa poche et sortit un trousseau de clés. Mary le prit d'une main tremblante et sortit dans le couloir, où elle hésita un instant, se demandant si elle ne devait pas regagner aussitôt sa chambre, s'enfermer à clé et le laisser délirer tout seul dans la cuisine. Sur la pointe des pieds, elle se mit à longer le couloir qui allait jusqu'au hall. Mais tout à coup, son oncle lui cria de la cuisine :

— Où allez-vous? Je vous ai dit d'aller chercher du cognac dans le bar!

Mary l'entendit traîner sa chaise en l'éloignant de la table. Il était trop tard. Elle ouvrit la porte du bar et chercha dans le placard parmi les bouteilles. Quand elle revint à la cuisine, son oncle était affalé sur la table, la tête dans les mains. Elle crut d'abord qu'il s'était endormi, mais, au bruit de ses pas, il leva la tête, étendit les bras et se renversa sur sa chaise. Elle posa la bouteille et un verre devant lui. Il emplit le verre à demi et le tint entre ses deux mains, observant la jeune fille.

— Vous êtes une bonne fille, dit-il. Je vous aime beaucoup, Mary. Vous êtes intelligente et courageuse. Vous seriez une bonne compagne pour un homme. Vous auriez dû être un garçon.

Joss Merlyn fit passer sa langue sur ses lèvres avec un sourire stupide, cligna de l'œil vers la jeune fille et, pointant l'index vers la bouteille :

— On paierait de l'or pour ce cognac, dit-il. C'est le meilleur qu'on puisse acheter avec de l'argent. Le Roi George lui-même n'en a pas de meilleur dans ses caves. Et à combien me revient-il? Pas même à quelques sous. On boit gratis, à l'*Auberge de la Jamaïque.*

Joss Merlyn rit de nouveau.

— C'est un jeu dangereux, Mary, mais c'est magnifique si l'on est un homme. J'ai vingt fois risqué ma vie. J'ai eu des ennemis sur mes talons, des coups de pistolet ont effleuré mes cheveux, mais ils ne m'auront pas, Mary. Je suis trop malin. Je joue à ce jeu-là depuis trop longtemps. Avant de venir ici, j'étais à Padstow, où je travaillais sur le rivage. Nous faisions couler un lougre tous les quinze jours pendant les marées du printemps. Nous étions cinq dans l'affaire, six avec moi. Mais on ne gagne pas beaucoup d'argent à travailler sur une petite échelle. Il faut prendre des mesures pour s'agrandir. Nous sommes maintenant plus d'une centaine et nous travaillons de l'intérieur jusqu'à la côte. Par Dieu, Mary, j'ai vu du sang dans ma jeunesse, et j'ai tué des hommes une vingtaine de fois, mais ce jeu-là dépasse tous les records; c'est courir côte à côte avec la mort.

Il fit un signe et un clin d'œil à la jeune fille, jetant d'abord vers la porte un regard par-dessus l'épaule.

— Venez, dit-il, venez plus près de moi, que je puisse vous parler. Vous avez du cran, je le vois. Vous n'avez pas peur comme votre tante. Nous devrions nous associer, vous et moi.

Joss Merlyn saisit le bras de Mary et la tira sur le plancher près de sa chaise.

— C'est ce maudit alcool qui me rend idiot, poursuivit-il. Je suis si faible quand cela m'arrive. Vous pouvez le voir. Et j'ai des rêves, des cauchemars. Je vois des choses qui ne m'effraieraient jamais en temps normal. Ah! Mary, j'ai tué des hommes de mes propres mains, je les ai maintenus sous l'eau, frappés avec des pierres, sans jamais y songer ensuite. Je dormais dans mon lit comme un enfant. Mais quand je suis ivre, je les vois en rêve. Je vois leurs faces d'un blanc verdâtre, aux yeux mangés par les poissons; certains ont des corps torturés, où pendent des lambeaux de chair... d'autres ont des algues dans les cheveux... Un jour, Mary, il y avait une femme... elle s'accrochait à un radeau et tenait un enfant dans ses bras. Sa chevelure ruisselait sur son dos. Le bateau était tout près sur les rochers, voyez-vous, et la mer aussi calme qu'un lac. Tous vivaient et allaient regagner le rivage. En quelques endroits, l'eau ne venait pas au-dessus de la ceinture. Elle me cria de l'aider, Mary, et je lui écrasai la face avec une pierre. Elle tomba en arrière, lâcha le radeau et son enfant, et je la frappai de nouveau. Je la regardai se noyer dans quatre pieds d'eau. Nous avions peur que quelques-uns d'entre eux ne pussent gagner la rive... Pour une fois nous avions compté sans la marée. Au bout d'une demi-heure, ils auraient atteint le bord. Nous dûmes les cribler de pierres, Mary. Il fallut leur briser les bras et les jambes. Et ils se noyèrent là, devant nous, comme la femme et son enfant... l'eau ne leur venait pas jusqu'à l'épaule... ils se noyèrent parce que nous les avions écrasés avec des pierres et des fragments de roc... ils se noyèrent parce qu'ils ne purent tenir...

Sa face était tout près du visage de Mary, ses yeux injectés de sang plongeaient dans les siens, elle sentait son haleine sur sa joue.

— N'avez-vous jamais entendu parler de naufrageurs? murmura-t-il.

Dans le couloir, l'horloge sonna une heure, et la note résonna dans l'air comme un appel. Ils ne bougèrent ni l'un ni l'autre. La pièce était très froide, car le feu s'était éteint et un petit courant d'air soufflait par la porte ouverte. La flamme jaune de la bougie vacillait. Joss Merlyn étendit la main et prit celle de Mary, une main molle, comme une chose morte. Peut-être lut-il quelque chose de l'horreur glacée peinte sur le visage de la jeune fille, car il abandonna sa main et détourna les yeux. Il se mit à regarder droit devant lui, fixant le verre vide, et à tambouriner de ses doigts sur la table.

Blottie à terre près de lui, Mary observait une mouche parcourir la main de son oncle. Elle la regardait passer à travers les poils noirs et courts et aller des veines épaisses jusqu'aux jointures, puis courir au bout des longs doigts minces. Elle se rappelait la grâce agile et soudaine de ces doigts lorsqu'ils avaient coupé du pain pour elle, le premier soir de son arrivée, et combien ils pouvaient être délicats et légers. Elle les considérait, tandis qu'ils tambourinaient sur la table et, en imagination, elle les voyait saisir un morceau de roc coupant et s'y attacher, elle voyait la pierre voler en l'air...

Une fois de plus, il se tourna vers elle et fit un mouvement de la tête dans la direction du tic-tac de l'horloge.

— Parfois, ce bruit me résonne dans la tête, dit-il, et, quand l'horloge a sonné une heure, cela m'a rappelé les tintements de la cloche d'alarme, dans une baie J'ai entendu ce son s'élever dans l'air, porté par le vent d'ouest... une, deux... une, deux... le battant, balancé en avant et en arrière, vient frapper la cloche, comme si l'on sonnait un glas. J'entends cela dans mes rêves. Je l'ai entendu ce soir. C'est un son triste et déprimant, Mary, que celui de la cloche d'alarme dans la baie. Cela vous tend les nerfs au point de vous donner envie de crier. Quand on travaille sur la côte, il faut arriver jusqu'à eux en bateau et leur mettre des bâillons, leur envelopper la langue dans de la flanelle. Cela les fait tenir tranquilles et nous assure de leur silence. Il se peut que, par une nuit de brume, quand le brouillard fait sur l'eau des taches blanches, un bateau, hors de la baie, cherche à la piste, comme un chien de chasse. Il écoute la cloche d'alarme et aucun son ne lui parvient. Alors, à travers le brouillard, il arrive droit sur nous, qui l'attendons, Mary... et nous le voyons soudain frissonner, puis s'enfoncer et les vagues le recouvrent.

Joss Merlyn étendit la main vers la bouteille et fit couler lentement dans le verre un peu de cognac. Il le sentit et fit claquer sa langue.

— Avez-vous jamais vu des mouches prises dans un pot de mélasse? demanda-t-il. J'ai vu des hommes pris de la même façon, retenus dans les agrès comme un essaim de mouches. Ils s'y accrochent pour y trouver la sécurité, hurlant de terreur à la vue des vagues. Ils ressemblent à des mouches, ainsi accrochés aux vergues comme de petits points noirs. J'ai vu le bateau se briser sous eux et les mâts et les vergues se casser comme du fil. Les hommes, jetés à la mer, nageaient pour sauver leur vie. Mais, Mary, quand ils atteignaient le rivage, c'étaient des hommes morts.

Du revers de la main, il s'essuya la bouche et la regarda fixement.

— Les morts ne bavardent pas, Mary.

Il hochait la tête en la considérant et tout à coup sa figure s'amenuisa, puis s'effaça tout à fait. Mary n'était plus agenouillée sur les dalles de la cuisine, les mains agrippées à la table. Elle était redevenue enfant et courait au côté de son père sur les falaises de Saint-Kevern. Son père la mettait sur son épaule et d'autres hommes se prenaient à courir avec eux en poussant des cris. Quelqu'un montrait la mer, au loin, et, s'accrochant à la tête de son père, elle voyait un grand bateau blanc, qui ressemblait à un oiseau, roulé par les flots, les mâts brisés, les voiles traînant dans l'eau. " Que font-ils? " demandait l'enfant qu'elle était. Personne ne lui répondait. Tout le monde s'était immobilisé et regardait, les yeux écarquillés d'horreur, le bateau qui roulait et s'enfonçait. " Que Dieu ait pitié d'eux! " disait son père, et la petite fille qu'était Mary se mettait à pleurer, appelant sa mère, qui sortait aussitôt de la foule, la prenait dans ses bras et l'emmenait, tournant le dos à la mer. Ses souvenirs s'arrêtaient là; il n'y avait pas de fin à cette histoire. Mais lorsque Mary était devenue une adolescente, sa mère lui avait parlé du jour où tous trois étaient allés à Saint-Kevern, où une grande embarcation avait coulé avec tous ses passagers, après s'être brisée contre les redoutables rochers des Manacles.

Mary frissonna et soupira et, de nouveau, la face de son oncle lui apparut, encadrée de ses cheveux emmêlés; elle était agenouillée auprès de lui dans la cuisine de l'*Auberge de la Jamaïque*. Elle avait la nausée, ses mains et ses pieds étaient glacés. Elle n'avait qu'un seul désir : parvenir jusqu'à son lit, se cacher la tête dans ses mains et tirer sur elle la couverture et l'oreiller pour être dans une plus grande obscurité encore. Si elle pressait ses doigts contre ses yeux, peut-être la figure de son oncle s'effacerait-elle, et les scènes qu'il lui avait dépeintes. Si elle se bouchait les oreilles, peut-être étoufferait-elle le son de cette voix, et le grondement des vagues sur le rivage. Ici, elle voyait les faces livides des noyés, les bras au-dessus de la tête, elle entendait les cris de terreur et la triste clameur de la cloche d'alarme. De nouveau, elle frissonna.

Levant les yeux vers son oncle, Mary vit qu'il était penché en avant sur sa chaise; sa tête s'était inclinée sur sa poitrine. Sa bouche était grande ouverte. Il ronflait et bredouillait en dormant. Ses longs sourcils noirs balayaient ses joues comme une frange. Ses bras reposaient sur la table devant lui et ses mains étaient jointes, comme s'il priait.

CHAPITRE IX

La veille de Noël, un ciel couvert annonçait de la pluie. Le temps s'était radouci durant la nuit et, dans la cour, la boue s'était amollie aux endroits piétinés par les vaches. Les murs de la chambre de Mary étaient humides au toucher et, dans un coin, le plâtre, en tombant, avait laissé une grande tache jaune.

Mary se pencha à la fenêtre. Le vent doux et humide lui souffla au visage. Dans une heure, Jem Merlyn l'attendrait sur la lande pour l'emmener à la foire de Launceston. Il ne dépendait que d'elle de le rencontrer ou non, et elle ne pouvait se décider.

Mary avait vieilli en quatre jours et le visage que lui renvoyait le miroir était las et tiré. Elle avait les yeux cernés et de petits creux aux pommettes. Elle s'endormait très tard dans la nuit et n'avait aucun appétit. Pour la première fois de sa vie, elle trouvait une ressemblance entre elle et sa tante Patience. Elles avaient le même pli au front et la même bouche. Si elle se mordait les lèvres, on eût pu croire que tante Patience se tenait là, ses maigres cheveux bruns encadrant son visage.

Le tic des lèvres était facile à attraper, ainsi que la nerveuse agitation des mains, et Mary se détourna du miroir indiscret et se mit à parcourir sa chambre exiguë.

Durant les quelques jours passés, Mary était restée le plus possible dans sa chambre, sous le prétexte d'un refroidissement. Elle n'était pas assez sûre d'elle pour se risquer à parler à sa tante... du moins pas encore. Ses yeux la trahiraient. Toutes deux se regarderaient avec la même horreur muette, la même angoisse contenue, et tante Patience comprendrait. Elles partageaient maintenant un secret, un secret dont elles ne devraient jamais parler entre elles. Mary se demandait depuis combien d'années tante Patience gardait toutes ces choses pour elle dans une agonie de silence. Personne ne saurait jamais combien elle avait souffert. Où qu'elle allât dans l'avenir, le douloureux secret la suivrait, ne la quitterait jamais. Mary était enfin à même de comprendre le pâle visage agité, les mains qui tiraillaient la robe, les grands yeux fixes. Maintenant qu'elle savait, l'évidence était flagrante.

Mary avait d'abord été malade de dégoût; cette nuit-là, étendue sur son lit, elle avait imploré un sommeil qui lui était refusé. Il y avait, dans l'ombre, des visages qu'elle n'avait pas connus : les visages rongés et torturés des naufragés. Il y avait un enfant dont les poignets étaient brisés; une femme surgissait aussi, et ses cheveux mouillés s'enroulaient autour de son visage; puis venaient les figures égarées des hommes qui ne savaient pas nager. Il lui semblait parfois que ses propres parents se trouvaient parmi eux. Ils la regardaient de leurs yeux grands ouverts; leurs lèvres étaient décolorées et ils tendaient les bras.

Voilà ce que tante Patience subissait sans doute, elle aussi, le soir, dans sa chambre. Les visages lui apparaissaient, implorants, et il lui fallait les repousser. Elle ne pouvait leur donner le repos. Tante Patience, à sa façon, était une criminelle. Elle les avait tués par son silence. Son crime était aussi grand que celui de Joss Merlyn, car elle était femme, et lui était un monstre. Il était lié à elle, et elle le tolérait.

Trois jours s'étaient écoulés après l'affreuse nuit. La première horreur passée, Mary se sentait indifférente, vieille, épuisée. Presque toute sa sensibilité l'avait quittée. Il lui semblait avoir toujours su et qu'au fond d'elle-même elle était préparée à cette révélation. Le premier regard jeté sur Joss Merlyn debout sous le porche, la lanterne à la main, avait été un avertissement, tandis que le bruit du coche qui descendait la grand-route avait retenti comme un adieu.

Autrefois, à Helford, Mary avait entendu parler de ces choses; elle avait saisi des bribes de conversation dans les chemins du village, des fragments de récits, une dénégation, un hochement de tête, mais les hommes ne parlaient pas beaucoup et l'on n'encourageait guère ces histoires. De telles choses avaient pu se passer vingt ans, ou cinquante ans auparavant, peut-être, quand son père était jeune, mais non maintenant, à la lumière du siècle nouveau. Elle revit la figure de son oncle tout près de la sienne et l'entendit lui murmurer à l'oreille : " N'avez-vous jamais entendu parler de naufrageurs? " Elle n'avait jamais entendu prononcer ces mots, mais tante Patience vivait avec eux depuis dix ans...

Mary n'attachait plus aucune importance à son oncle. Elle n'avait plus peur de lui. Il ne lui inspirait désormais que de l'aversion et du dégoût. Il était en marge de l'humanité. C'était une bête diurne. Maintenant qu'elle l'avait vu ivre et le connaissait sous son vrai jour, il ne pouvait plus l'effrayer, ni lui, ni ses amis. C'étaient des êtres nuisibles qui déshonoraient le pays et elle n'aurait de repos que lorsqu'ils seraient tous anéantis. Rien ne pourrait les racheter.

Mais restaient tante Patience... et Jem Merlyn. Elle se prit, malgré elle, à songer à lui. Elle était bien assez tourmentée sans qu'elle eût à s'occuper de lui. Il ressemblait trop à son frère. Il avait ses yeux, sa bouche, son sourire. Voilà où était le danger. Quand il marchait, tournait la tête, elle pouvait voir son oncle et savait pourquoi tante Patience s'était conduite comme une folle dix ans auparavant. Il devait être assez facile de s'éprendre de Jem Merlyn. Jusqu'à présent, les hommes n'avaient guère compté dans la vie de Mary, il y avait beaucoup trop de travail à la ferme, à Helford, pour s'inquiéter d'eux. Quelques garçons lui avaient souri à l'église et l'avaient accompagnée à des pique-niques au temps de la moisson; un jour, un voisin l'avait embrassée derrière une meule, après avoir bu du cidre. Tout ceci était absurde et, depuis, elle avait évité ce garçon, d'ailleurs inoffensif, qui avait oublié l'incident quelques minutes plus tard. En tout cas, elle ne se marierait jamais; elle en avait décidé ainsi depuis longtemps. Elle épargnerait quelque argent et ferait le travail d'un fermier. Lorsqu'elle aurait laissé derrière elle l'*Auberge de la Jamaïque* et arrangé un foyer pour tante Patience, il ne lui resterait guère de temps pour penser à un homme.

Et voici qu'en dépit d'elle-même le visage de Jem lui apparut de nouveau; il avait l'air d'un chemineau, avec sa barbe naissante, sa chemise sale et son regard hardi. Il était rude et manquait de tendresse; il y avait en lui plus d'un trait de cruauté; c'était un voleur et un menteur. Il s'ingéniait à faire tout ce qu'elle craignait, détestait et méprisait. Mais elle savait qu'elle pouvait l'aimer. La nature se souciait bien des préventions! Les hommes et les femmes étaient comme les animaux de la ferme à Helford, supposait-elle; il y avait une commune loi d'attraction pour tous les êtres vivants, quelque affinité physique qui les faisait aller l'un vers l'autre. Ce n'était pas l'esprit qui choisissait. Le bétail ne raisonnait point, pas plus que les oiseaux. Mary n'était pas une hypocrite; élevée à la campagne, elle avait vécu trop longtemps avec les oiseaux et les bêtes; elle les avait vus s'accoupler, élever leurs petits et mourir. Il n'y avait guère de romanesque dans la nature, et Mary entendait ne pas le rechercher dans sa propre vie.

Mary avait vu, à Helford, des jeunes filles se promener avec des garçons du village. Les jeunes gens se tenaient les mains, rougissaient, soupiraient, contemplaient l'eau et le clair de lune. Mary les voyait descendre le sentier herbeux, derrière la ferme. On l'appelait le Sentier des Amoureux, et le jeune homme marchait, entourant d'un bras la taille de la jeune fille, qui appuyait la tête contre l'épaule du bien-aimé. Ils regardaient la lune et les étoiles, ou le coucher de soleil flamboyant si c'était l'été, et Mary, sortant de l'étable, épongeait la transpiration qui perlait sur son visage, songeant au veau nouveau-né qu'elle venait de laisser près de sa mère. Elle considérait un instant le couple qui s'éloignait, souriait, haussait les épaules et, entrant dans la cuisine, annonçait à sa mère qu'un mariage serait célébré à Helford avant la fin du mois. Et les cloches sonnaient, on coupait le gâteau de noces et le marié, en habit du dimanche, était debout sur les marches de l'église, le visage rayonnant, avec sa fiancée, qui, vêtue de mousseline, avait, en cette occasion, fait boucler ses cheveux raides. Mais, avant la fin de l'année, la lune et les étoiles pouvaient briller toute la nuit, les nouveaux mariés ne s'en souciaient guère : l'homme rentrait le soir à la maison, fatigué de son travail dans les champs, et se plaignait aigrement de son dîner brûlé dont un chien ne voudrait pas, tandis que sa femme lui répondait non moins aigrement de la chambre au-dessus, la figure amaigrie, les boucles disparues, se promenant par la pièce, ayant dans les bras un paquet qui miaulait comme un chat et refusait de s'endormir.

Non, Mary ne se faisait pas d'illusions. Être amoureux n'était qu'un joli mot pour excuser la chose. Jem Merlyn était un homme, elle était femme; que ce fût ses mains, sa peau ou son sourire, quelque chose en elle répondait à cet homme; le seul fait de penser à lui était irritant et stimulant à la fois et cela la tourmentait. Elle savait qu'il lui faudrait le revoir.

De nouveau, Mary considéra le ciel gris et les nuages bas et rapides. Si elle allait à Launceston, il était temps de se préparer à partir. Elle ne donnerait aucun prétexte : les quatre derniers jours l'avaient endurcie. Tante Patience penserait ce qu'elle voudrait. Si elle avait la moindre intuition, elle devinerait que Mary n'avait aucune envie de la voir. Elle regarderait son mari, dont les yeux étaient injectés de sang et les mains tremblantes, et comprendrait. Une fois de plus, pour la dernière fois peut-être, l'alcool avait délié la langue de Joss Merlyn. Son secret était dévoilé et Mary tenait son avenir entre ses mains. Elle n'avait pas encore décidé quel usage elle allait faire de ce qu'elle savait, mais elle ne le sauverait plus. Aujourd'hui, elle irait à Launceston avec Jem Merlyn et, cette fois, c'était lui qui répondrait à ses questions; sans doute montrerait-il quelque humilité lorsqu'il comprendrait qu'elle n'avait plus peur d'eux, mais pouvait les anéantir dès qu'elle le voudrait. Et demain... eh bien, demain, l'on verrait. Elle pouvait compter sur Francis Davey et sa promesse; elle trouverait à Altarnun un paisible asile.

C'était un Noël bien étrange, songeait Mary en traversant la Lande Est, prenant pour repère le Rocher du Faucon et les collines qui se déroulaient de chaque côté. L'an dernier, agenouillée dans l'église près de sa mère, elle avait prié pour que la santé, la force et le courage leur fussent donnés à toutes deux. Elle avait demandé la tranquillité d'esprit et la sécurité; elle avait prié pour que sa mère lui fût longtemps conservée, pour que la ferme prospérât. Elle avait obtenu la maladie, la pauvreté, la mort. Elle était maintenant seule, prise au filet, un réseau tissé de brutalité et de crime; elle vivait sous un toit qu'elle haïssait, parmi des gens qu'elle méprisait; elle foulait une lande désolée, hostile, pour rencontrer un voleur de chevaux et un assassin. Pour ce Noël, elle n'offrirait à Dieu aucune prière.

Mary attendit sur la hauteur, au-dessus de Rushyford, et, au loin, elle vit s'approcher la petite cavalcade : le poney, la charrette et deux chevaux attachés derrière. Le conducteur leva son fouet en signe de bienvenue. Mary sentit une flamme lui colorer le visage, pour faire place à la pâleur. Cette faiblesse était pour elle un motif de tourment; elle souhaitait que ce fût une chose tangible qu'elle pût arracher d'elle et fouler aux pieds. Elle cacha ses mains dans son châle et attendit, le front barré d'un petit pli. Jem se mit à siffloter en s'approchant d'elle et jeta un petit paquet aux pieds de la jeune fille.

— Bon Noël, dit-il. J'avais hier une pièce d'argent qui me brûlait les doigts. C'est un mouchoir neuf pour vos cheveux.

Mary avait eu l'intention de parler peu et sur un ton cassant, mais cette entrée en matière rendait la chose difficile.

— C'est très aimable à vous, dit-elle. Mais je crains bien que vous n'ayez gaspillé votre argent.

— Ça m'est bien égal, j'en ai l'habitude, répondit-il, la regardant de haut en bas, de sa façon froide et agressive.

Jem Merlyn se mit à siffloter.

— Vous étiez là de bonne heure. Aviez-vous peur que je ne parte sans vous?

Mary grimpa dans la charrette près de lui et prit les rênes en main.

— J'ai tant de plaisir à sentir de nouveau leur contact, dit-elle, ignorant sa remarque. Mère et moi allions en voiture à Helston une fois par semaine, le jour du marché. Cela me paraît si lointain. Le cœur me fait mal quand j'y pense. Nous riions tant, toutes deux, même quand les choses allaient mal. Naturellement, vous ne pouvez comprendre. Vous n'avez jamais pensé à personne d'autre qu'à vous.

Jem croisa les bras et observa la façon dont elle tenait les rênes.

— Ce poney traverserait la lande un bandeau sur les yeux, dit-il. Ne pouvez-vous lui lâcher la bride? Il n'a jamais trébuché de sa vie. Voilà qui est mieux.

C'est lui qui prend soin de vous, souvenez-vous-en, et vous pouvez vous en remettre à lui. Que disiez-vous?

Mary, tenant légèrement les rênes, regarda la route, derrière elle.

— Rien d'important, répondit-elle. Je me parlais un peu à moi-même. Ainsi, vous allez vendre deux poneys à la foire?

— Double profit, Mary Yellan, et vous aurez une robe neuve si vous m'aidez. Ne riez pas et cessez de hausser les épaules. Je déteste l'ingratitude. Qu'avez-vous donc aujourd'hui? Vos couleurs ont disparu et vous n'avez pas de lumière dans les yeux. Êtes-vous malade? Avez-vous mal au ventre?

— Je ne suis pas sortie de la maison depuis la dernière fois que je vous ai vu. Je suis restée dans ma chambre avec mes pensées. Ce n'était pas une compagnie bien gaie. Je suis beaucoup plus vieille qu'il y a quatre jours.

— Je regrette que vous ayez perdu votre bonne mine, poursuivit-il. J'espérais entrer dans Launceston avec une jolie fille près de moi et voir les gens nous regarder au passage en clignant de l'œil. Vous avez l'air misérable, aujourd'hui. Ne mentez pas, Mary. Je ne suis pas aussi aveugle que vous croyez. Qu'est-il arrivé à l'*Auberge de la Jamaïque?*

— Rien n'est arrivé. Ma tante traîne les pieds dans la cuisine et mon oncle est assis à table, la tête dans les mains, une bouteille de cognac devant lui. Moi seule ai changé.

— Avez-vous eu d'autres visiteurs?

— Pas que je sache. Personne n'a franchi la cour.

— Vous gardez les lèvres serrées et vos yeux sont cernés. Vous êtes fatiguée. J'ai déjà vu une femme dans cet état, mais il y avait une raison. Son mari était revenue chez elle, à Plymouth, après quatre ans de mer. Vous n'avez pas cette excuse. N'avez-vous pas pensé à moi, par hasard?

— Oui, j'ai une fois pensé à vous, dit-elle. Je me suis demandé qui serait pendu le premier, vous ou votre frère.

— Si Joss est pendu, ce sera sa faute, dit Jem. Si jamais homme se met lui-même la corde au cou, c'est bien lui. Il va vraiment au-devant de son malheur. Quand cela lui arrivera, ce sera bien fait, et il n'y aura pas à ce moment de cognac pour le sauver. Il sera pendu en état de sobriété.

Ils poursuivirent le chemin en silence; Jem jouait avec la lanière du fouet et Mary avait conscience que les mains du jeune homme étaient tout près d'elle. Elle se mit à les observer du coin de l'œil; elles étaient longues et minces et avaient la même force, la même grâce que celles de son frère. Ces mains l'attiraient, les autres lui inspiraient de la répulsion. Elle comprit pour la première fois que l'attraction et la répulsion se côtoyaient et qu'il y avait peu de marge entre elles. Elle eût voulu écarter cette pensée déplaisante. Si dix ans, vingt ans plus tôt, Joss s'était trouvé ainsi auprès d'elle? Elle rejeta cette comparaison, redoutant le tableau qu'elle évoquait. Elle savait pourquoi, à présent, elle haïssait son oncle.

La voix de Jem interrompit le cours de ses pensées.

— Que regardez-vous donc? demanda-t-il.

Elle leva les yeux vers le paysage, devant elle.

— Je viens de remarquer vos mains, dit-elle brièvement. Elles sont comme celles de votre frère. Jusqu'où suivrons-nous la lande? La route qui tourne, là-bas, n'est-ce pas la grand-route?

— Nous la retrouverons plus bas et gagnerons deux ou trois milles. Ainsi, vous regardez les mains des hommes? Je n'aurais jamais cru ça de votre part. Vous êtes donc une femme, après tout, et non un jeune garçon de ferme. Me direz-vous pourquoi vous êtes restée dans votre chambre pendant quatre jours sans parler, ou voulez-vous que je le devine? Les femmes adorent faire des mystères.

— Il n'y a là-dedans aucun mystère. La dernière fois que nous nous sommes vus, vous m'avez demandé pourquoi ma tante avait l'air d'un fantôme vivant. Ce sont vos propres paroles, n'est-ce pas? Eh bien, je sais maintenant. Voilà tout.

Jem la regarda curieusement et siffla de nouveau.

— L'alcool est une chose étrange, dit-il au bout de quelques minutes. Je me suis enivré une fois, à Amsterdam, lorsque je m'enfuis pour prendre la mer. Je me rappelle avoir entendu une cloche sonner neuf heures et demie, le soir. J'étais assis sur le plancher, enlaçant une jolie fille aux cheveux roux. La première chose dont je me souviens ensuite est que le lendemain matin, à sept heures, j'étais couché sur le dos dans le ruisseau, sans pantalon ni chaussures. Je me demande souvent ce que j'ai pu faire durant cet intervalle de dix heures. Plus j'y pense, moins j'arrive à me souvenir.

— C'est heureux pour vous, dit Mary. Votre frère n'a pas cette chance. Quand il est ivre, il retrouve la mémoire.

Le poney ralentit sa course et Mary le toucha vivement avec les rênes.

— Quand il est seul, il peut parler pour lui, continua-t-elle. Cela n'a pas grand effet sur les murs de *la Jamaïque*. Mais, cette fois, il n'était pas seul. J'étais là quand il est revenu de son état de stupeur. Il avait rêvé.

— Et quand vous avez entendu l'un de ses rêves, vous vous êtes enfermée dans votre chambre pendant quatre jours, n'est-ce pas? dit Jem.

— C'est assez bien deviné.

Jem se pencha brusquement au-dessus d'elle et lui prit les rênes des mains.

— Vous ne regardez pas où vous allez, dit-il. Je vous ai dit que ce poney ne trébuchait jamais, mais cela ne signifie pas que vous pouvez le conduire sur un bloc de granit qui a la taille d'un boulet de canon. Donnez-le-moi.

Mary se renversa sur le siège et le laissa conduire. C'était vrai, elle avait manqué de pouvoir de concentration et méritait son reproche. Le poney prit le trot.

— Qu'allez-vous faire? demanda Jem.

Mary haussa les épaules.

— Je n'ai rien décidé encore, dit-elle. Il faut que je réfléchisse à propos de tante Patience. Mais vous n'attendez pas que je vous tienne au courant, n'est-ce pas?

— Pourquoi? Je ne suis pas chargé de défendre Joss.

— Vous êtes son frère et cela me suffit. Il y a dans toute cette histoire quelques lacunes que vous paraissez combler à merveille.

— Croyez-vous que je perdrais du temps à travailler pour mon frère?

— La perte de temps n'est pas grande, d'après ce que j'ai vu. Le profit est assez grand pour prendre part à l'entreprise, et il n'y a rien à payer pour les marchandises qu'on reçoit. Les morts ne bavardent pas, Jem Merlyn.

— Non, mais les bateaux naufragés le font, quand les épaves sont rejetées sur le rivage, par un vent favorable. Quand un vaisseau cherche à regagner le port, Mary, c'est à la lumière qu'il aspire. Avez-vous déjà vu un papillon voler autour d'une bougie et se brûler les ailes? Un bateau en fait autant vers une lumière perfide. Cela peut passer une fois, deux fois, trois fois peut-être; mais, la quatrième, un bateau dresse sa carcasse vers le ciel. Le pays est alors en émoi et veut connaître la raison du naufrage. Mon frère a maintenant perdu son gouvernail et tente lui-même de regagner le rivage.

— Lui tiendrez-vous compagnie?

— Moi? Qu'ai-je de commun avec lui? Il peut bien courir au piège. Il m'est peut-être arrivé de prendre un peu d'alcool et de m'occuper des chargements, mais je veux vous dire une chose, Mary Yellan, que vous me croyiez ou non : je n'ai jamais tué un homme... jusqu'à présent.

Jem fit sauvagement claquer son fouet au-dessus de la tête du poney, qui prit le galop.

— Nous arrivons bientôt à un gué, là-bas, où la haie s'en va vers l'est. Quand nous aurons traversé la rivière, nous serons à un demi-mille de la route de Launceston. Nous aurons encore près de sept milles à faire pour atteindre la route. Êtes-vous fatiguée?

Mary secoua la tête.

— Il y a du pain et du fromage dans le panier, sous le siège, dit Jem, et quelques pommes et quelques poires. Vous serez bientôt affamée. Ainsi, vous croyez que je fais couler des bateaux, n'est-ce pas, et que, du rivage, je regarde les hommes se noyer? Et que je fouille ensuite leurs poches quand ils sont tout gonflés d'eau? C'est un joli tableau!

Mary n'eût pu dire si sa colère était feinte ou sincère, mais il serrait les lèvres et le rouge lui était monté aux pommettes.

— Vous n'avez pas encore nié, dit-elle.

Il la regarda avec insolence, mi-méprisant, mi-amusé, et il se mit à rire comme si Mary n'était qu'une enfant ignorante. Elle l'en détesta et, en une intuition soudaine, elle connut la question qu'il allait lui poser, et ses mains devinrent brûlantes.

— Si vous croyez cela de moi, pourquoi venez-vous aujourd'hui avec moi à Launceston?

Il était près de se moquer d'elle; si elle éludait la question ou hésitait, il triompherait. Elle se força à être gaie.

— Pour vos yeux brillants, Jem Merlyn, dit-elle, c'est la seule raison. Puis elle soutint hardiment son regard.

Jem rit, secouant la tête, et se remit à siffler. Toute gêne fut aussitôt rompue et une sorte de familiarité enfantine s'établit entre eux. L'audace même des paroles de Mary avait désarmé le jeune homme; il ne soupçonnait rien de la faiblesse qui se cachait derrière elles et, pour le moment, c'étaient deux compagnons, libérés de l'effort d'être un homme et une femme.

Ils arrivaient maintenant à la grand-route. La charrette, derrière le poney qui trottait, roulait à grand bruit, remorquant les deux chevaux volés. Les nuages, bas et menaçants, balayaient le ciel, mais la pluie ne tombait pas encore, et les collines qui se dressaient au loin sur la lande étaient dégagées de tout brouillard. Mary songeait à Francis Davey, car Altarnun était là-bas, à sa gauche; elle se demandait ce qu'il lui dirait lorsqu'elle lui raconterait son histoire. Il ne lui conseillerait plus une politique d'attente. Peut-être n'aimerait-il pas qu'elle vînt déranger son Noël. Elle imaginait le presbytère silencieux, si paisible parmi ce groupe de chaumières qui formaient le village et la haute tour de l'église qui s'érigeait en gardienne au-dessus des toits et des cheminées.

Il y avait pour elle un reposant asile à Altarnun — ce nom même était un murmure — et la voix de Francis Davey signifiait la sécurité et l'oubli des tourments. L'étrangeté qui émanait de lui était troublante et agréable. Mary se rappelait le tableau qu'il avait peint, la façon dont il conduisait son cheval, comment il s'était occupé d'elle, avec adresse et en silence. Le plus étrange de tout était la grisaille et la sombre paix de cette chambre qui ne révélaient aucune trace de sa personnalité. C'était l'ombre d'un homme et, maintenant qu'elle était loin de lui, il manquait de substance. Il n'avait pas la mâle agressivité de Jem. C'était un être dépourvu de chair et de sang. Il n'était plus que deux yeux blancs et une voix dans l'obscurité.

Soudain, le poney fit un écart près d'une brèche dans la haie et le juron que Jem lui jeta fit sursauter Mary et l'éveilla de ses pensées secrètes. Elle jeta au hasard :

— Y a-t-il des églises, par ici? J'ai vécu comme une païenne tous ces derniers mois et cela me déplaît.

— Allons, sors de là, sacré idiot! hurla Jem, donnant un coup de fouet sur la bouche du poney. Tu veux donc nous verser dans le fossé? Des églises? Comment diable voulez-vous que je connaisse des églises? Je ne suis allé à l'église qu'une seule fois; ma mère me portait alors dans ses bras et, en sortant.

j'étais un nouveau Jérémie. Je ne peux rien vous dire là-dessus. A l'église, on garde sous clé de la vaisselle d'or, je crois.

— Il y a une église à Altarnun, n'est-ce pas? dit-elle. De l'*Auberge de la Jamaïque*, on peut y aller à pied. J'irai demain.

— Vous feriez beaucoup mieux de venir partager mon dîner de Noël. Je ne pourrai vous offrir de la dinde, mais j'aurai au moins une oie du vieux fermier Tuckett, à North Hill. Il y voit de moins en moins et ne s'apercevra pas de sa disparition.

— Savez-vous qui occupe la cure, à Altarnun, Jem Merlyn?

— Non, je l'ignore, Mary Yellan. Je n'ai jamais eu le moindre rapport avec les curés et il est peu probable que cela m'arrive. Ce sont des hommes d'étrange sorte. Quand j'étais enfant, il y avait à North Hill un curé très myope. On dit qu'un jour il égara le vin sacramentel et, au lieu de vin, donna du cognac à la paroisse. Tout le village apprit ce qui se passait et l'église s'emplit à tel point qu'il n'y eut plus de place pour s'agenouiller. Debout contre les murs, les gens attendaient leur tour. Le curé n'y comprenait rien; il n'avait jamais vu autant de monde dans son église. Les yeux brillants derrière ses lunettes, il monta en chaire et fit un sermon sur le troupeau rentrant au bercail. C'est mon frère Matthew qui m'a raconté l'histoire. Il s'est présenté deux fois devant l'autel et le curé ne s'en est pas aperçu. C'est un jour mémorable à North Hill. Sortez donc le pain et le fromage, Mary. L'estomac me tombe dans les talons.

Mary le regarda en hochant la tête et soupira.

— Avez-vous été sérieux une seule fois dans votre vie? demanda-t-elle. Ne respectez-vous rien ni personne?

— Je respecte mon estomac, et il réclame de la nourriture. Il y a une boîte, sous mes pieds. Si vous avez des dispositions religieuses, vous pouvez manger une pomme. Il y a une pomme quelque part dans la Bible.

C'est une joyeuse cavalcade qui entra cet après-midi-là à Launceston, vers deux heures et demie. Mary avait jeté aux quatre vents tourments et responsabilité et, malgré sa ferme résolution du matin, elle s'était laissé gagner par la bonne humeur de Jem et s'abandonnait à la gaieté. Loin de l'ombre de *la Jamaïque*, sa jeunesse et son courage réapparaissaient; son compagnon l'avait aussitôt remarqué et s'en divertissait.

Mary riait parce qu'il lui fallait rire; le bruit, l'agitation de la ville, une sensation d'animation et de bien-être, le sentiment de Noël, étaient contagieux. Les rues regorgeaient de monde et les boutiques étaient très gaies. Des voitures, des charrettes, des diligences aussi s'entassaient sur la place pavée. Il y avait de la couleur, de la vie, du mouvement; la foule joyeuse se coudoyait devant les stalles du marché, les dindes et les oies se pressaient contre les cageots de bois où elles étaient enfermées. Une femme au manteau vert portait un panier de pommes sur sa tête et souriait; les pommes luisaient et étaient aussi rouges que les joues de la femme. La scène était familière et rappelait à la jeune fille de chers souvenirs. Helston était ainsi, tous les ans, à la Noël; mais Launceston était plus animé, plus jovial; la foule était plus grande et les voix se mêlaient. Il y avait là plus d'espace et de variété. Le Devonshire et l'Angleterre étaient de l'autre côté de la rivière. Des fermiers du comté voisin coudoyaient des paysannes de l'est de la Cornouailles; il y avait des marchands et des pâtissiers et de jeunes marmitons se frayaient un chemin parmi la foule, portant, sur un plateau, des saucisses et des pâtés chauds. Une dame vêtue d'une cape de velours bleu et d'un chapeau à plumes descendit de sa voiture et entra dans la chaleur et la lumière de l'hospitalier Cerf Blanc, suivie d'un monsieur en redingote grise à collet, qui éleva son lorgnon jusqu'à ses yeux et se pavana derrière elle comme un paon.

C'était, pour Mary, un heureux spectacle. La ville était située au creux d'une colline; un château s'élevait au beau milieu, comme dans les vieux contes. Il y avait des bouquets d'arbres, des champs s'étageaient sur les pentes, et l'eau brillait dans la vallée au-dessous. La lande était loin. Elle s'étendait hors de vue, derrière la ville. On l'oubliait. Launceston avait de la réalité, de la vie. Noël, revenu dans la ville, retrouvait sa place parmi la foule qui se pressait en riant dans les rues pavées; le soleil lui-même s'efforçait de sortir de sa cachette, derrière un banc de nuages gris, pour prendre part à la fête.

Mary portait le mouchoir que Jem lui avait donné. Elle alla même jusqu'à lui permettre de le nouer sous son menton. Ils avaient laissé le poney et la charrette et Jem se frayait maintenant un chemin dans la foule, conduisant ses deux chevaux volés; Mary marchait sur ses talons. Jem allait, plein d'assurance, se dirigeant tout droit vers la place principale où tout Launceston s'assemblait, où les baraques de la foire de Noël étaient groupées. Un peu à l'écart, un certain espace entouré de cordes était réservé à l'achat et à la vente du bétail. L'endroit était entouré de fermiers, de paysans, de gens de condition et de marchands du Devon et de plus loin encore. Le cœur de Mary se mit à battre plus vite en approchant de l'enceinte. S'il y avait là quelqu'un de North Hill, ou un fermier d'un village voisin, les chevaux seraient sûrement reconnus! Jem avait rejeté son chapeau en arrière et sifflait. Il se retourna une fois pour cligner de l'œil vers Mary. La foule s'écartait pour le laisser passer. Mary restait au bord de l'enceinte, derrière une grosse paysanne qui portait un panier; elle vit Jem prendre place parmi un groupe d'hommes avec leurs poneys, faire un signe de tête à quelques-uns d'entre eux et jeter un regard circulaire sur les poneys, tout en se penchant pour allumer sa pipe. Il avait l'air impassible. Au bout d'un certain temps, un personnage à l'air florissant, portant un chapeau carré et un pantalon café au lait, s'ouvrit un chemin parmi la foule, se dirigeant vers les chevaux. Il parlait très fort et d'un ton important; il frappait sa botte de son fouet et indiquait les poneys. A sa voix, à son air d'autorité, Mary déduisit que c'était un marchand. Il fut bientôt rejoint par un petit homme aux yeux de lynx, vêtu d'un manteau noir, qui, de temps à autre, lui touchait le coude et lui parlait à l'oreille.

Mary vit l'homme regarder longuement le poney noir qui avait appartenu au squire Bassat. Il alla jusqu'à l'animal et se baissa pour lui tâter les jambes. Puis il dit quelques mots à l'oreille de l'homme au verbe haut. Mary l'observait avec nervosité.

— Où avez-vous eu ce poney? demanda le marchand donnant à Jem une tape sur le bras. Avec cette tête et ces épaules, il n'a jamais été élevé sur la lande.

— Il est né à Callington il y a quatre ans, dit Jem avec insouciance, sa pipe dans le coin de la bouche. Je l'ai acheté lorsqu'il avait un an au vieux Tim Bray. Vous vous souvenez de Tim? Il a liquidé ses bêtes l'année dernière pour s'en aller dans le Dorset. Tim m'a toujours dit que je rentrerais dans mon argent avec ce poney. Sa mère était de race irlandaise et a gagné des prix. Vous pouvez le regarder. Mais je vous préviens que je ne le vends pas bon marché.

Jem tira une bouffée de sa pipe, tandis que les deux hommes examinaient le poney avec attention. Une éternité parut s'écouler avant qu'ils ne se fussent redressés.

— A-t-il eu une maladie de peau? demanda l'homme aux yeux de lynx. La peau semble très rude à la surface et le poil est roide. Il a aussi une teinte que je n'aime pas. Vous ne l'avez pas maquillé?

— Ce poney-là est intact, répondit Jem. L'autre poney était en bien mauvais état cet été, mais je l'ai remis sur pied. Je ferais mieux, je crois, de le garder jusqu'au printemps, mais il me coûte de l'argent. Non, vous ne trouverez pas un défaut à ce poney noir. Tenez, je vais être franc avec vous et vous confier une chose. Le vieux Tim Bray ignorait que sa jument fût pleine, car il était à Plymouth à ce moment-là et c'est son petit garçon qui s'occupait de la bête. Quand Tim découvrit la chose, il donna une volée au gamin, mais, bien sûr, il était trop tard. Il n'y avait plus qu'à tirer le plus de profit de cette mauvaise affaire. A mon avis, le père était gris. Voyez ici, où le poil est court, tout près de la peau... c'est gris, n'est-ce pas? Tim a manqué un excellent bénéfice avec ce poney. Regardez ces épaules. L'animal n'est-il pas racé? Eh bien, j'en demande dix-huit guinées.

L'homme aux yeux de lynx hocha la tête, mais le marchand hésita.

— Mettons quinze livres et nous pourrions nous entendre, suggéra-t-il.

— Non, ce sera dix-huit guinées, pas un penny de moins, dit Jem.

Les deux hommes se consultèrent et parurent n'être pas d'accord. Mary entendit le mot « maquillé » et

Jem lui jeta un coup d'œil par-dessus la foule. Un léger murmure s'éleva du groupe d'hommes près de lui. Une fois de plus, l'homme aux yeux de lynx se baissa et toucha les jambes du poney.

— J'ai une tout autre opinion de ce poney, dit-il. Personnellement, je n'en suis pas si satisfait. Où est votre marque?

Jem lui montra la petite fente dans l'oreille et l'homme l'examina attentivement.

— Vous êtes un connaisseur, n'est-ce pas? dit Jem. Tout le monde pourrait croire que j'ai volé ce cheval. Y a-t-il dans cette marque quelque chose qui ne va pas?

— Non, apparemment non. Mais il est heureux pour vous que Tim Bray soit parti pour le Dorset. Malgré tout ce que vous racontez, ce poney ne lui a jamais appartenu. A votre place, Stevens, je n'y toucherais pas. Vous pourriez vous créer des ennuis. Allons, venez.

Le marchand jeta sur le poney noir un regard de regret.

— Il a bon aspect, dit-il. Peu m'importe celui qui l'a élevé, ou si son père était pie. Pourquoi faites-vous tant d'embarras, Will?

L'homme aux yeux de lynx tira de nouveau la manche du marchand et lui dit quelque chose à l'oreille. Le marchand écouta, sa figure s'assombrit et il secoua la tête.

— Bon, dit-il à voix haute. Vous avez sûrement raison. Vous savez dépister les ennuis possibles. Peut-être ferions-nous mieux de rester en dehors de cette affaire. Vous pouvez garder votre poney, dit-il à Jem. Mon associé n'est pas très enthousiaste. Suivez mon conseil et baissez votre prix. Si vous le gardez trop longtemps, vous le regretterez.

Et le marchand se fraya un chemin parmi la foule, suivi de son compagnon, et tous deux disparurent dans la direction du Cerf Blanc.

Mary poussa alors un soupir de soulagement. L'expression de Jem était impénétrable. Les lèvres arrondies, il sifflotait. Les gens allaient et venaient. Les rudes poneys des landes étaient vendus deux ou trois livres et leurs propriétaires s'en allaient satisfaits. Personne n'approchait plus du poney noir. La foule le regardait d'un œil peu favorable.

A quatre heures un quart, Jem vendit l'autre poney pour six livres à un fermier honnête et jovial, après un long et plaisant débat. Le fermier déclarait ne vouloir donner que cinq livres et Jem s'entêtait pour en réclamer sept. Après vingt minutes d'actif marchandage, les deux hommes tombèrent d'accord sur la somme de six livres et le fermier s'éloigna sur le dos de sa nouvelle monture, souriant d'une oreille à l'autre.

Mary commençait de chanceler sur ses jambes. Le crépuscule tombait sur la place du marché. On alluma les réverbères. La ville avait un air de mystère. La jeune fille songeait à retourner vers la charrette quand elle entendit derrière elle une voix de femme et un rire aigu et affecté. Mary se retourna et vit le manteau bleu et le chapeau à plumes de la femme qui était descendue de sa voiture au début de l'après-midi.

— Oh! regardez, James! disait-elle. Avez-vous jamais vu un poney aussi délicieux? Il a la même façon de tenir la tête que le pauvre Beauty. La ressemblance est même frappante, mais, naturellement, cet animal est noir et n'a rien de la race de Beauty. Quel dommage que Roger ne soit pas là! Je ne puis le déranger de sa réunion. Que pensez-vous de ce poney, James?

L'homme mit son lorgnon et regarda l'animal.

— Diable, Maria, dit-il d'un ton traînant, je ne connais absolument rien aux chevaux. Le poney que vous avez perdu était gris, n'est-ce pas? Celui-ci est ébène, positivement ébène, ma chère. Désirez-vous l'acheter?

La femme eut un petit rire aigu.

— Ce serait un si beau cadeau de Noël pour les enfants, dit-elle. Ils ne cessent de harceler le pauvre Roger depuis que Beauty a disparu. Voulez-vous en demander le prix, James?

L'homme fit quelques pas en se pavanant.

— Dites-moi, mon brave, cria-t-il à Jem, voulez-vous vendre ce poney noir?

Jem secoua la tête.

— Je l'ai promis à un ami, répondit-il. Je n'aimerais pas revenir sur ma parole. En outre, ce poney ne vous porterait pas. Il a été monté par des enfants.

— Oh! vraiment? Je vois. Merci. Maria, cet homme dit que le poney n'est pas à vendre.

— Est-ce bien sûr? Quel dommage! Il me tenait déjà au cœur. Je lui en donnerai le prix qu'il voudra. Parlez-lui de nouveau, James.

L'homme remit son lorgnon et dit de sa voix traînante :

— Écoutez, mon brave homme, votre poney plaît beaucoup à cette dame. Elle vient tout juste d'en perdre un et veut le remplacer. Ses enfants seraient très déçus s'ils apprenaient la chose. Au diable votre ami! Il attendra. Quel est votre prix?

— Vingt-cinq guinées, dit vivement Jem. C'est du moins ce que mon ami devait payer. Je ne suis pas pressé de vendre ce poney.

La dame au chapeau emplumé s'était glissée dans l'enceinte.

— Je vous en donnerai trente livres, dit-elle. Je suis Mrs. Bassat, de North Hill, et je veux offrir ce poney à mes enfants comme cadeau de Noël. Ne vous obstinez pas, je vous en prie. J'ai la moitié de la somme dans ma bourse et ce monsieur vous donnera le reste. Mr. Bassat est en ce moment à Launceston et je veux que le poney soit une surprise pour lui aussi bien que pour les enfants. Mon groom viendra prendre le poney tout de suite et l'emmènera à North Hill avant que Mr. Bassat ne quitte la ville. Voici l'argent.

Jem ôta son chapeau et salua très bas.

— Merci, madame, dit-il. J'espère que Mr. Bassat sera enchanté de votre achat. Vous verrez que le poney est très sûr pour les enfants.

— Oh ! je suis certaine qu'il sera ravi. Bien entendu, le poney ne ressemble en rien à celui qu'on nous a volé. Beauty était un pur sang et valait très cher. Ce petit animal est assez joli et plaira aux enfants. Allons, James, il fait déjà nuit et je suis glacée jusqu'aux os.

Mrs. Bassat se dirigea vers sa voiture qui attendait sur la place. Un grand laquais s'élança pour ouvrir la porte.

— Je viens d'acheter un poney pour Master Robert et Master Henry, dit-elle.. Voulez-vous chercher Richards et lui dire de le conduire à la maison ? Je veux faire une surprise au squire.

Mrs. Bassat entra dans la voiture, faisant bruisser sa jupe, suivie de son compagnon au monocle.

Jem regarda vivement par-dessus son épaule et donna une tape sur le bras d'un garçon debout près de lui.

— Écoutez, dit-il, voulez-vous gagner cinq shillings ?

Le jeune homme acquiesça, bouche bée.

— Alors tenez bien ce poney et, quand le groom viendra le chercher, donnez-le-lui de ma part. C'est compris ? On vient tout juste de me dire que ma femme a donné naissance à deux jumeaux et que sa vie est en danger. Je n'ai pas un moment à perdre. Tenez, prenez la bride. Je vous souhaite un bon Noël.

Et Jem disparut en un instant, marchant très vite sur la place, les mains enfoncées dans les poches de son pantalon. Mary le suivait discrètement à dix pas.

Son visage était écarlate et elle allait les yeux fixés à terre. Une irrésistible envie de rire s'empara d'elle et elle se cacha la bouche dans son châle. Elle était près de s'écrouler quand ils atteignirent le coin le plus éloigné de la place, hors de vue de la voiture et du groupe de gens qui les avait entourés. Mary, la main sur la poitrine, essayait de retrouver son souffle. Jem l'attendit, l'air aussi grave qu'un juge.

— Jem Merlyn, vous méritez d'être pendu, dit-elle quand elle se fut reprise. Rester ainsi sur la place du marché et vendre le poney volé à Mrs. Bassat elle-même! Vous avez un toupet infernal!

Jem, rejetant la tête en arrière, se mit à rire et Mary n'y put tenir. Leur rire retentit dans la rue. Les gens se retournaient pour les regarder, puis souriaient et se mettaient à rire. Tout Launceston semblait se tordre de rire tandis que les éclats de gaieté faisaient écho dans les rues, se mêlant à l'agitation de la foire, aux cris, aux appels, aux chansons. Les torches projetaient d'étranges lueurs sur les faces; il y avait de la couleur, de l'ombre, le bourdonnement des voix et de l'animation dans l'air.

Jem saisit la main de la jeune fille et lui tirailla les doigts.

— Vous êtes contente d'être venue, n'est-ce pas? demanda-t-il.

— Oui, dit Mary avec insouciance.

Les jeunes gens pénétrèrent au cœur de la foire, avec cette chaude sensation d'humanité entassée autour d'eux. Jem acheta à Mary un châle écarlate et des anneaux d'or pour ses oreilles. Tous deux sucèrent des oranges derrière une tente à rayures et se firent dire la bonne aventure par une bohémienne toute ridée.

— Méfiez-vous d'un étranger aux cheveux bruns, dit-elle à Mary.

Jem et Mary se regardèrent et rirent de nouveau.

— Il y a du sang dans votre main, jeune homme, dit la bohémienne à Jem. Un jour, vous tuerez un homme.

— Que vous ai-je dit ce matin dans la charrette? demanda Jem. Je suis encore innocent. Le croyez-vous, maintenant?

Mais Mary secoua la tête sans mot dire. De petites gouttes de pluie s'écrasèrent sur leur figure, mais ils ne s'en souciaient guère. Le vent s'éleva en tourbillons, agitant les tentes, dispersant les papiers, les rubans, les soieries; une grande tente rayée s'affaissa après quelques secousses, tandis que les pommes et les oranges roulaient dans le ruisseau. Les flammes des torches vacillaient. La pluie se mit à tomber. Les gens couraient se mettre à l'abri, riant et s'appelant, trempés de pluie.

Jem attira Mary sous un auvent, ses bras autour des épaules de la jeune fille; et, tournant vers lui le visage de Mary et le tenant de ses mains, il l'embrassa.

— Méfiez-vous d'un étranger aux cheveux bruns, dit-il. Et, riant, il l'embrassa de nouveau.

Les nuages du soir étaient venus en même temps que la pluie et il fit noir en un instant. Le vent éteignit les torches et la flamme des réverbères était jaune et voilée. Les brillantes couleurs de la foire avaient disparu. La place fut bientôt déserte. Les tentes et les baraques étaient vides et abandonnées. L'eau entrait par rafales sous l'auvent et Jem, tournant le dos à la pluie, abritait Mary. Il détacha son mouchoir et joua avec ses cheveux. Mary sentit les doigts de Jem aller de son cou à ses épaules et, levant les mains, elle repoussa celles du jeune homme.

— J'ai été assez folle pour ce soir, Jem Merlyn. Il est temps de songer au retour. Allons, laissez-moi.

— Vous ne voudriez pas rentrer par un tel vent dans une charrette découverte. Ce vent vient de la côte et, sur la hauteur, nous renverserait. Nous aurons à passer la nuit ensemble à Launceston.

— Vraiment! Allez chercher le poney, Jem, pendant que la pluie a presque cessé. Je vous attendrai ici.

— Ne soyez pas puritaine, Mary. Vous serez trempée jusqu'aux os sur la route de Bodmin. Ne pouvez-vous faire semblant d'être amoureuse de moi? Vous resteriez alors avec moi.

— Me parlez-vous ainsi parce que je suis serveuse à l'*Auberge de la Jamaïque?*

— Au diable l'*Auberge de la Jamaïque!* J'aime à vous regarder, j'aime à vous toucher, et c'est suffisant pour un homme. Ce devrait l'être aussi pour une femme.

— Il en est bien ainsi pour certaines femmes. Je n'en suis malheureusement pas.

— Les femmes sont-elles donc d'une autre essence, à Helford? Restez ce soir avec moi, Mary, et nous verrons bien. Vous serez comme les autres au matin, j'en jurerais.

— Je n'en doute pas. C'est pourquoi je préfère risquer d'être trempée dans la charrette.

— Dieu, vous avez le cœur dur comme une pierre, Mary Yellan. Vous le regretterez quand vous serez seule.

— Mieux vaut le regretter maintenant que plus tard.

— Si je vous embrassais encore, changeriez-vous d'idée?

— Non.

— Je ne m'étonne pas que mon frère s'accroche à son lit et à sa bouteille pour huit jours, avec une femme comme ça dans la maison. Lui chantez-vous des psaumes?

— J'ose le dire.

— Je n'ai jamais vu une femme aussi perverse. Je vous achèterais une bague si cela vous donnait le sentiment d'être respectable. Il ne m'arrive pas si souvent d'avoir assez d'argent en poche pour faire une telle offre.

— Combien de femmes avez-vous donc?

— Six ou sept, dispersées en Cornouailles, sans compter celles de l'autre côté du Tamar.

— C'est un nombre suffisant pour un homme.

A votre place, j'attendrais un peu avant d'en prendre une huitième.

— Vous avez de l'esprit, n'est-ce pas? Vous ressemblez à un singe, dans ce châle, avec vos yeux brillants. Bon, je vais chercher la charrette et vous ramener à votre tante, mais je vous embrasserai d'abord, que vous le vouliez ou non.

Jem prit dans ses mains le visage de Mary.

— " Un pour la peine, deux pour la joie ", dit-il. Je vous donnerai le reste quand vous serez en de meilleures dispositions. Il ne faut pas finir la chanson ce soir. Restez ici. Je reviens tout de suite.

Courbant la tête sous l'averse, Jem traversa vivement la rue. La jeune fille le vit disparaître derrière une ligne de baraques.

Mary s'abrita de son mieux sous l'auvent. Elle savait que la grand-route serait désolée; la pluie était cinglante et le vent obstiné. Il n'y aurait aucun refuge sur la lande. Il faudrait un certain courage pour subir ces onze milles dans une charrette ouverte. La pensée de rester à Launceston avec Jem Merlyn lui faisait peut-être battre le cœur plus vite et elle y pensait avec émotion maintenant qu'il était parti et ne pouvait voir son visage, mais il ne fallait pas qu'elle perdît la tête pour lui faire plaisir. Si elle se départait de la ligne de conduite qu'elle s'était tracée, il n'y aurait pas de retour possible. Elle n'aurait plus aucune liberté d'esprit, aucune indépendance. Elle avait trop donné déjà et ne serait jamais entièrement libérée de lui.

Cette faiblesse serait une chaîne et lui rendrait plus détestable encore les murs de *la Jamaïque*. Il valait mieux qu'elle supportât seule le poids de la solitude. Le silence des landes serait désormais un tourment à cause de la présence de Jem à quatre milles de là.

Mary ramena son châle autour d'elle et croisa les bras. Elle souhaita que les femmes ne fussent pas ces frêles fétus qu'elle les croyait être; elle pourrait alors passer la nuit avec Jem Merlyn et oublier comme lui; et, le matin, ils se sépareraient avec un rire et un haussement d'épaules. Mais elle était femme et c'était impossible. Quelques baisers avaient déjà fait d'elle une sotte. Elle songea à tante Patience, se traînant comme un fantôme dans l'ombre de son maître, et frissonna. Voilà ce qu'il adviendrait aussi de Mary Yellan, sans sa propre volonté et la grâce de Dieu. Un tourbillon de vent souleva sa jupe et une rafale de pluie s'engouffra sous l'auvent. Il faisait maintenant plus froid. Des mares se formaient sur les pavés. On ne voyait plus personne et aucune lumière ne brillait. Launceston avait perdu sa gloire. Le Noël du lendemain serait morne et sans joie.

Mary attendait, tapant des pieds et soufflant sur ses mains. Jem prenait son temps pour amener la charrette. Il était sans doute fâché contre elle à cause de son refus de rester à Launceston et, en guise de punition, la laissait se mouiller et se refroidir sous l'auvent. Le temps s'écoulait et Jem ne revenait pas. Si c'était là sa vengeance, le procédé manquait d'humour et d'originalité.

Une horloge sonna huit heures. Jem était parti depuis plus d'une demi-heure et l'endroit où il avait laissé le poney et la charrette n'était qu'à cinq minutes de là. Mary était découragée et fatiguée. Elle était restée debout depuis le début de l'après-midi et, maintenant que son exaltation s'était éteinte, elle avait besoin de repos. Il serait difficile de retrouver ce sentiment d'insouciance et d'irresponsabilité des quelques dernières heures. Jem avait emporté sa gaieté avec lui.

Ne pouvant plus supporter l'attente, Mary commença de monter la rue à la recherche de Jem. La longue rue était déserte, à part quelques passants attardés qui cherchaient, ainsi qu'elle l'avait fait, un précaire abri sous un porche. La pluie était implacable et le vent soufflait en rafales. Rien ne restait plus de l'atmosphère de Noël.

Au bout de quelques minutes, elle parvint à la remise où ils avaient laissé la charrette dans l'après-midi. La porte était fermée et, à travers un interstice, elle vit que la remise était vide. Jem était donc parti. Elle frappa avec impatience à la petite échoppe contiguë à l'étable et, au bout d'un certain temps, la porte fut ouverte par l'homme qui les avait reçus dans l'après-midi.

L'homme avait l'air contrarié d'être arraché à la chaleur de sa cheminée. Il ne la reconnut pas tout de suite, tant elle avait l'air misérable dans son châle mouillé.

— Que désirez-vous? demanda-t-il. Nous ne donnons pas à manger aux étrangers.

— Je ne demande pas à manger. Je cherche mon compagnon. Nous sommes venus ici avec un poney et une charrette, vous souvenez-vous? Je vois que la remise est vide. Avez-vous vu mon compagnon?

L'homme murmura une excuse.

— Pardonnez-moi, dit-il. Votre ami est parti il y a près de vingt minutes. Il avait l'air pressé; un autre homme était avec lui. Je crois même que c'était l'un des serviteurs du Cerf Blanc. En tout cas, ils sont partis dans cette direction.

— N'a-t-il laissé aucun message?

— Non, je le regrette. Peut-être le trouverez-vous au Cerf Blanc. En connaissez-vous le chemin?

— Oui, merci. Je vais aller jusque-là. Bonsoir.

L'homme lui ferma la porte au nez, content de se débarrasser d'elle, et Mary rebroussa chemin vers la ville. Que pouvait bien vouloir Jem à l'un des serviteurs du Cerf Blanc? L'homme avait dû se tromper. Il ne lui restait plus qu'à s'assurer elle-même de l'exactitude de la chose. Une fois de plus, elle arriva à la place pavée. Le Cerf Blanc avait l'air assez hospitalier avec ses fenêtres éclairées, mais aucun signe de poney ni de charrette. Le cœur de Mary se serra. Jem n'avait pu reprendre la route sans elle! Elle hésita un moment, alla jusqu'à la porte et entra.

La salle était pleine d'hommes en train de parler et de rire et, une fois de plus, ses vêtements de paysanne et ses cheveux mouillés provoquèrent la consternation, car un domestique alla aussitôt vers elle et la pria de sortir.

— Je suis à la recherche de Mr. Jem Merlyn, dit Mary d'un ton ferme. Il est venu ici avec une charrette et un poney et quelqu'un l'a vu avec l'un de vos domestiques. Je suis désolée de vous déranger, mais il faut que je le retrouve. Voudriez-vous vous informer?

L'homme s'éloigna de mauvaise grâce tandis que Mary attendait près de l'entrée; tournant le dos au petit groupe d'hommes assis près du feu, elle regarda dans la salle et reconnut dans la foule le marchand et le petit homme aux yeux de lynx.

La jeune fille eut alors un brusque pressentiment. Au bout de quelques instants le domestique revint, portant un plateau de verres, qu'il distribua parmi les gens assemblés autour du feu; un peu plus tard, il fit une nouvelle apparition avec du cake et du jambon. Il ne prêtait à Mary aucune attention et ce n'est que lorsqu'elle l'appela pour la troisième fois qu'il vint vers elle.

— Nous avons assez à faire ce soir sans perdre de temps avec les gens de la foire. Il n'y a personne ici du nom de Merlyn. J'ai demandé à l'office et personne n'a entendu parler de lui.

Mary se dirigea aussitôt vers la porte, mais l'homme aux yeux de lynx y fut avant elle.

— S'il s'agit du bohémien qui a essayé de vendre

à mon associé un poney cet après-midi, je puis vous renseigner, dit-il avec un large sourire et découvrant une rangée de dents cassées.

Les gens groupés autour du feu éclatèrent de rire.

Le regard de la jeune fille alla de l'un à l'autre.

— Qu'avez-vous à dire? demanda-t-elle.

— Il était en compagnie d'un monsieur il y a dix minutes, répondit l'homme, toujours souriant et la regardant de haut en bas, et, avec l'aide de certains d'entre nous, il fut persuadé d'entrer dans une voiture qui l'attendait à la porte. Il fut d'abord enclin à résister, mais un regard du monsieur en question parut le décider. Vous savez sans doute ce qu'il est advenu du poney noir? Le prix qu'il en demandait était certainement exagéré.

Cette observation provoqua un nouvel éclat de rire du groupe près du feu. Mary fixa avec calme le petit homme aux yeux de lynx.

— Savez-vous où il est allé? demanda-t-elle.

L'homme haussa les épaules et lui fit une grimace de pitié.

— Sa destination m'est inconnue, dit-il, et je regrette de vous dire que votre compagnon n'a laissé pour vous aucun message d'adieu. Mais c'est le réveillon, la nuit est à peine commencée et vous pouvez vous rendre compte que ce n'est pas un temps à rester dehors. Si vous voulez demeurer ici jusqu'à ce que votre ami se décide à revenir, nous serons ravis, ces messieurs et moi, de vous accueillir.

L'homme posa une main molle sur le châle de la jeune fille.

— Quel goujat ce doit être pour vous abandonner ainsi, dit-il d'un ton doucereux. Allons, venez et oubliez-le.

Mary lui tourna le dos sans rien dire et ouvrit la porte. En la refermant, elle entendit l'écho de son rire.

Mary, debout sur la place du marché entièrement déserte, n'avait pour compagnie que la pluie et le vent. Le pire était arrivé, le vol du poney avait été découvert. Aucune autre explication ne s'offrait. Jem avait disparu. Elle regardait fixement les maisons noires, se demandant quel était le châtiment pour vol. Pendait-on les voleurs comme les assassins? Elle avait une sensation de meurtrissure, comme si on l'eût battue, et son esprit était plein de confusion. Elle ne pouvait rien voir nettement, ni faire aucun plan. Elle supposait que, de toute façon, Jem était perdu pour elle et qu'elle ne le reverrait jamais. Cette brève aventure avait pris fin. Pour le moment, elle était étourdie et, sachant à peine ce qu'elle faisait, elle se mit à traverser la place d'un air absent et à gravir la hauteur qui menait au château. Si elle avait consenti à rester à Launceston, ceci ne fût pas arrivé; ils eussent quitté leur abri et trouvé une chambre dans la ville; elle fût restée auprès de lui; ils se fussent aimés.

Et, même si on les avait pris le lendemain matin, ils eussent vécu ensemble ces quelques heures. Maintenant que Jem était séparé d'elle, la jeune fille l'appelait corps et âme et savait combien elle l'avait désiré. S'il était pris, c'était sa faute, et elle ne pouvait rien pour lui. Il serait pendu, sans doute, et finirait comme son père.

Le mur du château se dressait, hostile, et la pluie formait des ruisseaux de chaque côté de la route. Launceston avait perdu sa beauté; la ville était sombre, grise, odieuse; chaque détour de la route n'annonçait rien de bon. Mary trébuchait, la pluie ruisselait sur son visage; peu lui importait où elle allait, peu lui importaient les onze milles qui la séparaient de sa chambre à *la Jamaïque*. Si aimer un homme signifiait cette douleur et cette angoisse, elle n'y tenait guère. C'en était fait de la logique et du calme; cela anéantissait le courage. Elle était devenue une sotte petite fille après avoir été autrefois indifférente et forte. La colline escarpée se dressait devant elle. Jem et elle avaient descendu bruyamment cette colline dans l'après-midi. Elle se rappelait le tronc noueux près d'une brèche, dans la haie. Jem avait sifflé et elle avait fredonné des bribes de chansons.

Mary revint soudain à elle et chancela. C'était folie d'aller plus loin. La route s'étendait devant elle comme un blanc ruban et, avant deux milles, avec la pluie et un tel vent, elle serait complètement épuisée.

Elle se retourna et considéra les lumières clignotantes de la ville au-dessous d'elle. Peut-être quelqu'un lui donnerait-il un lit pour la nuit, ou une couverture sur le parquet. Elle n'avait pas d'argent; il faudrait qu'on lui fît crédit pour le prix de la chambre. Le vent soufflait dans sa chevelure et les petits arbres rabougris ployaient et s'inclinaient devant lui. L'aube de Noël serait humide et désolée.

Mary se mit à redescendre la route, poussée par le vent comme une feuille, et elle vit sortir de l'obscurité une voiture qui montait péniblement vers elle. On eût dit un gros scarabée noir, tant l'attelage avançait avec lenteur, avec toute la force du vent contre lui. Mary regardait le véhicule avec des yeux mornes; sa vue ne lui apportait aucun message, sinon que, sur une route inconnue, Jem Merlyn allait à la mort dans un véhicule semblable.

La voiture, arrivée à la hauteur de Mary, allait la dépasser, lorsque, obéissant à une impulsion, elle courut vers elle et cria au conducteur, enveloppé dans sa redingote :

— Prenez-vous la route de Bodmin? Avez-vous un client à l'intérieur?

Le cocher secoua la tête et fouetta son cheval, mais, avant que Mary n'eût le temps de reculer, un bras sortit de la fenêtre de la voiture et une main se posa sur son épaule.

— Que fait donc Mary Yellan seule sur la route de Launceston un soir de réveillon? dit une voix.

La main était ferme, mais la voix douce Un pâle visage se détachait de l'obscurité de la voiture : des cheveux et des yeux blancs sous le chapeau ecclésiastique. C'était le vicaire d'Altarnun.

CHAPITRE X

MARY, dans la demi-lumière, observait le profil du vicaire d'Altarnun; il était aigu et net; mince et proéminent, le nez recourbé ressemblait à un bec d'oiseau; les lèvres, minces et décolorées, étaient étroitement serrées. Penché en avant, le vicaire appuyait son menton sur le pommeau d'une longue canne d'ébène qu'il tenait entre ses genoux. Pour le moment, elle ne pouvait voir ses yeux, voilés par les cils blancs et courts. Son compagnon, se tournant alors sur son siège, se mit à la considérer; ses cils frémirent et les yeux qu'il leva sur elle étaient blancs, eux aussi, aussi inexpressifs et transparents que le verre.

— Ainsi, nous voyageons ensemble pour la seconde fois, dit-il, et sa voix était basse et douce, comme celle d'une femme. Une fois de plus, j'ai la bonne fortune de vous trouver au bord de la route. Vous êtes trempée jusqu'aux os. Vous feriez mieux de quitter vos vêtements.

Le vicaire regardait la jeune fille avec une froide indifférence et Mary, confuse, se débattait avec l'épingle qui fermait son châle.

— Voici une couverture qui vous servira pour le reste du voyage, poursuivit-il. Quant à vos pieds, ils seront mieux une fois nus. Il n'y a pas de courants d'air dans cette voiture.

Sans mot dire, Mary fit glisser son châle mouillé et son corsage et s'enveloppa dans la rude couverture qu'on lui tendait. Ses cheveux, comme un rideau, tombaient sur ses épaules nues. Elle avait l'impression d'être une enfant surprise en escapade et qui, les mains croisées, obéissait maintenant à la parole du maître.

— Eh bien? dit-il en la regardant d'un air grave.

Et Mary se prit aussitôt à donner une explication embarrassée de sa journée. Comme la première fois, à Altarnun, il émanait de cet homme quelque chose qui l'obligeait à se trahir elle-même, à faire d'elle une sotte et une paysanne ignorante, car la pauvre histoire qu'elle racontait là ne paraissait guère à son avantage : une femme qui s'était affichée à la foire de Launceston, avait été abandonnée par l'homme de son choix et était obligée de retrouver son chemin toute seule. Elle avait honte de mentionner le nom de Jem et le présenta comme un homme qui dressait les chevaux sauvages et qu'elle avait rencontré un jour en e promenant sur la lande. Et voici que des difficultés avaient surgi à Launceston à propos de la vente d'un poney et elle craignait qu'il n'eût été pris à la suite de quelque malhonnêteté.

Mary se demandait ce que Francis Davey devait

penser d'elle pour être allée à Launceston avec un homme qu'elle connaissait à peine et, ayant perdu son compagnon de façon si honteuse, courir toute trempée par la ville, comme une femme des rues.

Le vicaire écouta la jeune fille en silence jusqu'à la fin. Elle l'entendit avaler une ou deux fois sa salive, une habitude dont elle se souvenait.

— Vous n'avez donc pas été si seule, après tout? dit-il enfin. L'*Auberge de la Jamaïque* n'était pas aussi isolée que vous le supposiez?

Mary rougit dans l'ombre et, bien qu'il ne pût voir son visage, elle savait que ses yeux étaient fixés sur elle; elle se sentait coupable comme si elle avait mal fait et que ces mots fussent une accusation.

— Quel est le nom de votre compagnon? demanda-t-il tranquillement.

Mary hésita un instant, mal à l'aise, se sentant plus coupable que jamais.

— C'est le frère de mon oncle, dit-elle, consciente de la réticence de sa voix; elle avait l'impression de se confesser.

Quelle que fut l'opinion qu'il avait d'elle jusque-là, elle ne pourrait guère grandir après tout ceci. A peine une semaine s'était-elle écoulée après avoir traité Joss Merlyn de meurtrier, et voici qu'elle s'était inconsidérément sauvée de *la Jamaïque* avec son frère, comme une vulgaire serveuse qui veut s'amuser à la foire.

— Vous devez mal penser de moi, naturellement,

poursuivit-elle très vite. Après avoir ainsi soupçonné et détesté mon oncle, il était peu logique de se confier à son frère. Jem est un voleur, je le sais, il me l'a dit tout de suite, mais, en dehors de cela...

Mary hésita. Jem, après tout, n'avait pas nié. Il s'était à peine défendu quand elle l'avait accusé. Et voici qu'elle se rangeait à son côté et le défendait sans raison et contre toute logique, déjà attachée à lui à cause du contact de ses mains et d'un baiser dans l'obscurité.

— Voulez-vous dire que le frère ne sache rien du travail nocturne de l'aubergiste? continua la douce voix près d'elle. Ne fait-il pas partie de la bande qui amène les chariots à *la Jamaïque?*

Mary fit un petit geste de désespoir.

— Je ne sais, dit-elle. Je n'ai aucune preuve. Il n'admet rien et se contente de hausser les épaules. Mais il m'a dit une chose : il n'a jamais tué un homme. Et je le crois Je le crois encore. Il a dit aussi que mon oncle courait tout droit à sa perte et se ferait prendre avant longtemps. Il ne parlerait sûrement pas ainsi s'il faisait partie de la bande.

Elle parlait maintenant pour se rassurer elle-même plutôt que l'homme assis près d'elle, et l'innocence de Jem devenait soudain d'importance vitale.

— Vous m'avez dit l'autre jour que vous connaissiez le squire, dit-elle vivement. Peut-être avez-vous sur lui assez d'influence pour le persuader d'être indulgent pour Jem Merlyn le moment venu. Il est jeune, après tout, il peut recommencer sa vie. Sans doute la chose vous serait-elle facile, dans votre position.

Le silence du vicaire ajouta à l'humiliation de la jeune fille et, sentant ses yeux froids fixés sur elle, elle savait qu'il devait la prendre pour une petite sotte éhontée. Il devait voir qu'elle plaidait pour un homme qui l'avait embrassée; il devait, bien entendu, la mépriser.

— Je n'entretiens guère de relations avec Mr. Bassat, de North Hill, dit-il doucement. Nous nous sommes salués plusieurs fois et avons échangé quelques propos sur nos paroisses respectives, mais il n'est guère probable qu'il épargne un voleur à cause de moi, surtout si ce voleur est coupable et s'il se trouve être le frère du patron de *la Jamaïque*.

Mary ne dit mot. Une fois de plus, cet étrange homme de Dieu parlait avec logique et sagesse et ses arguments étaient sans réplique. Mais elle subissait l'une de ces brusques fièvres d'amour qui dévastent la raison et anéantissent toute logique, et les paroles du vicaire ne pouvaient avoir qu'un effet irritant et créer de nouveaux tourments dans son esprit.

— Vous semblez inquiète pour sa sécurité? dit-il.

Mary se demanda si sa voix indiquait la moquerie, le reproche ou la compréhension. Mais, avec la rapidité de l'éclair, il poursuivit :

— Et si votre nouvel ami était coupable d'autres méfaits, par exemple de conspirer avec son frère contre les biens et peut-être la vie de ses semblables, que teriez-vous alors, Mary Yellan? Chercheriez-vous encore à le sauver?

Mary sentit sur les siennes les mains froides et impersonnelles de son compagnon et, parce qu'elle avait les nerfs à vif après toute l'émotion de la journée, parce qu'elle était à la fois effrayée et frustrée, parce qu'elle aimait contre sa raison un homme qui était maintenant perdu par sa faute, toute maîtrise l'abandonna et elle se mit à délirer :

— Je n'ai pas recherché cela! dit-elle farouchement. Je pouvais affronter la brutalité de mon oncle et la muette et pathétique stupidité de ma tante; je pouvais même supporter le silence et l'horreur de *la Jamaïque* sans fuir. Il m'est indifférent d'être seule. J'éprouve quelque sombre satisfaction à cette lutte avec mon oncle, qui m'enhardit parfois au point de me donner la certitude que j'aurai enfin raison de lui, quoi qu'il dise ou qu'il fasse. Je m'étais proposé de lui arracher ma tante, de veiller à ce que justice soit faite et, quand tout serait fini, de trouver du travail quelque part dans une ferme et de vivre comme un homme, ainsi que j'en avais l'habitude. Mais maintenant je ne puis faire aucun plan ni penser par moi-même. Je tourne en rond dans un piège, et tout cela à cause d'un homme que je méprise, qui n'a rien à voir avec mon esprit, avec ma raison. Je ne veux pas aimer comme une femme, ni éprouver des sentiments de femme, Mr. Davey. Cela ne signifie que des souffrances et des tourments qui peuvent durer une vie entière. Je n'ai pas recherché cela! Je n'en veux pas!

Se renversant, Mary appuya sa joue contre la paroi de la voiture, épuisée par ce flot de paroles et déjà honteuse de s'être ainsi emportée. Elle ne se souciait guère à présent de ce qu'il pensait d'elle. Il était prêtre et, par conséquent, détaché du petit monde des passions et des tumultes. Il ne pouvait rien connaître à ces choses. Elle se sentit soudain triste et misérable.

— Quel âge avez-vous? demanda-t-il brusquement.

— Vingt-trois ans.

Mary l'entendit ravaler sa salive et, retirant la main qu'il avait laissée sur les siennes, il la posa de nouveau sur le pommeau de la canne d'ébène et garda le silence.

La voiture avait laissé derrière elle la vallée de Launceston et l'abri des haies; elle se trouvait maintenant sur la hauteur qui menait à la lande à découvert, exposée à la violence du vent et à la pluie. Le vent ne cessait de souffler, mais les averses étaient intermittentes. De temps à autre, une étoile égarée brillait furtivement derrière un nuage très bas et restait un instant suspendue comme une épingle lumineuse, pour disparaître, obscurcie et balayée par un noir rideau de pluie. De l'étroite fenêtre de la voiture, on ne pouvait voir qu'un sombre carré de ciel.

Dans la vallée, la pluie était tombée de façon plus continue et le vent, bien que persistant, avait été modéré et amorti au passage par les arbres et les détours de la colline. Ici, sur la hauteur, il n'y avait aucun abri naturel. Il n'y avait que la lande de chaque côté de la route et, au-dessus, la sombre et grande voûte du ciel; et le vent hurlait de façon inusitée.

Mary frissonna et se rapprocha de son compagnon comme un chien se rapproche de son camarade. Le vicaire ne disait rien, mais la jeune fille savait qu'il s'était tourné vers elle et la considérait et, pour la première fois, elle avait conscience de sa proximité en tant qu'être humain; elle pouvait sentir son souffle sur son front. Elle se rappela que son châle et son corsage mouillés gisaient à ses pieds et qu'elle était nue sous la rude couverture. Quand il se remit à parler, Mary se rendit compte qu'il était tout près d'elle et sa voix lui causa un certain choc et une confusion inattendue.

— Vous êtes très jeune, Mary Yellan, dit-il doucement. Vous n'êtes encore qu'un poussin qui vient de briser sa coquille. Vous surmonterez cette petite crise. Les femmes comme vous n'ont pas besoin de verser des larmes sur un homme rencontré une ou deux fois et le premier baiser n'est pas une chose dont on se souvienne. Vous oublierez bientôt votre ami et le poney volé. Allons, séchez vos yeux, vous n'êtes pas la première à vous mordre les doigts pour un amoureux perdu.

Le vicaire, songea d'abord Mary, traitait son cas avec légèreté, comme une chose sans importance. Puis elle se demanda pourquoi il n'avait prononcé aucune des phrases conventionnelles de réconfort telles que la bénédiction de la prière, la paix de Dieu, la vie éternelle. Elle se rappela sa dernière course avec lui, lorsqu'il avait fouetté son cheval dans une fièvre de vitesse, la façon dont il était ramassé sur son siège, les rênes en main; il avait murmuré des paroles qu'elle ne comprenait pas. De nouveau, elle éprouva un peu de la gêne qu'elle avait alors ressentie, cette sensation de malaise qu'elle attribuait instinctivement à ses cheveux et à ses yeux étranges, comme si son anomalie physique élevait une barrière entre lui et le reste du monde. Dans le royaume animal, une étrangeté est un motif de répulsion et celui qui en est la victime est aussitôt pourchassé, détruit ou rejeté. Mary, dès qu'elle eut formulé cette pensée, la trouva étroite et peu chrétienne. C'était un être humain et un prêtre de Dieu. Mais, comme elle s'excusait de s'être conduite devant lui comme une sotte et d'avoir parlé comme une fille des rues, elle ramassa ses vêtements et les enfila furtivement sous la couverture.

— Ainsi, j'avais deviné juste et tout a été calme à *la Jamaïque* depuis notre dernière rencontre? dit-il au bout d'un moment, suivant le cours de ses pensées. Les chariots ne sont pas venus troubler votre sommeil et l'aubergiste s'est diverti tout seul avec son verre et sa bouteille?

Mary, encore agitée et inquiète, songeant à l'homme qu'elle avait perdu, revint à la réalité avec un effort. Elle avait oublié son oncle depuis près de dix heures. Elle se rappela aussitôt toute l'horreur de la semaine écoulée et ce qu'elle avait appris. Elle pensa aux interminables nuits d'insomnie, aux longues journées passées seule, et les yeux fixes et injectés de sang de son oncle lui apparurent, ainsi que son sourire d'ivrogne et ses mains tâtonnantes.

— Mr. Davey, murmura-t-elle, avez-vous jamais entendu parler de naufrageurs?

Mary n'avait jamais encore prononcé ce mot à voix haute; elle n'en avait jamais imaginé la possibilité et, maintenant qu'elle l'entendait sortir de ses lèvres, il lui paraissait horrible, terrifiant, comme un blasphème. Il faisait trop noir dans la voiture pour qu'elle en pût lire l'effet sur le visage de son compagnon, mais elle l'entendit ravaler sa salive. Elle ne pouvait voir ses yeux, dissimulés sous son chapeau noir; elle ne distinguait que le dessin estompé de son profil au menton aigu, au nez proéminent.

— Un jour, il y a des années, quand je sortais à peine de l'enfance, j'ai entendu un voisin en parler, dit-elle, et plus tard, quand je fus assez grande pour comprendre, j'ai entendu d'autres rumeurs là-dessus... des bribes d'histoires vite réprimées. Un homme rapportait quelque effrayant récit après un voyage sur la côte nord, mais on lui imposait silence aussitôt. C'était un outrage à la décence. Je ne croyais à aucune de ces histoires, car, ayant interrogé ma mère, elle m'avait dit que c'était une invention de gens abominables, que de telles choses ne pouvaient exister. Elle se trompait. Je sais maintenant qu'elle se trompait, Mr. Davey. Mon oncle est l'un de ces naufrageurs : il me l'a dit lui-même.

Le vicaire gardait toujours le silence et l'immobilité de la pierre. Mary poursuivit sans jamais élever la voix :

— Ils font tous partie de la bande, de la côte jusqu'à la rive du Tamar, tous ces hommes que j'ai vus dans le bar de l'auberge le premier samedi après mon arrivée : les bohémiens, les braconniers, les marins, le colporteur aux dents cassées. Ils ont assassiné de leurs propres mains des femmes et des enfants, les maintenant sous l'eau, les tuant avec des pierres et des fragments de roc. Ce sont des chariots de mort qui parcourent la route la nuit, et les colis qu'ils transportent ne sont pas seulement des barils de cognac ou du tabac de contrebande, mais des objets venant des bateaux naufragés, achetés à prix de sang, les biens d'hommes assassinés. Voilà pourquoi mon oncle est craint et détesté des gens timides des chaumières et des fermes, voilà pourquoi toutes les portes lui sont fermées, voilà pourquoi les diligences passent devant sa maison dans un nuage de poussière. On soupçonne ce qu'on ne peut prouver. Ma tante vit dans la terreur mortelle de voir la chose découverte et mon oncle, s'il est ivre, n'a qu'à parler devant un étranger pour que son secret soit dispersé aux quatre vents. Voilà, Mr. Davey. Vous savez maintenant la vérité à propos de l'*Auberge de la Jamaïque.*

Mary, hors d'haleine, s'appuya contre la paroi de la voiture, se mordant les lèvres, se tordant les mains dans une émotion qu'elle ne pouvait plus contenir, épuisée par le flot de paroles qui lui avait échappé; et quelque part, dans un coin obscur de son esprit, se formait une image qui finit par se préciser impitoyablement : c'était le visage de Jem Merlyn, l'homme qu'elle aimait. Ce visage se mua en une face diabolique et grimaçante qui se fondit enfin avec celle de son frère.

La figure dissimulée sous le chapeau ecclésiastique se tourna vers elle. La jeune fille surprit un mouvement brusque des cils blancs et les lèvres s'entrouvrirent.

— Ainsi, l'aubergiste parle quand il est pris de boisson? dit-il.

Il parut à Mary que cette voix avait perdu quelque chose de sa douceur habituelle; elle était plus aiguë. Mais quand elle leva son regard sur son compagnon, elle vit que ses yeux la dévisageaient, aussi froids et impersonnels que jamais.

— Il parle, en effet, répondit-elle. Quand mon oncle s'est abreuvé de cognac pendant cinq jours, il mettrait son âme à nu devant le monde entier. Il me l'a dit lui-même, le premier jour de mon arrivée. Il n'était pas ivre alors. Mais il y a quatre jours, quand il s'est éveillé de son état de stupeur, il est venu dans la cuisine après minuit, chancelant sur ses jambes... et il a parlé. Voici pourquoi je sais. Et voilà peut-être pourquoi j'ai perdu ma foi en l'humanité, en Dieu, en moi-même. Et voilà pourquoi je me suis conduite comme une sotte aujourd'hui à Launceston.

La violence de la tempête s'était accrue durant leur conversation. A un détour de la route, la voiture se trouva avoir le vent en tête et fut presque immobilisée. Le véhicule se balança sur ses hautes roues et une averse soudaine vint frapper les vitres comme une poignée de cailloux. Il n'y avait plus le moindre abri. La lande qui s'étendait à découvert de chaque côté était entièrement nue et les nuages passaient, rapides, pour se déchirer contre les rocs. Il y avait une saveur salée dans le vent qui venait de la mer, à quinze milles de là.

Francis Davey se pencha en avant.

— Nous approchons des Cinq Chemins et du tournant qui mène à Altarnun, dit-il. Le cocher doit aller jusqu'à Bodmin et vous arrêtera à l'*Auberge de la Jamaïque*. Je vous quitterai aux Cinq Chemins et descendrai à pied jusqu'au village. Suis-je le seul homme que vous ayez honoré de votre confiance ou cet honneur est-il partagé avec le frère de l'aubergiste?

De nouveau, Mary n'eût pu dire s'il y avait dans sa voix quelque ironie.

— Jem Merlyn est au courant, dit-elle à contrecœur. Nous en avons parlé ce matin. Mais il n'a dit que peu de chose et je sais qu'il n'est pas en bons termes avec mon oncle. En tout cas, c'est maintenant sans importance. Jem est emmené en prison pour un autre crime.

— Mais supposez qu'il puisse sauver sa peau en trahissant son frère. Que feriez-vous alors, Mary Yellan? Il y a là pour vous matière à réflexion.

Mary tressaillit. Une nouvelle possibilité s'offrait et elle s'accrocha un moment à cette planche de salut. Mais le vicaire d'Altarnun avait dû lire dans ses pensées, car, lorsqu'elle leva les yeux vers lui, cherchant la confirmation de son espoir, elle le vit sourire, la ligne mince de sa bouche sortit pour un instant de sa passivité, comme si sa face jetait un masque et que le masque eût craqué. Gênée, elle détourna les yeux, avec l'impression de quelqu'un qui, par surprise, assiste à un spectacle défendu.

— S'il n'avait jamais trempé dans l'affaire, ce serait, bien sûr, un soulagement pour vous et pour lui, continua le vicaire. Mais il y a toujours le doute, n'est-ce pas? Et ni vous ni moi ne connaissons la réponse à cette question. En général, un coupable ne se met pas lui-même la corde au cou.

Mary eut un petit geste d'impuissance. Le vicaire dut lire le désespoir sur son visage, car sa voix, jusque-là assez âpre, se fit plus douce. Il posa la main sur le genou de la jeune fille.

— " Nos jours brillants ont pris fin, c'est le tour des sombres jours. " S'il nous était permis de citer Shakespeare, Mary Yellan, d'étranges sermons seraient prononcés demain en Cornouailles. Mais votre oncle et ses compagnons ne sont pas membres de ma congrégation et, même s'ils l'étaient, ils ne me comprendraient pas. Vous me regardez en secouant la tête. Je parle par énigmes. " Cet homme, ce caprice de la nature, avec ses yeux et ses cheveux blancs, n'est d'aucun réconfort ", pensez-vous. Ne détournez pas les yeux, je sais ce que vous pensez. Je vous dirai une chose pour vous consoler et vous en ferez ce que vous voudrez. Dans une semaine, ce sera le nouvel an. Les perfides lumières ont lui pour la dernière fois et il n'y aura plus de naufrages. Les lumières seront éteintes.

— Je ne vous comprends pas, dit Mary. Comment le savez-vous et quel rapport cela a-t-il avec le nouvel an?

Le vicaire, retirant sa main, commença de boutonner son pardessus et se prépara à descendre. Il abaissa la vitre et cria au conducteur d'arrêter. L'air froid et la pluie pénétrèrent dans la voiture.

— Je rentre d'une réunion à Launceston, dit-il, réunion qui fait suite à un grand nombre d'autres du même ordre qui ont eu lieu durant ces quelques dernières années, et les assistants ont été informés enfin que le gouvernement de Sa Majesté était déterminé à prendre certaines mesures pour l'année à venir. Des patrouilles seront placées sur les côtes. Il y aura des sentinelles en faction sur les falaises et les sentiers connus seulement jusqu'ici de votre oncle et de ses compagnons seront parcourus par des représentants de la loi. Il y aura toute une chaîne de défense à travers l'Angleterre, Mary, et il sera très difficile de la rompre. Comprenez-vous, maintenant?

Le vicaire ouvrit la porte de la voiture et descendit. Il se découvrit sous la pluie, et Mary vit ses épais cheveux blancs encadrer sa face comme un halo. Il lui sourit encore, s'inclina, lui prit la main et la tint un moment.

— Vos tourments sont finis, dit-il. Les chariots se rouilleront et la chambre condamnée, au bout du couloir, sera transformée en salon. Votre tante dormira en paix et votre oncle se tuera à force de boire et vous débarrassera, à moins qu'il ne devienne un Wesleyen convaincu et ne prêche pour les voyageurs, sur la grand-route. Quant à vous, vous retournerez vers le sud et trouverez un amoureux. Dormez bien cette nuit. Demain, c'est la Noël et les cloches d'Altarnun sonneront pour la paix et la bonne volonté. Je penserai à vous.

Le vicaire fit un signe de la main au cocher et la voiture reprit sa course.

Mary se pencha à la portière pour l'appeler, mais il avait pris, à droite, l'un des cinq chemins et était déjà hors de vue.

La voiture longea avec bruit la route de Bodmin. Il restait encore trois milles à couvrir avant de voir se dresser les hautes cheminées de *la Jamaïque*, et ce parcours était le plus sauvage, le plus exposé du long trajet de vingt et un milles qui séparait les deux villes.

Mary souhaita être partie avec Francis Davey. A Altarnun, elle n'eût pas entendu le vent, la pluie fût tombée en silence dans le chemin abrité. Demain, agenouillée dans l'église, elle eût prié pour la première fois depuis son départ d'Helford. Si le vicaire disait vrai, il y aurait, après tout, des raisons de se réjouir et d'être reconnaissant. L'ère du naufrageur était close. Il serait anéanti par la loi nouvelle, lui et ceux de sa sorte. Ils disparaîtraient, ainsi qu'il en avait été des pirates vingt ou trente ans auparavant; il ne resterait d'eux aucune trace pour empoisonner le souvenir de ceux qui viendraient après eux. Une nouvelle génération naîtrait, qui n'aurait jamais entendu leur nom. Les bateaux viendraient sans crainte en Angleterre; la marée n'apporterait point de moisson. Les baies où des pas avaient retenti sur les galets, où s'étaient élevées les voix des meurtriers, connaîtraient de nouveau le silence, et le seul cri qui viendrait rompre ce silence serait celui des mouettes. Sous la paisible surface de la mer, dans le lit de l'océan, gisaient des crânes sans nom, des pièces verdâtres qui, un jour, avaient été d'or, et de vieilles carcasses de bateau : tout cela serait à jamais oublié. La terreur que les naufragés avaient connue mourrait avec eux. Ce serait l'aube d'un nouvel âge, où les hommes et les femmes pourraient voyager sans angoisse, et la terre leur appartiendrait. Ici, sur cette étendue de lande, les fermiers cultiveraient leur lopin de terre et feraient sécher au soleil les tas de tourbe, ainsi qu'ils le faisaient aujourd'hui, mais l'ombre qui planait sur eux se serait évanouie. Peut-être l'herbe pousserait-elle, peut-être la bruyère fleurirait-elle là où se dressait l'*Auberge de la Jamaïque*.

Mary, blottie dans un coin de la voiture, s'attardait à cette vision d'un monde nouveau quand, par la fenêtre ouverte, elle entendit, apporté par le vent, le bruit d'une arme à feu dans le silence de la nuit; dans le lointain, un hurlement monta. Des voix d'hommes s'élevèrent dans l'obscurité, puis un bruit de pas retentit sur la route. La jeune fille se pencha à la portière; la pluie lui cingla le visage et elle entendit le cocher crier de terreur, tandis que le cheval faisait un écart et trébuchait. De la vallée, la route montait, sinueuse, jusqu'au haut de la colline et, dans la distance, les hautes cheminées de *la Jamaïque* couronnaient le sommet, comme un échafaud. Sur la route, venait un groupe d'hommes. Celui qui les conduisait faisait des bonds de lièvre et, tout en courant, agitait une lanterne devant lui. Un autre coup de feu éclata. Le cocher s'affaissa sur son siège et tomba. Le cheval trébucha de nouveau et se jeta aveuglément vers le fossé. Le véhicule se balança un moment sur ses roues et s'immobilisa. Quelqu'un cria un blasphème. Quelqu'un rit sauvagement. Il y eut un sifflement, puis un cri.

Une face s'encadra à la portière, une face couronnée de cheveux emmêlés qui retombaient en frange sur des yeux injectés de sang. Les lèvres s'entrouvrirent, découvrant des dents blanches, puis la lanterne fut élevée jusqu'à la fenêtre pour projeter la lumière à l'intérieur de la voiture. Une main tenait la lanterne, une autre étreignait le canon fumant d'un pistolet. Les mains étaient longues et minces, les doigts étroits et effilés, mains pleines de beauté et de grâce, mais aux ongles bordés de noir.

Joss Merlyn sourit. Le sourire délirant, insensé d'un possédé, rendu fou, exalté par le poison. Il leva le pistolet sur Mary, se penchant à l'intérieur de la voiture au point que le canon toucha sa gorge.

Puis, éclatant de rire, Joss Merlyn rejeta le pistolet par-dessus son épaule et, ouvrant brutalement la porte, saisit la jeune fille par les mains et la tira dehors, près de lui, tenant la lanterne au-dessus de sa tête pour la mieux voir. Dix ou douze hommes étaient là sur la route, malpropres, en lambeaux; la moitié d'entre eux étaient aussi ivres que leur chef et leurs yeux sauvages luisaient dans leurs faces couvertes d'une barbe rude. Quelques hommes tenaient des pistolets ou étaient armés de bouteilles cassées, de couteaux, de pierres. Harry, le colporteur, était debout près de la tête du cheval, tandis que le cocher gisait à plat ventre dans le fossé, un bras replié sous lui, le corps inerte.

Joss Merlyn, maintenant Mary, leva son visage vers la lumière et, quand les hommes la reconnurent, ils se mirent à hurler de rire; le colporteur, deux doigts dans la bouche, fit un horrible sifflement.

L'aubergiste se pencha sur la jeune fille et s'inclina avec une gravité d'ivrogne et, rassemblant ses cheveux épars, il les roula comme une corde en les reniflant comme un chien.

— Alors, c'est vous? dit-il. Vous vous êtes décidée à revenir, comme une chienne pleurarde et l'oreille basse.

Mary ne dit mot. Son regard allait de l'un à l'autre

de ces hommes qui la fixaient d'un air railleur, resserrant leur cercle avec des rires, indiquant du doigt ses vêtements mouillés, touchant son corsage et sa jupe.

— Êtes-vous donc muette? cria son oncle et, du revers de la main, il la frappa au visage.

Mary poussa un cri et leva un bras pour se protéger, mais l'aubergiste le lui écarta brutalement, lui saisit le poignet et lui retourna le bras derrière le dos. Elle cria de douleur et il rit de nouveau.

— Croyez-vous que vous pourriez me résister, avec votre face de guenon et votre impudence? Et que faites-vous donc sur la grand-route, à minuit, dans une voiture de louage, à moitié nue, les cheveux en désordre? Vous n'êtes qu'une vulgaire catin, après tout. Il la secoua par le poignet et la jeune fille s'affaissa.

— Laissez-moi! s'écria-t-elle. Vous n'avez le droit ni de me parler, ni de me toucher. Vous êtes un ignoble meurtrier et un voleur, et la justice le sait. Toute la Cornouailles le sait. Votre règne a pris fin, oncle Joss. Je suis allée aujourd'hui à Launceston pour déposer contre vous.

Un tumulte s'éleva parmi les hommes. Ils se pressèrent en avant avec des hurlements et des questions, mais l'aubergiste leur cria de reculer.

— Arrière, sacrés idiots! Ne voyez-vous pas qu'elle essaie de sauver sa peau par des mensonges? rugit-il. Comment peut-elle déposer contre moi puisqu'elle ne sait rien? Elle n'a jamais marché pendant onze milles jusqu'à Launceston. Voyez ses pieds. Elle est restée avec un homme quelque part sur la route et il l'a renvoyée en voiture quand il a eu assez d'elle. Allons, levez-vous! Ou voulez-vous que je vous frotte le nez dans la poussière?

L'aubergiste tira la jeune fille, la remit sur pied et la maintint près de lui. Puis il indiqua le ciel où les nuages couraient, très bas, devant le vent rapide. Une étoile se mit à luire.

— Regardez! cria-t-il. Il y a une éclaircie dans le ciel et la pluie va vers l'est. Il y aura plus de vent encore avant que nous ne soyons rendus et l'aube grise se lèvera sur la côte dans six heures. Ne perdons plus de temps ici. Prenez votre cheval, Harry, et mettez-le dans ces brancards. La voiture contiendra une demi-douzaine d'entre nous. Et sortez le poney et le chariot de l'écurie. Ce poney n'a pas travaillé de la semaine. Allons, démons paresseux et ivrognes, n'avez-vous pas envie de sentir l'or et l'argent couler entre vos doigts? Je suis resté vautré comme un porc pendant sept jours de folie et, par Dieu, je me sens comme un enfant, ce soir, et j'ai besoin de revoir la côte. Qui vient avec moi en passant par Camelford?

Un même cri fut poussé par les douze hommes qui levèrent la main. L'un d'eux se mit à chanter, agitant sa bouteille au-dessus de sa tête et vacillant sur ses jambes. Il finit par tomber, la face dans le fossé. Le colporteur le poussa du pied, mais il ne bougea point; saisissant alors le cheval par la bride, il tira l'animal vers la colline escarpée, le criblant de coups et l'étourdissant de cris, tandis que les roues de la voiture passaient sur le corps de l'homme étendu à terre qui, pendant quelques instants, s'agita dans la boue comme un lièvre blessé, essayant de se relever avec des gémissements de souffrance et de terreur, puis retomba inanimé.

Les hommes se mirent à suivre la voiture; le bruit de leur course résonnait sur la grand-route. Joss Merlyn, un moment immobile, considéra Mary avec un sourire insensé d'ivrogne, puis, en une impulsion soudaine, il la prit dans ses bras, la tira vers la voiture dont il ouvrit violemment la portière et la jeta sur le siège, dans un coin; et, se penchant à la fenêtre, il cria au colporteur de fouetter le cheval vers la colline.

Son cri fut répété par les hommes qui couraient près de lui. Quelques-uns d'entre eux sautèrent sur le marchepied et s'accrochèrent à la portière, tandis que d'autres grimpaient sur le siège vide du conducteur et criblaient le cheval de bâtons et de pierres. L'animal tremblait, suant de terreur. Il atteignit au galop le sommet de la colline, une demi-douzaine de forcenés agrippés aux rênes et hurlant sur ses talons.

L'*Auberge de la Jamaïque* ruisselait de lumière. Les portes et les fenêtres étaient ouvertes. La maison jaillissait de la nuit comme une chose vivante.

L'aubergiste mit la main sur la bouche de Mary et la renversa contre la paroi du véhicule.

— Vous avez déposé contre moi, n'est-ce pas? dit-il. Vous m'avez dénoncé à la justice et vous voudriez me voir me balancer au bout d'une corde comme un chat? Très bien, alors, vous aurez votre chance. Vous resterez sur le rivage, Mary, avec le vent et les embruns dans la figure, et vous attendrez l'aube et la marée montante. Vous savez ce que cela signifie, n'est-ce pas? Vous savez où je vais vous emmener?

L'horreur s'empara de Mary. Elle blêmit et essaya de parler, mais les mains de son oncle l'en empêchaient.

— Vous croyez que vous n'avez pas peur de moi, n'est-ce pas? Vous me regardez en ricanant, avec votre jolie figure blanche et vos yeux de singe. Oui, je suis ivre. Je suis ivre comme un roi, et ciel et terre peuvent s'écrouler, peu m'importe. Ce soir, nous connaîtrons la gloire, le moindre gueux d'entre nous, pour la dernière fois peut-être. Et vous viendrez avec nous, Mary, jusqu'à la côte...

Et, se détournant de la jeune fille, Joss Merlyn cria quelque chose à ses compagnons. Le cheval, effrayé par ce cri, précipita sa course, tirant le véhicule, et les lumières de *la Jamaïque* s'évanouirent dans l'obscurité.

CHAPITRE XI

Ce voyage vers la côte, qui dura plus de deux heures, fut un vrai cauchemar. Mary, meurtrie et ébranlée par les brutalités qu'elle avait subies, gisait, épuisée, dans un coin de la voiture, se souciant fort peu de ce qui pouvait lui advenir. Harry le colporteur et deux autres hommes avaient grimpé près de son oncle et l'air s'était tout de suite imprégné d'une odeur de tabac, de boisson et de transpiration.

L'aubergiste et ses compagnons étaient parvenus à un terrible état d'excitation et la présence d'une femme parmi eux ajoutait à leur plaisir une saveur de corruption; la faiblesse et le désespoir de la jeune fille donnaient plus de piquant encore à la chose.

Ils se mirent d'abord à lui parler, puis à parler pour elle, à rire et à chanter pour attirer son attention. Harry le colporteur chanta ses chansons obscènes qui résonnaient avec une force inusitée dans un si petit espace, ce qui provoqua des hurlements d'appréciation de l'auditoire, dont l'excitation allait croissant.

Les hommes observaient l'effet de leurs propos sur

le visage de Mary, dans l'espoir qu'elle trahirait quelque gêne ou quelque honte, mais la jeune fille était trop lasse pour que paroles ou chansons pussent l'émouvoir. Les voix lui parvenaient à travers un voile. Elle sentait le coude de son oncle lui entrer dans le flanc, ajoutant une souffrance à ses douleurs. La tête lui faisait mal, les yeux lui cuisaient, elle voyait une infinité de faces grimaçantes à travers la fumée. Peu lui importait ce qu'ils disaient ou faisaient. Son plus grand tourment était son désir de sommeil et d'oubli.

Quand les hommes virent combien elle était inerte et morne, sa présence perdit tout son charme; les chansons elles-mêmes n'eurent plus de saveur et Joss Merlyn, fouillant dans sa poche, en sortit un paquet de cartes. Tous se détournèrent aussitôt de la jeune fille, accaparés par ce nouvel intérêt, et Mary, pendant cette bienheureuse accalmie, se blottit dans son coin pour échapper à l'odeur chaude et animale de son oncle, et, fermant les yeux, elle s'abandonna au mouvement balancé de la voiture. Sa fatigue était telle qu'elle avait presque perdu conscience et se laissait envahir par la torpeur. Elle sentait la douleur et les cahots de la voiture et, très distant, un murmure de voix; mais tout cela était loin d'elle; elle ne pouvait l'identifier avec sa propre existence. L'obscurité descendait sur elle comme un bienfait du ciel et elle s'y laissait glisser. Le temps n'existait plus.

C'est la cessation de tout mouvement qui ramena Mary à la réalité. L'immobilité soudaine et l'air froid et humide qui lui soufflait au visage par la fenêtre ouverte l'éveillèrent. Elle était seule dans son coin. Les hommes étaient partis, emportant la lanterne avec eux.

Mary se garda d'abord de faire le moindre mouvement, craignant de les faire revenir, et ne sachant ce qui lui était arrivé. Quand elle se pencha à la portière, elle éprouva une souffrance intolérable, tant son corps était raide et meurtri. Une douleur lui étreignait les épaules, car elle était transie de froid et son corsage était encore mouillé de la pluie qu'elle avait reçue au début de la soirée. Elle attendit un moment, puis, de nouveau, se pencha au-dehors. Le vent soufflait encore avec violence, mais la pluie cinglante avait cessé et seule une petite pluie fine mouillait la vitre.

La voiture avait été abandonnée dans un étroit chemin creux avec de hauts talus de chaque côté. Le cheval n'était plus dans les brancards. Le chemin paraissait descendre en pente raide et devenir de plus en plus rude et inégal. Mary ne pouvait voir qu'à quelques mètres devant elle. L'obscurité s'était accrue et, dans le chemin, il faisait aussi noir que dans un puits. Aucune étoile ne luisait et l'âpre vent des collines soufflait impétueusement et avec bruit, traînant à sa suite un brouillard humide. Mary, mettant la main hors de la portière, toucha le talus. Ses doigts rencontrèrent un sable peu compact et des tiges d'herbes trempées de pluie. Elle essaya d'ouvrir la porte, mais elle était fermée. Elle écouta alors intensément. Ses yeux tentaient de percer l'obscurité devant elle, dans la descente, et, apporté par le vent, elle perçut un bruit monotone et familier à la fois, un bruit que, pour la première fois, elle ne pouvait accueillir avec plaisir; son cœur se mit à battre et un frémissement d'appréhension la parcourut.

C'était le bruit de la mer. Le sentier descendait jusqu'au rivage.

Mary savait maintenant pourquoi une douceur s'était insinuée dans l'air et pourquoi la bruine qui tombait légèrement sur sa main avait une saveur salée. Les hauts talus donnaient une fausse impression d'abri, par contraste avec la lande à découvert, mais, hors de leur ombre trompeuse, l'illusion disparaîtrait et la tempête s'élèverait avec plus de force que jamais. Il ne pouvait y avoir de calme là où la mer se brisait sur un rivage hérissé de rochers. Le bruit était incessant : d'abord un murmure et un soupir tandis que l'eau se répandait sur la grève et se retirait à regret, puis une pause pendant que la mer se ramassait pour un nouvel effort — petite parcelle de temps — et, une fois de plus, le grondement et le fracas des vagues sur les galets et le bruit des pierres entraînées par les eaux.

Mary frissonna. Quelque part dans l'obscurité, au-dessous, son oncle et ses compagnons attendaient la marée. Si elle avait pu les entendre, l'attente dans la voiture eût été plus supportable. Les cris sauvages, les rires, les chansons, avec lesquels ils s'étaient fortifiés pendant le voyage eussent été, malgré leur horreur, un soulagement; mais ce calme mortel était sinistre. Le travail les avait rendus à la sobriété et ils devaient être occupés.

Maintenant que Mary avait repris ses sens et que sa première fatigue était passée, elle ne pouvait rester inactive. Elle considéra les dimensions de la fenêtre. La porte, elle le savait, était fermée, mais, avec beaucoup d'efforts, peut-être arriverait-elle à passer le corps par l'étroite ouverture.

Le risque en valait la peine. Quoi qu'il advînt cette nuit-là, sa vie comptait pour bien peu de chose. Son oncle et ses complices pouvaient la tuer s'ils le voulaient. La région leur était connue, non à elle. Ils pouvaient la retrouver en quelques minutes, comme une meute de chiens. Elle tenta de sortir par la fenêtre, se penchant en arrière à travers l'ouverture. Son épaule et son dos meurtris rendaient l'effort plus difficile. Le toit de la voiture, humide et glissant, ne lui donnait aucune prise, mais, en se débattant, elle réussit à passer ses hanches, se meurtrissant et se déchirant la chair au cadre de la fenêtre, au point de défaillir. Elle perdit l'équilibre et tomba en arrière sur le sol.

Elle ne se fit aucun mal en tombant, mais la chute l'étourdit. Un petit filet de sang coulait d'une de ses hanches à l'endroit où la fenêtre avait arraché la chair. Elle s'accorda un moment pour se reprendre, se remit péniblement sur pied et remonta le chemin en hésitant, dans le refuge du talus. Elle n'avait pas encore formé de plan, mais, en tournant le dos à la mer et en quittant le chemin creux, elle mettrait une certaine distance entre elle et ses ennemis. Sans doute étaient-ils descendus sur la grève. En remontant le sentier et en tournant à gauche, elle atteindrait au moins le haut des falaises, où, en dépit de l'obscurité, elle pourrait se reconnaître. Une route devait exister, puisque la voiture avait été amenée jusque-là; et s'il existait une route, il y aurait non loin de là des habitations, et d'honnêtes gens à qui elle pourrait raconter son histoire et qui mettraient sur pied tous les environs.

Mary cherchait son chemin à tâtons le long d'un étroit fossé, trébuchant de temps à autre sur les pierres; ses cheveux lui tombaient sur les yeux et la gênaient. Arrivant soudain à un tournant, elle leva les mains pour rejeter ses cheveux en arrière, ce qui l'empêcha de voir qu'un homme était agenouillé dans le fossé et lui tournait le dos, observant le chemin sinueux devant lui. Mary se heurta violemment contre l'homme qui, pris par surprise, tomba avec elle avec un cri de terreur et de rage et la frappa de son poing fermé.

Ils luttèrent à terre, la jeune fille s'efforçant d'échapper à l'homme en lui déchirant la figure, mais il fut bientôt plus fort qu'elle et, la roulant sur le côté, il lui saisit les cheveux et les tira jusqu'à ce que la douleur l'obligeât de s'immobiliser. Il se pencha sur elle en respirant fortement, haletant à cause de la chute, puis il la regarda avec attention, sa bouche entrouverte montrant des dents jaunes et cassées.

C'était Harry le colporteur. Mary gisait, immobile. L'homme ferait le premier mouvement. En attendant,

Mary maudissait sa sottise; elle avait été folle de remonter ainsi le sentier à l'étourdie sans penser un seul instant à l'avant-poste dont la possibilité n'eût pas échappé à un enfant.

L'homme s'attendait à ce que la jeune fille criât ou se débattît, mais, comme elle n'en faisait rien, il se souleva sur son coude et lui sourit d'un air railleur en secouant la tête dans la direction du rivage.

— Vous ne pensiez pas me voir, n'est-ce pas? dit-il. Vous pensiez que j'étais sur la grève, avec le patron et les autres, à appâter le piège. Ainsi, vous vous êtes éveillée pour faire une petite promenade. Eh bien, puisque vous êtes là, je vous souhaite la bienvenue.

L'homme la considéra en ricanant et lui toucha la joue d'un doigt sale.

— Il fait humide et froid dans le fossé, dit-il, et il y a encore des heures à passer. J'ai pu voir, par la façon dont vous lui avez parlé tout à l'heure, que vous étiez maintenant contre Joss. Il n'a pas le droit de vous garder à *la Jamaïque* comme un oiseau en cage, sans vous donner de beaux vêtements. Il ne vous a même pas acheté une broche pour votre corsage, j'en jurerais. Ne vous tourmentez pas pour si peu. Je vous donnerai des dentelles pour votre cou, des bracelets pour vos poignets et des robes de soie. Écoutez...

Harry regardait la jeune fille en hochant la tête pour la rassurer, toujours souriant, débonnaire et insinuant, et Mary sentit une main furtive s'attacher sur elle. D'un mouvement rapide, elle détendit le bras et son poing l'atteignit sous le menton, lui refermant la bouche comme une trappe, la langue prise entre les dents. Il se mit à hurler et Mary le frappa de nouveau, mais, cette fois, il réussit à l'empoigner et à se jeter sur elle. Il avait cessé de feindre la douceur et la persuasion. Sa force était terrible, sa face blême. C'est pour la possession qu'il luttait maintenant; Mary le savait et, sachant aussi que sa force était plus grande que la sienne et qu'il aurait finalement le dessus, elle s'immobilisa soudain pour lui donner le change, lui laissant pour un instant l'avantage.

Le colporteur eut un grognement de triomphe et cessa de peser sur la jeune fille. C'était ce qu'elle attendait, et, comme il changeait de position et baissait la tête, elle le frappa vivement de toute la force de son genou, lui enfonçant en même temps ses doigts dans les yeux. L'homme roula aussitôt sur le flanc avec un cri d'agonie. En une seconde, Mary s'était dégagée, relevée, et continuait à lui donner des coups de pied, tandis qu'il se tordait, impuissant, les mains croisées sur son ventre. Elle chercha dans le fossé une pierre pour la lui lancer, mais ne trouva que de la terre et du sable; elle en prit quelques poignées et les lui jeta à la figure et dans les yeux, de sorte que, pour un moment aveuglé, il ne pût se jeter sur elle.

Se détournant, Mary se mit alors à courir comme une bête traquée en remontant le chemin sinueux, la bouche ouverte, les mains en avant, trébuchant dans les ornières; et, quand elle entendit l'homme crier derrière elle, une sensation de panique submergea sa raison; elle se mit à escalader le haut talus qui bordait le chemin; ses pieds glissaient à chaque pas dans la terre molle; mais, grâce à la folie même de son effort, née de sa terreur, elle atteignit le haut du talus et se glissa, haletante, à travers une brèche dans une haie d'épines qui longeait le talus. Son visage et ses mains saignaient, mais elle n'y songeait guère et courait le long de la falaise, loin du chemin creux, parmi les touffes d'herbe et les bosses que formait le terrain inégal. Elle avait perdu tout sens des directions; une seule idée dominait : échapper à Harry le colporteur.

Un mur de brouillard se referma sur Mary, cachant la ligne lointaine que formait la haie vers laquelle elle s'était dirigée, et elle s'arrêta brusquement dans sa course éperdue, consciente du danger du perfide brouillard de la mer qui pourrait la ramener dans le chemin creux. S'aidant des mains et des genoux, elle se mit à ramper en avant avec lenteur, les yeux près du sol, suivant un étroit sentier de sable qui serpentait dans la direction qu'elle souhaitait prendre. Elle avançait lentement, mais son instinct lui disait que la distance augmentait entre elle et le colporteur, et c'était l'essentiel.

Mary n'avait aucune idée de l'heure. Il était trois heures, quatre heures du matin peut-être. L'obscurité ne semblait pas devoir disparaître avant plusieurs heures. Une fois de plus, la pluie traversa la rideau de brouillard, et il sembla à Mary qu'elle pouvait entendre la mer de tous les côtés et qu'il n'y avait aucun moyen de s'échapper. Le bruit des vagues sur les brisants n'était plus assourdi; il lui parvenait, au contraire, plus violent et plus distinct que jamais. Elle comprit que le vent n'avait pu servir à la guider, car même à ce moment, où elle l'avait derrière elle, il avait pu changer d'un ou deux points et, avec son ignorance de la côte, elle n'avait pas tourné vers l'est ainsi qu'elle l'avait cru, mais se trouvait maintenant sur le bord d'un roc en saillie et que le sentier, à en juger par le bruit de la mer, menait tout droit au rivage. Les brisants, bien qu'elle ne pût les voir à cause du brouillard, se trouvaient un peu plus loin et, à son effroi, elle découvrit qu'ils étaient au même niveau qu'elle, et non au-dessous, ce qui signifiait que les rochers descendaient à pic jusqu'à la grève, et, au lieu du long et tortueux sentier qui aboutissait à une baie, ainsi qu'elle l'avait imaginé de la voiture abandonnée, le chemin creux n'avait dû se trouver qu'à quelques mètres de la mer. Les talus du chemin avaient amorti le bruit des brisants.

La jeune fille venait à peine de faire cette découverte qu'une déchirure se fit dans le brouillard, devant elle, montrant un carré de ciel. Elle avança, pleine d'hésitation; le sentier s'élargissait et le brouillard diminuait; le vent lui soufflait de nouveau au visage. Elle s'agenouilla sur un petit coin de grève, parmi les galets, le bois flottant et les plantes marines. De chaque côté, le sol s'élevait en pente raide, et tout droit devant elle, à cinquante mètres à peine, se trouvait la haute mer tumultueuse dont les vagues venaient se briser sur le rivage.

Au bout d'un certain temps, ses yeux s'étant accoutumés à l'ombre, elle découvrit un petit groupe d'hommes; ils s'appuyaient à un pan de roc en saillie qui empiétait sur la plage. Les hommes, serrés les uns contre les autres pour se tenir chaud et mieux s'abriter, regardaient silencieusement devant eux, essayant de percer l'obscurité. Leur calme même les rendait plus menaçants encore; leur attitude secrète, l'équilibre des corps appuyés au roc, l'expression tendue des faces tournées vers la mer montante, étaient un spectacle terrible et menaçant.

S'ils avaient crié et chanté, s'ils s'étaient interpellés, s'ils avaient empli la nuit de leurs odieuses clameurs, si leurs lourdes chaussures avaient écrasé les galets, c'eût été en harmonie avec leurs personnes et avec ce qu'elle attendait d'eux; mais il y avait quelque chose de sinistre qui indiquait que le moment fatal de la nuit était arrivé. Un morceau de roc saillant séparait Mary de la plage à découvert; elle n'osait s'aventurer au-delà de crainte de se trahir. Elle se glissa jusqu'au bout du roc, derrière lequel elle s'assit sur les galets, tandis que, droit devant elle, elle avait dans son champ de vision, quand elle bougeait la tête, son oncle et ses compagnons qui lui tournaient le dos.

Mary attendit. Ils ne bougeaient point. Ils ne disaient mot. Seule la mer se brisait avec monotonie sur la plage, envahissant la grève et se retirant, la ligne des brisants ressortant mince et blanche dans la nuit noire.

Le brouillard commença de diminuer lentement, découvrant l'étroit contour de la baie. Les rocs devinrent plus proéminents, les falaises plus nettes. L'étendue d'eau s'élargit; on la voyait maintenant allant d'un golfe jusqu'à la ligne nue du rivage qui s'étendait à l'infini. A droite, dans le lointain, là où la plus haute falaise descendait en pente jusqu'à la mer, Mary aperçut un petit point lumineux. Elle pensa d'abord que c'était une étoile qui avait percé le dernier voile du brouillard, mais sa raison lui dit que les étoiles n'étaient pas blanches ni ne se balançaient au gré du vent à la surface d'un rocher. Elle observa intensément. Cela bougea de nouveau. On eût dit un petit œil blanc dans l'obscurité. Le point lumineux dansait, s'inclinait, agité par la tempête, comme s'il était allumé et porté par le vent lui-même, lumière vivante qui ne pouvait s'éteindre. Les hommes groupés sur la plage ne regardaient pas cette lumière; leurs yeux étaient tournés vers la sombre mer, au-delà des brisants.

Et, brusquement, Mary comprit la raison de leur indifférence et le petit œil blanc qui avait paru d'abord amical et réconfortant, scintillant bravement dans la nuit, devint un symbole d'horreur.

L'étoile était une fausse lumière placée là par son oncle et ses compagnons. Le point lumineux lui semblait maintenant diabolique et sa danse dans le vent une moquerie. Dans l'imagination de la jeune fille, là lumière brûlait, plus farouche, projetant ses rayons pour dominer la falaise; elle n'était plus blanche, mais d'un jaune étrange. Quelqu'un surveillait cette lumière pour l'empêcher de s'éteindre; Mary voyait une sombre figure passer et repasser devant elle, l'obscurcissant un moment, puis elle brillait de nouveau.

La figure devint une tache noire contre la grise surface de la falaise et descendit vivement dans la direction du rivage, pour rejoindre ses compagnons, sur les galets. L'homme allait très vite, comme si le temps pressait, et peu lui importait la façon dont la terre et les pierres roulaient sous ses pieds et se trouvaient projetées sur la plage, au-dessous.

Ce bruit fit sursauter les hommes et, pour la première fois que Mary les observait, ils détournèrent leur attention de la marée montante pour regarder leur compagnon. Mary le vit porter ses mains à sa bouche et l'entendit crier quelque chose; ses paroles, emportées par le vent, ne vinrent pas jusqu'à elle, mais elles atteignirent le petit groupe d'hommes assis sur les galets; tous se levèrent, très agités, et quelques-uns d'entre eux commencèrent de grimper la falaise, à la rencontre de leur camarade. Mais lorsque celui-ci cria de nouveau en montrant la mer, ils redescendirent en courant vers les brisants, abandonnant leur attitude secrète et leur silence; leurs pas lourds sonnaient sur les galets, leurs voix surpassaient le grondement de la mer. Alors l'un d'eux — c'était son oncle, Mary le reconnut à ses grandes enjambées et à ses massives épaules — leva la main pour réclamer le silence, et tous attendirent, debout sur les galets, tandis que les vagues se brisaient à leurs pieds. Rangés en une mince ligne, ils ressemblaient à des corbeaux, leurs formes noires se profilaient contre la blancheur de la grève.

Mary observa avec eux. Et, hors du brouillard et de l'obscurité, surgit un autre point lumineux en réponse au premier. Cette lumière nouvelle ne dansait ni ne s'agitait comme celle de la falaise; elle s'enfonçait et disparaissait, comme un voyageur fatigué de son fardeau, puis s'élevait de nouveau, pointant vers le ciel; on eût dit qu'une main se dressait dans la nuit, en un dernier effort désespéré pour percer le mur de brouillard qui, jusqu'ici, l'avait défiée. Cette nouvelle lumière se rapprochait de la première. L'une attirait l'autre. Elles se réuniraient bientôt et formeraient deux yeux blancs dans la nuit. Et les hommes attendaient toujours, immobiles, sur l'étroite grève, que les deux lumières se fussent rapprochées.

La seconde lumière plongea de nouveau. Mary pouvait voir maintenant la ligne estompée d'une coque surmontée d'une mâture; les mâts noirs ressemblaient à des doigts étendus, tandis qu'une mer écumeuse se précipitait sous la coque en sifflant, puis se retirait. La lumière accrochée au mât se rapprochait de plus en plus de celle de la falaise, fascinée comme un papillon qui vole autour d'une bougie.

Mary n'en put supporter davantage. Elle se leva

péniblement et se mit à courir sur la plage, criant et pleurant, agitant les mains au-dessus de sa tête, élevant sa voix contre le vent et la mer, qui la lui renvoyaient par moquerie. Quelqu'un se saisit d'elle et réussit à la jeter à terre. Des mains l'immobilisèrent. On marcha sur elle, on lui donna des coups de pied. Ses cris s'éteignirent, assourdis par le morceau de toile grossière qui l'étouffait; ses bras, tirés derrière son dos, furent attachés et la corde rude lui meurtrissait la chair.

Mary fut ainsi abandonnée, la figure contre les galets, et les brisants n'étaient qu'à vingt mètres d'elle. Tandis qu'elle gisait là, impuissante, le souffle coupé, ses cris d'avertissement étranglés dans sa gorge, elle entendit les cris qui avaient été siens emplir l'air et devenir ceux des autres. Les cris s'élevaient au-dessus du fracas déchirant de la mer et étaient portés par le vent. Et, à ces cris, se mêlaient le bruit du bois qui éclatait, l'horrible choc de cette vie massive qui résistait, le gémissement du bois qui se tordait et se brisait.

Tirée par un aimant, la mer se retirait de la plage en sifflant; un brisant, beaucoup plus haut que les autres, se jeta avec un fracas de tonnerre sur le bateau à la dérive. Mary vit la masse noire qui avait été un vaisseau rouler lentement sur le côté, comme une grande tortue plate. La mâture n'était plus que du coton fripé et affaissé. Accrochés à la surface inclinée et glissante de la tortue, il y avait de petits points noirs qui ne voulaient pas être jetés à l'eau: ils s'attachaient obstinément comme des bernicles au bois fracassé, et quand la masse frémissante se souleva sous eux et s'ouvrit monstrueusement en deux, fendant l'air, ils tombèrent un à un parmi les crêtes blanches de la mer, petits points noirs sans vie ni substance.

Un affreux malaise s'empara de Mary. Elle ferma les yeux, la figure pressée contre les galets. C'en était fait du silence. Ces hommes, qui avaient gardé l'immobilité pendant plusieurs heures glacées, ne pouvaient plus attendre. Ils se mirent à courir sur la plage dans tous les sens, comme des possédés, avec des cris insensés et inhumains, et entrèrent dans l'eau jusqu'à la ceinture. Ils se mouvaient parmi les brisants, sans souci du danger, abandonnant toute précaution, se jetant sur les débris du naufrage balancés sur les eaux et portés par la marée montante.

C'étaient des animaux, luttant et grondant, se disputant des morceaux de bois brisé. Certains d'entre eux s'étaient déshabillés et, tout nus, se hâtaient dans la froide nuit de décembre, pour avancer plus commodément dans la mer et plonger les mains parmi les dépouilles que les brisants rejetaient vers eux. Ils caquetaient comme des singes, s'arrachant mutuellement des objets. L'un d'eux alluma du feu dans un coin, près de la falaise, et la flamme monta, très vigoureuse, en dépit de la bruine. Les dépouilles étaient traînées jusqu'au rivage et entassées près du feu, qui jetait sur la grève une hideuse lumière, dardant des lueurs jaunes sur ce qui avait été noir et projetant des ombres allongées sur la rive où les hommes allaient et venaient, dans leur horrible activité.

Quand le premier corps fut rejeté sur les galets, dans une bienheureuse inertie, les hommes l'entourèrent, se jetant sur les restes avec des mains investigatrices; et, quand ils l'eurent entièrement dépouillé, ils saisirent les doigts tuméfiés pour arracher les bagues qui pouvaient s'y trouver. Ils finirent par abandonner le corps, le laissant couché sur le dos dans l'écume apportée par le flux.

Quelle que fût leur façon de procéder habituelle, il n'y avait aucune méthode dans leur travail de cette nuit-là. Ils pillaient au hasard, chaque homme pour lui-même. Ils étaient ivres et forcenés, surpris par ce succès qu'ils n'avaient pas préparé; comme des chiens, ils couraient sur les talons de leur maître, dont la tentative était devenue un triomphe; il était puissant et glorieux. Ils le suivaient tandis qu'il courait nu parmi les brisants, l'eau ruisselant de ses cheveux et de son corps; à côté d'eux, il avait l'air d'un géant.

La marée changea, l'eau commença de descendre, une fraîcheur nouvelle envahit l'air. La lumière qui se balançait au-dessus, sur la falaise, dansant encore dans le vent, pâlit et s'affaiblit. L'eau prit une couleur grise, qui se répandit bientôt dans le ciel. Les hommes ne remarquèrent pas tout de suite le changement, ils étaient encore frénétiques, acharnés sur leurs prises. Alors, Joss Merlyn lui-même releva la tête, huma l'air et regarda autour de lui, observant le clair contour des falaises, tandis que l'obscurité se dissipait. Puis il cria soudain à ses compagnons de faire silence, leur montrant le ciel qui était maintenant d'une couleur plombée.

Les hommes hésitèrent, jetant encore un coup d'œil aux épaves qui flottaient et retombaient entre les lames, encore non réclamées et attendant d'être sauvées; mais, d'un seul accord, ils remontèrent le rivage en courant vers l'entrée du chemin creux, de nouveau silencieux, sans mots ni gestes, la face grise, l'air effrayé dans la lumière qui grandissait. Ils avaient outrepassé l'heure, rendus insouciants par le succès. L'aube les avait surpris et, en s'attardant, ils risquaient l'accusation que pouvait leur porter la lumière du jour. Le monde s'éveillait autour d'eux; la nuit, qui avait été leur alliée, ne les protégeait plus.

Ce fut Joss Merlyn qui ôta à Mary son bâillon et, d'une secousse, la mit sur pied. Voyant que son état de faiblesse empêchait la jeune fille de se tenir debout, il l'injuria avec fureur, jetant un coup d'œil derrière lui sur les falaises qui, à chaque minute, devenaient plus distinctes, puis, se penchant sur elle, car elle était retombée à terre, il la jeta sur son épaule, tout comme il eût fait d'un sac. La tête de Mary pendait, sans appui, ses bras étaient paralysés et elle sentait les mains de son oncle presser son flanc blessé, meurtrissant de nouveau sa chair transie sur les galets. Joss Merlyn remonta la plage en courant vers l'entrée du chemin creux, et ses compagnons, déjà pris de panique, jetèrent le reste des dépouilles qu'ils avaient arrachées à la mer sur le dos de trois chevaux attachés dans le sentier. Leurs mouvements étaient maladroits et fébriles, leur travail décousu, sans aucun sens de l'ordre, tandis que l'aubergiste, rendu à la sobriété par nécessité et étrangement inefficace, leur jetait des imprécations et des menaces sans résultat.

La voiture, embourbée dans une ornière au milieu du chemin creux, résistait à tous les efforts pour la dégager, et ce brusque revers de fortune augmentait leur terreur. Quelques-uns commencèrent de se disperser dans le sentier, oubliant tout ce qui n'était pas leur sécurité personnelle. L'aube était leur ennemie et, seuls, leur chance était plus grande dans la sécurité relative du fossé ou de la haie qu'en compagnie de cinq ou six hommes sur la route. Le nombre éveillerait les soupçons ici, sur la côte, où tous les visages étaient connus et où l'on remarquait tout étranger. Mais un braconnier, un chemineau, un bohémien, pouvait, seul, suivre le chemin de son choix et se mettre à couvert. Ces déserteurs étaient maudits par ceux qui restaient et se débattaient avec la voiture; à cause de leur stupidité et de leur panique, le véhicule fut si brutalement arraché de l'ornière qu'il se renversa sur un côté, brisant une roue.

Le désastre final déclencha un pandémonium dans le chemin creux. Les hommes se précipitèrent comme des forcenés vers l'unique voiture de ferme qu'on avait laissée plus haut dans le chemin et vers les trois chevaux déjà surchargés. L'un d'entre eux, obéissant encore au chef grâce au sentiment de la nécessité, mit le feu à la voiture brisée dont la présence dans le chemin était un danger pour eux tous et le tumulte qui s'ensuivit, une hideuse lutte d'homme à homme pour la possession de la voiture de ferme qui pourrait les emporter à l'intérieur des terres, eut pour résultat des dents brisées par des pierres et des yeux crevés par du verre brisé.

Ceux qui portaient des pistolets avaient maintenant l'avantage et l'aubergiste, avec le seul allié qui restait à son côté, Harry le colporteur, le dos appuyé à la voiture de ferme, se mit à tirer sur les hommes qui, dans leur terreur soudaine d'être poursuivis au lever du jour, le considéraient maintenant comme un ennemi, un chef perfide qui les avait menés au désastre. Le premier coup manqua son but et la balle s'enfonça dans le talus, de l'autre côté du chemin, mais cela permit à l'un des adversaires de Joss Merlyn d'atteindre celui-ci près de l'œil avec une pierre aiguë. Joss Merlyn ajusta son assaillant et le second coup l'atteignit au milieu de la poitrine et, tandis que l'homme, blessé à mort et hurlant de douleur, roulait dans la boue, parmi ses compagnons, Harry le colporteur en atteignit un autre à la gorge, lui ouvrant la trachée-artère d'où le sang jaillit comme d'une fontaine.

C'est par le sang que l'aubergiste gagna la voiture de ferme, car les quelques derniers rebelles, terrifiés à la vue de leurs camarades mourants, s'enfuirent comme un seul homme, grimpant comme des crabes le sentier sinueux, ne songeant qu'à mettre une bonne distance entre eux et leur ancien chef. L'aubergiste, appuyé contre la voiture, avait en main son pistolet encore fumant et le sang coulait abondamment de sa blessure. Maintenant qu'ils étaient seuls, le colporteur et lui, il fallait se hâter. Ils jetèrent dans la voiture, près de Mary, tout ce qui avait été sauvé du naufrage et apporté dans le chemin creux : des objets divers, inutiles et sans valeur, le gros du butin étant resté sur la plage et balayé par la marée. Ils n'osaient risquer d'aller le chercher, car cela représentait le travail d'une douzaine d'hommes; déjà le jour se levait et il n'y avait pas une minute à perdre.

Les deux hommes atteints par les balles gisaient dans le chemin, près de la voiture. S'ils respiraient encore ou non ne pouvait faire question. Leurs corps étaient un témoignage qu'il fallait détruire. C'est le colporteur qui les traîna près du feu. Le feu brûlait bien; la voiture était presque consumée et, toute rouge, une roue se dressait encore au-dessus du bois carbonisé.

Joss Merlyn mit le cheval restant dans les brancards et, sans un mot, les deux hommes grimpèrent dans la voiture et se mirent en route.

Couchée sur le dos dans la voiture, Mary regardait les nuages courir très bas dans le ciel. Elle pouvait encore entendre le bruit de la mer, plus distant et moins insistant, une mer qui avait donné libre cours à sa fureur et se laissait maintenant porter par la marée.

Le vent, lui aussi, était tombé. Les hautes tiges

d'herbe sur les talus qui bordaient le chemin étaient immobiles et le silence enveloppait la côte. Il y avait dans l'air une odeur de terre mouillée et de navets, mêlée à l'odeur du brouillard de la nuit. Les nuages ne firent plus qu'un avec le ciel gris. Une fois de plus, la bruine tomba sur le visage de Mary et sur ses mains ouvertes.

Les roues de la voiture broyaient le chemin inégal et, tournant à droite, ils arrivèrent à une surface couverte de gravier : c'était une route qui allait vers le nord entre des haies basses. Dans le lointain, par-delà de nombreux champs et des terres labourées, monta une joyeuse volée de cloches, étrange et discordante dans l'air du matin.

Mary se rappela soudain que c'était Noël.

CHAPITRE XII

Le carré de vitre était familier à Mary. Il était plus grand que celui de la voiture; un filet sombre le bordait et, sur le verre, il y avait une fente dont elle se souvenait.

Les yeux fixés sur la vitre, Mary se débattait pour retrouver la mémoire et se demandait pourquoi elle ne sentait plus sur son visage le vent et la pluie. Elle ne percevait aucun mouvement sous elle et sa première pensée fut que la voiture s'était immobilisée, prise une fois de plus dans une ornière du chemin creux, et que la fatalité l'obligerait à recommencer son horrible sortie. Mais, cette fois, en passant par la fenêtre, elle se blesserait dans sa chute et, en remontant le chemin tortueux, elle tomberait sur Harry le colporteur, blotti dans le fossé; mais elle n'aurait plus la force de lui résister. En bas, sur la grève de galets, les hommes attendaient la marée, et le bateau, qui ressemblait à une grande tortue noire, roulait monstrueusement entre les lames.

La jeune fille gémit et tourna fiévreusement la tête

de côté et d'autre. Du coin de l'œil, elle aperçut le mur décoloré tout près d'elle et une tête de clou rouillée où se trouvait jadis accroché un verset de l'Écriture.

Mary reposait dans sa chambre, à l'*Auberge de la Jamaïque*. Cette chambre qu'elle haïssait, si froide et désolée qu'elle fût, était du moins un refuge contre le vent et la pluie et contre les mains de Harry le colporteur. En outre, elle n'entendait plus la mer. Le grondement des vagues ne la tourmenterait plus. Si la mort venait maintenant, ce serait une alliée. L'existence n'avait plus aucun attrait pour elle. En tout cas, on avait brisé toute vie en elle et le corps qui gisait sur le lit ne lui appartenait point. Elle n'avait aucun désir de vivre. Le choc avait fait d'elle un pantin et l'avait privée de sa force. Des larmes de pitié sur elle-même lui vinrent aux yeux.

Voici qu'un visage se penchait maintenant sur elle, et Mary se rejeta contre son oreiller, les mains en avant dans un geste de protestation, car elle avait encore à l'esprit la bouche haletante et les dents cassées du colporteur. Mais on lui prit doucement les mains et les yeux qui la considéraient, bordés de rouge comme les siens à force de pleurer, étaient bleus et craintifs.

C'était tante Patience. Les deux femmes s'étreignirent, cherchant le réconfort dans la proximité. Et, quand Mary eut pleuré pendant un certain temps, se libérant de son chagrin et ayant atteint la limite de l'émotion, la nature reprit ses droits; elle se sentit fortifiée et un peu de son ancien courage et de sa force revinrent.

— Vous savez ce qui eśt arrivé? demanda-t-elle, et tante Patience lui tint les mains étroitement serrées pour qu'elle ne pût les retirer, ses yeux bleus implorant l'oubli, comme un animal puni pour une faute qu'il n'a pas commise.

— Depuis combien de temps suis-je ici? interrogea Mary.

Ayant appris que c'était le second jour, la jeune fille garda un moment le silence, réfléchissant à cette information brusque et nouvelle. Deux jours, c'était beaucoup pour quelqu'un qui, quelques minutes auparavant, avait vu l'aube se lever sur la côte.

Tant de choses avaient pu arriver, pendant ce temps, et voici qu'elle gisait sur son lit, impuissante.

— Vous auriez dû m'éveiller, dit-elle rudement en repoussant les mains qui s'accrochaient à elle. Je ne suis pas une enfant pour qu'on me dorlote à cause de quelques meurtrissures. Il y a du travail pour moi. Vous ne comprenez pas.

Tante Patience la caressa, mais ces caresses étaient timides et inefficaces.

— Tu ne pouvais bouger, dit-elle plaintivement. Ton pauvre corps brisé saignait. Je l'ai baigné quand tu étais encore inconsciente. J'ai cru d'abord qu'ils t'avaient terriblement blessée, mais, grâce à Dieu, ce n'est rien de grave, tes blessures guériront. Ton long sommeil t'a reposée.

— Vous savez qui m'a fait cela, n'est-ce pas? Vous savez où ils m'ont emmenée?

L'amertume la rendait cruelle. Mary savait que ces mots agissaient comme des coups de fouet, mais elle ne pouvait les retenir. Elle se mit à parler des hommes sur le rivage. C'était maintenant le tour de tante Patience de gémir, et la jeune fille vit la bouche mince se contracter, les pâles yeux bleus la fixer avec terreur. Mary eut alors honte d'elle et ne put continuer. Elle se mit sur son séant et posa ses pieds à terre. La tête lui tournait, ses tempes battaient.

— Que vas-tu faire? demanda tante Patience en s'accrochant nerveusement à elle, mais sa nièce la repoussa et commença de s'habiller.

— Cela me regarde, dit brièvement Mary.

— Ton oncle est en bas. Il ne te laissera pas quitter l'auberge.

— Je n'ai pas peur de lui.

— Mary, pour toi et pour moi, ne l'irrite pas de nouveau. Tu sais ce que tu as déjà souffert. Depuis qu'il est revenu avec toi, il est assis en bas, pâle et terrible, un fusil sur les genoux. Les portes de l'auberge sont verrouillées. Je sais que tu as vu et subi des choses affreuses, indicibles; mais, Mary, ne comprends-tu pas que si tu descends, il pourrait te frapper de nouveau... te tuer peut-être? Je ne l'ai jamais vu ainsi. Je ne réponds pas de lui. Ne descends pas, Mary. Je te demande à genoux de ne pas descendre.

La malheureuse se traîna sur le parquet, s'accrochant à la jupe de Mary, lui étreignant les mains, les lui embrassant. C'était un spectacle pitoyable.

— Tante Patience, j'en ai assez enduré par loyalisme pour vous. N'espérez pas m'en voir endurer davantage. Quoi que l'oncle Joss ait pu être un jour pour vous, il est maintenant inhumain. Toutes vos larmes ne le sauveront pas de la justice, vous devez le comprendre. C'est une brute; c'est un demi-fou à cause de l'alcool et du sang. Il a tué des hommes sur le rivage, comprenez-vous? Des hommes ont été noyés dans la mer. Je ne puis rien voir d'autre. Je ne penserai à rien d'autre jusqu'à mon dernier jour.

La voix de la jeune fille allait s'élevant de dangereuse façon. La crise de nerfs était bien proche. Elle était trop faible encore pour avoir des idées suivies et se voyait courir sur la grand-route, criant à l'aide, une aide qui ne pouvait manquer de venir.

Tante Patience l'implora de se taire, mais il était trop tard. Mary ne tenait pas compte de ses avertissements. La porte s'ouvrit et l'aubergiste parut sur le seuil. Il baissa la tête sous la poutre et regarda les deux femmes. Il avait l'air hagard et le teint gris. Sa blessure au-dessus de l'œil était encore très rouge. Sa tenue était des plus malpropres et il avait sous les yeux des ombres noires.

— J'ai cru entendre des voix dans la cour, dit-il. J'ai regardé par une fente dans les volets du salon, mais je n'ai vu personne. N'avez-vous rien entendu d'ici?

Personne ne répondit. Tante Patience secoua la tête; le sourire nerveux et gêné qu'elle avait en présence de son mari se dessinait à son insu sur son visage. Joss Merlyn s'assit sur le lit et se mit à tirailler le drap, ses yeux inquiets allant de la fenêtre à la porte.

— Il va venir, dit-il. C'est inévitable. Je me suis mis le couteau sur la gorge. J'ai agi contre ses ordres. Il m'a prévenu, et je me suis moqué de lui. Je ne l'ai pas écouté. J'ai voulu jouer pour mon propre compte. C'est comme si nous étions morts tous les trois : toi, Patience, Mary et moi.

Il poursuivit :

— C'en est fait de nous, je vous le dis. La comédie est finie. Pourquoi m'avez-vous laissé boire? Pourquoi n'avez-vous pas cassé toutes ces sacrées bouteilles dans la maison? Pourquoi ne m'avez-vous pas enfermé à clé? Je ne vous aurais rien fait, je n'aurais pas touché à un cheveu de votre tête, ni à l'une ni à l'autre. Il est maintenant trop tard. Le dénouement est arrivé.

Le regard de Joss Merlyn allait de l'une à l'autre; sa tête était rentrée dans ses massives épaules. Les deux femmes, elles aussi, le regardaient sans comprendre, muettes d'horreur à l'expression de cette face, expression qu'elles n'avaient jamais vue encore.

— Que voulez-vous dire? demanda enfin Mary. De qui avez-vous peur? Qui donc vous a averti?

Joss Merlyn secoua la tête et porta près de sa bouche ses mains aux doigts agités.

— Non, dit-il lentement. Je ne suis pas ivre en ce

moment, Mary Yellan. Mes secrets sont encore miens. Mais je vais vous dire une chose : il n'y a pour vous aucun moyen d'échapper. Vous êtes prise tout aussi bien que Patience. Nous avons des ennemis des deux côtés, à présent : la loi, d'une part, et, de l'autre...

Joss Merlyn se reprit et, une fois encore, l'ancienne ruse reparut dans ses yeux tandis qu'il regardait Mary.

— Vous aimeriez savoir, n'est-ce pas? dit-il. Vous aimeriez vous glisser hors de la maison avec ce nom sur les lèvres pour me trahir. Vous aimeriez me voir pendu. Très bien, je ne vous en blâme pas. Je vous ai fait assez de mal pour que vous vous en souveniez tout le reste de vos jours, n'est-ce pas? Mais je vous ai sauvée tout aussi bien, convenez-en. Avez-vous pensé à ce que cette bande aurait pu vous faire si je n'avais été là?

Joss Merlyn se mit à rire, cracha à terre et quelque chose de son attitude habituelle lui revint.

— Rien que pour cela, vous pouvez marquer un point à mon avantage, poursuivit-il. Personne d'autre que moi ne vous a touchée l'autre nuit et je n'ai pas abîmé votre jolie figure. Des coupures et des meurtrissures s'arrangent, n'est-ce pas? Quoi! Vous savez aussi bien que moi, pauvre et faible chose, que j'aurais pu vous avoir la première semaine de votre arrivée à *la Jamaïque* si je l'avais voulu. Vous êtes une femme, après tout. Oui, par le Ciel, et vous seriez couchée à mes pieds maintenant, comme votre tante Patience, brisée, soumise, vous accrochant à moi, une autre folle, enfin. Allons, sortons d'ici. La pièce sent l'humidité et le délabrement.

Traînant les pieds, il tira la jeune fille derrière lui dans le couloir et, quand ils arrivèrent sur le palier, il la jeta contre le mur, sous la bougie plantée dans l'applique, de sorte que la lumière tomba sur son visage meurtri. Il lui prit le menton dans les mains et l'éleva un instant vers lui, puis il passa sur les égratignures un doigt léger et délicat. Mary regardait avec haine et dégoût les mains pleines de grâce et de douceur qui lui rappelaient tout ce qu'elle avait perdu. Et quand il se pencha vers elle, indifférent à la présence de tante Patience près de lui, et que sa bouche, si semblable à celle de son frère, s'attarda un instant sur la sienne, l'illusion fut horrible et complète; elle frissonna et ferma les yeux. Il souffla la bougie et les deux femmes le suivirent dans l'escalier sans mot dire, leurs pas résonnant à travers la maison vide.

Joss Merlyn les emmena dans la cuisine, dont la porte était également verrouillée et la fenêtre close. Deux bougies posées sur la table éclairaient la pièce.

L'aubergiste se tourna alors vers les deux femmes et, saisissant une chaise, s'assit à califourchon et se prit à les considérer, tout en sortant sa pipe de sa poche pour la bourrer.

— Nous devons songer à un plan de campagne, dit-il. Nous sommes ici depuis près de deux jours, comme des rats dans un piège, attendant d'être pris. Et j'en ai assez, je vous assure. Je n'ai jamais pu jouer à ce jeu-là; il me fait horreur. S'il doit survenir une mauvaise affaire, par Dieu tout-puissant, que ce soit en plein air!

Joss Merlyn se mit à tirer sur sa pipe, regardant pensivement à terre et tapant du pied contre la dalle.

— Harry est assez sûr, poursuivit-il, mais il ferait sauter la maison s'il pensait que la chose lui soit profitable. Quant aux autres... ils se sont dispersés dans la campagne en pleurnichant, l'oreille basse, comme un vil troupeau de chiens. Ils ont été effrayés à tout jamais. Je l'ai été moi-même. Je ne suis pas ivre en ce moment. Je puis voir l'abominable et stupide histoire dans laquelle je me suis fourré, et nous aurons de la chance si nous en sortons tous les trois et si nous échappons à la pendaison. Vous, Mary, vous pouvez rire si vous voulez, avec votre face blanche et votre air méprisant. Ce sera aussi mauvais pour vous que pour Patience et moi. Vous êtes dans l'affaire jusqu'au cou. Vous ne pourrez vous échapper. Pourquoi ne m'avez-vous pas enfermé à clé? Pourquoi ne m'avez-vous pas empêché de boire?

Sa femme se glissa furtivement près de lui et le tira par son veston, passant sa langue sur ses lèvres et se préparant à parler.

— Eh bien, qu'y a-t-il? demanda-t-il farouchement.

— Pourquoi ne partirions-nous pas maintenant avant qu'il ne soit trop tard? murmura-t-elle. La voiture est dans l'écurie. En passant par Launceston, nous serions de l'autre côté du Devon en quelques heures.

Nous pourrions voyager la nuit et nous diriger vers les comtés de l'est.

— Pauvre idiote! cria-t-il. Ne comprends-tu pas qu'il y a sur la route, entre l'auberge et Launceston, des gens qui me prennent pour le diable en personne et n'attendent que l'occasion de mettre sur mon compte tous les crimes commis en Cornouailles pour me perdre? Tout le pays sait maintenant ce qui est arrivé sur la côte la veille de Noël, et si l'on nous voyait prendre la clé des champs, la preuve serait faite. Par Dieu, ne crois-tu pas que j'aie eu envie de filer pour sauver ma peau? Mais si nous faisions une chose pareille, tous les gens nous montreraient du doigt. Nous aurions bon air, n'est-ce pas, assis dans la voiture parmi toutes nos possessions, comme des fermiers un jour de marché, faisant des signes d'adieu sur la place de Launceston? Non, nous avons une chance, une seule chance sur un million : c'est de ne pas bouger. Il faut se tenir coi. Si nous restons tranquilles à *la Jamaïque*, peut-être se gratteront-ils la tête en pesant leurs soupçons. Mais il leur faudra une preuve, ne l'oubliez pas. Ils devront produire une preuve formelle avant qu'on ne mette la main sur nous. Et, à moins que l'un des maudits idiots de la bande ne se transforme en accusateur, ils n'obtiendront pas cette preuve.

Joss Merlyn poursuivit au bout d'un instant :

— Bien sûr, il y a le bateau brisé sur les rochers et des objets abandonnés sur la plage, rangés en tas, tout prêts à être emportés par quelqu'un, dira-t-on.

On trouvera deux corps carbonisés et un tas de cendres. Qu'est-ce que cela? se demandera-t-on. Il y a eu un feu. Une querelle a éclaté. Ce sera de mauvais augure pour beaucoup d'entre nous, mais où est la preuve? Répondez donc à cette question. Comme un homme respectable, j'ai passé le réveillon au sein de ma famille, à jouer aux cartes avec ma nièce.

Et l'aubergiste cligna de l'œil.

— Vous avez oublié une chose, dit Mary.

— Non, ma chère, je n'ai rien oublié. Le cocher de cette voiture a été tué et est tombé dans le fossé à un quart de mille de la route. Vous espériez que le corps était resté là, n'est-ce pas? Sans doute cela vous choquera-t-il, Mary, mais le cadavre a voyagé avec nous jusqu'à la côte, et il repose maintenant, si j'ai bonne mémoire, sous dix pieds de galets. Bien sûr, quelqu'un s'inquiétera de sa disparition. J'ai songé à cela, mais comme on ne retrouvera jamais sa voiture, la chose n'a pas grande importance. Peut-être que, las de sa femme, il s'est enfui à Penzance. Qu'on aille donc l'y chercher! Et maintenant que nous sommes revenus à la réalité, vous pouvez me dire ce que vous faisiez dans cette voiture, Mary, et d'où vous veniez. Si vous ne me répondez pas, vous me connaissez maintenant assez bien pour savoir que je puis trouver un moyen de vous faire parler.

Mary jeta un coup d'œil à sa tante. Celle-ci tremblait comme un chien apeuré, ses yeux bleus fixés sur la figure de son mari. La jeune fille réfléchit très vite.

Il était assez facile de mentir; le temps était maintenant le facteur le plus important; il fallait compter avec le temps et le ménager si elle voulait que sa tante et elle pussent sortir vivantes de l'aventure. Elle devait agir avec adresse et donner à son oncle assez de corde pour se pendre. Son assurance se retournerait enfin contre lui. Mary n'avait qu'une seule chance de salut, et celui qui la représentait n'était pas loin, à cinq milles à peine; il attendait un signal d'elle à Altarnun.

— Je vais vous raconter ma journée, et vous pourrez me croire ou non, dit-elle, peu m'importe ce que vous pensez. La veille de Noël, je suis allée jusqu'à Launceston pour me promener à la foire. A huit heures, j'étais fatiguée et, quand la pluie se mit à tomber et le vent à souffler, je fus complètement trempée et incapable de marcher. Je louai cette voiture et dis au cocher que je voulais aller à Bodmin, pensant que si j'avais parlé de l'*Auberge de la Jamaïque*, il aurait refusé de me prendre. Eh bien, je n'ai rien de plus à vous dire.

— Étiez-vous seule à Launceston?

— Évidemment.

— Et vous n'avez parlé à personne?

— J'ai acheté un mouchoir à une femme, dans une baraque.

Joss Merlyn cracha à terre.

— Très bien, dit-il. Quoi que je puisse vous faire, vous raconterez toujours la même histoire, n'est-ce pas? Pour une fois, vous avez l'avantage puisque je ne peux savoir si vous mentez ou non. Ce que je peux vous dire, c'est que peu de filles de votre âge passeraient ainsi seules la journée à Launceston, pas plus qu'elles ne rentreraient seules en voiture. Si vous dites la vérité, nos perspectives sont meilleures. Ils ne viendront jamais chercher le cocher ici. Par Dieu, dans un instant, je me sentirai d'humeur à boire un autre verre.

Il se renversa sur sa chaise et tira sur sa pipe.

— Allons, tu voyageras dans ta propre voiture, Patience; tu auras des plumes à ton chapeau et un manteau de velours. Je ne suis pas encore battu. Je verrai d'abord toute la bande aller au diable. Attendez! Nous commencerons une vie nouvelle. Nous vivrons comme des coqs en pâte. Peut-être cesserai-je de boire et irai-je à l'église le dimanche. Et vous, Mary, vous serez mon bâton de vieillesse et me donnerez à manger à la cuiller.

Joss Merlyn rejeta la tête en arrière et se mit à rire, mais ce rire s'étrangla bientôt dans sa gorge, sa bouche se referma comme une trappe et il écrasa de nouveau sa chaise sur le sol en se dressant au milieu de la pièce, le corps tourné de côté, blanc comme un linge.

— Écoutez! murmura-t-il d'une voix rauque. Écoutez...

Les deux femmes suivirent la direction de son regard, attaché au filet de lumière qui filtrait à travers une ouverture dans les volets.

Quelque chose grattait doucement à la fenêtre de la cuisine... un frappement léger, menu... quelque chose qui effleurait furtivement la vitre.

Cela ressemblait au bruit que fait une branche de

lierre quand, détachée et pendante, elle bat contre la fenêtre ou le porche au moindre souffle de vent. Mais il n'y avait point de lierre sur les murs d'ardoise de *la Jamaïque* et rien ne frottait contre la fenêtre.

Les frappements continuaient, persuasifs et insistants... toc, toc... comme si un oiseau tapait du bec contre le verre... toc, toc... comme si les quatre doigts d'une main tambourinaient sur la vitre.

Il n'y avait d'autre bruit dans la cuisine que la respiration haletante de tante Patience, dont la main se glissa par-dessus la table sur celle de sa nièce. Mary observait l'aubergiste, debout et immobile; sa figure faisait sur le plafond une ombre monstrueuse, elle voyait ses lèvres bleues à travers la barbe noire. Il se pencha alors en avant et avança comme un chat sur la pointe des pieds; puis, laissant glisser sa main à terre, ses doigts se refermèrent sur son fusil, posé contre une chaise, sans qu'il quittât des yeux un seul instant le filet de lumière dans les volets.

Mary ravala sa salive; elle avait la gorge sèche. Celui qui se trouvait derrière la fenêtre était-il pour elle un ami ou un ennemi? Ce doute rendait l'attente plus poignante encore, mais, en dépit de ses espoirs, les battements de son cœur lui montraient combien la peur est contagieuse, tout comme les gouttes de sueur qui coulaient sur la face de son oncle. Elle porta jusqu'à sa bouche ses mains tremblantes et moites.

Pendant un moment, Joss Merlyn attendit derrière les volets, puis, s'élançant, il les ouvrit brusquement et la grise lumière de l'après-midi envahit la pièce. Un homme se trouvait de l'autre côté de la fenêtre, la face pressée contre la vitre, son ricanement découvrant ses dents cassées.

C'était Harry le colporteur. Joss Merlyn poussa un juron et ouvrit la fenêtre avec violence.

— Le diable vous emporte ! Ne pouvez-vous entrer ! hurla-t-il. Voulez-vous donc une balle dans les entrailles, sacré idiot ? Voilà cinq minutes que je suis là à guetter, mon fusil braqué sur votre ventre. Tirez le verrou, Mary. Ne restez pas ainsi appuyée au mur comme un fantôme. Il y a assez de nerfs dans cette maison sans que vous vous y mettiez.

Comme tous les hommes qui viennent d'avoir peur, l'aubergiste rejetait le blâme de sa panique sur le compte d'un autre, faisant le fanfaron pour se rassurer. Mary se dirigea lentement vers la porte. La vue du colporteur lui rappelait le cuisant souvenir de sa lutte dans le chemin creux et la réaction ne se fit pas attendre. Son dégoût était si grand qu'elle ne pouvait même pas le regarder. Elle lui ouvrit sans un mot, s'abritant derrière la porte et, quand il entra dans la cuisine, elle se détourna aussitôt et alla vers le feu, tassant machinalement la tourbe sur les cendres, lui tournant le dos.

— Eh bien, apportez-vous des nouvelles ? interrogea l'aubergiste.

Le colporteur fit claquer ses lèvres et eut un geste du pouce par-dessus l'épaule.

— Tout le pays est en effervescence, dit-il. Toutes

les langues sont déchaînées, du Tamar à Saint-Ives. J'étais à Bodmin dans la matinée; la ville était en révolution; les gens sont exaspérés et demandent justice. La nuit dernière, j'ai dormi à Camelford; le moindre gueux brandissait le poing en l'air et en discutait avec son voisin. Il n'y aura qu'une fin à cette tempête, et vous en connaissez le nom, n'est-ce pas?

Harry fit le geste d'encercler son cou de ses mains.

— Il faut fuir, dit-il. C'est notre seule chance. Les routes ne sont pas sûres, celles de Bodmin et de Launceston sont les plus dangereuses. En traversant la lande, je vais aller dans le Devon, au-dessus de Gunnislake; cela prendra plus de temps, je le sais, mais qu'importe si l'on sauve sa peau? N'auriez-vous pas une bouchée de pain dans la maison, madame? Je n'ai rien mangé depuis hier matin.

Il adressa la question à la femme de l'aubergiste, mais son regard tomba sur Mary. Patience Merlyn fouilla dans le placard et en sortit du pain et du fromage, la bouche agitée de mouvements nerveux, faisant des gestes maladroits, l'esprit absent. Comme elle mettait la table, elle regarda son mari d'un air suppliant.

— Tu entends ce qu'il dit, implora-t-elle. C'est folie de rester ici. Il faut partir tout de suite, avant qu'il ne soit trop tard. Tu sais comment les gens ont pris la chose. Ils n'auront de toi aucune pitié. Ils te tueront sans jugement. Pour l'amour de Dieu, écoute-le, Joss.

Tu sais que ce n'est pas pour moi que je me tourmente. C'est pour toi...

— Vas-tu fermer ta bouche? hurla son mari. Je n'ai jamais encore demandé ton avis et je ne te le demande pas maintenant. Je puis affronter seul ce qui m'arrivera, sans que tu bêles à côté de moi comme un mouton. Vous abandonnez donc aussi la partie, Harry? Vous filez, l'oreille basse, à cause d'une poignée de clercs et de Wesleyens qui réclament votre sang au nom du Christ? Ont-ils des preuves contre nous? Allons, répondez. Ou bien est-ce votre conscience qui s'élève contre vous?

— Au diable ma conscience, Joss. C'est au nom du bon sens que je parle. Toute cette région est devenue dangereuse et je partirai pendant que c'est encore possible. Quant aux preuves, nous avons vogué assez près du vent tous ces derniers mois pour qu'il y en ait assez. Ne suis-je pas resté avec vous? Ne suis-je pas venu ici aujourd'hui, risquant ma peau, pour vous avertir? Je ne dis rien contre vous, Joss, mais c'est votre damnée stupidité qui a causé tout ce gâchis. Vous nous avez fait boire et, aussi ivres que vous, vous nous avez entraînés sur la côte dans une aventure insensée que nous n'avions pas préparée. Nous avions une chance sur un million, et dire que cette chance s'est produite! C'est parce que nous étions ivres que nous avons perdu la tête et laissé des objets et mille autres traces sur le rivage. A qui la faute? A vous, je crois.

Le colporteur abattit son poing sur la table. Sa face

jaune et insolente était tout près de l'aubergiste et ses lèvres gercées s'ouvraient en un ricanement.

Joss Merlyn le considéra un instant et, quand il parla, sa voix était menaçante et basse :

— Ainsi, Harry, vous m'accusez, n'est-ce pas? Vous êtes comme le reste de la bande, vous vous tortillez comme un serpent quand la chance se retourne contre vous. Pourtant, grâce à moi, vous avez eu certains profits. Vous avez palpé de l'or comme vous n'aviez jamais pu le faire. Vous avez vécu comme un prince tous ces derniers temps, au lieu de croupir au fond d'une mine, où se trouve votre place. Supposons que nous n'ayons pas perdu la tête l'autre nuit et que nous soyons partis en bon ordre avant l'aube, comme nous l'avions fait cent fois déjà. Vous vous accrocheriez à moi maintenant pour emplir vos poches, n'est-ce pas? Vous seriez en train de me flatter bassement avec le reste du troupeau pour réclamer votre part des dépouilles. Vous m'appelleriez votre Dieu tout-puissant. Vous lécheriez mes bottes, vous vous rouleriez dans la poussière. Eh bien, filez si vous voulez, l'oreille basse, jusqu'à la rive du Tamar, et le diable vous emporte! Je ferai face au danger tout seul.

Le colporteur eut un rire forcé et haussa les épaules

— Mais nous pouvons parler, je crois, sans nous prendre à la gorge. Je n'ai rien fait contre vous. Je suis encore de votre côté. La veille de Noël, nous étions tous ivres, je le sais. Laissons cela, ce qui est fait est fait. Notre bande est dispersée et nous n'avons pas besoin de nous occuper des autres. Ils auront trop peur pour se montrer et nous créer des difficultés. Il reste donc vous et moi, Joss. Nous avons trempé dans l'affaire plus que n'importe qui, vous et moi, et plus nous nous aiderons, mieux cela vaudra pour tous les deux. Voilà pourquoi je suis ici, pour en discuter et voir où nous en sommes.

Le colporteur rit de nouveau, montrant ses gencives molles, et se mit à tambouriner sur la table avec ses doigts noirs en spatule.

L'aubergiste l'observa froidement et étendit la main vers sa pipe.

— Où voulez-vous en venir, Harry? demanda-t-il, s'appuyant contre la table et bourrant sa pipe.

Le colporteur ricana.

— Je ne veux en venir à rien du tout, dit-il. Je veux simplement nous faciliter les choses. Il faut que nous partions, c'est évident, à moins que nous ne voulions être pendus. Mais voilà, Joss, je ne vois pas pourquoi nous partirions les mains vides. Il y a un monceau de choses emportées du rivage et que nous avons entassées il y a deux jours dans la pièce, là-bas. C'est bien exact, n'est-ce pas? Et ces choses appartiennent de droit à tous ceux qui ont travaillé pour cela la veille de Noël. Mais il n'y a maintenant pour les réclamer que vous et moi. Je ne dis pas que ces objets représentent une grande valeur, mais je ne vois pas pourquoi nous n'en emporterions pas une certaine partie dans le Devon?

L'aubergiste lui souffla un nuage de fumée en pleine figure.

— Vous n'êtes donc pas revenu à *la Jamaïque* pour mes beaux yeux? dit-il. Je croyais que vous m'aimiez bien, Harry, et que vous ne vouliez pas me quitter.

Toujours ricanant, le colporteur s'agita sur sa chaise.

— Mais nous sommes amis, n'est-ce pas? Il n'y a donc aucun mal à parler franchement. Les objets sont là et il faut deux hommes pour les charger. Les femmes ne pourraient le faire. Quel mal y aurait-il à ce que vous et moi prenions un arrangement pour en finir?

L'aubergiste tira pensivement sur sa pipe.

— Vous débordez vraiment d'idées, mon ami. Et si les objets n'étaient plus là? Si j'en avais déjà disposé? Voici deux jours que je croque le marmot, vous le savez, et les coches passent devant ma porte. Qu'en pensez-vous, Harry, mon garçon?

Le ricanement disparut des lèvres du colporteur et il avança la mâchoire.

— C'est une plaisanterie! gronda-t-il. Jouez-vous donc un double jeu, ici, à *la Jamaïque?* Si oui, vous n'en serez pas quitte à si bon compte. Vous avez été bien silencieux parfois, Joss Merlyn, quand les chargements étaient faits et quand les chariots roulaient sur la route. J'ai vu parfois des choses que je n'ai pas comprises; j'ai entendu certaines phrases aussi. Vous avez fait, bon an, mal an, de brillantes affaires, beaucoup trop brillantes, ainsi que le pensaient plusieurs d'entre nous, en comparaison de nos petits profits, à nous qui courions le plus grand risque. Répondez-moi, Joss Merlyn, recevez-vous des ordres de quelqu'un au-dessus de vous?

L'aubergiste se jeta sur lui en un éclair. De son poing fermé, il atteignit le colporteur au menton; l'homme tomba en arrière sur la tête et la chaise sur laquelle il était assis s'effondra sur les dalles avec fracas. Il se redressa aussitôt sur les genoux, mais l'aubergiste se pencha sur lui, le canon de son fusil contre la gorge du colporteur.

— Un seul mouvement, et vous êtes un homme mort, dit-il à voix basse.

Harry leva vers son assaillant sa face jaune et bouffie; ses yeux au regard vil étaient mi-clos. La chute lui avait fait perdre le souffle et il respirait fortement. Dès le début de la lutte, tante Patience, frappée de terreur, s'était blottie contre le mur, ses yeux, en un vain appel, cherchant ceux de sa nièce. Mary observait étroitement son oncle, dont l'état d'esprit ne lui inspirait, cette fois, aucun dérivatif. Il abaissa son fusil et repoussa du pied le colporteur.

— Et maintenant, parlons raisonnablement tous les deux, dit-il, s'appuyant de nouveau contre la table, le fusil sur son bras, tandis que le colporteur se traînait mi-agenouillé, mi-rampant sur le sol.

— C'est moi qui suis le chef dans l'affaire, et je l'ai toujours été, dit lentement l'aubergiste. Je l'ai dirigée depuis le début, il y a trois ans, quand nous transportions à Padstow les chargements des petits lougres de douze tonnes et que nous nous trouvions heureux avec quelques sous en poche. J'ai réussi à faire de l'entreprise la plus importante de la région, de Hartland à Hayle. Et je recevrais des ordres? Ah! j'aimerais voir l'homme qui oserait le faire! Mais il n'est plus question de cela maintenant. Notre carrière à tous est finie. Vous n'êtes pas venu ici pour m'avertir. Vous êtes venu voir ce que vous pourriez tirer du désastre. Vous avez trouvé l'auberge fermée et votre misérable cœur s'en est réjoui. Vous avez gratté à la fenêtre parce que vous saviez que le crochet des volets est desserré et facile à arracher. Vous ne pensiez pas me trouver là, hein? Vous espériez trouver Patience, ou Mary? Vous vouliez leur faire peur en prenant mon fusil sur le mur où il est accroché, comme vous l'avez vu souvent? Et alors, au diable le patron de *la Jamaïque!* Ah! Harry, misérable rat, croyez-vous que je n'aie pas lu tout cela dans vos yeux quand j'ai rejeté les volets et vu votre face à la fenêtre? Croyez-vous que je n'aie pas vu votre brusque mouvement de surprise et votre sourire jaune?

Le colporteur passa sa langue sur ses lèvres et ravala sa salive. Il jeta un coup d'œil vers Mary, immobile près du feu. Son œil rond était attentif, comme un rat pris au piège. Il se demandait si elle interviendrait contre lui. Mais Mary ne dit mot. Elle attendait la décision de son oncle.

— Très bien, dit l'aubergiste. Nous allons prendre

un arrangement tous les deux, comme vous l'avez suggéré. Nous allons nous entendre. J'ai changé d'idée, mon cher ami, et, avec votre aide, nous allons prendre la route du Devon. Comme vous me l'avez rappelé, il y a dans cette maison des choses qui valent d'être emportées, et je ne puis les transporter seul. C'est demain dimanche, jour de repos. Le naufrage de cinquante bateaux ne ferait pas bouger les gens agenouillés de ce pays. Les jalousies seront tirées, il y aura des sermons, des figures graves et des prières offertes aux pauvres marins qui, par mésaventure, sont tombés sous la main du diable. Mais on ne se mettra pas à la recherche du diable un jour de sabbat. Nous avons vingt-quatre heures devant nous, Harry, mon garçon, et demain soir, quand vous aurez le dos meurtri à force de charger la tourbe et les navets de ma propriété dans la charrette et que vous me donnerez le baiser d'adieu, et à Patience aussi, et peut-être à Mary... eh bien, vous pourrez alors remercier à genoux Joss Merlyn de vous laisser la vie au lieu de vous envoyer pourrir dans un fossé, où se trouve votre place, avec une balle dans votre cœur noir.

L'aubergiste leva de nouveau son fusil, dont il posa le canon glacé contre la gorge de l'homme. Le colporteur gémit, montrant le blanc de ses yeux. Joss Merlyn se mit à rire.

— Vous êtes un habile tireur à votre façon, Harry. N'est-ce pas l'endroit que vous avez touché quand vous avez tué Ned Santo, l'autre nuit? Vous lui avez déchiré la trachée-artère et le sang a jailli. C'était un bon garçon, ce Ned, mais il avait la langue un peu vive. C'est bien là que vous l'avez touché, n'est-ce pas?

Joss Merlyn pressa le canon de l'arme contre la gorge du colporteur.

— Si je commettais maintenant une erreur, votre trachée-artère s'ouvrirait, tout comme celle du pauvre Ned. Vous ne voulez pas que je commette une erreur, n'est-ce pas?

Le colporteur ne pouvait prononcer un mot. Il roulait des yeux blancs, et sa main ouverte, dont quatre doigts carrés étaient écartés, semblait attachée au sol.

L'aubergiste écarta son fusil et, se penchant, mit le colporteur sur pied d'une secousse.

— Allons, dit-il, pensez-vous que je vais jouer avec vous toute la nuit? Il est bon de plaisanter cinq minutes, après cela, c'est une corvée. Ouvrez la porte de la cuisine, tournez à droite et descendez le couloir jusqu'à ce que je vous dise d'arrêter. Vous ne pouvez vous échapper par la porte du bar. Toutes les portes et toutes les fenêtres sont fermées. Les mains vous démangeaient d'explorer le butin que nous avons rapporté de la plage, n'est-ce pas, Harry? Eh bien, vous passerez la nuit parmi les dépouilles. Sais-tu, Patience, ma chère, que c'est, je crois, la première fois que nous donnons l'hospitalité à l'*Auberge de la Jamaïque*? Je ne compte pas Mary, qui fait partie de la maison.

L'aubergiste eut un rire de bonne humeur, car ses

dispositions changeaient maintenant comme une girouette, et, posant sur le dos du colporteur la crosse de son fusil, il le poussa hors de la cuisine, puis dans l'obscur couloir dallé qui menait à la pièce condamnée, dont la porte, si rudement défoncée par le squire Bassat et son domestique, avait été renforcée avec un nouveau madrier et était plus solide que jamais. Joss Merlyn n'était pas resté entièrement inactif durant la semaine écoulée.

Après avoir enfermé son ami à clé en lui recommandant de ne pas se laisser dévorer par les rats, dont le nombre augmentait de jour en jour, l'aubergiste regagna la cuisine en se tordant de rire.

— Je pensais bien qu'Harry tournerait casaque, dit-il. Je le voyais dans ses yeux depuis des semaines, bien avant cette sale histoire. Harry combattra au côté du plus fort, mais il vous mordra la main dès que la chance vous abandonnera. Il est jaloux, il est vert de jalousie. Il est pourri de jalousie et c'est de moi qu'il est jaloux. Ils sont tous jaloux de moi. Ils savaient que j'étais le cerveau de l'entreprise et m'en détestaient. Pourquoi me regardez-vous ainsi, Mary? Vous feriez mieux de dîner et d'aller vous coucher. Vous avez un long voyage devant vous demain soir, et je vous avertis qu'il ne sera pas facile.

Mary le regarda par-dessus la table. Le fait qu'elle refuserait de partir avec lui importait peu pour le moment; il pouvait penser ce qu'il voulait là-dessus. Elle était très lasse, tout ce qu'elle avait vu et fait pesait lourdement sur elle et elle avait la tête bouillonnante de projets.

Avant le lendemain soir, Mary irait à Altarnun. Une fois là-bas, sa responsabilité prendrait fin. Ce sont les autres qui agiraient. Ce serait dur pour tante Patience, pour elle aussi peut-être, au début; elle ne savait rien du fatras et des complexités de la loi, mais la justice aurait enfin le dessus. Il lui serait assez facile de se disculper ainsi que sa tante. La pensée de son oncle (maintenant assis devant elle, la bouche pleine de pain rassis et de fromage) debout, les mains liées derrière le dos, pour la première fois et pour toujours impuissant, lui causait un plaisir exquis, et elle tournait et retournait l'image dans son esprit avec complaisance. Tante Patience se remettrait; elle coulerait le reste de ses jours dans la paix et la quiétude. Mary se demandait comment, le moment venu, se ferait la capture. Peut-être se mettraient-ils en route, comme son oncle l'avait prévu, et tandis qu'ils seraient sur la route et qu'il rirait, plein d'assurance, une troupe nombreuse les encerclerait, des hommes en armes, et comme il se débattrait sans espoir, vaincu par le nombre et maintenu à terre, elle se pencherait vers lui en souriant : " Je croyais que vous aviez un cerveau, mon oncle ", lui dirait-elle, et il comprendrait.

Mary cessa de contempler l'aubergiste et se tourna vers le buffet pour prendre sa bougie.

— Je ne dînerai pas ce soir, dit-elle.

Tante Patience eut un petit murmure de détresse et

leva les yeux de la tranche de pain sec posée sur l'assiette, devant elle, mais son mari, d'un coup de pied, la força au silence.

— Ne peux-tu la laisser bouder si cela lui plaît? Que t'importe qu'elle mange ou ne mange pas? Le jeûne est excellent pour les femmes et les bêtes. Cela les fait revenir à de meilleurs sentiments. Elle sera plus humble demain matin. Attendez, Mary. Vous dormirez mieux si je vous enferme à clé. Je ne veux pas de rôdeurs dans le couloir.

Puis les yeux de l'aubergiste allèrent du fusil posé contre le mur aux volets de la cuisine, encore grands ouverts.

— Ferme la fenêtre, Patience, dit-il pensivement, et mets la barre aux volets. Quand tu auras fini de dîner, tu pourras aussi aller te coucher. Je ne quitterai pas la cuisine cette nuit.

Sa femme le regarda d'un air effrayé, frappée par le son de sa voix. Elle allait parler lorsqu'il lui coupa la parole.

— N'as-tu pas encore appris à ne pas me poser de questions? hurla-t-il.

La femme se leva aussitôt et se dirigea vers la fenêtre. Mary, sa bougie allumée à la main, attendait près de la porte.

— Eh bien, lui dit son oncle, qu'attendez-vous? Je vous ai dit de partir.

Mary sortit dans le couloir sombre et, tandis qu'elle avançait, sa bougie projetait son ombre derrière elle.

Aucun bruit ne venait de la chambre condamnée, au bout du couloir, et elle songea au colporteur qui gisait là dans l'obscurité, attendant le jour. La pensée de cet homme lui faisait horreur; il ressemblait à un rat et se trouvait emprisonné parmi ses semblables. Elle se le représenta soudain avec des griffes de rat, grattant et rongeant la porte, et regagnant sa liberté dans le silence de la nuit.

Mary frissonna et ressentit une étrange reconnaissance à l'idée que son oncle avait décidé de la traiter, elle aussi, en prisonnière. La maison était perfide, ce soir-là; ses pas mêmes rendaient un son creux sur les dalles et des échos inattendus venaient des murs. La cuisine, elle aussi, la seule pièce de la maison qui possédât quelque chose de normal et de chaud, faisait derrière elle, ainsi éclairée par la bougie, un trou jaune et sinistre. Son oncle allait-il donc rester là, sans lumière, son fusil sur les genoux, attendant quelque chose?... ou quelqu'un?...

L'aubergiste traversa le hall et Mary monta l'escalier. Son oncle la rejoignit sur le palier et la suivit jusqu'à la chambre au-dessus du porche.

— Donnez-moi votre clé, dit-il.

Mary la lui tendit sans un mot. Il hésita un moment examinant la jeune fille, et, se penchant vers elle, il lui remit ses doigts sur la bouche.

— J'ai une petite place pour vous dans mon cœur, Mary, dit-il. Vous avez encore de l'esprit et du courage, malgré tous les coups que je vous ai donnés. Je l'ai vu dans vos yeux ce soir. Si j'avais été plus jeune, je vous aurais fait la cour, Mary. Je vous aurais conquise et nous aurions marché ensemble dans la gloire. Vous le savez, n'est-ce pas?

Mary ne répondit pas. Elle regardait fixement son oncle, debout près de la porte et, sans qu'elle s'en rendît compte, sa main tremblait légèrement en tenant le chandelier.

Baissant la voix, il murmura :

— Un danger me menace, Mary. Je me moque bien de la loi. S'il ne s'agissait que de cela, je m'arrangerais facilement pour être libre. Si toute la Cornouailles était à mes trousses, je ne m'en soucierais guère. C'est pour autre chose, Mary, que je dois être sur mes gardes. Il se peut que des pas viennent dans la nuit et s'en retournent, et qu'une main me frappe.

Dans la demi-lumière, l'aubergiste paraissait amaigri, vieilli; il avait dans les yeux, à l'adresse de Mary, une lueur significative qui brillait comme une flamme pour s'éteindre de nouveau.

— Nous mettrons le Tamar entre nous et *la Jamaïque*, dit-il.

Puis il sourit et la courbe de sa bouche fut douloureusement familière à la jeune fille : c'était pour elle un écho du passé. Son oncle ferma la porte sur elle et tourna la clé.

Mary l'entendit descendre lourdement l'escalier, puis longer le couloir et tourner le coin vers la cuisine. Elle alla s'asseoir sur son lit, les mains sur les genoux. Et, pour quelque raison mystérieuse, plus tard rejetée et oubliée, tout comme les petits péchés de son enfance et ces rêves repoussés en plein jour, elle mit ses doigts sur ses lèvres, ainsi que l'avait fait son oncle, et les promena de sa bouche à sa joue.

Puis elle se mit à pleurer doucement, silencieusement, et les larmes qui tombaient sur sa main avaient un goût amer.

CHAPITRE XIII

MARY s'était endormie là où elle se trouvait, sans se déshabiller, et sa première pensée consciente fut que l'orage avait repris, amenant la pluie qui ruisselait contre la vitre. Ouvrant les yeux, elle vit que la nuit était calme, sans un souffle de vent, et n'entendit aucun bruit de pluie. Aussitôt en alerte, elle attendit que le bruit qui l'avait éveillée se répétât. Cela ne tarda guère. Une poignée de terre, jetée de la cour, vint s'écraser contre la vitre. Elle jeta ses jambes hors du lit et écouta, pesant les possibilités de danger.

Si c'était là un avertissement, le procédé était grossier et mieux valait ne pas répondre. Quelqu'un qui possédait mal la topographie de l'auberge avait peut-être pris sa fenêtre pour celle de son oncle. Celui-ci attendait en bas, son fusil sur les genoux, un visiteur éventuel; peut-être ce visiteur était-il venu et se trouvait-il maintenant dans la cour... La curiosité prit enfin le dessus et la jeune fille se glissa doucement jusqu'à la fenêtre, se tenant dans l'ombre du mur en saillie. La nuit était encore noire. Des ombres planaient partout, mais, très bas dans le ciel, la mince ligne d'un nuage annonçait l'aube.

Mary ne s'était pas trompée. La terre sur le plancher était réelle, ainsi que la figure debout sous le porche : une figure d'homme. Elle s'accroupit près de la fenêtre, attendant son prochain mouvement. L'homme se baissa de nouveau, plongea la main dans une plate-bande près de la fenêtre du salon et jeta une motte de terre vers sa fenêtre, éclaboussant la vitre d'une boue molle mêlée de cailloux. Cette fois, Mary vit son visage, et elle poussa un cri de surprise, oubliant toutes les précautions qu'elle avait appris à observer.

C'était Jem Merlyn. Mary, se penchant aussitôt à la fenêtre, allait l'appeler, mais il lui fit signe de se taire. Il vint tout près du mur, s'éloignant du porche qui lui eût caché la jeune fille, et, mettant ses mains en cornet, il murmura :

— Descendez et ouvrez-moi la porte.

Mary secoua la tête.

— C'est impossible. Je suis enfermée dans ma chambre.

Jem la regarda, tout interdit et intrigué, puis considéra la maison, comme si elle eût pu suggérer quelque solution. Il promena ses mains sur les ardoises pour les éprouver, tâtant les clous rouillés autrefois utilisés pour grimper et qui pourraient peut-être lui offrir un appui. Les tuiles basses du porche étaient à sa portée, mais il ne pouvait s'agripper à leur surface lisse. S'il saisissait le bord du porche, cela ne servirait de rien.

— Apportez-moi la couverture de votre lit, dit-il doucement.

Mary comprit aussitôt ce qu'il voulait faire et attacha une extrémité de sa couverture au pied du lit, puis elle jeta l'autre bout par la fenêtre, au-dessus de la tête de Jem. Cette fois, pouvant se tenir à quelque chose, il bondit jusqu'au toit peu élevé du porche, réussit à se hisser entre le porche et le mur, ses pieds s'accrochant aux ardoises, et, de cette façon, il put enjamber le porche lui-même et se trouver au niveau de la fenêtre.

La figure de Jem était maintenant près de celle de Mary et la couverture pendait près de lui. La jeune fille se débattit avec le châssis de la fenêtre, mais ses efforts furent inutiles. La fenêtre n'offrait qu'une ouverture d'un pied. Jem ne pouvait entrer dans la pièce sans briser une vitre.

— Il faut donc que je vous parle ici, dit-il. Venez plus près, que je puisse vous voir.

Mary s'agenouilla sur le parquet, le visage dans l'ouverture de la fenêtre. Ils se regardèrent un moment sans parler. Jem avait l'air épuisé, ses yeux étaient creux comme ceux d'un homme qui n'a pas dormi et a subi une grande fatigue. Il avait autour de la bouche des rides que Mary n'avait pas encore vues, et il ne souriait point.

— Je vous dois une excuse, dit-il enfin. Je vous ai abandonnée d'inqualifiable façon à Launceston, la veille de Noël. Vous pouvez me pardonner ou non, à votre gré, mais la raison... je ne puis vous la donner. Je le regrette.

Cette attitude de rudesse ne lui convenait point; il paraissait avoir beaucoup changé et ce changement lui déplaisait.

— Je craignais pour votre sécurité, dit-elle. J'ai retrouvé votre piste jusqu'au Cerf Blanc, où l'on m'a dit que vous étiez monté en voiture avec un monsieur. Après cela, aucun message, pas un mot d'explication. Parmi tous les hommes assemblés autour du feu, se trouvait le marchand de chevaux qui vous avait parlé sur la place du marché. Ces gens étaient horribles, curieux et ne m'inspiraient pas confiance. Je me demandais si le vol du poney avait été découvert. J'étais misérable et désolée. Je ne vous blâme pas. Vos affaires ne regardent que vous.

La jeune fille était blessée par l'attitude de Jem, si inattendue pour elle. Dès qu'elle l'avait aperçu, sous sa fenêtre, elle n'avait vu en lui que l'homme qu'elle aimait, qui, dans la nuit, était venu vers elle, recherchant sa présence. Sa froideur éteignit sa flamme et elle se replia aussitôt sur elle-même, espérant qu'il n'avait pas lu son désappointement sur son visage.

Jem ne demanda même pas comment la jeune fille était rentrée cette nuit-là et son indifférence la déconcertait.

— Pourquoi êtes-vous enfermée dans votre chambre?

Mary haussa les épaules et répondit d'une voix morne :

— Mon oncle se défie des gens qui écoutent aux portes. Il craint qu'en rôdant dans le couloir je ne découvre ses secrets. Vous paraissez avoir le même dégoût pour l'indiscrétion. Vous demander pourquoi vous êtes ici cette nuit serait une injure, je suppose.

— Oh! soyez aussi cruelle que vous voulez, je le mérite, jeta-t-il brusquement. Je sais ce que vous pensez de moi. Un jour, je pourrai peut-être vous expliquer, si vous n'êtes pas alors loin de moi. Pour le moment, ayez le courage d'envoyer au diable votre fierté blessée et votre curiosité. Je marche sur un terrain dangereux, Mary, un faux pas me perdrait. Où est mon frère?

— Il nous a dit qu'il passerait la nuit dans la cuisine. Il a peur de quelque chose, ou de quelqu'un. Les fenêtres sont closes, les portes verrouillées et il a son fusil.

Jem rit âprement.

— Qu'il ait peur, je n'en doute pas. Il aura plus peur encore dans quelques heures, je vous assure. Je suis venu ici pour le voir, mais s'il veille avec son fusil sur les genoux, je puis remettre ma visite à demain, quand l'ombre aura disparu.

— Demain, peut-être sera-t-il trop tard.

— Que voulez-vous dire?

— Il a l'intention de quitter *la Jamaïque* à la tombée de la nuit.

— Me dites-vous bien la vérité?

— Pourquoi vous mentirais-je à présent?

Jem garda le silence. Cette nouvelle était évidemment pour lui une surprise qui le faisait réfléchir. Mary l'observait, torturée par le doute; ses anciens soupçons lui revenaient. C'était le visiteur attendu par son oncle, celui qu'il haïssait et redoutait. C'était l'homme qui tenait entre ses mains les fils de la vie de l'aubergiste. Elle revit la face ricanante du colporteur et se rappela les paroles qui avaient provoqué la fureur de son oncle : " Répondez-moi, Joss Merlyn, recevez-vous des ordres de quelqu'un au-dessus de vous? " C'était l'homme dont l'esprit servait la force de l'aubergiste, c'était l'homme dissimulé dans la chambre vide.

Mary songea de nouveau au Jem insouciant et rieur qui l'avait emmenée à Launceston, qui lui avait pris les mains sur la place du marché, qui l'avait embrassée. Il était maintenant grave et silencieux, la face dans l'ombre. L'idée de cette double personnalité la troublait et l'effrayait. Il lui apparaissait comme un étranger, obsédé par un sombre dessein qu'elle ne pouvait comprendre. Elle n'eût pas dû l'avertir du projet de fuite de l'aubergiste; cela pouvait contrecarrer ses propres plans. Quoi que Jem eût fait ou comptât faire, qu'il fût perfide et assassin, elle l'aimait, dans la faiblesse de sa chair, et il lui fallait le prévenir.

— Vous devriez prendre garde quand vous verrez votre frère. Il est d'humeur dangereuse. Celui qui s'opposerait maintenant à ses décisions risquerait sa vie. Je vous dis cela pour votre propre sécurité.

— Joss ne me fait pas peur. Je n'ai jamais eu peur de lui.

— Peut-être pas. Mais s'il avait peur de vous?

Jem ne répondit pas, mais, se penchant brusquement en avant, il examina le visage de la jeune fille et toucha l'égratignure qui allait du front au menton.

— Qui vous a fait cela? demanda-t-il vivement en découvrant un bleu sur sa joue.

Mary hésita un moment et répondit :

— Cela vient de la veille de Noël.

La lueur qui passa dans les yeux de Jem lui apprit aussitôt qu'il comprenait, qu'il était au courant des événements de la nuit et que c'était là la raison de sa visite à *la Jamaïque*.

— Vous êtes allée avec eux sur le rivage? murmura-t-il.

Mary acquiesça en l'observant attentivement, pesant ses mots. Jem jura tout haut et, se penchant en avant, brisa la vitre d'un coup de poing, sans se soucier du bruit de verre s'écrasant sur le sol ni du sang qui jaillit aussitôt de sa main. L'ouverture était maintenant assez large, il entra dans la pièce et fut auprès d'elle avant qu'elle ne se rendît compte de ce qu'il avait fait. Il la prit dans ses bras, la porta jusqu'au lit, où il l'étendit; puis, tâtonnant dans l'obscurité, il trouva une bougie, l'alluma et revint s'agenouiller auprès du lit, projetant la lumière sur le visage de Mary. Il promena le doigt sur les blessures du visage et du cou de la jeune fille et, quand elle fit une grimace de douleur, il jura de nouveau.

— J'aurais pu vous épargner ceci, dit-il.

Jem souffla la bougie, s'assit près d'elle sur le lit, lui prit la main, la tint un instant serrée et la lui abandonna.

— Dieu tout-puissant, pourquoi êtes-vous allée avec eux? demanda-t-il.

— Ils étaient ivres et fous. Je crois qu'ils ne savaient ce qu'ils faisaient. Je ne pouvais pas plus me défendre contre eux qu'un enfant. Ils étaient douze, ou davantage, et mon oncle les conduisait, lui et le colporteur. Mais si vous le savez, pourquoi m'interrogez-vous? Ne m'en faites pas souvenir. Je ne veux pas me souvenir.

— Vous ont-ils fait de graves blessures?

— Des bleus, des égratignures... vous le voyez vous-même. J'ai essayé de m'échapper et je me suis écorché la hanche. Ils m'ont rattrapée, naturellement. Ils m'ont attaché les mains et les pieds sur la grève et m'ont bâillonnée pour m'empêcher de crier. J'ai vu le bateau sortir du brouillard sans rien pouvoir faire... j'étais là toute seule dans le vent et la pluie. Il m'a fallu les regarder mourir.

Mary s'interrompit, car sa voix tremblait; elle se détourna et cacha dans ses mains son visage. Jem ne fit aucun mouvement vers elle. Il restait assis, silencieux, sur le lit, et elle le sentait loin d'elle, enveloppé dans son secret. Elle avait l'impression d'être plus seule que jamais.

— Est-ce mon frère qui vous a le plus maltraitée? demanda-t-il au bout de quelques minutes.

Mary eut un soupir de lassitude. Il était trop tard, peu importait maintenant.

— Je vous ai dit qu'il était ivre, dit-elle. Vous savez peut-être mieux que moi ce dont il est alors capable.

— Oui, je sais.

Jem, un instant plus tard, lui reprit la main.

— Pour ceci, il mourra, dit-il.

— Sa mort ne fera pas revivre ceux qu'il a tués.

— Ce n'est pas à eux que je pense en ce moment.

— Si c'est à moi, ne gaspillez pas votre sympathie. Je puis me venger à ma façon. J'ai au moins appris une chose : à ne compter que sur moi.

— Les femmes sont des choses fragiles, Mary, malgré leur courage. Vous feriez mieux de rester maintenant en dehors de tout cela. Le dénouement me regarde.

Mary ne répondit pas. Ses plans étaient bien à elle et il n'y avait point de part.

— Que comptez-vous faire? demanda-t-il.

— Je n'ai rien décidé encore, mentit-elle.

— S'il part demain soir, vous avez peu de temps pour prendre des décisions.

— Il compte que je partirai avec lui, et tante Patience aussi.

— Et vous?

— Tout dépendra de demain.

Quelque sentiment qu'elle éprouvât pour lui, Mary ne se hasardait pas à lui confier ses plans. Il lui était encore inconnu et, avant tout, un ennemi de la justice. Mais il lui apparut soudain qu'en trahissant son oncle, elle pouvait aussi le trahir.

— Si je vous demandais de faire quelque chose, accepteriez-vous? dit-elle.

Jem sourit pour la première fois, indulgent et moqueur, comme il avait fait à Launceston, et le cœur de Mary bondit aussitôt vers lui, encouragé par ce changement.

— Comment puis-je le dire?

— Je veux vous voir partir d'ici.

— Mais je m'en vais tout de suite.

— Non, je veux vous voir quitter la lande, partir loin de *la Jamaïque*. Je veux que vous me promettiez de ne pas revenir ici. Je puis résister à votre frère. Je n'ai rien à redouter de lui en ce moment. Je ne veux pas que vous veniez ici demain. Je vous en prie, promettez-moi de partir.

— Mais que vous êtes-vous mis en tête?

— Quelque chose qui n'a aucun rapport avec vous, mais qui pourrait vous mettre en danger. Je n'en puis dire davantage. Ah! si vous pouviez me croire.

— Vous croire? Dieu! Je vous crois, bien sûr. C'est vous qui ne me croyez pas, sacrée petite sotte.

Jem, riant silencieusement, se pencha vers elle, l'entoura de ses bras et l'embrassa ainsi qu'il avait fait à Launceston, mais délibérément, cette fois, plein de colère et d'exaspération.

— Eh bien, jouez votre partie toute seule et laissez-moi jouer la mienne, dit-il. Si vous voulez jouer au garçon, je ne peux pas vous en empêcher, mais, pour l'amour de votre visage, que j'ai embrassé et que j'embrasserai encore, éloignez-vous du danger. Vous ne voulez pas vous tuer, n'est-ce pas? Maintenant, il faut que je vous laisse. Il fera jour avant une heure. Et si nos deux plans échouent? Si vous deviez ne plus me revoir, qu'en diriez-vous? Oh! naturellement, cela vous serait égal.

— Je n'ai pas dit cela. Vous ne comprenez rien.

— Les femmes pensent tout autrement que les hommes; elles suivent un autre chemin. C'est pourquoi je n'ai pas beaucoup de sympathie pour elles. Elles ne créent que trouble et confusion. J'ai eu beaucoup de plaisir à vous emmener à Launceston, Mary, mais quand il s'agit de vie ou de mort, comme c'est le cas en ce moment, Dieu sait combien je vous souhaiterais à cent milles de là, assise d'un air guindé, un ouvrage sur les genoux, dans un salon bien propre où se trouve votre place.

— Je n'ai jamais vécu ainsi, et cela ne m'arrivera jamais.

— Pourquoi pas? Vous épouserez un jour un fermier, ou un petit commerçant, et vivrez respectée des voisins. N'allez pas leur raconter que vous avez un jour vécu à l'*Auberge de la Jamaïque* et qu'un voleur de chevaux vous a fait la cour. Ils vous fermeraient leur porte. Bonsoir et bonne chance!

Jem se leva du lit, se dirigea vers la fenêtre et sortit

par l'ouverture qu'il avait faite. Et du porche, se tenant d'une main à la couverture, il se laissa tomber à terre.

Mary le regarda de la fenêtre, lui faisant instinctivement un geste d'adieu, mais il s'éloigna sans regarder en arrière, glissant dans la cour comme une ombre. Elle tira lentement la couverture et la remit sur le lit. L'aube allait bientôt venir. Elle ne dormirait plus.

Mary s'assit sur le lit en attendant qu'on ouvrît sa porte et dressa son plan pour la soirée à venir. Elle ne devait pas attirer l'attention sur elle durant cette longue journée. Elle agirait passivement, comme si, tout sentiment enfin réprimé en elle, elle était prête à entreprendre le voyage envisagé avec l'aubergiste et tante Patience. Un peu plus tard, elle trouverait une excuse — la fatigue peut-être, le désir de se reposer dans sa chambre avant d'entreprendre le voyage nocturne — pour s'éloigner, et viendrait alors le moment le plus dangereux de la journée.

Mary quitterait *la Jamaïque* sans être observée et courrait jusqu'à Altarnun. Francis Davey comprendrait, cette fois; ils auraient contre eux le désavantage du temps et le vicaire agirait en conséquence. Avec son approbation, elle reviendrait alors à l'auberge, avec l'espoir que son absence serait passée inaperçue. Voilà où était le risque. Si l'aubergiste allait à sa chambre et constatait sa disparition, sa vie ne vaudrait pas grand-chose. Elle devait s'y attendre. Aucune excuse ne la sauverait. Mais si l'aubergiste la croyait encore endormie, le jeu se poursuivrait; son oncle et sa tante feraient leurs préparatifs de départ, prendraient peut-être la voiture et gagneraient la route. Alors sa responsabilité prendrait fin. Leur sort serait entre les mains du vicaire d'Altarnun. Elle ne pouvait songer à rien au-delà et n'en avait même pas le désir.

C'est ainsi que Mary attendit l'aube et, quand vint le jour, elle avait encore de longues heures devant elle. Chaque minute était une heure et chaque heure une éternité. L'atmosphère de tension était sensible pour tous trois. Silencieux, hagards, ils attendaient la nuit. Ils ne pouvaient faire grand-chose pendant le jour, une intrusion étant toujours possible. Tante Patience errait de la cuisine à sa chambre, s'agitant inutilement, et ses pas résonnaient sans cesse dans le couloir et l'escalier. Elle faisait des paquets des pauvres hardes qui lui restaient, puis les défaisait quand le souvenir de quelque parure oubliée lui revenait en mémoire. Sans but, elle traînait les pieds dans la cuisine, ouvrant les placards, explorant les tiroirs, touchant les pots et les casseroles de ses doigts inquiets, incapable de choisir ce qu'il fallait emporter ou non. Mary l'aidait de son mieux, mais l'inutilité de sa tâche la rendait plus difficile; elle savait que tout ce travail était vain.

Parfois, le cœur de Mary s'emplissait d'appréhension, lorsqu'elle se laissait aller à penser à l'avenir. Comment tante Patience se conduirait-elle? Quelle attitude prendrait-elle lorsqu'on lui enlèverait son mari? Sa tante était une enfant et devait être traitée comme telle. Elle ne cessait d'aller de la cuisine à sa chambre;

Mary l'entendait tirer une caisse sur le plancher, puis marcher de long en large, puis envelopper un chandelier dans un châle et le mettre à côté d'une théière fêlée et d'un bonnet de mousseline fané, pour les développer ensuite et les rejeter pour de plus anciens trésors.

Joss Merlyn l'observait avec irritation, la maudissant quand, de temps à autre, elle laissait tomber quelque chose ou se prenait le pied et trébuchait. Ses dispositions avaient changé durant la nuit. Sa veille dans la cuisine ne l'avait pas rendu de meilleure humeur et le fait même que les heures s'étaient écoulées sans la venue du visiteur le rendait plus inquiet encore qu'auparavant. Il errait dans la maison, nerveux, absent, murmurant parfois pour lui-même, regardant aux fenêtres, comme s'il s'attendait à voir quelqu'un venir le surprendre. Cette agitation se communiquait à sa femme et à Mary. Tante Patience l'observait d'un air anxieux, tournant, elle aussi, les yeux vers la fenêtre, écoutant, se mordant les lèvres, se tordant les mains, détachant les cordons de son tablier.

Le colporteur ne faisait aucun bruit dans la chambre condamnée. L'aubergiste n'allait pas le voir ni ne prononçait son nom. Ce silence était sinistre, étrange, surnaturel. Si le colporteur avait crié des injures, ou donné de grands coups sur la porte, cela eût mieux convenu à son caractère, mais il gisait là dans l'obscurité, sans un son, sans un mouvement et, malgré toute la haine qu'il lui inspirait, Mary frissonnait à la possibilité de sa mort.

Au repas de midi, tous trois s'assirent autour de la table de la cuisine et mangèrent en silence presque furtivement; et l'aubergiste, qui, d'ordinaire, mangeait comme un bœuf, tambourinait sur la table avec ses doigts d'un air morne, sans toucher à la viande froide posée sur son assiette. Levant une fois les yeux, Mary le vit la fixer sous ses sourcils touffus. Elle frémit de crainte à la pensée qu'il la soupçonnait, qu'il connaissait ses plans. Elle avait compté sur sa bonne humeur de la veille et s'était préparée à se prêter à cette humeur, à répondre à ses plaisanteries, à ne pas s'opposer à sa volonté. Il restait assis, l'air maussade, sombre; elle ne l'avait jamais vu dans ces dispositions qui, elle le savait maintenant, n'étaient pas sans danger. Elle prit enfin son courage à deux mains et lui demanda à quelle heure il comptait quitter *la Jamaïque*.

— Quand je serai prêt, jeta-t-il brièvement, refusant d'en dire davantage.

Elle se força pourtant de continuer et, quand elle eut aidé à desservir et qu'ajoutant perfidie sur perfidie, elle eut persuadé sa tante de la nécessité d'emporter un panier de provisions pour le voyage, elle se tourna vers son oncle et parla de nouveau.

— Si nous devons nous mettre en route ce soir, ne vaudrait-il pas mieux que tante Patience et moi nous reposions cet après-midi pour partir plus disposes? Aucun de nous ne dormira cette nuit. Tante Patience est sur ses jambes depuis l'aube, et moi aussi. Je ne vois pas bien l'utilité d'attendre ici la tombée de la nuit.

Mary tâchait de rendre sa voix aussi indifférente que possible, mais elle avait le cœur serré; elle attendait, pleine d'appréhension, la réponse de son oncle et ne pouvait le regarder dans les yeux. Celui-ci réfléchit un moment et, pour cacher son anxiété, Mary se détourna et feignit de fouiller dans le placard.

— Vous pouvez vous reposer si vous voulez, dit-il enfin. Il y aura plus tard du travail pour vous deux. Vous avez raison de dire qu'aucun de nous ne dormira cette nuit. Allons, débarrassez-moi pour le moment.

Le premier pas était accompli et Mary s'attarda un peu à son prétendu travail dans le placard, de crainte que sa hâte à quitter la cuisine ne parût suspecte. Sa tante, qui, ainsi qu'un pantin, obéissait toujours aux suggestions, la suivit mollement dans l'escalier et prit le couloir qui menait à sa chambre comme une enfant docile.

Mary entra dans sa petite chambre et ferma la porte à clé. Son cœur battait très vite à la perspective de l'aventure et elle n'eût pu dire si c'était l'excitation ou la crainte qui dominait. Par la route, Altarnun n'était qu'à quatre milles et elle pouvait franchir cette distance en une heure. Si elle quittait *la Jamaïque* à quatre heures, dès la tombée de la nuit, elle serait de retour vers six heures et l'aubergiste ne viendrait guère l'appeler avant sept heures. Elle avait donc trois heures pour jouer son rôle et elle avait déjà arrêté la façon dont elle s'échapperait. Elle grimperait sur le porche et sauterait à terre, ainsi que Jem l'avait fait ce matin-là. Le saut était facile; elle s'en tirerait avec une égratignure, ou, tout au plus, un choc nerveux. Ce serait plus sûr, en tout cas, que de risquer de rencontrer son oncle dans le couloir, en bas. La lourde porte d'entrée ne s'ouvrirait jamais sans bruit et passer par le bar signifierait traverser la cuisine ouverte.

Mary enfila sa robe la plus chaude et attacha son vieux châle avec des mains fiévreuses. C'était l'attente forcée qui l'ennuyait le plus. Une fois sur la route, le but de sa course lui donnerait du courage et chaque mouvement de ses membres serait un stimulant.

La jeune fille s'assit près de la fenêtre et, en attendant que l'horloge du hall sonnât quatre heures, elle se mit à contempler la cour nue et la grand-route où personne ne passait jamais. Quand l'heure sonna enfin, les coups retentirent dans le silence comme un signal d'alarme. Les nerfs aiguisés, elle ouvrit la porte, écouta un moment, entendant des pas et des murmures faire écho au bruit de l'horloge.

Bien entendu, tout cela n'était qu'imagination. Rien ne bougeait. L'horloge commença de marquer l'heure suivante. Chaque seconde devenait précieuse et Mary n'avait plus de temps à perdre. Elle referma la porte à clé et alla à la fenêtre. Elle se glissa dans l'ouverture, comme Jem l'avait fait, les mains sur le rebord, et, en un instant, elle fut sur le porche.

En regardant à terre, la distance semblait maintenant plus grande à Mary, et elle n'avait pas de couverture pour l'aider à se glisser, comme Jem avait pu le faire. Les tuiles du porche étaient glissantes et n'offraient aucune prise à ses mains ou à ses pieds. Elle se retourna, s'accrochant désespérément à la sécurité de la fenêtre, qui lui parut soudain désirable comme une chose familière. Puis elle ferma les yeux et s'élança dans l'air. Ses pieds rencontrèrent le sol presque aussitôt — ainsi qu'elle l'avait prévu, le saut n'était rien d'extraordinaire — mais les tuiles lui avaient écorché les bras et les mains et lui remirent en mémoire sa chute récente de la voiture, dans le chemin creux, près du rivage.

Mary considéra l'*Auberge de la Jamaïque* avec ses fenêtres closes, sinistre et grise dans le crépuscule. Elle songea aux horreurs dont la maison avait été le témoin, aux secrets maintenant scellés dans ses murs, enfouis avec d'autres vieux souvenirs de festins, de lumières et de rires avant que son oncle ne jetât son ombre sur elle. Elle se détourna comme on se détourne instinctivement d'une maison mortuaire et gagna la route.

La soirée était belle, c'était au moins un avantage pour Mary, et elle partit vers sa destination, les yeux fixés sur la longue route blanche qui se déroulait devant elle. Tandis qu'elle avançait, l'obscurité allait croissant, amenant des ombres sur la lande qui s'étendait de chaque côté de la route. A gauche, dans le lointain, les hautes falaises, d'abord voilées par un léger brouillard, furent bientôt enveloppées par la nuit. Tout était calme. Pas de vent. Plus tard, la lune apparaîtrait. Elle se demandait si son oncle avait compté avec cette force de la nature qui viendrait éclairer ses plans. Pour elle, cela n'importait guère. Ce soir, la lande ne l'effrayait point; elle ne la concernait pas. Elle n'avait à faire que sur la route. Puisqu'elle n'y prenait pas garde et n'avait pas à la traverser, la lande perdait pour elle toute signification et allait s'estompant dans son esprit.

Mary arriva enfin aux Cinq Chemins où les routes se croisaient; elle tourna à gauche et commença de descendre la pente rapide qui menait à Altarnun. L'émotion la gagnait tandis qu'elle dépassait les cottages où clignotaient des lumières et sentait l'amicale fumée des cheminées. Elle entendait des bruits familiers depuis longtemps perdus pour elle : l'aboiement d'un chien, le bruissement des arbres, le cliquetis d'un seau dans lequel un homme tirait de l'eau d'un puits. De temps à autre, par la porte ouverte, des voix lui parvenaient de l'intérieur d'une maison. Des poules gloussaient derrière une haie. Une femme, d'une voix aiguë, appelait un enfant qui répondait avec un cri. Une voiture passa près d'elle avec bruit et le charretier lui donna le bonsoir. Tout semblait s'assoupir, la paix enveloppait les chaumières. Mary connaissait les odeurs du vieux village et comprenait leur signification.

Mary arriva enfin à la cure, derrière l'église. Il n'y avait pas de lumière. La maison était silencieuse. Les arbres se refermaient sur elle et, de nouveau, sa première impression s'imposa à elle : cette maison vivait dans son passé; elle était maintenant endormie et ignorait le présent. Elle agita le marteau et entendit les coups résonner dans la maison vide. Elle tenta de regarder à l'intérieur par la fenêtre, mais ses yeux ne rencontrèrent que la douce et impénétrable obscurité.

Alors, maudissant sa stupidité, Mary retourna vers l'église. Francis Davey était là, bien entendu. C'était dimanche. Elle hésita un instant, indécise; la grille s'ouvrit alors et une femme sortit, portant des fleurs. Celle-ci regarda attentivement la jeune fille et, voyant que c'était une étrangère, elle allait la dépasser en lui souhaitant le bonsoir, lorsque Mary se dirigea vers elle

— Excusez-moi, dit-elle. Je vois que vous venez de l'église. Savez-vous si Mr. Davey s'y trouve?

— Non, répondit la femme. Puis, au bout d'un instant : Vous désiriez le voir?

— C'est très urgent. Je suis allée jusque chez lui, mais il n'y avait personne. Ne pourriez-vous m'aider?

La femme la considéra avec curiosité et secoua la tête.

— Je regrette. Le vicaire est absent. Il est parti prêcher dans une autre paroisse, à plusieurs milles d'ici. Il ne rentrera pas à Altarnun ce soir.

CHAPITRE XIV

MARY regarda d'abord la femme avec incrédulité.

— Il est absent? répéta-t-elle. Mais c'est impossible. En êtes-vous sûre?

Sa confiance avait été telle qu'elle rejetait instinctivement ce coup brusque et fatal qui anéantissait ses plans. La femme avait l'air offensé. Elle ne voyait pas pourquoi cette inconnue doutait de sa parole.

— Le vicaire a quitté Altarnun hier après-midi, dit-elle. Il est parti à cheval après le déjeuner. Je dois le savoir puisque je tiens sa maison.

La femme dut voir quelque chose de l'angoisse et de la désillusion qui se peignaient sur le visage de Mary, car elle se radoucit et lui parla avec bonté :

— Si vous voulez me laisser un message, quand il sera de retour..., commença-t-elle, mais la jeune fille secoua la tête avec détresse, tout son courage l'ayant abandonnée dès qu'elle avait appris la nouvelle.

— Ce sera trop tard, dit-elle. C'est une question de vie ou de mort. Mr. Davey parti, je ne sais de quel côté me tourner.

Une lueur de curiosité passa dans les yeux de la femme.

— Quelqu'un est-il tombé malade? demanda-t-elle. Je pourrais vous indiquer où habite notre médecin. D'où venez-vous?

Mary ne répondit point. Elle songeait désespérément à quelque solution. Venir à Altarnun pour retourner sans aide à l'*Auberge de la Jamaïque* était impossible. Elle ne pouvait se confier aux gens du village, qui ne croiraient d'ailleurs pas à son histoire. Elle devait trouver quelqu'un qui fît autorité... une personne qui sût quelque chose de Joss Merlyn et de *la Jamaïque*.

— Où habite le magistrat le plus proche? demanda-t-elle enfin.

La femme plissa le front et réfléchit à la question.

— Il n'y a personne près d'Altarnun, dit-elle d'un air de doute. Le plus proche serait le squire Bassat, de North Hill, mais c'est à plus de quatre milles d'ici... peut-être plus, peut-être moins. Je n'en suis pas sûre, car je n'ai jamais fait le chemin. Mais vous ne voulez pas aller là-bas ce soir?

— Il le faut, dit Mary. C'est tout ce qu'il me reste à faire. Et je n'ai pas de temps à perdre. Pardonnez-moi d'être aussi mystérieuse, mais je suis dans un grand embarras, et seul votre vicaire peut me venir en aide, ou un magistrat peut-être. Est-il difficile d'aller à North Hill?

— Non, c'est assez facile. Vous suivez pendant deux milles la route de Launceston et vous tournez à droite, près de la barrière. Mais ce n'est pas un chemin pour une jeune fille comme vous après la tombée de la nuit, et je n'irais jamais moi-même. Il y a parfois des gens douteux sur la lande, il ne faut pas s'y fier. Nous n'osons guère nous aventurer loin de chez nous, en ces temps de vol sur la grand-route, et de violence aussi.

— Merci de votre sympathie. Je vous suis très reconnaissante, mais j'ai vécu toute ma vie dans des endroits déserts et je n'ai pas peur.

— Comme il vous plaira, répondit la femme, mais vous feriez mieux de rester ici, et, si vous le pouvez, d'attendre le vicaire.

— C'est impossible, mais, quand il reviendra, peut-être pourriez-vous lui dire que... Attendez... si vous avez une plume et du papier, je lui écrirai un mot d'explication. Cela vaudra mieux.

— Venez donc chez moi, vous pourrez écrire ce que vous voudrez. Quand vous serez partie, je porterai tout de suite votre mot chez le vicaire et le laisserai sur sa table, où il le trouvera dès son retour.

Mary suivit la femme jusqu'à son cottage et attendit avec impatience que celle-ci trouvât une plume dans la cuisine. Le temps passait et le voyage supplémentaire à North Hill bouleversait tous ses projets.

Quand Mary aurait vu Mr. Bassat, elle ne pourrait guère rentrer à *la Jamaïque* dans l'espoir que son absence était passée inaperçue. Son oncle, averti par sa fuite, quitterait sans doute l'auberge avant l'heure fixée. Dans ce cas, sa mission serait vaine... La femme revint avec du papier et une plume d'oie et Mary, désespérée, griffonna sans jamais s'arrêter pour choisir ses mots :

" *Je suis venue vous demander votre aide et vous étiez parti. Vous aurez déjà appris avec horreur, comme tous les gens d'ici, le naufrage de la veille de Noël, sur la côte. C'est l'œuvre de mon oncle et de ses compagnons, ainsi que vous l'aurez deviné. Il sait que les soupçons se porteront bientôt sur lui ; c'est pourquoi il a l'intention de quitter* la Jamaïque *ce soir et de traverser le Tamar pour aller dans le Devon. Puisque vous êtes absent, je vais maintenant aussi vite que possible chez Mr. Bassat, à North Hill, pour lui raconter tout cela et l'avertir de cette fuite, pour qu'il puisse faire prendre mon oncle à* la Jamaïque *avant qu'il ne soit trop tard. Je donne ce mot à votre femme de ménage qui, je crois, le mettra sur votre table pour que vous puissiez le voir dès votre retour. En hâte,*

MARY YELLAN. "

Elle plia le mot et le donna à la femme, la remerciant et l'assurant qu'elle n'avait pas peur de la route; puis elle se remit en chemin. Quatre autres milles la séparaient de North Hill. Le cœur lourd et avec un affreux sentiment d'abandon, elle commença de grimper la pente qu'elle venait de descendre.

Mary avait mis une telle foi en Francis Davey qu'il lui était pénible d'admettre qu'il lui avait failli par son absence. Il ne savait pas, bien sûr, qu'elle eût besoin de lui, et peut-être que, le sachant, il eût fait passer ses propres occupations avant ses ennuis. Il lui était amer et décourageant de laisser derrière elle les lumières d'Altarnun sans avoir accompli quelque chose. A ce moment, peut-être, son oncle était en train de cogner à sa porte en l'appelant. Il attendait un moment, puis forçait la porte. Il constatait sa disparition et la vitre brisée lui indiquait comment elle s'était enfuie. Cela était-il de nature à changer ses plans? Elle ne pouvait le savoir. Tante Patience surtout la préoccupait. Elle la voyait entreprendre le voyage, tremblant comme un chien attaché à son maître, et cette pensée la faisait courir le long de la route blanche et déserte, les poings serrés, le menton en avant.

La jeune fille parvint à la barrière et descendit l'étroit sentier tortueux, ainsi que le lui avait dit la femme à Altarnun. Des haies d'une bonne hauteur cachaient la vue des deux côtés et la lande noire disparaissait à ses yeux. Le chemin serpentait entre les haies, comme les sentiers d'Helford, et ce changement de paysage, venant si brusquement après la route désolée, lui redonna un peu de foi. Elle s'égaya un peu en imaginant le tableau que devait former la famille Bassat, aimable et courtoise, comme les Vyvyan à Trelowarren. On l'écouterait, avec sympathie et compréhension. La première fois, elle n'avait pas vu le squire sous son meilleur jour; à *la Jamaïque*, il était dans de très mauvaises dispositions; elle songeait maintenant au rôle qu'elle avait joué et regrettait de l'avoir trompé. Quant à sa femme, elle devait savoir à présent qu'un voleur de chevaux s'était moqué d'elle sur la place du marché, à Launceston, et il était heureux pour Mary de ne s'être pas trouvée au côté de Jem quand le poney avait été revendu à sa légitime propriétaire. Elle continua de broder sur les Bassat, mais ces incidents lui revenaient à l'esprit malgré elle et, au fond du cœur, elle entrevoyait avec crainte l'entrevue prochaine.

Le contour de la lande avait changé de nouveau; les collines allaient s'éloignant, boisées et sombres, et quelque part, dans la distance, chantait un ruisseau qui courait sur des pierres. La lande avait disparu. La lune s'était levée, dominant les arbres lointains, et Mary s'engagea, confiante, dans le chemin ainsi éclairé qui descendait la vallée, là où les arbres se rejoignaient amicalement au-dessus d'elle.

La jeune fille arriva enfin à la grille d'une demeure, au-delà de laquelle le chemin aboutissait à un village. Une allée s'ouvrait devant elle.

Ce devait être North Hill, et le manoir appartenait sans doute au squire. Mary descendit l'allée jusqu'à la maison et, dans le lointain, l'horloge d'une église sonna sept heures. Elle avait quitté *la Jamaïque* depuis près de trois heures. Sa nervosité revint tandis qu'elle contournait la demeure, vaste et impressionnante dans l'obscurité, car la lune ne s'était pas élevée assez haut dans le ciel pour l'éclairer.

Mary tira la grosse cloche et le bruit provoqua aussitôt le furieux aboiement des chiens. Elle attendit et, au bout d'un moment, elle entendit des pas à l'intérieur et la porte fut ouverte par un valet qui cria aigrement aux chiens de se taire, et ceux-ci vinrent flairer les pieds de la jeune fille. Mary se sentait toute petite, en état d'infériorité, consciente, devant cet homme qui attendait qu'elle parlât, de sa robe et de son châle usagés.

— Je suis venue voir Mr. Bassat pour une affaire très urgente, dit-elle. Il ne connaît pas mon nom, mais s'il peut me recevoir pour quelques minutes, je lui expliquerai. L'affaire est d'extrême importance, sinon, je ne le dérangerais pas à une telle heure, surtout un dimanche soir.

— Mr. Bassat est parti ce matin pour Launceston, répondit l'homme. Il a été appelé d'urgence et n'est pas encore revenu.

Cette fois, Mary ne put se contenir et un cri de désespoir lui échappa.

— Je suis venue de loin, dit-elle, brisée de détresse, comme si cette détresse même pouvait amener le squire auprès d'elle. Si je ne le vois pas avant une heure, quelque chose de terrible arrivera et un grand criminel échappera aux mains de la justice. Vous me regardez d'un air consterné, mais je dis la vérité. S'il y avait seulement quelqu'un vers qui je puisse me tourner...

— Mrs. Bassat est là, dit l'homme, piqué par la curiosité. Peut-être vous recevra-t-elle, si votre affaire est aussi urgente que vous le prétendez. Voulez-vous me suivre jusqu'à la bibliothèque? N'ayez pas peur des chiens, ils ne vous feront aucun mal.

En un rêve, Mary traversa le hall, sachant seulement que son plan avait de nouveau échoué, à cause d'un simple hasard, et qu'elle était maintenant incapable de faire quoi que ce fût.

La vaste bibliothèque, avec son feu pétillant, parut irréelle à la jeune fille, et, accoutumée comme elle l'était à l'obscurité, ses yeux clignotèrent sous le flot de lumière. Une femme, qu'elle reconnut tout de suite pour la belle dame de Launceston, était assise dans un fauteuil devant le feu, en train de faire la lecture à ses deux enfants, et elle leva les yeux, surprise, quand Mary fut introduite dans la pièce.

Le domestique commença d'expliquer vivement :

— Cette jeune fille a des nouvelles très graves pour le squire, madame. J'ai pensé préférable de vous l'amener ici directement.

Mrs. Bassat se leva aussitôt, laissant tomber le livre de ses genoux.

— Est-ce l'un des chevaux? demanda-t-elle. Richards m'a dit que Salomon toussait et que Diamant refusait de manger. Avec l'aide-palefrenier, tout peut arriver.

Mary secoua la tête.

— Rien de mauvais n'est arrivé chez vous, dit-elle gravement. J'apporte des nouvelles d'une autre sorte. Si je pouvais vous parler à vous seule...

Mrs. Bassat parut soulagée d'apprendre qu'il ne

s'agissait pas de ses chevaux; elle dit rapidement quelques mots à ses enfants, qui sortirent en courant, suivis du domestique.

— Que puis-je faire pour vous? demanda-t-elle gracieusement. Vous semblez pâle et fatiguée. Ne voulez-vous pas vous asseoir?

Mary eut un mouvement d'impatience.

— Merci, mais il faut que je sache quand Mr. Bassat sera de retour.

— Je n'en ai aucune idée, répondit Mrs. Bassat. Il a été obligé de partir ce matin en toute hâte et, à vrai dire, je suis assez inquiète à son sujet. Si cet horrible aubergiste cherche à se défendre, comme c'est probable, Mr. Bassat pourrait être blessé, malgré les soldats qui l'accompagnent.

— Que voulez-vous dire? demanda vivement Mary.

— Le squire est parti pour une mission dangereuse. Votre visage m'est inconnu, et je conclus que vous n'êtes pas de North Hill, sinon, vous auriez entendu parler de ce Merlyn qui tient une auberge sur la route de Bodmin. Le squire le soupçonnait depuis quelque temps de terribles crimes, mais ce n'est que ce matin qu'il a eu entre les mains une preuve absolue. Il est parti immédiatement pour Launceston demander de l'aide et, d'après ce qu'il m'a dit avant son départ, il a l'intention de cerner l'auberge et d'en arrêter les habitants. Il sera bien armé, naturellement, et entouré d'une bonne troupe, mais je n'aurai de repos que lorsqu'il sera de retour.

L'expression de la jeune fille avait dû être un avertissement, car Mrs. Bassat devint très pâle et se recula vers le feu, étendant la main vers la lourde cloche pendue au mur.

— Vous êtes la jeune fille dont mon mari a parlé, dit-elle vivement, la nièce de l'aubergiste! Ne bougez pas, sinon j'appelle mes domestiques. C'est bien cela. Mr. Bassat m'a fait votre description. Que voulez-vous de moi?

Le visage de Mary était aussi blanc que celui de la femme debout près de la cheminée.

— Je ne vous veux aucun mal, dit-elle. N'appelez pas, je vous en prie. Laissez-moi vous expliquer. Oui, je suis la nièce de Joss Merlyn.

Mrs. Bassat, méfiante, observait Mary avec des yeux inquiets et gardait la main sur la corde de la cloche.

— Je n'ai pas d'argent ici, dit-elle. Je ne puis rien pour vous. Si vous êtes venue à North Hill pour plaider la cause de votre oncle, il est trop tard.

— Vous vous méprenez, dit tranquillement Mary. L'aubergiste de *la Jamaïque* n'est mon oncle que par alliance. La raison pour laquelle j'ai vécu là-bas importe peu à présent et l'histoire serait trop longue à raconter. Je le crains et le déteste plus que vous ou n'importe qui dans le pays, et j'en ai le droit. Je suis venue avertir Mr. Bassat que mon oncle a l'intention de quitter l'auberge ce soir pour échapper à la justice. J'ai la preuve définitive de sa culpabilité, ce que ne possède pas, je crois, Mr. Bassat. Puisque vous me dites qu'il est déjà parti, peut-être est-il maintenant à *la Jamaïque*. J'ai donc perdu mon temps en venant ici.

Mary s'assit alors, les mains sur les genoux, fixant le feu d'un air hagard. Elle était à bout de ressources et, pour le moment, était incapable de décider quoi que ce fût. Elle ne pouvait que songer avec lassitude que toute sa peine de la soirée avait été vaine. Elle n'eût pas dû quitter sa chambre à *la Jamaïque*. Mr. Bassat fût venu de toute façon. Et voici qu'en agissant en cachette elle commettait l'erreur même qu'elle eût voulu éviter. Elle s'était absentée trop longtemps; son oncle devait avoir maintenant deviné la vérité et s'était vraisemblablement enfui. Le squire Bassat et ses hommes trouveraient l'auberge abandonnée.

Mary leva les yeux vers la maîtresse de maison.

— J'ai fait une folie en venant ici, dit-elle avec désespoir. Je croyais cela habile et je n'ai réussi qu'à me rendre ridicule. Mon oncle aura découvert que ma chambre était vide et deviné tout de suite que je l'ai trahi. Il quittera *la Jamaïque* avant l'arrivée de Mr. Bassat.

La femme du squire abandonna la corde et vint vers la jeune fille.

— Vous parlez avec sincérité et vous avez une honnête figure, dit-elle avec bonté. Je regrette de vous avoir mal jugée, mais *la Jamaïque* a une terrible renommée, et je crois que n'importe qui en eût fait tout autant en se trouvant soudain devant la nièce de l'aubergiste. Vous étiez placée dans une affreuse position, et vous avez été courageuse de faire tout ce chemin désert, le soir, pour avertir mon mari. A votre place, je serais devenue folle de peur. Mais que désirez-vous que je fasse maintenant? Je suis prête à vous aider de la façon que vous jugerez la meilleure.

— Nous ne pouvons rien faire, dit Mary en hochant la tête. Il faut que j'attende ici, je suppose, le retour de Mr. Bassat. Il ne sera pas très content de me voir quand il apprendra la sottise que j'ai faite. Je mérite évidemment tous les reproches!

— Je parlerai en votre faveur, répondit Mrs. Bassat. Vous ne pouviez savoir que mon mari avait déjà été prévenu, et je l'apaiserai si c'est nécessaire. Et soyez avant tout heureuse d'être en sûreté.

— Comment le squire a-t-il appris si soudainement la vérité? demanda Mary.

— Je n'en ai pas la moindre idée. On est venu le chercher brusquement ce matin, ainsi que je vous l'ai déjà dit; il ne m'a donné que peu de détails pendant qu'on sellait son cheval. Allons, ne voulez-vous pas vous reposer et oublier pour le moment toute cette odieuse affaire? Vous devez être affamée.

Mrs. Bassat revint près de la cheminée, et, cette fois, agita la cloche trois ou quatre fois. Malgré toute sa fatigue et sa détresse, Mary ne pouvait s'empêcher de voir l'ironie de la situation. La maîtresse de maison qui lui offrait l'hospitalité était celle qui, un moment auparavant, l'avait menacée des mêmes domestiques qui allaient maintenant la servir. Elle pensait aussi à la scène sur la place du marché, où cette même dame, portant un manteau de velours et un chapeau à plumes, avait payé d'un prix élevé son propre poney, et elle se demandait si la fourberie avait été découverte. Si le rôle joué par Mary dans cette tromperie était connu de Mrs. Bassat, celle-ci ne lui dispenserait pas une hospitalité aussi généreuse.

Le valet reparut, levant un nez inquisiteur; sa maîtresse lui ordonna d'apporter un plateau de victuailles pour Mary, et les chiens, qui avaient suivi le domestique, venaient maintenant faire des amitiés à l'étrangère, remuant la queue, posant leur doux museau sur ses mains et l'acceptant comme un membre de la famille.

Sa présence dans ce manoir à North Hill semblait encore irréelle à Mary et, malgré ses efforts, elle ne pouvait rejeter l'inquiétude qui l'assaillait. Elle ne se sentait pas le droit d'être assise auprès d'un feu brillant quand dehors, dans l'obscurité, se livrait peut-être une lutte mortelle devant l'*Auberge de la Jamaïque*. Elle mangeait machinalement, se forçant à avaler un peu de la nourriture dont elle avait grand besoin, gênée par le bavardage de son hôtesse, à son côté; celle-ci, dans la bonté de son cœur, croyait, à tort, qu'une conversation incessante sur des choses banales était l'unique moyen d'alléger un tourment. Ce verbiage, elle ne s'en doutait guère, ne faisait qu'augmenter l'anxiété de la jeune fille; et, quand Mary eut fini de souper et que, fixant le feu, elle croisa de nouveau ses mains sur ses genoux, Mrs. Bassat alla chercher son propre album d'aquarelles et en tourna les pages pour son invitée.

Quand l'horloge de la cheminée sonna huit heures à grand bruit, Mary n'en put supporter davantage. Cette pesante inactivité était plus terrible que le danger et la poursuite.

— Pardonnez-moi, dit-elle en se levant, vous avez été si bonne que je ne pourrais jamais assez vous remercier, mais je suis inquiète, affreusement inquiète. Je pense sans cesse à ma pauvre tante, qui, en ce moment, est peut-être en train de souffrir les tortures de l'enfer. Il faut que je sache ce qui se passe à *la Jamaïque*, quitte à retourner là-bas ce soir!

Mrs. Bassat laissa tomber son album avec un geste de détresse.

— Vous êtes inquiète, naturellement. Je le voyais depuis longtemps et j'essayais de détourner votre attention de tout cela. C'est horrible. Je suis aussi tourmentée que vous. Je me tracasse pour mon mari. Mais vous ne pouvez retourner là-bas toute seule. Vous n'y seriez pas avant minuit et Dieu sait ce qui pourrait vous arriver en chemin. Je vais demander la voiture et Richards ira avec vous. Il est habile et l'on peut compter sur lui; il peut être armé en cas de besoin. Si une lutte est engagée, vous le verrez du bas de la colline et vous n'approcherez pas avant que ce ne soit fini. J'irais bien avec vous moi-même, mais ma santé est délicate en ce moment...

— Bien sûr, vous ne ferez rien de tel, dit vivement Mary. J'ai l'habitude du danger et de la route, la nuit; ce n'est pas votre cas. Harnacher un cheval à cette heure et éveiller votre palefrenier serait un très grand dérangement. Je vous assure que je ne suis plus fatiguée et que je puis marcher.

Mais Mrs. Bassat avait déjà sonné.

— Avertissez Richards de préparer tout de suite la voiture, dit-elle au valet interdit. Je lui donnerai d'autres instructions quand il sera là. Dites-lui de faire vite.

Mrs. Bassat pourvut Mary d'une chaude pèlerine à capuchon, d'une épaisse couverture et d'une chaufferette, tout en protestant que seul son état de santé l'empêchait de se joindre à elle, ce que Mary ne regrettait pas, car Mrs. Bassat n'était pas la compagne idéale pour une escapade aussi dangereuse et imprévue.

En un quart d'heure, la voiture vint se ranger devant la porte, conduite par Richards, et Mary reconnut tout de suite en lui le domestique qui avait accompagné Mr. Bassat à l'*Auberge de la Jamaïque*. Sa répugnance à quitter le coin de son feu un dimanche soir s'évanouit bientôt quand il connut sa mission et, avec deux grands pistolets fixés à sa ceinture et l'ordre de tirer sur le premier qui menacerait la voiture, il prit aussitôt un air féroce et autoritaire qu'il n'avait jamais eu. Mary grimpa près de lui, les chiens aboyèrent en guise d'adieu et ce n'est qu'au tournant de l'allée, quand la maison fut hors de vue, que la jeune fille se rendit compte qu'elle s'était engagée dans une hardie et dangereuse expédition. Son absence de *la Jamaïque* durait depuis cinq heures et les pires choses avaient pu arriver pendant ce temps; même avec la voiture, elle ne pouvait guère espérer y arriver avant dix heures et demie.

Mary ne pouvait faire aucun plan; tout dépendrait de ce qu'elle trouverait là-bas. La lune était maintenant très haut dans le ciel, il y avait de la douceur dans l'air qui lui soufflait au visage, et cette course vers le lieu de l'action, malgré les dangers qu'elle offrait, valait mieux que de rester assise à écouter le babillage de Mrs. Bassat. Richards était armé et elle-même savait, en cas de besoin, se servir d'un pistolet. L'homme, évidemment, brûlait de curiosité, mais Mary répondait brièvement à ses questions et ne l'encourageait guère.

Pendant la plus grande partie du trajet, ils roulèrent en silence, sans rien d'autre que le bruit régulier des sabots du cheval et, de loin en loin, le cri d'un hibou dans les arbres tranquilles. Mais ils laissèrent derrière eux le bruissement des haies et les murmures de la campagne dès qu'ils débouchèrent sur la route de Bodmin; de nouveau, la sombre lande s'étendait de chaque côté, bordant la route comme un désert. La route brillait comme un blanc ruban sous la lune et se déroulait, sinueuse, pour se perdre dans le repli d'une colline proche, désolée et solitaire. Ce soir-là, ils étaient les seuls voyageurs sur la route. La veille de Noël, quand Mary avait parcouru cette route, le vent cinglait les roues de la voiture et la pluie martelait les vitres; maintenant, l'air était frais, étrangement calme, et la lande elle-même s'étendait, tranquille et argentée, au clair de lune. Les falaises dressaient vers le ciel leurs sommets endormis et les reliefs du granit s'adoucissaient, ainsi baignés par la lumière. Elles étaient d'humeur paisible et les vieux dieux dormaient d'un sommeil calme.

Le cheval allait bon train et couvrit très vite les quelques milles que Mary avait si péniblement parcourus toute seule. Elle reconnaissait maintenant chaque courbe du chemin et savait comment, de loin en loin, la lande empiétait sur la route, avec ses hautes touffes d'herbe ou ses genêts tordus.

Là-bas, au fond de la vallée, devaient briller les lumières d'Altarnun et déjà les Cinq Chemins se ramifiaient, comme les cinq doigts d'une main.

L'espace désert qui les séparait de *la Jamaïque* s'étendait devant eux; même par les nuits calmes, le vent s'y réfugiait tant il était nu et ouvert de tous côtés et, cette nuit-là, il soufflait de Roughtor à l'ouest, froid et coupant, emportant au passage les odeurs des marais, celle de l'âpre tourbe et des ruisseaux. Ils n'avaient vu encore aucun signe d'homme ou de bête sur la route qui montait et descendait à travers la lande et, bien que Mary tendît l'oreille et regardât attentivement, elle ne percevait rien. Par une telle nuit, le moindre bruit devait être amplifié et l'approche de Mr. Bassat et de ses hommes — une douzaine environ, disait Richards — devait être facilement entendue à deux milles.

— Nous les trouverons sans doute là-bas, dit Richards, et l'aubergiste, les mains liées, sera en train d'invectiver le squire. Ce sera une bonne chose pour tout le voisinage quand votre oncle sera mis hors d'état de nuire, et ce serait déjà fait si le squire avait pu agir à sa guise. Quel dommage que nous ne soyons pas venus plus tôt; ils ont dû avoir du plaisir à le prendre.

— Le plaisir n'a pas dû être grand si Mr. Bassat a trouvé l'oiseau envolé, dit tranquillement Mary. Joss Merlyn connaît la lande comme sa poche et il gagnera du terrain s'il a une avance d'une heure, ou moins encore.

— Mon maître a été élevé ici tout comme l'aubergiste, dit Richards. Si l'on en venait à une poursuite à travers la lande, je ne cesserais de parier pour le squire. Il a chassé ici depuis son enfance, c'est-à-dire depuis près de cinquante ans; où peut passer un renard, le squire le peut aussi. Mais, si je ne me trompe, ce gibier-là sera pris au gîte.

Mary le laissa continuer. Les remarques qu'il faisait de temps à autre ne la fatiguaient pas comme l'aimable bavardage de sa maîtresse, et son large dos et sa face honnête et rude lui donnaient un peu de confiance au milieu de cette nuit pénible.

Ils étaient tout près du creux de la route, là où un pont étroit enjambait la rivière Fowey. Mary entendait le bouillonnement de l'eau courant vivement sur les cailloux. La côte escarpée qui menait à *la Jamaïque* se dressa devant eux, blanche sous la lune, et, comme les noires cheminées apparaissaient au sommet, Richards se tut, toucha les pistolets à sa ceinture et toussa pour s'éclaircir la gorge avec une petite secousse nerveuse de la tête. Le cœur de Mary se mit à battre plus vite et elle s'appuya fortement à la paroi de la voiture. Le cheval baissait la tête dans la montée; il semblait à Mary que le bruit de ses sabots sonnait trop vigoureusement sur la route et elle souhaitait qu'ils fussent plus assourdis.

Comme ils approchaient du sommet de la colline, Richards, se tournant vers Mary, lui murmura à l'oreille :

— Ne feriez-vous pas bien d'attendre ici, dans la voiture, au bord de la route, pendant que j'irai voir s'ils sont là?

Mary secoua la tête.

— Il vaut mieux que j'y aille moi-même et que vous me suiviez à quelques pas, ou que vous restiez ici jusqu'à ce que je vous appelle. A en juger par ce silence, on dirait que le squire et ses hommes ne sont pas encore venus et que l'aubergiste s'est échappé. Si pourtant il était là — mon oncle, veux-je dire — je puis risquer une rencontre avec lui, mais non vous. Donnez-moi un pistolet. Je n'aurai pas alors grand-chose à craindre de sa part.

— Je ne crois pas indiqué que vous y alliez seule, dit l'homme d'un air de doute. Si vous vous trouviez subitement devant lui et que je ne puisse plus vous entendre? Comme vous le dites, ce silence est singulier. Je m'attendais à une lutte et à des cris, la voix de mon maître surpassant le tumulte. Ceci est presque surnaturel. Ils ont dû être retenus à Launceston. Je crois bien qu'il serait plus prudent de tourner dans ce chemin, là-bas, et de les attendre.

— J'ai attendu assez longtemps ce soir et cela me rend presque folle, dit Mary. Je préfère me trouver face à face avec mon oncle plutôt que de rester ici sans rien voir ni entendre. C'est à ma tante que je pense. Elle est aussi innocente qu'un enfant dans cette affaire, et je veux faire quelque chose pour elle si c'est possible. Donnez-moi un pistolet et laissez-moi partir : je sais marcher comme un chat et je ne me jetterai pas dans un piège, je vous le promets.

Mary ôta la lourde pèlerine qui l'avait protégée de l'air frais de la nuit et prit le pistolet que Richards lui tendait à contrecœur.

— Ne me suivez que si je vous donne un signal, dit-elle. Si vous entendiez un coup de feu, peut-être vaudrait-il mieux que vous veniez, mais prudemment. Inutile de se mettre stupidement en danger à deux. Pour ma part, je crois que mon oncle est parti.

Mary espérait vraiment que l'aubergiste avait pris la route du Devon, mettant fin de cette façon à toute l'affaire. Le pays serait débarrassé de lui, et à bon compte. Il pourrait même, ainsi qu'il le disait, refaire sa vie ou, plus probablement, s'enterrer dans quelque village à cinq cents milles de la Cornouailles et boire jusqu'à en mourir. Elle ne prenait plus maintenant aucun intérêt à sa capture; elle voulait seulement en finir. Elle désirait avant tout mener sa propre vie et l'oublier, mettre le monde entre elle et *la Jamaïque*. La vengeance était chose vaine. Le voir lié et impuissant, entouré par le squire et ses hommes, serait une piètre satisfaction. Elle avait parlé à Richards avec confiance, mais elle craignait tout de même une rencontre avec son oncle, bien qu'elle fût armée, et la pensée de le voir surgir brusquement dans le couloir de l'auberge, les mains prêtes à frapper, fixant sur elle ses yeux injectés de sang, la fit s'arrêter devant la cour et jeter un coup d'œil en arrière, vers l'ombre que faisaient près du fossé Richards et la voiture. Puis elle leva le pistolet, le doigt sur la détente et regarda autour d'elle.

La cour était vide. La porte de l'écurie était fermée. L'auberge était obscure et silencieuse, ainsi qu'elle l'avait quittée près de sept heures auparavant; la porte et les fenêtres étaient closes. Elle leva les yeux vers sa fenêtre, où la vitre brisée offrait une large ouverture. Rien n'avait été touché depuis son départ dans l'après-midi.

Il n'y avait dans la cour aucune trace de roue ni de préparatifs de départ. Mary se glissa vers l'écurie et mit l'oreille contre la porte. Elle attendit un moment et entendit le poney s'agiter dans sa stalle; elle perçut aussi le bruit des sabots de l'animal contre le sol.

Ils n'étaient donc pas partis. Son oncle était encore à *la Jamaïque*.

Le cœur de la jeune fille se serra; elle se demandait si elle devait retourner vers Richards et la voiture et attendre, comme il l'avait proposé, l'arrivée du squire Bassat et de ses hommes. Elle regarda encore la maison fermée. Si son oncle avait décidé de partir, il serait déjà parti. Le seul chargement de la charrette demandait une heure et il devait être près de onze heures. Peut-être avait-il changé d'idée pour partir à pied, mais tante Patience n'eût jamais pu l'accompagner. Elle hésita. La situation devenait étrange et irréelle.

Mary, debout sous le porche, écoutait. Elle essaya même la poignée de la porte qui, naturellement, était fermée. Elle s'aventura un peu derrière la maison, dépassa l'entrée du bar et gagna le petit coin de jardin derrière la cuisine. Elle avança doucement, restant dans l'ombre, vers l'ouverture dans le volet d'où elle pourrait voir luire la bougie de la cuisine. Il n'y avait aucune lumière. Elle s'approcha tout près du volet et appliqua l'œil contre l'ouverture. La cuisine était aussi noire qu'un puits. Elle mit la main sur le bouton de la porte et le tourna lentement. A son étonnement, la porte s'ouvrit. La facilité imprévue avec laquelle elle avait pu entrer lui causa un choc et elle eut peur d'avancer.

Si son oncle, assis sur sa chaise, l'attendait, son fusil sur les genoux? Elle avait son pistolet, mais il ne la rassurait guère.

Très lentement, elle passa la tête dans l'ouverture de la porte. Aucun son ne lui parvint. Du coin de l'œil, elle pouvait voir les cendres du feu, mais elles étaient presque éteintes. Elle en conclut qu'il n'y avait là personne. Quelque instinct lui disait que la cuisine était vide depuis plusieurs heures. Elle poussa la porte et entra. La pièce était froide et humide. Elle attendit que ses yeux se fussent accoutumés à l'obscurité. Elle parvint à distinguer la forme de la table et d'une chaise.

Une bougie se trouvait sur la table; Mary la posa contre les cendres qui luisaient faiblement et réussit à l'allumer. Quand la lumière fut assez vive, elle l'éleva et regarda autour d'elle. La cuisine était encore jonchée des préparatifs de départ. Sur une chaise, il y avait un paquet de vêtements appartenant à tante Patience. Un tas de couvertures gisaient sur le sol, prêtes à être roulées. Dans un coin de la pièce, à l'endroit où il était toujours accroché, se trouvait le fusil de son oncle. Ils avaient donc décidé d'attendre un jour encore et devaient dormir dans leur chambre, au premier étage.

La porte du couloir était grande ouverte; le silence devenait de plus en plus angoissant. Le calme était étrange et effrayant.

Quelque chose de nouveau s'était pourtant produit. Un bruit manquait, qui était la cause de ce silence. Mary se rendit compte alors qu'elle n'entendait pas l'horloge. Le tic-tac avait cessé.

Mary passa dans le couloir et écouta de nouveau. Elle avait raison. La maison était silencieuse parce qu'on n'entendait plus le tic-tac de l'horloge. Elle avança lentement, la bougie dans une main, le pistolet dans l'autre.

Elle tourna le coin où le sombre et long couloir s'ouvrait sur le hall et vit que l'horloge, dont la place était près de la porte du salon, était tombée en avant. Le verre était brisé et le bois fracassé. Le mur semblait nu à la place de l'horloge, nu et bizarre; à cet endroit, le papier d'un jaune vif faisait contraste avec le papier fané qui recouvrait l'autre partie du mur. L'horloge était tombée en travers du hall étroit et ce n'est qu'une fois parvenue au pied de l'escalier que Mary vit ce qu'il y avait au-delà.

Le patron de *la Jamaïque* gisait, la figure au milieu des débris. L'horloge tombée l'avait d'abord caché, car il était étendu dans l'ombre, un bras au-dessus de la tête et l'autre étreignant la porte brisée. Il avait les jambes écartées et un pied s'écrasait contre la boiserie; il paraissait plus grand encore dans la mort, et son long corps bloquait l'entrée d'un mur à l'autre.

Il y avait du sang sur le dallage, il y en avait aussi entre les épaules de l'aubergiste, du sang noir et presque sec, là où le couteau l'avait atteint.

Frappé par-derrière, Joss Merlyn avait dû tendre les mains, trébucher et s'accrocher à l'horloge, l'entraînant avec lui dans sa chute. Et, tombant sur la face, il était mort, s'agrippant à la porte.

CHAPITRE XV

Un long temps s'écoula avant que Mary ne pût s'éloigner de l'escalier. Quelque chose de sa propre force s'en était allé, la laissant clouée sur place, comme la forme étendue à terre. Ses yeux s'attachaient à de petites choses accessoires : aux fragments de verre venant de l'horloge brisée, qui, eux aussi, étaient maculés de sang, à l'ancien emplacement de l'horloge contre le mur, où le papier faisait une tache plus vive.

Une araignée rampa sur la main de son oncle et il sembla étrange à Mary que cette main restât immobile, sans chercher à se débarrasser de l'araignée. Puis l'araignée grimpa sur le bras, montant vers l'épaule; quand elle arriva à la blessure, elle hésita, fit un détour, puis revint avec curiosité; il y avait, dans sa rapidité, une absence de crainte qui était horrible et profanatrice. L'araignée savait que l'aubergiste ne pouvait lui faire de mal. Mary le savait aussi, mais elle n'avait pas perdu sa crainte comme l'araignée.

C'était le silence qui effrayait le plus la jeune fille. Maintenant que le tic-tac avait cessé, ses nerfs étaient tendus dans l'attente de ce bruit; le bourdonnement familier était le symbole des choses normales.

La lumière de la bougie jouait sur les murs, mais elle n'atteignait pas le haut de l'escalier, où l'obscurité béait comme un abîme.

Mary savait qu'elle ne pourrait jamais monter les marches ni fouler le palier désert. Ce qu'il y avait au-delà du hall devait rester en paix. La mort était venue dans la maison ce soir-là et planait encore dans l'air. C'était cela, elle le comprenait maintenant, que l'*Auberge de la Jamaïque* avait toujours attendu et redouté. Les murs humides, les craquements du bois, les murmures dans l'air, les bruits de pas sans nom, toutes ces choses étaient les avertissements d'une maison qui se sentait depuis longtemps menacée.

La jeune fille frémit; elle savait que la qualité de ce silence avait son origine dans des choses depuis longtemps enterrées et oubliées.

Mary redoutait par-dessus tout la panique, le cri qui monte jusqu'aux lèvres, les pieds qui trébuchent dans l'affolement, les mains qui battent l'air dans la fuite. Elle craignait que cela ne lui arrivât et ne submergeât sa raison. Maintenant que le premier choc de la découverte s'était atténué, elle savait que la peur pouvait l'envahir et la paralyser, que ses doigts pouvaient devenir inertes et laisser échapper la bougie. Alors elle serait seule et enveloppée par l'obscurité.

Un désir désespéré de s'enfuir s'empara de Mary, mais elle réussit à le vaincre. A reculons, elle sortit du hall vers le couloir, la flamme de la bougie vacillant dans le courant d'air; et, quand elle parvint à la cuisine et vit la porte encore ouverte sur le petit coin de jardin, son calme l'abandonna. Elle se mit à courir éperdument vers la porte et l'air froid et libre de la route, un sanglot dans la gorge; ses mains tendues s'écorchèrent au mur en tournant le coin de la maison. Elle franchit la cour comme un animal traqué et gagna la route où le palefrenier, figure familière et robuste, attendait. Il tendit les mains pour l'accueillir et Mary s'accrocha à sa ceinture, cherchant quelque sécurité; ses dents s'entrechoquaient dans le choc de la réaction.

— Il est mort! s'écria-t-elle, il est mort là, à terre! Je l'ai vu!

Et, malgré tous ses efforts, la jeune fille continuait de claquer des dents et de trembler de tout son corps. Richards la conduisit près de la voiture et lui mit la pèlerine autour des épaules; Mary s'enveloppa dans le vêtement dont elle bénit la chaleur.

— Il est mort, répéta-t-elle. On l'a poignardé dans le dos. J'ai vu l'endroit où son veston est arraché, et il y a du sang. Il a la face contre le sol. L'horloge est tombée avec lui. Le sang est sec. Il a l'air d'être là depuis un certain temps. L'auberge est obscure et silencieuse. Il n'y a personne d'autre.

— Votre tante est donc partie? murmura l'homme.

Mary secoua la tête.

— Je ne sais pas. Je n'ai rien vu. Je n'ai pu rester.

Richards vit sur le visage de Mary qu'elle était à bout

de force et allait tomber. Il l'aida à monter dans la voiture et s'assit à côté d'elle.

— Allons, allons! Restez ici bien tranquille. Personne ne vous fera de mal. Allons, allons!

La voix rude du palefrenier réconforta Mary. Elle se blottit près de lui dans la voiture, remontant le chaud vêtement jusqu'au menton.

— Ce n'est pas un spectacle pour une jeune fille, dit Richards. Il fallait m'y laisser aller. Je regrette que vous ne soyez pas restée dans la voiture. Il est affreux pour vous de l'avoir vu assassiné.

Entendre parler l'apaisait et la sympathie de cet être fruste lui faisait du bien.

— Le poney est encore dans l'écurie, dit-elle. J'ai écouté à la porte et l'ai entendu bouger. Ils n'ont même pas fini leurs préparatifs de départ. La porte de la cuisine est ouverte et, à terre, il y a des couvertures et des paquets prêts à être chargés dans la voiture. La chose a dû arriver il y a plusieurs heures.

— Mais je me demande ce que fait le squire, dit Richards. Il aurait dû être ici depuis longtemps. Je serais plus à l'aise s'il était là, vous pourriez lui raconter votre histoire. Il y a eu du mauvais travail ici, ce soir. Vous n'auriez pas dû venir.

Tous deux se turent, guettant, sur la route, l'arrivée du squire.

— Qui a tué l'aubergiste? dit Richards, intrigué. Il était capable de se défendre et aurait pu donner du fil à retordre à plus d'un homme. Il y en a beaucoup qui avaient de bonnes raisons pour faire une chose pareille. Si jamais homme a été haï, c'est bien lui.

— Il y avait le colporteur, dit lentement Mary. J'avais oublié le colporteur. Ce doit être lui, il a dû s'échapper de la chambre condamnée.

Mary s'accrocha à cette idée pour échapper à une autre; elle se mit, non sans empressement, à raconter comment le colporteur était venu à l'auberge la nuit précédente. Il semblait que le crime fût définitivement prouvé et qu'il n'y eût pas d'autre explication.

— Le squire le rattrapera avant qu'il ne soit allé bien loin, dit le palefrenier, vous pouvez en être sûre. Personne, à moins d'être du pays, ne peut se cacher sur la lande, et je n'ai jamais entendu parler d'Harry le colporteur. Mais les hommes de Joss Merlyn viennent donc de tous les coins et recoins de Cornouailles! C'était, on peut le dire, la lie du pays.

Richards, au bout d'un certain temps, poursuivit :

— Voulez-vous que j'entre dans l'auberge pour voir si le colporteur a laissé quelque trace? Il pourrait y avoir quelque chose...

Mary lui saisit le bras.

— Je ne veux pas rester seule, dit-elle vivement. Vous devez me trouver lâche, mais je ne pourrais le supporter. Si vous étiez entré à *la Jamaïque*, vous comprendriez. Il y plane ce soir un calme qui se moque bien du pauvre cadavre étendu là.

— Je puis me rappeler le temps où, avant la venue de votre oncle, la maison était vide, dit l'homme; nous y menions alors les chiens pour courir après les rats, en guise d'amusement. Nous étions loin de penser que de telles choses s'y passeraient. Nous la considérions comme un lieu désert et sans âme, mais le squire la maintenait en bon état en attendant un tenancier. Moi, je suis de Saint-Neot et je ne suis venu ici qu'en entrant au service du squire, mais on disait jadis qu'on recevait à *la Jamaïque* bonne et joyeuse compagnie et que les gens de la maison, aimables et heureux, avaient toujours un lit pour les voyageurs. Les coches s'y arrêtaient alors, ce qu'ils ne font plus à présent, et les meutes se réunissaient ici une fois par semaine, du temps où Mr. Bassat était un petit garçon. Si ce temps-là pouvait revenir !

Mary secoua la tête.

— Je n'ai vu là que le mal, dit-elle. Je n'y ai vu que la souffrance, la cruauté, le chagrin. Quand mon oncle est venu à *la Jamaïque*, il a dû jeter son ombre sur les bonnes choses et elles sont mortes.

Tous deux ne parlaient plus qu'en un murmure et, presque inconsciemment, jetaient des coups d'œil par-dessus l'épaule vers les hautes cheminées grises nettement découpées sous la lune. Tous deux pensaient à la même chose et ni l'un ni l'autre n'avaient le courage d'en parler le premier; le palefrenier par délicatesse, Mary par crainte. Ce fut elle qui parla enfin d'une voix rauque et basse.

— Quelque chose est arrivé aussi à ma tante, je le sais. Je sais qu'elle est morte. C'est pourquoi j'avais peur de monter l'escalier. Elle est là dans l'obscurité, sur le palier, au-dessus. Celui qui a tué mon oncle l'a tuée, elle aussi.

Le palefrenier s'éclaircit la gorge.

— Peut-être s'est-elle sauvée sur la lande, dit-il. Elle s'est peut-être enfuie sur la route pour demander de l'aide...

— Non, répondit la jeune fille. Elle n'aurait jamais fait une chose pareille. Elle serait maintenant près de lui dans le hall. Elle est morte. Je sais qu'elle est morte. Si je ne l'avais pas quittée, ceci ne serait jamais arrivé.

L'homme garda le silence. Il ne pouvait être d'aucune aide. La jeune fille, après tout, lui était étrangère et ce qui s'était passé sous le toit de l'auberge pendant qu'elle y avait vécu ne le regardait pas. La responsabilité de la soirée lui pesait lourdement aux épaules et il souhaitait la venue de son maître. Se battre et crier étaient de son ressort et signifiaient quelque chose; mais si, comme elle le disait, il y avait vraiment eu meurtre, si l'aubergiste gisait à l'intérieur, assassiné, et sa femme aussi, il ne faisait pas bon rester là, comme deux fugitifs; il valait mieux descendre la route, vers la vue et le bruit des habitations humaines.

— Je suis venu ici sur l'ordre de ma maîtresse, commença-t-il gauchement, mais elle disait que le squire serait là. Et, comme il n'y est pas...

Mary eut un geste de la main.

— Écoutez! dit-elle vivement. N'entendez-vous rien?

Tous deux tendirent l'oreille vers le nord. On ne pouvait s'y tromper : un faible bruit de sabots montait de la vallée, de l'autre côté de la colline.

— Ce sont eux! s'écria Richards tout agité. C'est le squire! Attendez, nous allons les voir bientôt sur la route.

Au bout d'une minute, le premier cavalier apparut comme un petit point noir sur la route blanche et dure; il fut immédiatement suivi d'un autre, puis de plusieurs cavaliers. Ils avançaient au galop, tantôt en file, tantôt en groupe, tandis que le roussin qui attendait avec patience au bord du fossé pointait les oreilles et tournait curieusement la tête. Le bruit se rapprocha et Richards, dans son soulagement, courut à leur rencontre, criant et agitant les bras.

Le cavalier qui conduisait fit un écart, tira sur les rênes et, à la vue du palefrenier, s'écria tout surpris :

— Que diable faites-vous ici?

C'était le squire en personne. Il leva la main pour avertir ses compagnons qui arrivaient derrière lui.

— L'aubergiste est mort, il a été assassiné! cria Richards. Sa nièce est là, dans la voiture. C'est Mrs. Bassat elle-même qui m'a envoyé ici. Il vaut mieux que cette jeune fille vous raconte ce qui s'est passé.

Richards tint le cheval de son maître, tandis que celui-ci sautait à terre, tout en répondant de son mieux aux rapides questions du squire. Les autres cavaliers se groupèrent aussi autour de lui, impatients d'apprendre les nouvelles; quelques hommes descendirent également de cheval, tapant des pieds et soufflant sur leurs mains pour les réchauffer.

— Si cet individu a été assassiné, comme vous le dites, par Dieu, c'est bien fait pour lui, dit Mr. Bassat, mais j'aurais bien voulu lui passer moi-même les menottes. On ne peut pas rendre à un mort la monnaie de sa pièce. Allez dans la cour, vous autres, pendant que je vais voir si je puis tirer quelque chose de la petite.

Richards, libéré de sa responsabilité, fut aussitôt entouré et traité un peu comme un héros qui non seulement avait découvert le meurtre, mais en avait capturé l'auteur tout seul, jusqu'à ce qu'il admît, à contrecœur, que sa part dans l'aventure n'avait pas été grande. Le squire, dont l'esprit était lent, ne comprenait pas ce que Mary faisait dans la voiture et la considérait comme la prisonnière de son palefrenier. Il apprit avec étonnement qu'elle avait fait cette longue course jusqu'à North Hill dans l'espoir de le trouver et était revenue à l'*Auberge de la Jamaïque*.

— Cela passe mon entendement, dit-il rudement. Je vous croyais de connivence avec votre oncle. Mais pourquoi avez-vous menti, dans ce cas, quand je suis venu ici au début du mois? Vous prétendiez ne rien savoir.

— J'ai menti à cause de ma tante, dit Mary avec lassitude. Tout ce que je vous ai dit alors, c'était pour elle; d'ailleurs, je n'en savais pas autant qu'à présent. Je suis prête à tout expliquer devant le tribunal si c'est nécessaire; mais si j'essayais de tout vous dire maintenant, vous ne comprendriez pas.

— Je n'aurais d'ailleurs pas le temps d'écouter, répondit le squire. Vous avez été courageuse en faisant tout ce chemin d'Altarnun pour me prévenir, et je m'en souviendrai en votre faveur. Mais tout ceci aurait pu être évité, ainsi que l'horrible crime de Noël, si vous aviez été franche avec moi plus tôt.

Le squire poursuivit au bout d'un instant :

— Allons, il est trop tard. Mon palefrenier me dit que vous avez trouvé votre oncle assassiné, mais qu'à part cela vous ne savez rien du crime. Si vous étiez un homme, vous entreriez avec moi dans l'auberge, mais je vous épargnerai cela. Je vois que vous en avez assez enduré.

Le squire éleva la voix et appela son domestique :

— Conduisez la voiture dans la cour et restez près de cette jeune fille pendant que nous inspecterons la maison. Et, se tournant vers Mary : Je dois vous demander d'attendre dans la cour si votre courage vous le permet. Vous êtes la seule parmi nous à connaître quelque chose à l'affaire et vous avez été la dernière à voir votre oncle en vie.

Mary acquiesça. Elle n'était plus qu'un passif instrument de la loi et devait faire ce qu'on lui ordonnait. Le squire lui épargnait au moins l'épreuve de retourner dans la maison vide et de revoir le corps de son oncle. La cour, plongée dans l'ombre lors de sa venue, était maintenant une scène pleine d'activité. Les chevaux piaffaient, on entendait le cliquetis des mors, des bruits de pas, les voix des hommes, que dominait la voix rude du squire donnant des ordres.

Sur l'indication de Mary, Mr. Bassat et ses hommes, après avoir fait le tour de la maison, parvinrent à la façade de derrière et, au bout d'un instant, l'air pénétra de nouveau dans la maison désolée et silencieuse. La fenêtre du bar fut bientôt grande ouverte, ainsi que celle du salon. Quelques hommes montèrent l'escalier et explorèrent les chambres vides, dont les fenêtres furent aussi ouvertes. Seule la lourde porte d'entrée resta fermée. Mary savait que le corps de l'aubergiste était étendu en travers du seuil.

Quelqu'un lança de l'intérieur un appel auquel répondirent un murmure de voix et une question du squire. Par la fenêtre ouverte du salon, les sons parvenaient maintenant clairement dans la cour. Richards jeta un coup d'œil à Mary et, à la pâleur de son visage, il vit qu'elle avait entendu.

Un homme, qui était resté dans la cour pour garder les chevaux, cria tout excité au palefrenier :

— Entendez-vous ce qu'ils disent? Il y a un autre cadavre là-haut, sur le palier.

Richards ne dit mot. Mary se serra dans son vêtement et tira le capuchon sur son visage. Tous attendirent en silence. Quelques instants plus tard, le squire lui-même sortit dans la cour et vint jusqu'à la voiture.

— Je suis au regret, dit-il. J'ai de mauvaises nouvelles pour vous. Peut-être vous y attendiez-vous.

— Oui, souffla Mary.

— Je ne crois pas qu'elle ait souffert. Elle a dû mourir tout de suite. Elle est juste sur le seuil de la chambre, au bout du couloir. Poignardée, comme votre oncle. Elle n'a pas eu le temps de voir ce qui lui arrivait. Croyez-moi, j'en suis peiné pour vous. J'aurais voulu vous épargner tout ceci.

Le squire se tenait près de Mary, gauche et désolé, répétant que sa tante n'avait pas souffert, qu'elle n'avait pas eu le temps de voir ce qui lui arrivait, qu'elle était morte immédiatement. Puis, voyant qu'il valait mieux la laisser seule et qu'il n'était d'aucune aide, il retourna vers l'auberge.

Mary, immobile, enveloppée dans sa pèlerine, priait à sa façon pour que tante Patience lui pardonnât, pour que, où qu'elle fût, elle trouvât la paix, pour qu'elle fût libérée des lourdes chaînes de la vie. Elle demanda aussi que tante Patience comprît ce qu'elle avait essayé de faire et, par-dessus tout, que sa mère fût là pour l'accueillir. C'étaient là les seules pensées qui la consolaient un peu; car elle savait que si elle reconstituait dans son esprit les événements des quatre dernières heures, elle n'aboutirait qu'à une seule accusation : si elle n'avait quitté l'*Auberge de la Jamaïque*, peut-être sa tante vivrait-elle encore.

Une fois de plus, un murmure de voix excitées monta de la maison. Des cris se firent bientôt entendre, puis un bruit de pas précipités et plusieurs voix s'élevèrent à l'unisson, au point que Richards courut vers la fenêtre ouverte du salon, oubliant sa mission dans l'agitation du moment, et passa une jambe à l'intérieur. Il y eut un bruit de bois fracassé et les volets de la chambre condamnée, où personne, apparemment, n'avait pénétré jusqu'ici, furent rejetés avec violence. Les hommes enlevèrent la barricade de bois et quelqu'un, à l'aide d'une torche, éclaira la pièce. Mary pouvait voir la flamme danser dans le courant d'air.

Puis la lumière disparut, les voix s'éteignirent. Mary entendit les pas revenir derrière la maison. Des hommes tournèrent le coin de la cour; ils étaient six ou sept, conduits par le squire, maintenant quelque chose qui se tortillait, cherchant à se dégager, avec des cris rauques et égarés.

— Il est pris! C'est l'assassin! cria Richards à Mary.

La jeune fille se retourna, écarta le capuchon qui lui couvrait le visage et regarda le groupe qui se dirigeait vers la voiture. Le captif, à sa vue, écarquilla les yeux. La lumière qu'on projetait sur sa figure le faisait clignoter, ses vêtements étaient couverts de toile d'araignée, ses joues non rasées et toutes noires : c'était Harry le colporteur.

— Qui est-ce? crièrent-ils. Le connaissez-vous?

Le squire vint près de la voiture et ordonna qu'on fît approcher l'homme pour que la jeune fille pût le bien voir.

— Que savez-vous de cet individu? demanda-t-il à Mary. Nous l'avons trouvé dans la chambre condamnée couché sur des sacs, et il prétend tout ignorer du crime.

— Il faisait partie de la bande, dit lentement Mary; il est venu hier soir à l'auberge et s'est querellé avec mon oncle. Mon oncle a eu le dessus et l'a enfermé dans cette pièce en le menaçant de mort. Il avait toutes les raisons de tuer mon oncle, et personne d'autre que lui n'a pu le faire. Il ment.

— Mais il était enfermé à clé. Il a fallu trois d'entre nous pour enfoncer la porte, dit le squire. Il n'est pas sorti de cette pièce. Voyez ses vêtements! Voyez ses yeux encore éblouis par la lumière! Ce n'est pas notre meurtrier.

Les coups d'œil furtifs du colporteur allaient de l'un à l'autre de ses gardes, et Mary reconnut aussitôt que le squire disait vrai. Harry le colporteur ne pouvait avoir commis le crime. Il était resté dans la pièce condamnée depuis que l'aubergiste l'y avait enfermé, c'est-à-dire depuis plus de vingt-quatre heures. Dans l'obscurité, il avait attendu sa libération et, durant ces longues heures, quelqu'un était venu à *la Jamaïque*, puis, son travail accompli, s'en était allé dans le silence de la nuit.

— Celui qui a fait la chose ne savait rien de ce misérable enfermé dans la pièce, continua le squire, et il n'est d'aucune utilité pour nous comme témoin, car il semble bien qu'il n'ait rien vu ni entendu. Mais nous le jetterons tout de même en prison, et nous le pendrons, car il le mérite, j'en jurerais, mais il nous donnera d'abord le nom de ses complices. L'un d'eux a tué l'aubergiste par vengeance, vous pouvez m'en croire, et nous le retrouverons, dussions-nous mettre à ses trousses tous les limiers de Cornouailles. Emmenez cet homme à l'écurie. Quelques-uns d'entre vous le garderont. Les autres retourneront avec moi dans l'auberge.

On entraîna le colporteur qui, comprenant que quelque crime avait été découvert et que les soupçons se portaient sur lui, retrouva enfin sa langue et se mit à protester de son innocence, pleurant merci et jurant par la Trinité, jusqu'à ce qu'on lui imposât silence par la force. Il se mit alors à marmonner des blasphèmes à mi-voix, tournant de temps à autre ses yeux de rat vers Mary, assise dans la voiture à quelques mètres de là.

Mary, le menton dans les mains, ayant rabattu le capuchon sur son visage, n'entendait point ces blasphèmes ni ne voyait les yeux furtifs, car elle se rappelait d'autres yeux qui l'avaient regardée ce matin-là et une autre voix, calme et froide, qui avait dit : “ Pour ceci, il mourra. ”

Il y avait encore cette phrase, jetée avec insouciance sur le chemin de Launceston : “ Je n'ai jamais tué un homme... pas encore. ” Il y avait aussi la bohémienne, sur la place du marché : “ Il y a du sang sur votre main. Un jour, vous tuerez un homme. ” Toutes les petites choses qu'elle voulait oublier s'élevaient contre Jem : sa haine pour son frère, son insensibilité, son manque de tendresse, le sang des Merlyn. C'était cela qui, avant tout, le trahissait.

Les deux frères étaient bien de la même race. Jem

était venu à *la Jamaïque*, ainsi qu'il l'avait dit, et son frère était mort. La vérité lui apparaissait dans toute son horreur. Elle souhaitait n'être pas partie; il eût pu la tuer, elle aussi. C'était un voleur et, comme un voleur, il était venu dans la nuit et s'en était allé. Elle savait que l'évidence contre lui pouvait être établie point par point, elle-même étant le témoin; il ne pourrait échapper au réseau ainsi tissé autour de lui. Il lui suffirait d'aller maintenant vers le squire et de dire : " Je sais qui a commis le crime. " Tous l'écouteraient. Ils s'assembleraient autour d'elle, comme une meute prête à se jeter sur la piste, et cette piste les conduirait, par Rushyford et le marécage de Trewartha, jusqu'à la Lande des Douze Hommes. Peut-être Jem y dormait-il, indifférent, ayant oublié son crime, étendu sur son lit dans le cottage solitaire où son frère et lui étaient nés. Au matin, il s'en irait à cheval, en sifflotant peut-être; il quitterait à jamais la Cornouailles, assassin comme son père l'avait été avant lui.

Dans son imagination, elle entendit au loin sur la route, dans la nuit tranquille, le galop d'adieu du cheval de Jem. Mais l'imagination se mua en raison, et la raison en certitude. Ce n'était pas en rêve qu'elle entendait le galop d'un cheval sur la grand-route.

La jeune fille tourna la tête et écouta, les nerfs tendus à l'extrême; ses mains, qui ramenaient la pèlerine autour d'elle, étaient moites et glacées.

Le bruit se rapprochait. Le cheval avançait maintenant à un trot régulier, ni lent ni rapide, et le bruit rythmé des sabots sur la route faisait écho aux battements de son cœur.

Mary n'écoutait plus seule. Les hommes qui gardaient le colporteur se parlèrent à voix basse en regardant vers la route et Richards, qui était avec eux, hésita un moment, puis se dirigea vivement vers l'auberge pour appeler le squire. Les sabots du cheval, qui gravissait maintenant la colline, sonnaient sur la route comme un défi à la nuit, si pleine de silence et de calme. Comme le cavalier arrivait au sommet et tournait le mur de l'auberge, le squire sortit, suivi de son domestique :

— Arrêtez! cria-t-il. Au nom du roi, je dois vous demander ce que vous faites cette nuit sur la route.

Le cavalier tira sur les rênes et entra dans la cour. Sa cape noire ne révélait point son identité, mais, quand il s'inclina en se découvrant, un épais halo de cheveux blancs brilla au clair de lune et la voix qui répondit au squire était lente et douce.

— Mr. Bassat, de North Hill, je crois? demanda-t-il. Et, se penchant sur sa selle, un billet à la main : j'ai là un message de Mary Yellan, de l'*Auberge de la Jamaïque*, qui réclame mon aide, mais, à la compagnie assemblée ici, je vois que je suis venu trop tard. Vous vous souvenez de moi, bien sûr. Nous nous sommes déjà rencontrés. Je suis le vicaire d'Altarnun.

CHAPITRE XVI

Mary, assise toute seule dans le living-room de la cure, observait le feu de tourbe qui couvait. Elle avait dormi longtemps et était maintenant reposée, mais la paix à laquelle elle aspirait ne lui avait pas encore été donnée.

On avait été bon et patient pour elle, trop bon peut-être, car la chose était soudaine et inattendue après cette longue tension nerveuse. Mr. Bassat lui-même, plein de bonnes intentions, mais d'une main maladroite, lui tapotait l'épaule comme il eût consolé un enfant qui vient de se faire mal : " Allons, il faut dormir, maintenant; il faut oublier tout ce que vous avez enduré, puisque tout cela est passé. Je vous promets que nous retrouverons bientôt l'homme qui a tué votre tante et qu'il sera pendu aux prochaines assises. Et quand vous serez un peu remise du choc de ces derniers mois, vous nous direz ce que vous voulez faire et où vous voulez aller.

Mary n'avait aucune volonté propre. Les autres pouvaient prendre des décisions pour elle. Et quand Francis

Davey lui offrit sa maison pour refuge, elle accepta mollement, avec indifférence, sentant que ses remerciements sans conviction avaient une apparence d'ingratitude. Elle connut une fois de plus l'humiliation d'être une femme quand, brisée moralement et physiquement, son état fut admis comme une chose naturelle.

Si Mary était un homme, on la traiterait avec rudesse, tout au moins avec indifférence; on l'obligerait peut-être à se rendre tout de suite à Bodmin ou à Launceston pour servir de témoin; elle devrait s'occuper elle-même de son logement et disparaîtrait au bout du monde si elle le voulait après avoir répondu à l'interrogatoire. Lorsqu'on en aurait terminé avec elle, elle s'embarquerait sur quelque paquebot et travaillerait pour payer son passage; ou bien elle prendrait la route, avec quelques sous en poche, le cœur et l'esprit libres. Mais elle était là, les larmes prêtes à couler, ayant la migraine; on l'éloignait en hâte du lieu du crime avec des paroles et des gestes apaisants; elle n'était qu'un élément d'encombrement et de retard, comme toutes les femmes et tous les enfants après une tragédie.

Le vicaire l'avait emmenée lui-même dans la voiture, tandis que le palefrenier suivait sur son cheval, et lui, du moins, avait le don du silence; il ne l'avait pas questionnée, il n'avait exprimé aucune sympathie; il s'était contenté de rentrer rapidement à Altarnun, où une heure du matin sonnait au moment où ils passaient devant l'église. Puis il avait éveillé sa servante, dont le cottage se trouvait près de la cure — la femme à qui Mary avait parlé dans l'après-midi — pour lui enjoindre de préparer une chambre pour la jeune fille, ce qu'elle fit aussitôt sans étonnement ni bavardage, apportant des draps frais de sa propre maison pour le lit. Elle avait allumé du feu dans la grille et fait chauffer une chemise de nuit de flanelle, tandis que Mary ôtait ses vêtements. Une fois le lit prêt et la couverture faite, Mary s'était laissé coucher comme une enfant.

La jeune fille allait fermer les yeux lorsqu'un bras lui avait soudain entouré les épaules. Une voix calme et persuasive lui avait murmuré à l'oreille :

— Buvez ceci.

Francis Davey, debout près du lit, un verre à la main, l'avait considérée de ses yeux étranges, pâles et sans expression.

— Maintenant, vous allez dormir, avait-il dit.

Au goût amer de la boisson que le vicaire lui avait préparée, Mary avait compris qu'il s'y trouvait quelque poudre et qu'il avait fait cela pour calmer son état d'agitation et d'angoisse.

La main du vicaire posée sur son front et l'expression de ses yeux tranquilles qui lui disaient d'oublier étaient tout ce dont elle se souvenait. Elle s'était alors endormie, ainsi qu'il le lui ordonnait.

Mary ne s'était éveillée que vers quatre heures de l'après-midi et ces quatorze heures de sommeil avaient eu le résultat qu'escomptait le vicaire : émousser le chagrin de la jeune fille. La peine aiguë que lui causait la mort de sa tante s'était atténuée, ainsi que son amertume. La raison lui disait qu'elle n'était pas à blâmer : elle avait fait ce que sa conscience lui avait commandé de faire. La justice était venue avant elle. Sa sottise l'avait empêchée de prévoir la tragédie, c'était là sa seule faute. Il ne restait que le regret, et le regret ne pouvait faire revivre tante Patience.

Ce furent là ses premières pensées, mais lorsqu'une fois habillée elle descendit dans le living-room pour trouver le feu allumé, les rideaux tirés et le vicaire absent pour quelque affaire, l'ancienne et harcelante impression d'insécurité revint, et il lui parut que toute la responsabilité du désastre lui revenait. Le visage de Jem tel qu'elle l'avait vu la dernière fois était toujours devant ses yeux : les traits tirés, l'air hagard dans la perfide lumière grise; il y avait alors un dessein dans son regard, dans la ligne ferme de sa bouche, qu'elle avait volontairement ignoré. Il avait été le facteur inconnu du commencement à la fin, depuis le premier matin où il était venu à l'*Auberge de la Jamaïque*, et, délibérément, elle avait fermé les yeux. Elle était femme et, sans la moindre raison, elle l'aimait. Il l'avait embrassée, et elle était liée à lui à jamais. Elle se sentait amoindrie, déchue, affaiblie moralement et physiquement, elle jadis si forte, et sa fierté avait disparu avec son indépendance.

Mary n'avait qu'à dire un mot au vicaire à son retour et envoyer un message au squire pour que sa tante fût vengée. Jem mourrait au bout d'une corde, comme son père. Elle retournerait à Helford et renouerait les fils, bien embrouillés, de sa vie d'autrefois.

Mary quitta le coin du feu et se mit à parcourir la pièce, songeant qu'elle se débattait maintenant avec l'ultime problème, tout en sachant pourtant que son attitude même était un mensonge, un pauvre simulacre pour apaiser sa conscience et que ce mot-là ne serait jamais prononcé.

Jem n'avait rien à craindre d'elle. Il s'en irait, une chanson aux lèvres, un rire à ses dépens, oublieux d'elle, de son frère et de Dieu, tandis que les années s'écouleraient pour elle, tristes et amères, que la honte du silence la marquerait et qu'elle finirait dans le ridicule comme une vieille fille aigrie qui n'a été embrassée qu'une fois dans sa vie et ne peut l'oublier.

Le cynisme et la sentimentalité étaient deux extrêmes qu'il fallait éviter, et tandis que Mary rôdait autour de la pièce, l'esprit aussi agité que le corps, elle avait l'impression que Francis Davey l'observait et que ses yeux froids sondaient son âme. La pièce gardait quelque chose de lui en son absence; elle pouvait l'imaginer debout dans le coin, près du chevalet, le pinceau à la main, fixant, par la fenêtre, des choses mortes, à jamais disparues.

Près du chevalet, il y avait des toiles tournées contre le mur. Avec curiosité, Mary les retourna vers la lumière. Il y avait là l'intérieur d'une église — son église, supposa-t-elle — peint, semblait-il, dans un crépuscule d'été, la nef restant dans l'ombre. Il y avait sur les arches un étrange clair-obscur qui s'étendait jusqu'au toit, et cette lumière était si soudaine et inattendue qu'elle continua d'y penser après avoir rangé la toile, au point qu'elle la retourna de nouveau pour l'examiner encore. Cette lumière verdâtre était peut-être une fidèle reproduction, peut-être était-elle particulière à l'église d'Altarnun, mais elle jetait sur la toile des lueurs troublantes et singulières, et Mary savait que si elle avait une maison, elle n'aimerait guère accrocher pareil tableau sur ses murs.

La jeune fille n'eût pas été à même d'exprimer par des mots son sentiment de malaise, mais c'était comme si quelque esprit, n'ayant aucune connaissance de l'église elle-même, s'était faufilé à l'intérieur et avait soufflé une atmosphère hostile sur la nef plongée dans l'ombre. Et, examinant les toiles une à une, elle constata que toutes étaient éclairées de la même manière et au même degré. Ce qui eût pu être une étude saisissante de la lande au-dessous du Brown Willy un jour de printemps, avec de hauts nuages groupés derrière le roc, avait été gâté par la couleur sombre et le contour même des nuages qui rapetissaient la peinture et assombrissaient le paysage, et la même lumière verte qui dominait toujours.

Pour la première fois, Mary se demanda si le caprice de la nature qui l'avait fait naître albinos n'avait pas altéré en Francis Davey le sens des couleurs et si sa vue elle-même était normale. C'était peut-être là une explication, mais son impression de malaise n'en demeura pas moins lorsqu'elle eut remis les toiles contre le mur. Elle continua d'inspecter la pièce, qui ne lui apprit pas grand-chose, car elle ne contenait que peu de meubles; il n'y avait non plus ni ornements ni livres. On ne voyait aucune trace de correspondance sur le bureau, qui paraissait fort peu utilisé. La jeune fille, du bout des doigts, tambourina sur la surface polie, se demandant s'il y écrivait ses sermons, et soudain, geste inexcusable, elle ouvrit l'étroit tiroir sous le bureau. Il était vide. Une fois de plus, elle eut honte d'elle-même.

Mary allait refermer le tiroir lorsqu'elle s'aperçut qu'un coin du papier qui en recouvrait le fond était retourné et qu'une esquisse était dessinée de l'autre côté. Elle prit le papier et jeta un coup d'œil au dessin qui, une fois de plus, représentait l'intérieur d'une église, mais, cette fois, la congrégation était assemblée sur les bancs et le vicaire lui-même était en chaire. D'abord, Mary ne trouva rien d'extraordinaire au dessin; il paraissait assez naturel qu'un vicaire désireux d'exercer l'habileté de sa plume eût choisi pareil sujet. Mais, en examinant plus attentivement l'esquisse, elle se rendit compte de ce qu'il avait fait.

Ce n'était pa. là un dessin, mais une horrible et grotesque caricature. Les gens de la congrégation, endimanchés, portaient des chapeaux et des châles; mais les faces humaines étaient remplacées par des têtes de mouton. Les animaux, la mâchoire ouverte, considéraient stupidement le prédicateur, d'un air absent et solennel, et leurs pattes étaient jointes en prière. Les traits de chaque mouton avaient été fouillés avec soin, comme s'ils représentaient une âme humaine, mais l'expression de chacun d'eux était la même : celle d'un idiot, ignorant et indifférent. Le prédicateur, avec sa soutane noire et son halo de cheveux blancs, était Francis Davey, mais il s'était fait une face de loup, et le loup riait à la vue du troupeau au-dessous de lui.

C'était une parodie terrible et blasphématoire. Mary retourna vivement le papier et le replaça dans le tiroir. Puis elle ferma le tiroir, s'éloigna du bureau et, de nouveau, s'assit dans le fauteuil, près du feu. Elle était tombée sur un secret et souhaitait que ce secret ne lui eût jamais été révélé. Ceci ne la regardait point, mais demeurait entre le dessinateur et son Dieu.

Quand elle entendit le pas du vicaire dans l'allée, elle se leva en hâte et éloigna la lumière de son fauteuil, de façon à se trouver dans l'ombre, pour qu'il ne pût lire sur son visage.

Dans le fauteuil où elle s'était assise pour l'attendre, Mary tournait le dos à la porte; mais le vicaire était si long à venir qu'elle se retourna enfin pour écouter ses pas; elle le vit alors debout derrière elle; il était entré sans bruit dans la pièce. La jeune fille ayant tressailli de surprise, il s'avança dans la lumière et s'excusa de son apparition.

— Pardonnez-moi, dit-il, vous ne m'attendiez pas si tôt et j'ai fait intrusion dans vos rêves.

Mary secoua la tête et balbutia une excuse. Il lui

demanda alors comment elle se trouvait et si elle avait bien dormi, tout en ôtant sa redingote et restant debout devant le feu, dans son vêtement sacerdotal.

— Avez-vous mangé, aujourd'hui? demanda-t-il.

Sur la réponse négative de Mary, le vicaire sortit sa montre et nota l'heure pour la comparer avec celle de la pendule placée sur son bureau.

— Vous avez une fois dîné avec moi, Mary Yellan, dit-il, et vous dînerez avec moi de nouveau; mais, cette fois, si vous voulez bien et si vous vous sentez assez reposée, vous mettrez la table et irez chercher le plateau dans la cuisine. Hannah l'aura laissé tout préparé et nous ne la dérangerons pas. Pour ma part, j'ai à écrire. Vous n'y voyez pas d'objection?

Mary lui assura qu'elle était reposée et ne demandait qu'à se rendre utile. Il hocha la tête et dit, lui tournant le dos :

— Eh bien, à sept heures moins le quart.

Mary comprit qu'on la congédiait. Elle se dirigea vers la cuisine; un peu décontenancée par la brusque arrivée du vicaire, elle était contente qu'il lui eût donné une demi-heure de répit, car elle était mal préparée à la conversation quand il l'avait rejointe. Peut-être le dîner serait-il expédié; il retournerait ensuite à son bureau et la laisserait à ses pensées.

Mary souhaitait n'avoir pas ouvert le tiroir. Le déplaisant souvenir de la caricature ne la quittait pas. Elle était semblable à un enfant qui a appris quelque chose en cachette de ses parents et qui, la tête basse, honteux et coupable, craint que sa langue ne le trahisse. Elle eût été plus satisfaite si elle avait pris son repas seule dans la cuisine, s'il l'avait traitée comme une servante plutôt que comme une invitée. D'ailleurs, sa position n'était pas définie, car la courtoisie et les ordres de Francis Davey étaient étrangement mêlés. Elle se fit donc un jeu de préparer le dîner, à l'aise parmi les parfums familiers de la cuisine; puis elle attendit à contrecœur l'appel de la pendule. Les trois quarts de l'heure sonnèrent à l'église. Mary n'avait aucune excuse, de sorte qu'elle apporta le plateau dans le living-room, avec l'espoir que son visage ne décèlerait pas ses sentiments intimes.

Le vicaire était debout, le dos au feu, devant lequel il avait déjà tiré la table. Bien qu'elle ne levât point les yeux sur lui, la jeune fille sentait sur elle son regard scrutateur, ce qui rendait ses mouvements maladroits. Elle avait aussi conscience d'un changement dans la pièce et, du coin de l'œil, elle vit qu'il avait plié son chevalet et que les toiles n'étaient plus entassées contre le mur. Pour la première fois, le bureau était en désordre; de la correspondance et des papiers s'y trouvaient amoncelés; il avait également brûlé des lettres, dont les fragments jaunis et noircis gisaient parmi les cendres, sous la tourbe.

Tous deux s'assirent à table et Francis Davey servit à Mary du pâté froid.

— Toute curiosité a-t-elle donc quitté Mary Yellan pour qu'elle ne me demande pas ce que j'ai fait de ma journée? dit-il enfin, la raillant doucement et amenant aussitôt sur le visage de la jeune fille le rouge de la honte.

— L'endroit où vous êtes allé ne me regarde pas, répondit-elle.

— C'est ce qui vous trompe, cela vous regarde. Je me suis mêlé de vos affaires toute la journée. Ne m'avez-vous pas appelé à l'aide?

Mary, confuse, ne savait que répondre.

— Je ne vous ai pas encore remercié d'être venu si vite à *la Jamaïque*, ni de m'avoir hébergée la nuit dernière. Vous devez me prendre pour une ingrate.

— Je n'ai jamais dit cela. Je m'étonnais seulement de votre patience. Il était à peine deux heures, ce matin, quand je vous ai dit de dormir, et il est maintenant sept heures du soir. De longues heures ont passé, et les choses ne s'arrangent pas toutes seules.

— N'avez-vous donc pas dormi après m'avoir quittée?

— J'ai dormi jusqu'à huit heures et suis parti tout de suite après le petit déjeuner. Mon cheval gris étant boiteux, j'ai dû prendre le roussin qui n'allait pas vite. Il a traîné comme un escargot jusqu'à *la Jamaïque*, et de là jusqu'à North Hill.

— Vous êtes allé à North Hill?

— Mr. Bassat m'a invité à déjeuner. Nous étions huit ou dix, je crois, et chacun de nous criait son opinion dans l'oreille de son voisin sourd. Le repas était interminable et, quand il prit fin, j'en fus ravi. Mais nous étions tous d'avis que le meurtrier de votre oncle ne resterait pas longtemps en liberté.

— Mr. Bassat soupçonne-t-il quelqu'un?

Le ton de Mary était plein de réserve et ses yeux restaient fixés sur son assiette. La nourriture avait, dans sa bouche, un goût de cendre.

— Mr. Bassat est tout prêt à se suspecter lui-même. Il a questionné tous les habitants dans un rayon de dix milles, et les personnes inconnues qui étaient dehors la nuit dernière sont légion. Il faudra une semaine ou deux pour tirer la vérité de chacune d'elles. Mais peu importe, Mr. Bassat ne se décourage pas.

— Qu'a-t-on fait de... de ma tante?

— On les a transportés tous les deux à North Hill ce matin. On les y enterrera. Tout a été arrangé, ne vous tourmentez pas. Quant au reste... eh bien, nous verrons.

— Et le colporteur? Ils ne l'ont pas relâché?

— Non, il est en sûreté, sous les verrous, hurlant des malédictions. Je me soucie fort peu du colporteur, pas plus que vous, je crois.

Mary reposa la fourchette qu'elle allait élever jusqu'à ses lèvres.

— Que voulez-vous dire? demanda-t-elle, sur la défensive.

— Vous vous souciez fort peu, je le répète, du colporteur. Je le comprends parfaitement. C'est l'individu le plus déplaisant que j'aie jamais vu. Richards, le palefrenier de Mr. Bassat, m'a appris que vous soupçonniez le colporteur d'avoir commis le crime et que vous l'avez dit à Mr. Bassat lui-même. D'où je conclus que vous vous souciez fort peu de lui. Il est dommage pour nous tous que la pièce condamnée ait prouvé son innocence. Il eût fait un excellent bouc émissaire et épargné bien des ennuis.

Le vicaire continuait de manger copieusement, mais Mary touchait à peine à la nourriture. Quand il lui offrit de reprendre du pâté, elle refusa.

— Qu'a donc fait le colporteur pour encourir ainsi votre courroux? demanda-t-il, revenant sur le sujet avec insistance.

— Un jour, il m'a attaquée.

— Je le pensais. Cela répond à son aspect. Vous lui avez résisté, naturellement?

— Je crois que je l'ai blessé. Il n'a pas recommencé.

— Je veux bien le croire. Quand cela est-il arrivé?

— La veille de Noël.

— Lorsque je vous ai quittée aux Cinq Chemins?

— Oui.

— Je commence à comprendre. Vous n'êtes donc pas rentrée cette nuit-là à l'auberge? Vous êtes tombée sur l'aubergiste et ses amis, sur la route.

— Oui.

— Et ils vous ont emmenée sur le rivage pour ajouter à leur amusement?

— Je vous en prie, Mr. Davey, ne m'en demandez pas davantage. Je préférerais ne pas parler de cette nuit-là, ni maintenant, ni jamais plus. Ce sont des choses qu'il vaut mieux enterrer profondément.

— Vous n'en parlerez plus, Mary Yellan. Je suis à blâmer de vous avoir laissé continuer seule votre voyage. A vous voir maintenant avec vos yeux, votre teint clair, la façon dont vous porter la tête et, surtout, le fermeté de votre menton, il reste peu de trace de ce que vous avez subi. L'appréciation du prêtre d'une petite paroisse ne vaut pas grand-chose... mais vous avez montré un courage remarquable. Je vous admire.

Mary leva les yeux sur lui, les baissa de nouveau et se mit à émietter un morceau de pain dans sa main.

— Quand je pense au colporteur, continua-t-il au bout d'un moment, prenant une copieuse portion de pruneaux, je trouve que le meurtrier a été très négligent de n'avoir pas jeté un coup d'œil dans la chambre condamnée. Peut-être était-il pressé par le temps, mais quelques minutes ne pouvaient guère nuire au dénouement, et il eût ainsi liquidé toute l'affaire.

— De quelle façon, Mr. Davey?

— Mais en réglant son compte au colporteur.

— Vous voulez dire qu'il aurait pu le tuer aussi?

— Précisément. Le colporteur n'est pas un ornement pour le monde où il vit et, mort, il eût au moins servi à nourrir les vers. C'est mon avis. De plus, si l'assassin avait su que le colporteur s'en était pris à vous, il aurait eu un motif assez puissant pour le tuer.

Mary se coupa une tranche de cake dont elle n'avait aucune envie et se força d'en porter un morceau à ses lèvres. Elle voulait se donner une contenance en feignant de manger. Mais sa main tremblait en tenant le couteau et elle n'arriva pas au bout de sa tranche.

— Je ne vois pas, dit-elle, ce que j'ai à faire là-dedans.

— Vous avez de vous une opinion trop modeste.

Ils continuèrent de manger en silence. Mary gardait la tête baissée et les yeux fixés sur son assiette. Son instinct lui disait que Francis Davey jouait avec elle comme le pêcheur joue avec le poisson pris au bout de sa ligne. N'y pouvant plus tenir, elle lui jeta enfin une question :

— Ainsi, Mr. Bassat et les autres ont fait, en somme, peu de progrès et l'assassin est encore en liberté?

— Oh! nous n'avons pas été aussi lents que cela. Nous en sommes un peu plus loin. Le colporteur, par exemple, dans un effort désespéré pour sauver sa propre peau, a fait de son mieux en dénonçant ses compagnons, mais il ne nous a guère aidés. Nous n'avons tiré de lui qu'un maigre compte rendu du travail accompli sur la côte la veille de Noël — auquel il prétend n'avoir pris aucune part — et aussi des bribes de ce qui s'est passé durant les longs mois écoulés. Nous avons entendu parler, entre autres, des chariots qui venaient la nuit à *la Jamaïque* et avons appris le nom de ses complices, ceux qu'il connaissait du moins. L'entreprise semble avoir été bien plus vaste qu'on ne l'avait jusqu'ici supposé.

Mary ne répondit point et se contenta de secouer la tête quand le vicaire lui offrit des pruneaux.

— En fait, continua-t-il, il est allé jusqu'à suggérer que votre oncle n'était leur chef que de nom et recevait des instructions de quelqu'un au-dessus de lui, ce qui, naturellement, jette un autre jour sur l'affaire. Ces messieurs n'ont pas laissé d'en être troublés. Que pensez-vous de la théorie du colporteur?

— La chose est possible, bien sûr.

— Je crois que vous m'avez un jour suggéré la même chose.

— Peut-être. Je ne m'en souviens plus.

— S'il en est ainsi, il semble que le chef inconnu et l'assassin soient la seule et même personne. Ne le croyez-vous pas?

— Mais... oui, je le suppose.

— Ceci diminuerait beaucoup le champ des recherches. Nous pourrions écarter tout le gros de la bande et songer à quelqu'un qui ait de l'intelligence et de la personnalité. Avez-vous jamais vu à *la Jamaïque* un homme qui réponde à cela?

— Non, jamais.

— Il devait se glisser dans le silence de la nuit quand votre tante et vous étiez endormies. Il évitait sans doute la grand-route, pour qu'on n'entendît pas les sabots de son cheval. Mais il venait à pied, c'est possible.

— C'est en effet possible.

— Dans ce cas, cet homme doit connaître la lande, tout au moins en partie. Il vint à l'idée d'un des invités qu'il devait vivre non loin de là... à une distance facile à couvrir à cheval. C'est pourquoi, je vous l'expliquais au début du dîner, Mr. Bassat a l'intention d'interroger tous les habitants dans un rayon de dix milles. Ainsi, voyez-vous, le filet se resserrera autour du meurtrier et, s'il s'attarde encore, il sera pris. Nous en sommes tous convaincus. Avez-vous déjà fini? Vous n'avez presque rien mangé.

— Je n'ai pas faim.

— Je le regrette. Hannah va croire que son pâté n'a pas été apprécié. Vous ai-je dit que j'ai vu aujourd'hui l'une de vos connaissances?

— Non. Mais je n'ai d'autre ami que vous.

— Merci, Mary Yellan. C'est un joli compliment dont je garderai le souvenir. Mais vous n'êtes pas tout à fait sincère. Vous avez une connaissance. Vous me l'avez dit vous-même.

— Je ne sais de qui vous voulez parler, Mr. Davey.

— Allons! Le frère de l'aubergiste ne vous a-t-il pas emmenée à la foire de Launceston?

Mary serra les mains sous la table, au point que ses ongles lui entraient dans la chair.

— Le frère de l'aubergiste? répéta-t-elle pour se donner du temps. Je ne l'ai pas vu depuis ce jour-là. Je le croyais parti.

— Non, il est dans le pays depuis la Noël. Il me l'a dit lui-même. En fait, il lui est venu aux oreilles que je vous ai recueillie et il m'a donné un message pour vous : " Dites-lui combien je suis désolé. " Voilà ce qu'il a dit. Je suppose qu'il voulait parler de votre tante.

— Est-ce tout ce qu'il a dit?

— Je crois qu'il en eût dit davantage, mais Mr. Bassat nous a interrompus.

— Mr. Bassat? Mr. Bassat était là quand il vous a parlé?

— Mais bien sûr. Il y avait plusieurs de ces messieurs dans la pièce. C'était tout juste avant de quitter North Hill, dans l'après-midi, quand la discussion prit fin pour la journée.

— Pourquoi Jem Merlyn était-il présent à la discussion?

— Il en avait le droit, je pense, étant le frère du défunt. Il ne paraissait guère ému par cette perte. Mais peut-être les deux frères vivaient-ils en désaccord?

— Mais... Mr. Bassat et les autres l'ont-ils questionné?

— Il y a eu toute la journée de longues discussions. Le jeune Merlyn n'est pas dépourvu d'habileté. Ses réponses étaient des plus astucieuses. Il doit être plus intelligent que son frère. Vous m'avez dit, je m'en souviens, qu'il vit de façon assez précaire. Il vole des chevaux, je crois.

Mary acquiesça. Du doigt, elle traçait un dessin sur la nappe.

— Il semble avoir fait cela quand il n'avait rien de mieux à faire, dit le vicaire, mais quand la chance d'utiliser son intelligence s'est présentée à lui, il l'a saisie et l'on ne saurait l'en blâmer. Sans doute a-t-il été bien payé.

Chaque parole de cette voix douce irritait les nerfs de la jeune fille; elle savait maintenant qu'il avait eu raison d'elle et qu'elle ne pouvait plus feindre l'indifférence. Elle leva vers lui un regard lourd d'angoisse contenue et tendit des mains suppliantes :

— Que va-t-on lui faire, Mr. Davey? demanda-t-elle. Que va-t-on lui faire?

Dans les yeux pâles et sans expression qui la regardaient, Mary, pour la première fois, vit passer une ombre et une lueur de surprise.

— Ce qu'on va lui faire? dit-il, l'air intrigué. Pourquoi lui ferait-on quelque chose? Je suppose qu'il a fait la paix avec Mr. Bassat et qu'il n'a plus rien à craindre. On ne saurait guère lui jeter de vieux péchés à la face après le service qu'il vient de rendre.

— Je ne vous comprends pas. Quel service a-t-il rendu?

— Vous avez l'esprit bien lent, ce soir, Mary Yellan, et j'ai l'air de parler par énigmes. Ne savez-vous pas que c'est Jem Merlyn qui a dénoncé son frère?

Mary le considéra avec stupeur. Son cerveau semblait s'obstruer et lui refuser tout service. Elle répétait les mots du vicaire comme un enfant qui apprend une leçon.

— Jem Merlyn a dénoncé son frère?

Francis Davey repoussa son assiette et commença de déposer méthodiquement la vaisselle sur le plateau.

— Bien certainement. C'est ce que Mr. Bassat m'a donné à entendre. Il semble que le squire lui-même soit tombé sur votre ami à Launceston, la veille de Noël, et l'ait amené à North Hill à titre d'expérience. " Vous avez volé mon cheval, " a-t-il dit, " vous êtes un aussi fieffé coquin que votre frère. J'ai le pouvoir de vous emprisonner demain et de vous empêcher de jeter les yeux sur un cheval pendant une douzaine d'années ou davantage. Mais vous serez libre si vous m'apportez la preuve que votre frère, à *la Jamaïque*, est l'homme que je crois être. "

Au bout d'un certain temps, le vicaire poursuivit :

— Votre jeune ami a demandé quelque délai et, le moment venu, a secoué la tête. " Non ", a-t-il dit, " si vous le voulez, attrapez-le vous-même. Je veux être damné si j'ai le moindre rapport avec la justice. " Mais le squire lui a mis une proclamation sous le nez. " Regardez, Jem, dit-il, et dites-moi ce que vous pensez de cela. Il y a eu, la veille de Noël, le naufrage le plus sanglant qui se soit produit depuis que le paquebot " Lady of Gloucester " s'est échoué au-dessus de Padstow, l'hiver dernier. Maintenant, changerez-vous d'idée ? " Quant au reste de l'histoire, je n'en ai entendu que des bribes — souvenez-vous que des gens ne cessaient d'entrer et de sortir — mais j'ai compris que votre ami s'est enfui dans la nuit pour revenir hier matin, au moment où l'on pensait ne jamais le revoir ; il est allé vers le squire alors que celui-ci sortait de l'église et lui a dit avec calme : " Eh bien, Mr. Bassat, vous aurez votre preuve. " C'est pourquoi je viens de vous dire que Jem Merlyn est plus intelligent que son frère.

Le vicaire avait desservi la table et posé le plateau dans un coin; il étendait maintenant ses jambes devant le feu, renversé dans un étroit fauteuil à haut dossier. Mary ne prêtait aucune attention à ses mouvements. Elle regardait droit devant elle, l'esprit bouleversé par ces informations. L'évidence qu'elle avait si péniblement établie contre l'homme qu'elle aimait s'écroulait comme un château de cartes.

— Mr. Davey, dit-elle lentement, je suis la fille la plus stupide de Cornouailles.

— Je le crois, Mary Yellan, répondit le vicaire.

Ce ton sec, si coupant par contraste avec la douce voix qu'elle lui connaissait, était un blâme, et Mary l'accepta avec humilité.

— Quoi qu'il arrive, je puis maintenant affronter l'avenir bravement et sans honte.

— J'en suis heureux, dit Francis Davey.

Mary écarta les cheveux qui tombaient sur sa figure et, pour la première fois depuis que Francis Davey la connaissait, elle sourit. L'inquiétude se dissipait enfin.

— Jem Merlyn a-t-il dit quelque chose d'autre? Et que va-t-il faire? demanda-t-elle.

Le vicaire jeta un coup d'œil à sa montre et la remit en place avec un soupir.

— J'aimerais avoir le temps de vous le dire, mais il est déjà près de huit heures. Le temps passe beaucoup trop vite pour chacun de nous. Je crois que nous avons assez parlé de Jem Merlyn pour le moment.

— Dites-moi une seule chose... était-il à North Hill lorsque vous en êtes parti?

— Il y était. En fait, c'est sa dernière remarque qui m'a fait rentrer en hâte.

— Que vous a-t-il dit?

— Il ne s'est pas adressé à moi personnellement. Il a annoncé son intention d'aller voir ce soir, à cheval, le maréchal-ferrant de Warleggan.

— Mr. Davey, vous vous moquez de moi!

— Certainement non. Warleggan est à bonne distance de North Hill, mais je le crois capable de trouver son chemin dans l'obscurité.

— Quel rapport avec vous sa visite au maréchal-ferrant peut-elle avoir?

— Il lui montrera le clou qu'il a ramassé dans la bruyère, dans le champ un peu au-dessous de l'*Auberge de la Jamaïque*. Ce clou provient d'un fer à cheval. Le travail a été fait avec négligence, évidemment. Le clou est neuf et Jem Merlyn, étant un voleur de chevaux, connaît le travail de chaque maréchal-ferrant des landes. « Écoutez, a-t-il dit au squire, j'ai trouvé ce clou ce matin dans le champ, derrière l'auberge. Maintenant que vous avez discuté de la chose et n'avez plus besoin de moi, j'irai à cheval à Warleggan, avec votre permission, et jetterai ce mauvais travail à la face de Tom Jory. »

— Et alors? demanda Mary.

— Hier était un dimanche, n'est-ce pas? Et, le dimanche, aucun maréchal-ferrant ne consentirait à travailler, à moins qu'il n'ait un grand respect pour son client. Un seul voyageur est passé hier devant la forge de Tom Jory et lui a demandé un clou neuf pour son cheval qui boitait; il devait être, je suppose, près de sept heures du soir. Après cela, le voyageur a poursuivi sa route dans la direction de l'*Auberge de la Jamaïque*.

— Comment le savez-vous? demanda Mary.

— Parce que ce voyageur était le vicaire d'Altarnun.

CHAPITRE XVII

Le silence avait envahi la pièce. Bien que le feu fût aussi vif, l'air paraissait soudain glacé. Chacun attendait que l'autre parlât, et Mary entendit Francis Davey ravaler sa salive. Mary le regarda enfin en plein visage et vit ce qu'elle avait escompté : les yeux pâles qui la fixaient par-dessus la table n'étaient plus froids; ils brûlaient dans ce masque blanc et vivaient enfin. La jeune fille savait maintenant ce qu'il voulait qu'elle sût, mais elle ne disait mot; elle se raccrochait à l'ignorance comme à une source de protection, essayant de gagner du temps, car le temps était son seul allié possible.

Les yeux du vicaire la pressaient de parler, mais Mary continuait de se chauffer les mains devant le feu. Elle se força à sourire :

— Il vous plaît d'être mystérieux, ce soir, Mr. Davey.

Le vicaire ne répondit pas tout de suite. De nouveau, Mary l'entendit ravaler sa salive. Puis il se pencha en avant et, changeant brusquement de sujet :

— Vous avez perdu votre confiance en moi aujourd'hui, avant mon retour. Vous êtes allée à mon bureau et avez trouvé le dessin. Cela vous a troublée. Non, je ne vous ai pas vue, je ne regarde pas au trou des serrures, mais j'ai remarqué qu'on avait touché au papier. Vous vous êtes dit, comme cela vous est arrivé déjà : " Quelle sorte d'homme est le vicaire d'Altarnun? " et quand vous avez entendu mon pas dans l'allée, vous vous êtes blottie là dans le fauteuil, près du feu, pour ne pas me regarder. Allons, ne vous reculez pas, Mary Yellan, feindre n'est plus nécessaire entre nous. Nous pouvons être francs tous les deux.

Mary leva son regard vers lui et, de nouveau, détourna les yeux. Il y avait, dans l'expression du vicaire, un message qu'elle redoutait de lire.

— Je regrette beaucoup d'avoir ouvert ce tiroir, dit-elle. C'est un geste impardonnable et je me demande encore comment j'ai pu faire pareille chose. Quant au dessin, je suis ignorante en la matière et ne pourrais dire s'il est bon ou mauvais.

— Qu'importe s'il est bon ou mauvais! Mais vous a-t-il effrayé?

— Oui, Mr. Davey.

— Vous vous êtes dit de nouveau : " Cet homme est un caprice de la nature et son monde n'est pas le mien. " Et là, vous aviez raison, Mary Yellan. Je vis dans le passé, au temps où les hommes n'étaient pas si humbles qu'aujourd'hui. Oh! non parmi vos héros de l'histoire, vêtus de pourpoints, de hauts-de-chausses et de souliers à bouts pointus, ceux-là n'ont jamais été mes amis; je veux parler du commencement des temps, où les rivières et la mer n'étaient qu'un, où les vieux dieux parcouraient les collines.

Il se leva et demeura près du feu, mince et noire silhouette aux cheveux et aux yeux blancs; sa voix avait retrouvé sa douceur.

— Si vous aviez étudié, vous comprendriez, mais vous êtes une femme qui vivez au dix-neuvième siècle et, à cause de cela, mon langage vous paraît étrange. Oui, je suis un caprice de la nature, un caprice du temps aussi. Je n'appartiens pas à ce siècle et je suis né avec un grief contre l'époque, un grief contre l'humanité. Il est très difficile de trouver la paix au dix-neuvième siècle. Le silence a disparu, même sur les collines. J'ai cru le trouver dans l'Église Chrétienne, mais les dogmes m'ont écœuré, et toute la chose est construite sur un conte de fées. Le Christ n'est qu'un symbole, une marionnette créée par l'homme lui-même. Mais nous pourrons reparler de cela plus tard, quand l'ardeur et le tumulte de la poursuite seront loin de nous. Une chose, du moins : nous n'avons ni voiture ni bagages. Nous voyagerons les mains libres, comme on voyageait jadis.

Mary, s'agrippant au bord de sa chaise, leva les yeux sur lui.

— Je ne vous comprends pas, Mr. Davey.

— Mais si, vous me comprenez très bien. Vous savez maintenant que j'ai tué le patron de *la Jamaïque* et sa femme. Et le colporteur ne vivrait pas en ce moment si j'avais su sa présence là-bas. Vous avez fort bien reconstitué l'histoire pendant que je vous parlais. Vous savez que c'était moi qui dirigeais le moindre des mouvements de votre oncle et qu'il n'était chef que de nom. J'étais souvent assis à cet endroit, le soir, et lui occupait la chaise sur laquelle vous êtes assise, et la carte de Cornouailles était étendue sur la table, devant nous. Joss Merlyn, la terreur de la région, tortillait son chapeau dans ses mains tandis que je lui parlais. C'était un véritable enfant dans l'affaire, impuissant sans mes ordres, une brute, un fanfaron qui savait à peine reconnaître sa main droite de sa main gauche. Sa vanité formait une sorte de lien entre nous et plus grande était sa notoriété parmi ses compagnons, plus il était content. Nous avons connu le succès et il m'a bien servi : personne d'autre que lui n'a connu le secret de notre association.

Francis Davey se tut un instant.

— C'est vous, Mary Yellan, qui êtes l'obstacle contre lequel nous avons buté. Avec vos grands yeux interrogateurs et votre jeune courage, vous êtes venue parmi nous, et je connus que la fin était proche. De toute façon, nous avions poussé le jeu jusqu'à ses dernières limites et il était temps d'en finir. Vous m'avez donné bien du mal avec votre courage et votre conscience, et je ne vous en admirais que mieux! Naturellement, vous avez dû m'entendre dans la chambre vide, au premier étage de l'auberge, et vous avez dû vous glisser jusqu'à la cuisine et voir la corde pendue à la poutre : ce fut là votre premier défi.

Le vicaire garda un moment le silence et poursuivit :

— Et vous avez suivi votre oncle sur la lande un jour où il avait rendez-vous avec moi à Roughtor, et, l'ayant perdu dans l'obscurité, vous êtes tombée sur moi, et vous avez fait de moi votre confident. Eh bien, devenu votre ami, ne vous ai-je pas donné de bons conseils? Croyez-moi, un magistrat n'eût pu mieux faire. Votre oncle ne savait rien de notre étrange alliance; il n'y eût d'ailleurs rien compris. C'est lui qui a causé sa propre mort en désobéissant. Je savais quelque chose de votre détermination, j'étais sûr que vous le dénonceriez à la première occasion. Par conséquent, il ne devait pas vous donner cette occasion, et seul le temps eût apaisé vos soupçons. Mais il a fallu que votre oncle boive jusqu'à la folie la veille de Noël, qu'il agisse comme un fou et un sauvage et mette tout le pays en révolution. J'ai su alors qu'il se trahirait lui-même et que, la corde au cou, il jouerait sa dernière carte en me nommant pour son maître. Il devait donc mourir, Mary Yellan, et votre tante aussi, puisqu'elle était son ombre. Et, si vous vous étiez trouvée à *la Jamaïque* la nuit dernière, lors de mon passage, vous aussi... Non, vous ne seriez pas morte.

Il se pencha vers elle et, lui prenant les deux mains, il la mit sur pied, de sorte qu'elle se trouva à son niveau et le regarda dans les yeux.

— Non, répéta-t-il, vous ne seriez pas morte. Vous

seriez venue avec moi comme vous le ferez ce soir.

Mary le considéra, observant l'expression de ses yeux. Elle n'y put rien lire, ils étaient toujours clairs et froids, mais la façon dont il lui tenait les poignets était ferme et n'annonçait aucune promesse de libération.

— Vous vous trompez, dit-elle, vous m'auriez tuée alors comme vous le ferez maintenant. Je n'irai pas avec vous, Mr. Davey.

— Vous préférez la mort au déshonneur? dit-il en souriant, la mince ligne de sa bouche brisant son masque. Je ne vous oblige pas à affronter un tel problème. Vous avez pris votre connaissance du monde dans de vieux livres, Mary, où le méchant homme a des pieds de bouc et souffle du feu par les narines. Vous vous êtes montrée une dangereuse adversaire; je préfère vous avoir de mon côté, et c'est là un hommage. Vous êtes jeune, et vous possédez une certaine grâce que je détesterais détruire. D'ailleurs, avec le temps, nous reprendrons les fils de notre première amitié, qui s'est un peu égarée ce soir.

— Vous avez raison de me traiter comme une enfant et comme une sotte, Mr. Davey, dit Mary. Je n'ai cessé d'être les deux depuis que je me suis heurtée à votre cheval, un soir de novembre. L'amitié qui a pu s'établir entre nous n'était que raillerie et déshonneur et, lorsque vous m'avez prodigué vos conseils, vous aviez encore sur les mains le sang d'un innocent. Mon oncle, du moins, était honnête; ivre ou non, il clamait ses crimes aux quatre vents, il en rêvait la nuit... il était pris de terreur. Mais vous... vous qui portez l'habit d'un prêtre de Dieu pour vous abriter des soupçons, vous vous cachez derrière la Croix. Et vous me parlez d'amitié...

— Votre révolte et votre dégoût ne m'enchantent que mieux, Mary Yellan. Il y a en vous une ardeur que possédaient les femmes de jadis. Votre compagnie n'est pas une chose à dédaigner. Allons, laissons la religion en dehors de notre discussion. Quand vous me connaîtrez mieux, nous y reviendrons, et je vous raconterai comment j'ai cherché un refuge contre moi-même dans le christianisme et comment je l'ai trouvé fondé sur la haine, la jalousie, l'avidité... tous les attributs de la civilisation qui sont l'œuvre de l'homme, tandis que le vieux barbarisme païen restait nu et propre. J'en ai été malade de dégoût... Pauvre Mary, dont les pieds ont pris racine dans le dix-neuvième siècle! Pauvre Mary, qui, avec votre visage faunesque tout interdit, regardez le mien, qui me considérez comme un caprice de la nature et une honte pour votre petit monde! Êtes-vous prête? Votre manteau est accroché dans le hall, et je vous attends.

Mary recula vers le mur, les yeux fixés sur la pendule, mais il lui tenait toujours les poignets et resserrait son étreinte.

— Comprenez-moi, dit-il doucement, la maison est vide, vous le savez, et des cris — expression d'une pitoyable vulgarité — ne seraient entendus de personne. La brave Hannah est près de son feu, dans son cottage, de l'autre côté de l'église. Je suis plus fort que vous ne le supposez. Un pauvre furet blanc peut paraître frêle, n'est-ce pas?... mais votre oncle connaissait ma force. Je ne voudrais vous faire aucun mal, Mary Yellan, ni gâter cette trace de beauté que vous possédez, mais il me faudra en venir là si vous me résistez. Allons! Où est donc cet esprit d'aventure qui est vôtre? Où donc est votre vaillance?

Un coup d'œil à la pendule apprit à la jeune fille qu'il avait dû déjà outrepasser sa marge de temps et qu'il lui en restait fort peu. Il dissimulait assez bien son impatience, mais elle la percevait à la lueur de ses yeux et à sa façon de serrer les lèvres. Il était huit heures et demie. Jem devait maintenant avoir vu le maréchal-ferrant de Warleggan. Il n'y avait entre eux qu'une douzaine de milles. Et Jem n'était pas aussi sot que l'avait été Mary. Elle réfléchit rapidement, pesant les chances d'échec et de succès. Si elle suivait maintenant Francis Davey, elle serait pour lui une entrave, un frein à sa rapidité; c'était inévitable et il avait dû tabler là-dessus. La poursuite serait plus rude et sa présence finirait par le trahir. Si elle refusait de l'accompagner, elle n'y pourrait gagner qu'un coup de poignard au cœur, car, malgré ses propos flatteurs, il ne s'encombrerait pas d'une compagne blessée.

Francis Davey avait parlé de sa vaillance et de son esprit d'aventure. Eh bien, elle lui montrerait jusqu'où pouvait aller son courage et comment elle était capable, tout aussi bien que lui, de jouer sa vie. S'il était fou — et elle en était persuadée — sa folie causerait sa destruction; s'il ne l'était pas, elle serait pour lui le même obstacle qu'au début, et sa finesse féminine lutterait contre lui. Elle avait le droit pour elle et sa foi en Dieu; lui était un proscrit dans un enfer de sa propre création.

Mary sourit alors et le regarda dans les yeux. Elle avait pris une décision.

— Je vous suivrai, Mr. Davey, mais je serai pour vous une épine dans la chair, une pierre dans votre chemin. Vous finirez par le regretter.

— Venez. Que ce soit comme une amie ou une ennemie, peu m'importe. Vous serez la pierre attachée à mon cou, et je ne vous en aimerai que mieux. Vous aurez tôt fait de rejeter votre maniérisme et tous les pauvres accessoires de la civilisation dont on a encombré votre esprit depuis l'enfance. Je vous apprendrai à vivre, Mary Yellan, comme les hommes et les femmes n'ont pas vécu depuis quatre mille ans.

— Je ne serai pas une compagne sur votre route, Mr. Davey.

— Sur ma route? Qui parle de routes? Nous nous en tiendrons à la lande et aux collines, nous foulerons le granit et la bruyère, comme les druides l'ont fait avant nous.

Mary avait bonne envie de lui rire au nez, mais il se tourna vers la porte et l'ouvrit, l'invitant à passer. Mary, d'un air moqueur, s'inclina devant lui. Un farouche esprit d'aventure la possédait; elle n'avait aucune peur de lui ni de la nuit. Rien n'importait plus à présent, car l'homme qu'elle aimait était innocent de tout crime. Elle pouvait l'aimer sans honte, le crier à tous les échos si cela lui plaisait. Elle savait ce qu'il avait fait pour elle et qu'il lui reviendrait. Elle s'imaginait l'entendre chevaucher sur la route, à leur poursuite; elle entendait son défi, et son cri de triomphe.

Mary suivit Francis Davey à l'écurie, où les chevaux étaient sellés; elle était peu préparée à ce spectacle.

— N'avez-vous pas l'intention de prendre la voiture? demanda-t-elle.

— N'êtes-vous pas déjà un encombrement suffisant sans bagages? Non, Mary, nous voyagerons les mains libres. Vous savez monter à cheval, comme toutes les femmes nées dans une ferme. Je tiendrai vos rênes. Je ne puis, hélas! vous promettre d'aller vite, car le roussin a travaillé aujourd'hui et n'est pas très en train; quant au cheval gris, il est boiteux, vous le savez, et ne pourra fournir un long trajet. Ah! Vif-Argent, ce départ est ta faute; en perdant ton clou dans la bruyère, tu as trahi ton maître. Pour châtiment, tu porteras une femme sur ton dos.

La nuit était noire, le vent froid et l'air humide. Le ciel était assombri par des nuages qui couraient très bas et cachaient la lune. Le chemin ne serait pas éclairé et les chevaux resteraient invisibles. Il semblait que le premier acte fût contre Mary et que la nuit elle-même favorisât le vicaire d'Altarnun. Mary monta en selle, se demandant si, en criant à l'aide, elle éveillerait le village endormi; mais, comme cette pensée lui traversait l'esprit, elle sentit sur son pied la main du vicaire, tandis qu'il le plaçait dans l'étrier, et, baissant les yeux vers lui, elle aperçut l'éclat de l'acier sous sa houppelande. Il leva la tête et sourit :

— C'est une idée absurde, Mary. Les gens se couchent de bonne heure, à Altarnun. Pendant qu'ils s'éveilleraient et se frotteraient les yeux, je serais loin sur la lande, et vous... vous seriez étendue sur la face, avec l'herbe humide et haute pour oreiller, votre jeunesse et votre beauté anéanties. Allons, venez. Si vos mains et vos pieds sont froids, la course les réchauffera, et Vif-Argent vous portera très bien.

Mary ne répondit mot, mais prit les rênes en main. Elle était allée trop avant dans le jeu et devait le jouer jusqu'au bout.

Francis Davey monta le roussin, un cheval bai, auquel il lia le cheval gris par une rêne, puis ils se mirent en route pour leur voyage fantastique, comme deux pèlerins. Tandis qu'ils dépassaient l'église silencieuse, plongée dans l'ombre, le vicaire se découvrit et agita son grand chapeau noir.

— Que ne m'avez-vous entendu prêcher! dit-il doucement. Ils étaient assis sur les bancs comme des moutons, la bouche ouverte, l'âme endormie. L'église était pour eux quatre murs de pierre et un toit au-dessus de leurs têtes, et, parce qu'elle avait été autrefois bénite par des mains humaines, ils la croyaient sainte. Ils ne savaient pas que sous ses fondations gisent les os de leurs ancêtres païens et les vieux autels de pierre où l'on faisait les sacrifices longtemps avant que le Christ ne mourût sur la croix. Je me suis trouvé dans l'église à minuit, Mary, et j'ai écouté le silence; il y avait dans l'air des murmures inquiets qui ont leurs profondes racines dans le sol et n'ont aucun rapport avec l'église d'Altarnun.

Ces paroles trouvaient un écho dans l'esprit de Mary; elles la ramenaient au sombre couloir de l'*Auberge de la Jamaïque*. Elle se rappelait comment elle était restée là, près de son oncle mort; une impression d'horreur et de crainte émanait des murs, et cela venait d'une très vieille cause. La mort de son oncle n'était rien, ce n'était qu'une répétition de ce qui s'était passé autrefois, il y avait bien longtemps, quand la colline où se dressait aujourd'hui *la Jamaïque* était déserte, quand il n'y avait là que granit et bruyère. Elle se rappelait avoir frémi, comme au contact d'une main froide et inhumaine. Et elle frémit de nouveau en regardant Francis Davey, avec ses cheveux et ses yeux blancs : des yeux qui avaient plongé dans le passé.

Ils arrivèrent au bord de la lande et au chemin rude qui menait au gué. L'ayant franchi, ils pénétrèrent au grand cœur noir de la lande, où il n'y avait ni chemins ni sentiers, où ne croissaient que les touffes d'herbe drue, parmi la bruyère morte. Les chevaux trébuchaient souvent sur les pierres, ou s'enfonçaient dans la terre molle en bordure des marais, mais Francis Davey trouvait son chemin comme un faucon dans l'air, planant un instant et fondant sur l'herbe au-dessous de lui, puis, après un nouvel écart de son cheval, plongeant vers le sol dur.

Les falaises se dressaient autour d'eux et cachaient le monde qui se déroulait derrière elles. Les deux chevaux se perdaient entre les labyrinthes des collines. Côte à côte, ils se frayaient un chemin parmi la fougère sèche, avec d'étranges et courtes foulées.

L'espoir de Mary commença de faiblir; par-dessus l'épaule, elle jeta un coup d'œil aux collines noires qui lui donnaient une telle impression de petitesse. Des milles s'étendaient entre elle et Warleggan, et déjà North Hill appartenait à un autre monde. Une vieille magie enveloppait les landes et les rendait inaccessibles, les prolongeant jusqu'à l'éternité. Francis Davey connaissait leur secret et fendait l'obscurité, avec l'assurance d'un aveugle qui se meut dans un lieu familier.

— Où allons-nous? demanda enfin Mary.

Francis Davey se tourna vers elle, souriant sous son chapeau ecclésiastique et pointant l'index vers le nord :

— Le temps viendra où les officiers de justice surveilleront les côtes de Cornouailles. Je vous l'ai dit lors de notre dernier voyage, quand je vous ai ramenée de Launceston. Mais, ce soir et demain, de telles rencontres nous seront épargnées. Seuls les oiseaux sauvages et les mouettes parcourront les falaises de Boscastle à Hartland. L'Atlantique a été autrefois mon ami, un ami sauvage, peut-être, et plus cruel que je ne le supposais, mais mon ami malgré tout. Vous avez entendu parler de bateaux, je crois, Mary Yellan, bien que vous vous refusiez à prononcer ce mot, en ces derniers temps. Eh bien, c'est un bateau qui nous transportera hors de Cornouailles.

— Nous allons donc quitter l'Angleterre, Mr. Davey?

— Qu'avez-vous d'autre à proposer? Désormais, le vicaire d'Altarnun doit s'arracher à la Sainte Église et, de nouveau, devenir un fugitif. Vous verrez l'Espagne, Mary, et l'Afrique, et vous connaîtrez le soleil. Si vous le voulez, vous sentirez sous vos pieds le sable et le désert. Peu m'importe où nous irons. C'est vous qui choisirez. Pourquoi souriez-vous et secouez-vous la tête?

— Je souris, Mr. Davey, parce que tout ce que vous dites est fantastique, impossible. Vous savez aussi bien que moi que j'essaierai de vous échapper à la première occasion, au premier village peut-être. Je suis venue avec vous ce soir parce que vous m'auriez tuée si j'avais refusé de vous suivre, mais en plein jour, à portée des voix humaines, vous serez aussi impuissant que je le suis maintenant.

— Comme vous voudrez, Mary Yellan. Je suis prêt à courir ce risque. Mais vous oubliez, dans votre heureuse confiance, que la côte nord de Cornouailles n'a aucun rapport avec le sud. Vous venez d'Helford, m'avez-vous dit, où de plaisants chemins longent le bord du rivage, où un village fait suite à un autre, où il y a des cottages sur la route. Vous verrez que la côte nord n'est pas si hospitalière. Elle est aussi déserte et inconnue que la lande elle-même; et vous ne verrez pas d'autre face humaine que la mienne jusqu'à ce que nous ayons atteint le port où j'ai décidé d'embarquer.

— Eh bien, dit Mary avec une audace née de la crainte, supposons que nous ayons gagné la mer, pris le bateau qui vous attend, et que nous laissions la côte derrière nous. Que nous allions en Afrique ou en Espagne, pensez-vous que je vous y suivrai sans vous dénoncer comme assassin?

— Vous l'aurez alors oublié, Mary Yellan.

— Oublié que vous avez tué la sœur de ma mère?

— Oui, et bien d'autres choses. Vous aurez oublié les landes, et l'*Auberge de la Jamaïque*, et vos petits pieds qui se sont jetés étourdiment sur mon chemin. Vous aurez oublié vos larmes sur la grand-route de Launceston, et le jeune homme qui les fit couler.

— Vous êtes content de faire des personnalités, Mr. Davey.

— Je suis content de vous avoir touchée au vif. Oh! ne vous mordez pas les lèvres, ne froncez pas le sourcil. Je puis deviner vos pensées. Je vous l'ai déjà dit, j'ai entendu bien des confessions dans ma vie, et je connais mieux que vous-même les rêves des femmes. J'ai cette supériorité sur le frère de l'aubergiste.

Le vicaire sourit et Mary détourna les yeux pour ne pas voir ce regard avilissant.

Ils chevauchèrent en silence et, au bout d'un certain

temps, il parut à Mary que l'obscurité s'épaississait et que l'air était moins vif; elle ne pouvait plus voir les collines autour d'elle. Les chevaux avançaient avec précaution et, de temps à autre, s'arrêtaient et renâclaient, craintifs et hésitants. Le sol maintenant était humide et dangereux et, bien qu'il ne fût plus possible à la jeune fille de voir la terre de chaque côté, elle savait, par le contact de l'herbe douce qui cédait sous les pas, qu'ils étaient entourés de marécages.

C'était ce qui expliquait la peur des chevaux. Mary jeta un coup d'œil à son compagnon pour voir dans quelle humeur il se trouvait. Penché en avant sur sa selle, il essayait de percer l'obscurité qui s'épaississait de minute en minute; à son profil tendu, à sa bouche mince étroitement close, elle vit qu'il concentrait tous ses nerfs sur le chemin, soudain conscient d'un danger nouveau.

La nervosité de son cheval gagna la jeune fille; elle songea à ces marais qu'elle avait vus en plein jour, aux touffes d'herbe brune agitées par le vent, aux longs et minces roseaux frémissant et bruissant à la moindre brise, rassemblés et se mouvant en une seule force, tandis que sous eux l'eau noire attendait en silence. Elle savait que les gens des landes eux-mêmes s'égaraient et que celui qui marchait avec confiance pouvait, un instant plus tard, s'enliser brusquement. Francis Davey connaissait les landes, mais il n'était pas infaillible et pouvait perdre son chemin.

Un ruisseau chantait; on pouvait entendre un ruisseau courir sur les pierres pendant un mille ou davantage, mais l'eau des marais ne faisait aucun bruit. Le premier faux pas pouvait être le dernier. Mary, les nerfs en alerte, attendait; à demi consciente, elle prenait des dispositions pour se jeter hors de la selle si son cheval chancelait soudain et, après un horrible plongeon, se débattait aveuglément parmi les herbes perfides.

Mary entendit son compagnon ravaler sa salive, ce qui aviva sa crainte. Il regardait à droite et à gauche, ayant ôté son chapeau pour mieux voir. Déjà l'humidité brillait dans ses cheveux et s'attachait à ses vêtements. Mary regardait l'humide brume monter du sol. Elle sentait l'âcre odeur de croupissure des roseaux. Alors se dressa devant eux, leur barrant la route, nuage de brouillard sorti de la nuit, un mur blanc qui arrêtait tout bruit, tout parfum.

Francis Davey tira sur les rênes et les deux chevaux s'immobilisèrent instantanément, tremblant et hennissant; la vapeur qui sortait de leurs flancs se mêlait à la brume.

Ils attendirent un moment, car le brouillard des landes peut se dissiper aussi vite qu'il est venu, mais, cette fois, il ne se produisait pas dans la brume la moindre déchirure; aucun fil ne se brisait du réseau de brouillard qui les enveloppait comme une toile d'araignée.

Francis Davey se tourna alors vers Mary. Il avait l'air d'un fantôme; le brouillard collait à ses sourcils et à ses cheveux et son masque blanc était aussi impénétrable que jamais.

— Les dieux, après tout, se sont prononcés contre moi, dit-il. Je connais ces brouillards depuis longtemps et celui-ci ne s'élèvera pas avant plusieurs heures. Continuer notre course au milieu des marécages serait plus insensé que de revenir sur nos pas. Il faut attendre l'aube.

Mary ne répondit point. Ses premiers espoirs lui revinrent, mais, en même temps, elle se rappela que le brouillard entravait la poursuite et était un ennemi pour le chasseur autant que pour le gibier.

— Où sommes-nous ? demanda-t-elle et, comme elle posait cette question, il reprit les rênes et pressa les chevaux sur la gauche, loin des terres basses, jusqu'à ce que l'herbe molle fît place à un sol plus ferme, où ils foulèrent la bruyère et les pierres, tandis que le brouillard blanchâtre les suivait pas à pas.

— Vous pourrez tout de même vous reposer, Mary Yellan. Vous aurez une caverne en guise d'abri et un lit de granit. Demain vous retrouverez le monde, mais, cette nuit, vous dormirez sur le Roughtor.

Les chevaux, courbant l'échine, montaient d'un pas lent et pesant dans le brouillard, vers les sombres collines.

Au bout d'un certain temps, Mary se trouva assise dans le creux d'un roc, enveloppée dans son manteau comme une figure fantomatique. Elle avait ramené ses genoux sous son menton et serrait ses bras autour de ses jambes, mais l'air frais pénétrait tout de même entre les plis de son manteau et lui mordait la peau. Le sommet d'un rocher, qui faisait une avancée, levait sa crête vers le ciel comme une couronne au-dessus du brouillard, tandis qu'au-dessous d'eux les nuages restaient suspendus, solides et immobiles, comme un mur massif défiant toute pénétration.

Là, l'air était pur et clair comme du cristal, ignorant dédaigneusement le monde au-dessous, où les choses vivantes devaient tâtonner et trébucher dans le brouillard. Il y avait là un vent qui murmurait dans les pierres et agitait la bruyère; il y avait un souffle, aussi aigu et froid qu'un glaive, qui passait sur la surface des autels de pierre et résonnait dans les cavernes. Ces échos se mêlaient, formant de petites clameurs qui montaient dans l'air. Puis les bruits s'affaiblissaient, se perdaient et un silence de mort retombait de nouveau.

Les chevaux s'abritaient contre une roche arrondie, leurs têtes rapprochées, mais ils restaient malgré tout inquiets, mal à l'aise, et se tournaient de temps à autre vers leur maître. Francis Davey était assis à l'écart, à quelques mètres de sa compagne, et, de temps à autre, Mary sentait qu'il la considérait, pesant les chances de réussite. Elle était toujours en alerte, prête à l'attaque et, quand il faisait un mouvement ou se tournait sur la pierre, Mary décroisait les mains et attendait, les poings serrés.

Francis Davey lui conseilla de dormir, mais le sommeil ne lui serait pas accordé cette nuit-là. S'il s'emparait d'elle insidieusement, elle lutterait contre lui, le repousserait, se débattrait pour le vaincre, comme elle devait vaincre un ennemi. Elle savait que le sommeil pouvait la prendre par surprise, avant qu'elle ne s'en rendît compte; elle s'éveillerait alors pour sentir sur sa gorge le contact des mains froides de Francis Davey et voir sa face blême au-dessus d'elle. Elle verrait les courts cheveux blancs encadrant sa face comme un halo et, dans les yeux calmes et sans expression, passerait une lueur qu'elle y avait déjà vue.

C'était là le royaume de Francis Davey, dans le silence, avec les grands pics de granit si contournés pour abri et les vapeurs blanches au-dessous pour le protéger. Mary l'entendit une fois s'éclaircir la gorge comme s'il allait parler, et elle songea combien ils étaient loin de toute sphère de vie : deux êtres jetés dans l'éternité; c'était un cauchemar qui ne se dissiperait pas avec le jour; il lui faudrait bientôt se perdre et se mêler à l'ombre de son compagnon.

Francis Davey ne disait mot et, hors du silence, monta de nouveau le murmure du vent. Il s'élevait et s'éteignait; sa plainte courait sur les pierres. C'était une autre sorte de vent, qui laissait derrière lui un cri et un sanglot, un vent qui ne venait de nulle part, qui n'allait vers aucun rivage. Il jaillissait des pierres ellesmêmes, et de la terre sous les pierres. Il chantait dans les creux des cavernes et dans les crevasses des rochers, commençant par un soupir qui se muait en lamentation. Il résonnait dans l'air comme un chœur chanté par des morts.

Mary se serra dans sa mante et tira le capuchon sur ses oreilles pour assourdir ce bruit, mais le vent s'enfla, faisant voler ses cheveux, et un filet d'air courut en gémissant dans la caverne, derrière elle.

Il n'y avait point de source précise à cette atmosphère troublée. Au-dessous de la falaise, le lourd brouillard s'attachait au sol, aussi obstiné que jamais, sans qu'un souffle d'air vînt repousser les nuages. Ici, sur le sommet, le vent s'agitait et pleurait avec des murmures de crainte, sanglotait à de vieux souvenirs de sang versé et de désespoir; il y avait là une note déchirante dont l'écho se répercutait et se perdait dans le granit, très haut au-dessus de la tête de Mary, sur le pic même de Roughtor, comme si les dieux eux-mêmes étaient là, dressant vers le ciel leurs têtes imposantes. En imagination, la jeune fille entendait le murmure de milliers de voix, les pas de milliers de pieds; elle voyait les pierres autour d'elle se changer en hommes. Mais leurs faces étaient inhumaines, plus vieilles que le temps, sculptées et rugueuses comme le granit; ils parlaient une langue qu'elle ne pouvait comprendre et leurs mains et leurs pieds ressemblaient à des griffes d'oiseaux de proie.

Ces hommes tournaient vers Mary leurs yeux de pierre et leur regard passait sur elle et au-delà sans la remarquer; elle savait qu'elle était comme une feuille dans le vent, emportée çà et là sans but déterminé, tandis que ces monstres de l'antiquité vivaient et demeuraient.

Toutes ces figures, épaule contre épaule, s'avançaient vers elle sans la voir ni l'entendre, se mouvant comme des choses aveugles pour l'anéantir. Soudain, Mary poussa un cri et se mit sur pied, pleine d'angoisse.

Le vent tombait. Ce n'était plus qu'une brise qui lui caressait les cheveux. Les blocs de granit, derrière elle, étaient, comme auparavant, sombres et immobiles, et Francis Davey l'observait, le menton appuyé sur ses mains.

— Vous vous êtes assoupie, dit-il.

Mary lui affirma n'avoir pas dormi, doutant de sa propre déclaration, se débattant encore contre ce rêve qui n'était pas un rêve.

— Vous êtes fatiguée, et vous vous obstinez à attendre l'aube. Il est à peine minuit et il y a de longues heures d'attente. Cédez à la nature, Mary Yellan. Abandonnez-vous. Croyez-vous que je veuille vous faire du mal?

— Je ne crois rien, mais je ne puis dormir.

— Vous êtes glacée, ainsi blottie dans votre manteau et une pierre derrière la tête. Je ne suis guère mieux moi-même, mais il n'y a pas de courant d'air ici. Nous ferions bien de nous réchauffer mutuellement.

— Non, je n'ai pas froid.

— Si je fais cette suggestion, c'est parce que je sais ce que sont ces nuits-là. Les heures les plus froides viennent avant l'aube. Vous n'êtes pas raisonnable de rester ainsi. Venez vous étendre contre moi, dos à dos, et vous dormirez si vous voulez. Je n'ai ni l'entention ni le désir de vous toucher.

Mary secoua la tête et, sous sa pèlerine, serra ses mains l'une contre l'autre. Elle ne pouvait voir le profil de son compagnon, tourné vers elle, car il était assis dans l'ombre, mais elle savait qu'il souriait dans l'obscurité et se moquait de ses craintes. Elle avait froid, ainsi qu'il le disait, et son corps aspirait à la chaleur, mais elle n'irait pas lui demander protection. Ses mains étaient transies, ses pieds engourdis, comme si le granit s'était insinué en elle et l'envahissait.

Mary, de temps à autre, s'assoupissait et rêvait. Francis Davey figurait dans ces rêves comme un géant, une figure fantastique aux yeux et aux cheveux blancs qui lui touchait la gorge et lui murmurait à l'oreille. Elle entrait dans un monde nouveau peuplé de gens de même sorte qui, les bras étendus, lui barraient le passage. Elle s'éveillait alors, rappelée à la réalité par le vent froid qui lui soufflait au visage. Rien n'avait changé, ni l'obscurité, ni le brouillard, ni la nuit elle-même, et soixante secondes seulement venaient de s'écouler.

Parfois, en compagnie de Francis Davey, Mary parcourait l'Espagne; il cueillait pour elle des fleurs monstrueuses aux têtes violettes. Les fleurs lui souriaient et, quand elle voulait les jeter, elles s'accrochaient à sa jupe comme des vrilles, grimpaient jusqu'à son cou, l'enserraient dans une étreinte empoisonnée, mortelle. Parfois, elle voyageait près de lui dans un coche noir et bas qui faisait penser à un scarabée. Les parois de la voiture se refermaient sur eux, les comprimant, les pressant jusqu'à leur dernier souffle; une fois leurs corps brisés et inertes, ils gisaient côte à côte, entrés dans l'éternité, comme deux blocs de granit.

Le dernier rêve de Mary se mua en réalité. Cette fois, ce n'était plus une hallucination, mais une sombre réalité. Elle sentit sur sa bouche la main de Francis Davey. Elle allait se débattre, mais il la maintenait avec force, lui parlant âprement à l'oreille et lui enjoignant de rester tranquille. A l'aide de sa propre ceinture, il lui lia les mains derrière le dos, sans hâte ni brutalité, mais avec une calme et froide résolution. Elle était attachée de façon efficace, mais non douloureuse; il passa le doigt sous la ceinture pour s'assurer qu'elle n'écorcherait pas la peau de la jeune fille.

Mary le considérait avec un désespoir impuissant, scrutant ses yeux, comme si elle pouvait ainsi hâter son explication. Il sortit alors un mouchoir de sa poche, le plia, le plaça sur sa bouche et le lui noua derrière la tête, de sorte qu'il lui était désormais impossible de parler ou de crier; elle devait attendre ainsi ce qu'il allait faire. Quand il eut fini, il l'aida à se mettre sur pied, car ses jambes étaient libres et elle pouvait marcher; il la conduisit à quelques mètres de là, derrière les gros rocs de granit, vers le penchant de la colline.

— Je dois agir ainsi, Mary, pour notre sécurité à tous deux. Quand nous nous sommes mis en route pour cette expédition, j'avais compté sans le brouillard. Si je perds maintenant la partie, ce sera à cause de cela. Écoutez-moi et vous comprendrez pourquoi je vous ai attachée et comment votre silence peut encore nous sauver.

Francis Davey, au sommet de la colline, tenait le bras de la jeune fille et indiquait les blanches vapeurs au-dessous d'eux.

— Écoutez ! dit-il encore. Votre ouïe est peut-être plus fine que la mienne.

Mary comprenait maintenant qu'elle avait dû dormir plus longtemps qu'elle ne l'avait cru, car l'obscurité commençait à diminuer au-dessus de leurs têtes et l'aube pointait. Les nuages étaient très bas ; ils se dispersaient dans le ciel, comme s'ils étaient entrelacés avec la brume, tandis qu'à l'est une mince lueur annonçait un pâle et faible soleil.

Mais le brouillard était encore là, recouvrant d'une blanche couverture les rochers au-dessous. Mary suivit la direction qu'indiquait la main de Francis Davey et ne vit rien d'autre que la brume et les tiges humides des bruyères. Puis elle écouta comme il l'y avait invitée et dans la distance, au-dessous des vapeurs, venait un bruit qui tenait le milieu entre un cri et un appel, comme une injonction dans l'air. Le son était trop faible pour qu'on pût d'abord le distinguer, et étrangement aigu, ressemblant fort peu à une voix ou à des cris humains. Le bruit se rapprochait, déchirant l'air, et Francis Davey se tourna vers Mary, ses sourcils et ses cheveux encore couverts de brouillard.

— Savez-vous ce que c'est? demanda-t-il.

Mary écarquilla les yeux et secoua la tête; elle n'eût d'ailleurs su le dire même s'il lui eût été possible de parler. Elle n'avait jamais encore entendu un tel son. Il sourit alors, d'un lent et farouche sourire qui lui coupa la face comme une blessure.

— J'ai entendu cela une fois, et j'avais oublié que le squire de North Hill élevait des limiers dans ses chenils. Il est regrettable pour nous deux, Mary, que je ne m'en sois pas souvenu.

Mary comprit et, avec la notion soudaine de cette ardente clameur, elle leva vers son compagnon un regard plein d'horreur pour le reporter sur les deux chevaux qui, toujours patients, attendaient près des blocs de pierre.

— Oui, dit-il, suivant son regard, nous devons nous en débarrasser et les faire descendre vers la lande, au-dessous. Ils ne peuvent plus nous servir et ne feraient qu'amener la meute sur nos talons. Pauvre Vif-Argent, tu me trahirais une fois de plus!

Mary, terrifiée, le regarda libérer les chevaux et les conduire vers la pente rapide de la colline. Puis, se baissant, il ramassa des pierres et se mit à cribler les bêtes de coups sur les flancs, de sorte qu'elles glissèrent et trébuchèrent parmi les fougères mouillées du versant. Alors, comme il continuait son massacre, leur instinct les incita à agir; ils s'enfuirent, hennissant de peur, descendant la pente rapide, déplaçant de la terre et des pierres; puis ils plongèrent et disparurent dans les blanches vapeurs, au-dessous.

Les aboiements des chiens se rapprochaient, aigus et insistants. Francis Davey courut vers Mary, tout en se dépouillant de son long vêtement noir et jetant son chapeau dans la bruyère.

— Venez, dit-il. Amis ou ennemis, nous partageons maintenant un danger commun.

Ils escaladèrent le haut de la colline parmi les rochers et les blocs de granit. Francis Davey entourait Mary de son bras, car ses mains liées l'empêchaient d'avancer. Ils pataugeaient dans des crevasses, s'enfonçant jusqu'aux genoux dans la fougère mouillée et la bruyère noire, grimpant de plus en plus haut vers le grand pic de Roughtor. Là-haut, tout au sommet, le granit prenait des formes monstrueuses; tordu et contourné, il ressemblait à un toit. Mary s'étendit sous le grand bloc de pierre, hors d'haleine, saignant de maintes éraflures, tandis qu'il gravissait le roc au-dessus d'elle, trouvant un appui dans les creux de la pierre. Il étendit la main vers elle et, bien qu'elle secouât la tête et fît signe qu'elle ne pouvait monter plus haut, il se baissa, la remit sur pied, coupa la ceinture qui l'attachait et arracha le mouchoir de sa bouche.

— Alors, sauvez-vous si vous le pouvez, cria-t-il, les yeux brûlants dans sa face blême, le vent agitant son halo de cheveux blancs.

Haletante et épuisée, Mary s'accrocha à une table de pierre, à dix pieds au-dessus du sol, tandis que son compagnon grimpait au-dessus d'elle, sa mince silhouette noire collant comme une sangsue à la surface lisse du roc. L'aboiement des chiens, montant de la couche de brouillard, au-dessous, était surnaturel, inhumain, et, au chœur de la meute, se mêlèrent bientôt les cris des hommes; un tumulte emplit l'air, paraissant d'autant plus effrayant qu'on ne pouvait rien voir. Les nuages couraient dans le ciel et la jaune lueur du soleil glissait au-dessus d'une ligne de brume. Le brouillard commençait de se dissiper; en une colonne torse, la vapeur montait du sol; un nuage l'absorbait au passage et la terre qu'il avait si longtemps cachée contemplait le ciel pâle et nouveau-né.

Mary regarda en bas, le long de la pente. Semblables à de petits points noirs, des hommes s'enfonçaient jusqu'aux genoux dans la bruyère; la lumière du soleil tombait sur eux, tandis que les limiers roux, qui donnaient de la voix et se détachaient contre le gris de la pierre, couraient devant eux comme des rats parmi les rochers.

Ils étaient une cinquantaine et suivaient rapidement la piste, criant et montrant du doigt les grands blocs de pierre. Et, tandis qu'ils se rapprochaient, les clameurs de la meute résonnaient dans les crevasses et dans les cavernes.

Tout comme le brouillard, les nuages, eux aussi, se dissipaient et un pan de ciel bleu se montra.

Quelqu'un cria de nouveau; un homme s'agenouilla dans la bruyère, à cinquante mètres à peine de Mary, ajusta son fusil et tira. La balle effleura le bloc de granit sans la toucher et, quand il se redressa, elle vit que cet homme était Jem et qu'il ne l'avait pas aperçue.

Jem tira de nouveau et, cette fois, la balle siffla à l'oreille de la jeune fille, qui sentit le déplacement d'air sur son visage.

Les limiers se glissaient parmi la fougère et l'un d'eux sauta sur le bloc en saillie derrière Mary, son long museau flairant la pierre. Jem, de nouveau, fit feu. Et, regardant derrière elle, Mary vit la haute et noire silhouette de Francis Davey se profiler sur le ciel; il était debout très haut au-dessus d'elle, sur une large table de pierre qui ressemblait à un autel. Il se tint un instant en équilibre, comme une statue, le vent soufflant dans ses cheveux; puis il étendit les bras comme un oiseau qui, prêt à s'envoler, ouvre ses ailes, et tomba soudain de son pic de granit dans la bruyère humide et les pierres éboulées.

CHAPITRE XVIII

C'ÉTAIT par un jour clair et froid du début de janvier. Une mince couche de glace recouvrait les ornières de la grand-route, généralement pleines d'eau ou de boue, et les traces de roues étaient toutes givrées.

Le gel avait aussi posé sa main blanche sur la lande elle-même, qui s'étendait jusqu'à l'horizon, d'une pâleur indéfinissable, faisant un pauvre contraste avec le ciel clair et bleu. Le sol était dur et l'herbe courte craquait sous les pas comme du gravier. Dans une région pourvue de sentiers et de haies, le soleil eût brillé et réchauffé l'air, donnant un avant-goût du printemps, mais ici le froid était vif et coupant et partout, sur la lande, l'hiver faisait encore sentir sa rude présence.

Mary se promenait seule sur la Lande des Douze Hommes. Le vent aigu lui cinglait le visage et elle se demandait pourquoi Kilmar, à sa gauche, avait cessé d'être menaçant et n'était plus qu'une sombre colline escarpée sous le ciel. Peut-être était-ce l'inquiétude qui avait rendu Mary aveugle à sa beauté, au point de confondre dans son esprit l'homme et la nature. L'austérité des landes s'était étrangement mêlée à la crainte et à la haine qu'elle avait éprouvées pour son oncle et pour l'*Auberge de la Jamaïque*. La lande était encore désolée, les collines peu hospitalières, mais elles avaient perdu leur ancien maléfice et la jeune fille pouvait les parcourir avec indifférence.

Mary, à présent, était libre d'aller où il lui plaisait et ses pensées se tournaient vers Helford et les vertes vallées du sud. Du fond du cœur, elle aspirait à revoir son village et des visages familiers. Là, coulait la large rivière; et la mer baignait le rivage. Elle se rappelait douloureusement chaque parfum, chaque sonorité, tout ce qui lui avait si longtemps appartenu; elle se rappelait comment les ruisseaux se ramifiaient et, ainsi que des enfants indociles, échappaient à la rivière, leur mère, pour se perdre eux-mêmes dans les arbres et les étroits ruisselets murmurants.

Là, les bois étaient un sanctuaire où l'on pouvait se reprendre quand vous accablait la lassitude; il y avait de la musique dans le frais bruissement des feuilles, en été, et un refuge, même en hiver, sous les branches dénudées. Mary aspirait à revoir les oiseaux et leur vol parmi les arbres. Elle aspirait à entendre les bruits familiers d'une ferme : le gloussement des poules, le chant claironnant du coq, les oies affairées. Elle avait hâte de respirer l'exquise et chaude odeur du fumier dans l'étable et de sentir sur ses mains la tiède haleine des vaches, d'entendre des pas pesants traverser la cour et le cliquetis des seaux près du puits. Elle souhaitait s'appuyer contre une grille, contempler un chemin de village, donner le bonsoir à un ami, au passage, et voir la fumée bleue s'échapper en spirales des cheminées.

Il y avait là des voix qu'elle connaissait, rudes et douces à son oreille; un rire jaillirait de la fenêtre d'une cuisine. Elle s'occuperait des travaux de la ferme, se lèverait de bonne heure, tirerait de l'eau du puits, se promènerait au milieu de son petit troupeau avec confiance, ploierait le dos pour les labours et l'effort serait une joie et un antidote au chagrin. Toutes les saisons seraient les bienvenues pour ce qu'elles apporteraient et elle trouverait ainsi la paix de l'âme. Elle appartenait au sol, attachée à la terre comme ses ancêtres. Helford lui avait donné le jour et, une fois morte, elle en ferait encore partie.

La solitude n'entrait pas en ligne de compte pour Mary. Un travailleur se soucie bien de la solitude! Il dort quand sa journée est accomplie. Elle avait décidé de la route à suivre, et cette route lui semblait bonne. Elle ne s'attarderait plus ainsi qu'elle avait fait toute la semaine, hésitante et faible; elle ferait part de son projet aux Bassat dès son retour pour le déjeuner. Ils étaient bons et ne cessaient de faire des suggestions, trop peut-être; ils insistaient pour qu'elle restât parmi eux, au moins pour l'hiver, et, pour qu'elle ne se sentît pas à charge, ils lui avaient donné à entendre avec beaucoup de tact qu'ils l'emploieraient dans la maison; elle pourrait s'occuper des enfants ou servir de compagne à Mrs. Bassat.

Mary écoutait ces conversations sans enthousiasme; elle ne s'engageait pas, répondait avec une politesse étudiée et remerciait les Bassat de ce qu'ils avaient déjà fait pour elle.

Le squire, avec sa brusque bienveillance, lui reprochait, aux repas, son mutisme.

— Allons, Mary, les sourires et les remerciements, c'est fort bien, mais il faut prendre une décision. Vous êtes trop jeune pour vivre seule, voyez-vous, et, je vous le dis, vous avez pour cela une trop jolie figure. Il y a pour vous, vous le savez, un foyer à North Hill, et ma femme et moi vous demandons instamment de rester. Il y a ici beaucoup à faire, voyez-vous, beaucoup à faire. Il y a des fleurs à couper pour la maison, des lettres à écrire, des enfants à gronder. Oh! vous aurez du travail, je vous le promets.

Et, dans la bibliothèque, Mrs. Bassat disait la même chose, posant sur le genou de Mary une main amicale.

— Nous aimerions vous garder ici. Pourquoi n'y pas rester? Les enfants vous adorent et Henry m'a dit hier que vous pourrez prendre son poney si vous dites oui! Et c'est, de sa part, un grand hommage, je vous assure! Nous vous laisserions d'agréables loisirs, vous n'auriez aucun souci et vous seriez une compagne pour moi en l'absence de Mr. Bassat. Tenez-vous encore tellement à votre maison d'Helford?

Alors, une fois de plus, Mary souriait et la remerciait, mais elle ne pouvait exprimer par des mots combien le souvenir d'Helford lui était cher.

Les Bassat comprenaient que la tension nerveuse des derniers mois n'était pas encore effacée et, dans leur bonté, ils faisaient tous leurs efforts pour que Mary oubliât. Mais ils recevaient beaucoup; des invités venaient de plusieurs milles à la ronde et, naturellement, un seul sujet de conversation leur venait aux lèvres. Plus de cent fois, le squire Bassat dut raconter son histoire et les noms d'Altarnun et de *la Jamaïque* étaient devenus si odieux à Mary qu'elle voulait s'en libérer à jamais.

Il y avait une autre raison au départ de la jeune fille : on faisait un peu trop d'elle un objet de curiosité et de discussion et les Bassat, avec un petit air de fierté, la montraient à leurs amis comme une héroïne.

Mary s'efforçait de montrer sa gratitude, mais elle se sentait mal à l'aise parmi eux. C'étaient des gens d'une autre sorte. Ils appartenaient à une autre race, à une autre classe. Elle éprouvait pour eux du respect, de l'affection, de la bonne volonté, mais ne pouvait les aimer.

Dans la bonté de leur cœur, ils l'invitaient à partager la conversation lorsqu'il y avait des invités et faisaient de leur mieux pour qu'elle ne restât pas à l'écart; mais Mary ne cessait d'aspirer au silence de sa chambre ou à la cuisine hospitalière, domaine de Richards, le palefrenier, dont la femme aux bonnes joues rondes lui faisait toujours bon accueil.

Et le squire, plein de bonne humeur, se tournait vers la jeune fille pour lui demander conseil, riant à chaque mot qu'il prononçait :

— Il y a une vacance à la cure d'Altarnun. Si vous posiez votre candidature, Mary? Je vous assure que vous feriez un meilleur vicaire que le dernier.

Et Mary devait sourire pour lui faire plaisir, se demandant comment il pouvait être assez lourd pour ne pas deviner quels souvenirs amers ses paroles éveillaient en elle.

— Allons, il n'y aura plus de contrebande à l'*Auberge de la Jamaïque*, disait-il, et, si l'on m'en croyait, on n'y boirait même plus. Je vais débarrasser la maison de ses toiles d'araignée et aucun vagabond n'osera plus montrer son nez dans les murs de l'auberge quand je l'aurai remise en état. J'y installerai un honnête garçon qui n'a jamais respiré l'alcool de sa vie; il portera un tablier autour de la taille et inscrira au-dessus de la porte le mot " Welcome ". Et savez-vous quels seront ses premiers visiteurs? Mais... vous et moi, Mary.

Et le squire éclatait de rire en se tapant sur la cuisse, tandis que Mary s'efforçait de sourire pour que la plaisanterie ne fût pas perdue.

La jeune fille songeait à tout cela en se promenant seule sur la Lande des Douze Hommes. Elle savait qu'il lui faudrait quitter North Hill au plus tôt, car ces gens n'étaient pas des siens; ce n'est que parmi les bois et les ruisseaux de la vallée d'Helford qu'elle connaîtrait de nouveau la paix.

Une charrette, venant de Kilmar, avançait vers elle, laissant, comme un lièvre, des traces dans le givre.

C'était l'unique chose qui se mouvait dans la plaine silencieuse. Mary l'observa d'un air soupçonneux, car il n'y avait aucun cottage sur cette lande, à l'exception de Trewartha, en bas, dans la vallée, près du Withy Brook, et Trewartha, elle le savait, était vide. D'ailleurs, elle n'avait pas revu son propriétaire depuis qu'il avait tiré sur elle, sur le Roughtor. “ C'est un misérable ingrat, comme le reste de sa famille ”, disait le squire. “ Sans moi, il serait maintenant en prison, avec une condamnation assez longue pour le guérir de son insolence. Je lui ai forcé la main et il a dû se soumettre. J'admets qu'il s'est bien conduit après cela et que c'est grâce à lui que nous avons trouvé votre trace, Mary, et celle de cet infâme vicaire; mais il ne m'a même pas remercié d'avoir réhabilité son nom dans l'affaire et s'est enfui, je suppose, au bout du monde. Jamais un Merlyn n'a pris le bon chemin, et celui-ci suivra sa famille. ” Trewartha était donc désert, les chevaux de Jem étaient redevenus sauvages et couraient librement sur les landes avec leurs compagnons, et leur maître avait pris la route, une chanson aux lèvres, comme Mary l'avait prévu.

La charrette approchait de la pente de la colline et Mary, abritant ses yeux d'une main, la regardait. Le cheval ployait sous l'effort. Elle vit qu'il peinait sous un étrange fardeau de pots, de casseroles, de matelas et de fagots. Quelqu'un s'en allait vers la campagne, portant sa maison sur son dos. Mary ne se doutait toujours de rien. Ce n'est que lorsque la charrette fut juste au-dessous d'elle et que le conducteur, qui marchait près de la voiture, leva les yeux vers elle et agita la main qu'elle le reconnut. Elle descendit vers la charrette, feignant une belle indifférence, et se tourna tout de suite vers le cheval pour lui parler et le caresser, tandis que Jem poussait du pied une pierre sous la roue et calait la voiture pour plus de sécurité.

— Allez-vous mieux? cria-t-il de derrière la voiture. J'ai appris que vous étiez malade et gardiez le lit.

— Vous avez mal entendu, dit Mary. J'étais à North Hill et me promenais dans les jardins. Je n'ai rien eu d'extraordinaire si ce n'est mon aversion pour mon entourage.

— On m'a rapporté que vous alliez vous installer à North Hill pour servir de compagne à Mrs. Bassat. La chose me paraît vraisemblable. Eh bien, vous aurez là-bas, j'en suis sûr, une vie agréable. Ce sont certainement, quand on les connaît mieux, de braves gens.

— Depuis la mort de ma mère, ils ont été meilleurs pour moi que quiconque, et c'est la seule chose qui m'importe. Mais, malgré cela, je ne resterai pas à North Hill.

— Vraiment?

— Non, je vais retourner à Helford.

— Qu'y ferez-vous?

— J'essaierai de remettre la ferme sur pied, ou du moins de gagner de l'argent pour cela, car je n'ai pas les fonds nécessaires. Mais j'ai à Helford et à Helston des amis qui m'aideront dans les débuts.

— Où habiterez-vous ?

— Il n'y a pas dans le village un seul cottage que je ne puisse considérer comme un foyer si je le désire. Nous sommes hospitaliers, dans le sud.

— Je n'ai jamais eu de voisins, de sorte que je ne vous contredirai pas, mais j'ai toujours eu l'impression que vivre dans un village équivalait à vivre dans une boîte. Par-dessus votre palissade, vous passez le nez dans le jardin d'un autre, et si ses pommes de terre sont plus grosses que les vôtres, il y a là-dessus toute une argumentation ; et si vous faites cuire un lapin pour le dîner, votre voisin en sentira l'odeur dans sa cuisine. Dieu me damne, Mary, ce n'est pas vivre.

La jeune fille le regarda en riant, car il fronçait le nez de dégoût, puis elle promena son regard sur le chargement de la charrette et la confusion qui y régnait.

— Qu'allez-vous faire de cela ? demanda-t-elle.

— Comme vous, je me suis mis à détester mon entourage. Je veux fuir l'odeur de la tourbe et des marais, et la vue de Kilmar, là-bas, avec sa vilaine figure qui me regarde en fronçant le sourcil de l'aube au crépuscule. Toute ma maison est là-dedans, Mary, tous les biens que j'aie jamais eus sont dans cette voiture, et je m'installerai où bon me semblera. J'ai toujours été un vagabond depuis mon enfance, sans racines, sans attaches, et mes fantaisies n'ont jamais été de longue durée, et vagabond je mourrai. C'est pour moi la seule vie possible.

— On ne trouve pas la paix dans le vagabondage. L'existence elle-même est un assez long voyage sans ajouter à ce fardeau. Il viendra un temps, Jem, où vous aurez le désir d'un petit coin de terre, de quatre murs et d'un toit où vous puissiez reposer votre pauvre corps fatigué.

— Mais toute la campagne m'appartient, Mary, j'ai le ciel pour toit et la terre pour lit. Vous ne comprenez pas. Vous êtes une femme; la maison, avec toutes les petites choses familières et quotidiennes, est votre royaume. Je n'ai jamais aimé cela et ne l'aimerai jamais. J'aime à dormir une nuit sur la colline, dans une ville le lendemain. J'aime à chercher fortune au hasard de ma course, avec des inconnus pour compagnie et des passants pour amis. Aujourd'hui, je rencontre un homme sur la route et voyage avec lui pendant une heure, ou pendant une année. Demain, il a disparu. Nous parlons, vous et moi, un langage différent.

Mary continuait de caresser le cheval, dont elle aimait à sentir le chaud contact sous sa main, et Jem l'observait avec l'ombre d'un sourire sur les lèvres.

— De quel côté allez-vous? demanda-t-elle.

— Quelque part à l'est du Tamar, peu m'importe, répondit Jem. Je ne reviendrai vers l'ouest que lorsque je serai vieux et que j'aurai oublié un tas de choses. J'ai songé à prendre la direction du nord, au-delà de Gunnislake, et à gagner l'intérieur des terres. Ils sont riches, là-bas, et en avance sur les autres régions; un homme qui désire y gagner de l'argent doit pouvoir y faire fortune. Peut-être aurai-je un jour de l'argent plein mes poches et achèterai-je des chevaux pour mon plaisir au lieu de les voler.

— Dans le centre, les terres sont laides et noires.

— Je me soucie bien de la couleur du sol! La tourbe des landes n'est-elle pas noire? Et quand la pluie tombe dans vos porcheries, à Helford, n'est-ce pas noir?

— Vous parlez pour ne rien dire, Jem; vous ne dites que des sottises.

— Comment puis-je être intelligent quand vous êtes là, appuyée contre mon cheval, et que vos cheveux fous se mêlent à sa crinière, et que je sais que, dans quelques minutes, je serai de l'autre côté de la colline, sans vous, la tête tournée vers le Tamar, tandis que vous retournerez vers North Hill prendre le thé avec le squire Bassat?

— Eh bien, retardez votre départ et venez avec moi à North Hill.

— Ne soyez pas stupide, Mary. Me voyez-vous prendre le thé avec le squire et faire danser ses enfants sur mes genoux? Je n'appartiens pas à cette classe, pas plus que vous, d'ailleurs.

— Je le sais. Et c'est pourquoi je retourne à Helford. J'ai le mal du pays, Jem. Je veux respirer de nouveau l'odeur de la rivière et fouler la terre de mon village.

— Eh bien, allez. Tournez-moi le dos et mettez-vous en marche. Au bout d'une dizaine de milles, vous trouverez une route qui vous conduira à Bodmin; de là, vous irez à Truro et de Truro à Helston. Une fois à Helston, vous retrouverez vos amis et partagerez leur toit jusqu'à ce que votre ferme soit prête à vous recevoir.

— Que vous êtes rude et cruel, aujourd'hui !

— Je suis rude avec mes chevaux quand ils sont obstinés et indociles, mais je ne les en aime pas moins pour cela.

— Vous n'avez jamais rien aimé de votre vie.

— C'est parce que je n'ai pas eu beaucoup d'occasions d'employer ce mot-là.

Jem, allant derrière la charrette, repoussa du pied la pierre qui calait la roue.

— Que faites-vous ? dit Mary.

— Il est déjà plus de midi et je devrais être en route. Je me suis attardé ici assez longtemps. Si vous étiez un homme, je vous demanderais de venir avec moi, vous grimperiez sur le siège, vous enfonceriez vos mains dans vos poches et nous resterions ensemble aussi longtemps qu'il vous plairait.

— J'accepterais tout de suite si vous m'emmeniez dans le sud.

— Oui, mais je vais vers le nord et vous n'êtes pas un homme. Vous n'êtes qu'une femme, ainsi que vous l'apprendriez à vos dépens si vous veniez avec moi. Allons, reculez-vous, Mary, et ne tortillez pas les rênes. Je m'en vais. Au revoir !

Jem prit entre ses mains le visage de la jeune fille et l'embrassa. Elle vit qu'il riait.

— Quand vous serez une vieille demoiselle, à Helford, et que vous porterez des mitaines, vous vous souviendrez de moi, et vous aurez à faire durer ce souvenir jusqu'à la fin de vos jours. " Il volait des chevaux, vous direz-vous, et il se moquait bien des femmes ; et, sans ma fierté, je serais maintenant près de lui. "

Jem grimpa dans la charrette, abaissa son regard sur Mary et, faisant claquer son fouet, dit dans un bâillement :

— Je ferai cinquante milles avant ce soir et je dormirai comme un bienheureux sous une tente, au bord de la route. J'allumerai le feu et ferai griller du bacon pour mon dîner. Penserez-vous à moi?

Mary ne l'écoutait pas. Le visage tourné vers le sud, elle hésitait et pressait ses mains l'une contre l'autre. Par-delà les collines, la lande noire devenait pâturage, vallées et ruisseaux. La sérénité d'Helford l'attendait près de l'eau courante.

— Ce n'est pas la fierté, dit-elle, vous le savez bien. Je regrette ma maison et toutes les choses que j'ai perdues.

Jem, sans rien dire, prit les rênes en main et siffla pour faire partir le cheval.

— Attendez! dit Mary, arrêtez et donnez-moi la main.

Jem posa le fouet, se pencha vers elle et l'attira près de lui sur le siège.

— Eh bien? dit-il. Où voulez-vous que je vous emmène? Savez-vous que vous tournez le dos à Helford?

— Je le sais.

— Si vous venez avec moi, ce sera la vie rude, et parfois précaire, Mary, sans attache nulle part, avec peu de repos et de confort. Les hommes font de mauvais compagnons quand ils sont de mauvaise humeur, et je suis, Dieu le sait, le pire d'entre eux. Vous aurez un mauvais échange contre votre ferme et peu de chance d'obtenir la paix que vous désirez tant.

— J'accepte tous ces risques, Jem, et celui de votre mauvaise humeur.

— M'aimez-vous donc, Mary?

— Je le crois, Jem.

— Mieux que Helford?

— Je ne pourrai jamais répondre à cette question.

— Alors pourquoi êtes-vous assise ici, près de moi?

— Parce que je le veux, parce que je le dois, parce que maintenant et à jamais c'est la place qui me revient, dit Mary.

Jem se mit à rire, lui prit la main et lui donna les rênes. Et Mary ne jeta pas un seul regard en arrière. mais garda le visage tourné vers le Tamar.

ŒUVRES DE DAPHNÉ DU MAURIER

Aux Éditions Albin Michel :

REBECCA.
L'AUBERGE DE LA JAMAIQUE.
LE GÉNÉRAL DU ROI.
LES DU MAURIER.
LA CHAINE D'AMOUR.
JEUNESSE PERDUE.
LES PARASITES.
MA COUSINE RACHEL.
LES OISEAUX, *suivi de* LE POMMIER, ENCORE UN BAISER, LE VIEUX, MOBILE INCONNU, LE PETIT PHOTOGRAPHE, UNE SECONDE D'ÉTERNITÉ.
MARY-ANNE.
LE BOUC ÉMISSAIRE.
GÉRALD.
LA FORTUNE DE SIR JULIUS.
LE POINT DE RUPTURE.
LE MONDE INFERNAL DE BRANWELL BRONTË.
CHATEAU DOR
LES SOUFFLEURS DE VERRE.
MAD.
L'AVENTURE VIENT DE LA MER.

IMPRIMÉ EN FRANCE PAR BRODARD ET TAUPIN
7, bd Romain-Rolland - Montrouge - Usine de La Flèche.
LIBRAIRIE GÉNÉRALE FRANÇAISE - 14, rue de l'Ancienne-Comédie - Paris.
ISBN : 2 - 253 - 00687 - 4

Thrillers

Ambler (Eric).
Le Levantin, 7404/4****.

Bar-Zohar (Michel).
La Liste, 7413/5***.

Bonnecarrère (Paul).
Ultimatum, 7403/6***.
Le Triangle d'or, 7408/5***.

Crichton (Michael).
L'Homme terminal, 7401/0***.

Dusolier (François).
L'Histoire qui arriva à Nicolas Payen il y a quelques mois, 7425/9***.

Forbes (Colin).
L'Année du singe d'or, 7422/6***.
Le Léopard, 7431/7****.

Freemantle (Brian).
Vieil ami, adieu !, 7416/8**.

Fuller (Samuel).
Mort d'un pigeon Beethovenstrasse, 7406/9**.

Goldman (William).
Marathon Man, 7419/2***.
Magic, 7423/4***.

Hailey (Arthur) et **Castle (John).**
714 appelle Vancouver, 7409/3**.

Herbert (James).
Celui qui survit, 7437/4**.

Highsmith (Patricia).
L'Amateur d'escargots, 7400/2***.
Les Deux Visages de Janvier, 7414/3***.
Mr Ripley (Plein soleil), 7420/0***.
Le Meurtrier, 7421/8***.
La Cellule de verre, 7424/2***.
Le Rat de Venise, 7426/7***.
Jeu pour les vivants, 7429/1***.
L'Inconnu du Nord-Express, 7432/5****.
Ce mal étrange, 7438/2****.
Eaux profondes, 7439/0****.
Ceux qui prennent le large, 7740/8***.

Hirschfeld (Burt).
L'Affaire Masters, 7411/9****.

Kœnig (Laird).
La Petite fille au bout du chemin, 7405/1***.
La Porte en face, 7427/5***.

Kœnig (Laird) et **Dixon (Peter L.).**
Attention, les enfants regardent, 7417/6***.

MacLeish (Roderick).
L'Homme qui n'était pas là, 7415/0***.

Markham (Nancy).
L'Argent des autres, 7436/6***.

Morrell (David).
Les Cendres de la haine, 7435/8***.

Nahum (Lucien).
Les Otages du ciel, 7410/1****.

Odier (Daniel).
L'Année du lièvre, 7430/9****.

Osborn (David).
La Chasse est ouverte, 7418/4****.

Saul (John).
Mort d'un général, 7434/1***.

Wager (Walter).
Vipère 3, 7433/3***.

Berloquin (Pierre).
100 Jeux alphabétiques, 3519/3*.
100 Jeux logiques, 3568/0*.
100 Jeux numériques, 3669/6*.
100 Jeux géométriques, 3537/5*.
Testez votre intelligence, 3915/3**.
100 Jeux et casse-tête, 4165/4**.
100 Jeux pour insomniaques, 8101/5.

Bloch (Jean-Jacques).
100 Problèmes de scrabble, 8104/9**.

Brouty (Guy).
Mots croisés de « L'Aurore », 3518/5*.

Favalelli (Max).
Mots croisés, 1er recueil, 1054/3* ;
2e recueil, 1223/4* ;
3e recueil, 1463/6* ;
4e recueil, 1622/7* ;
5e recueil, 3722/3* ;
6e recueil, 4752/9* ;
7e recueil, 8103*.
Mots croisés de « L'Express », 3334/7*.

Grandjean (Odette-Aimée).
100 Krakmuk et autres Jeux, 3897/3**.

La Ferté (R.) et Diwo (F.).
100 Nouveaux Jeux, 3347/9*.
Mots croisés, 2465/0*.
Mots croisés de « France-Soir », 2439/5*.
Mots croisés de « Télé 7 jours », 3662/1*.
Mots croisés des champions, 4232/2*.
Mots croisés « à 2 vitesses », 4742/0*.

La Ferté (R.) et Remondon (M.).
100 Jeux et Problèmes, 2870/1*.

Le Dentu (José).
Bridge facile, 2837/0***.

Lespagnol (Robert).
Mots croisés du « Canard Enchaîné », 1972/6*.
Mots croisés du « Monde », 2135/9*.

Scipion (Robert).
Mots croisés du « Nouvel Observateur », 3159/8*.

Sémène (Louis-Paul).
Mots croisés du « Provençal », 8102/3*.

Seneca (Camil).
Les Echecs, 3873/4****.

Tristan Bernard.
Mots croisés, 1522/9*

30/0077/5